U0549271

热点e论

"工人日报e网评"作品选

HOTSPOT NEWS COMMENTS FROM WORKERS'DAILY FOR MOBILE CLIENTS

刘家伟　刘文宁／主编

社会科学文献出版社
SOCIAL SCIENCES ACADEMIC PRESS (CHINA)

目 录

I 导 论

《工人日报e网评》是工人日报融媒改革试点项目，也是实践观察类课题。该专栏为移动传播平台量身定做，其特点：一是项目运作插件化，不新设立行政构架，只确定项目负责人，以绩效考核为引导，打破部门界限，整合社内报、网、端、微、刊资源；二是尊重新闻传播规律，强化互联网思维，其选题策划、会议讨论、编辑协调、审稿推送、反馈互动，都采用线上模式；三是注重根据移动传播的特点，探索流程再造与表达创新。

碎片化传播背景下新闻评论的坚守与创新　　刘家伟　刘文宁　003
碎片化传播与新闻评论的流程再造　　刘家伟　刘文宁　011
碎片化传播与新闻评论的表达创新　　刘家伟　林　琳　019

Ⅱ 市场观察篇

以"狼性文化"自居的企业,"越丑越俗就越红"的网络主播,短视频中的"神医",还有不能拍蒜的菜刀……企业与员工之间,经营者与消费者之间,如果一方总想以强势地位占弱势方的便宜,如果总有人无视基本的规矩与良知,就会有乱象、有纠纷,有不信任和不愉快。离开公平公正的市场秩序,无视基本的公序良俗,受伤的会有很多人。

"私家车上高铁站台",这样的增值服务可不可以有?	罗 娟	029
网友力挺"准点下班",是反感职场"内卷"	林 琳	031
留住夜市,留住更多人间烟火	苏 墨	034
干涉员工"如厕自由"不是企业的自由	林 琳	036
"我们不是找小三",HR出言不逊的勇气何来?	贺少成	039
不缴"五险"不是企业多理直气壮的事	贺少成	041
当菜刀不能拍蒜以后……	苏 墨	043
再狡猾的"刺客",也逃不掉高性价比的捉拿	罗筱晓	046
丑化群体、制造对立、贩卖焦虑,营销"三板斧"你中招了吗?	吴 迪	049
熟客身上的一两块钱,不是"韭菜",是信任是基石	罗 娟	051
进价9元卖5000元!骗老人不能成"发家致富"门路	林 琳	054
别逼着消费者与虚假好评"斗智斗勇"	罗筱晓	057
不能让无底线的"网红"一路狂奔	贺少成	060
脱单盲盒,是爱情的幸运宝盒还是潘多拉的魔盒?	罗 娟	062
鹅毛飘飘,别给玩"双标"者留有底气与空间	吴 迪	065
摆脱"坑多多"魅影,房产中介赚佣金也要赚良心	韩韫超	068
对"越丑越俗就越红",就该零容忍	苏 墨	071
我们离生育友好型职场,还有多远?	贺少成	073
"绊倒"大超市的不是1元钱,是对消费者的漠视	罗筱晓	075
医美的坑,不能一直这么坑人!	林 琳	077
"神医"进驻短视频,"演技"爆棚蒙住了谁?	韩韫超	080
货拉拉道歉:每次改进都用生命来换,代价太惨痛!	罗筱晓	083
盲盒"翻车",消费模式创新之路要好好走	韩韫超	086
"996""大小周",企业用工不能不讲"武德"	林 琳	089
"原创+",影视业逆风翻盘的强劲动力	吴 迪	092
减肥,我们交了多少智商税?	韩韫超	095
"双11",天空上面还有天空,道路前面还有道路	吴 迪	097

目 录

员工的尊严，怎么能随便往地上扔？	罗筱晓	100
吃辣条、吃蚯蚓，别拿"狼性文化"当幌子	林 琳	103
"逗鹅冤"：两家大公司＋三个小骗子＝一个天大的笑话	罗筱晓	106
挺好的平台，别把自己玩死	林 琳	109
景点"图片仅供参考"？口碑碎了一地……	吴 迪	112
块八毛的快递柜超时费，咋惹得剁手党这么不爽？	罗筱晓	115
"网红店"的诗与远方，离地沟油越远越好	吴 迪	118
"薅羊毛"常有，"薅羊毛"薅出公愤不常有	张子谕	120
区块链"＋"的是实体创新，不是韭菜和泡沫	罗 娟	123
买来的明星祝福，交了多少"面子税"？	苏 墨	126
网友热烈"挽留"探亲假，其实是事出有因	林 琳	128
你有"平均工资焦虑症"吗？	贺少成	131
"水氢发动机"，到底注了多少"水"？	贺少成	133

Ⅲ 社会视点篇

孩子被拐卖牵出多少伤与痛，"饭圈"背后有多少利益合谋，残疾人被迫"走两步"折射多少冷漠，野象"远行"与豹子"出走"牵动多少人的宠爱与忧虑……下一个路口，总会有意外、感动和惊喜，当然，也不少了忧伤、疑惑和愤怒——这是大千世界本来的样子。

沿街撕商户春联，招人反感的是什么？	吴 迪	139
"男童进女卫生间"起争执，真不是一件小事	罗筱晓	142
一袋垃圾释放的善意	刘文宁	145
"金句"连连，党代会首设代表团新闻发言人赢得掌声	罗筱晓	147
忘掉这个"二舅"，给老家的亲人打个电话吧	吴 迪	149
"建议专家不要建议"，是希望专家好好说话	林 琳	152
7棵柳树的去留，城市管理的一面镜子	韩韫超	155
少些功利心，让孩子对运动的热爱更纯粹些	韩韫超	157
外国选手的"冬奥朋友圈"，晒出真实可爱的中国	罗筱晓	160
"手术室里全是钱"横幅惹众怒，跑偏的价值理念必须纠正	韩韫超	162
当你意外倒下，能依靠的或许只有陌生人	吴 迪	165
乐见"网红院士"被弹幕"包围"	刘颖余	167
滤镜重重，撑不起打动人心的作品	苏 墨	170
"树洞"刷屏，贫困生的自白何以直抵人心？	罗 娟	172
对"火焰蓝"最好的致敬，是让他们闲下来	吴 迪	174

003

热点e论："工人日报e网评"作品选

未成年人"被手术"？该开刀的是民营医院的顽疾	罗筱晓	177
8岁的偶像组合来了，请不要逼孩子太甚	苏 墨	180
志愿者成"背锅侠"？不让好人心寒应是底线	林 琳	182
救灾现场不是秀场不是直播间，"流量红利"请走开	罗 娟	184
离"人手一只大熊猫"还挺远，保护濒危物种我们在路上	苏 墨	186
拐卖儿童，看得见的团聚与看不见的悲伤	贺少成	189
宠溺野象"旅行团"，敬畏自然我们还在路上	林 琳	191
平安长大，不该是一场碰运气的"打怪升级"	韩韫超	194
"丢豹"丢人，"瞒豹"吓人	罗 娟	197
这段视频何以看哭无数网友？	贺少成	200
替偶像送礼，你打工的爹妈知道吗？	苏 墨	202
握一握那"熊爪"，给他们应有的尊重而不是同情	苏 墨	204
退得了家长群，退不出育娃的焦虑	苏 墨	207
拼装名媛，人设全靠演技，不怕演砸吗？	苏 墨	209
让残疾人"走两步"，该挨骂的不只是景区	罗筱晓	212
"剪不断、理还乱"？城管小贩不必成冤家	罗 娟	214
医师节，请记住这八个字："医生朋友，一生朋友"	韩韫超	217
北京暴雨"雷声大雨点小"？应急工作该有的态度	罗筱晓	220
大学生作弊被开除，为啥一点都不冤？	罗筱晓	223
劣迹艺人复出，卖个惨就OK？	苏 墨	225
清理"饭圈"之后，孩子该进什么圈？	贺少成	228
与其关心别人的子宫，不如过好自己的日子	刘颖余	231
被拐孩子回家，并不是童话里幸福和快乐的开始	贺少成	233
北京摇号意见稿，传递出的最大信号	贺少成	236
打捞沉溺网游的"神兽"，有多难？	罗 娟	238
为明星应援，小学生成了谁的"木偶"？	贺少成	241
银行免费磨菜刀？戳中市民的痛点	张子谕	243
推广ETC，用得着这么拼吗？	林 琳	245
我们需要那么多真人秀吗？	刘颖余	248
献血挂钩征信？征信很忙，网友很慌	罗 娟	251
"梅姨"刷屏背后，是网友"穿屏"的打拐热情	韩韫超	254
下次长假，请晒出回家的后备厢！	贺少成	257
"要4500元生活费遭拒"，有啥可委屈的？	罗 娟	259
占便宜"神操作"太多，真是规则不够用了？	韩韫超	262
绊高铁？拜托请别绊穿文明的底线！	罗筱晓	265

"马赛克"英雄，我不想看清你的脸　　　　　　　　　林　琳　268
非法穿越者请回答：命这么好玩吗？　　　　　　　　罗筱晓　271
"前头按类分，后头一锅煮"，垃圾分类短板如何补？　罗　娟　274

IV　法治进程篇

偷拍无处不在、人脸识别野蛮生长，信息保护的脚步跟不上时代需求；网络谣言花样百出、自媒体信息真假难辨，一次次反转的舆情加大着公众的认知成本；辱骂下属、不缴"五险""自愿715"，职场霸凌中受伤的是员工，受损的是企业的名声与根基……没有规矩，不成方圆。法治进程中，我们必须迈过那一道道沟沟坎坎。

辱骂下属被认定侵权，职场霸凌是要付出代价的　　　林　琳　281
不让查手机就是内奸？企业管理权不能无限放大　　　吴　迪　284
零容忍！揪出"隔空猥亵"孩子的"网络大灰狼"　　　罗　娟　287
"网课爆破"的本质，就是一种网络暴力　　　　　　吴　迪　290
禁用"我不是说过了吗？"，"全国推广"应该有　　　林　琳　292
不缴"五险"不是企业多理直气壮的事　　　　　　　贺少成　295
拒绝被直播，不是矫情，是权利　　　　　　　　　　罗筱晓　297
"唐山烧烤店打人事件"打伤的是公众安全感　　　　罗筱晓　300
对公共场所的偷拍，坚决喊打是"小题大做"？　　　吴　迪　302
医生直播妇科手术，远不止是一场事故　　　　　　　贺少成　304
江歌母亲胜诉，人性的善良应该得到足够的尊崇　　　罗　娟　307
胡辣汤和肉夹馍，给公众上了一堂商标知识课　　　　张子谕　310
网红补缴数百万税款，大数据会震慑逃税者吗？　　　贺少成　312
拖拽女乘客至衣不蔽体，让文明与法治蒙羞　　　　　林　琳　314
顶流明星被批捕，该警醒的都有谁？　　　　　　　　罗　娟　317
当偷拍无处不在，谁是下一个被围观的猴子？　　　　吴　迪　319
"一言不合"就开除员工？企业不能这么任性　　　　林　琳　322
直播不是售假的法外之地　　　　　　　　　　　　　吴　迪　325
取快递被造谣出轨，打击网络谣言"绝不和解"　　　罗　娟　328
"天价便饭""清华臀姐"纷纷反转，网络不是
私设公堂之地　　　　　　　　　　　　　　　　　　罗筱晓　331
人脸识别，请等等信息保护的脚步　　　　　　　　　罗筱晓　334
"清官难断家务事"——把"拉姆"们推向深渊的
另一只手　　　　　　　　　　　　　　　　　　　　贺少成　337

"自愿715"？拉倒吧，超越法律限度的每分钟都违法	林 琳	340
反思"云断案"：舆情是舆情，案情是案情	林 琳	343
冒名顶替上大学，真的是舅妈很行？	罗 娟	346
拒绝加班被判赔偿？"网红案"正是普法释法的好机会	林 琳	349
"被吸毒"7年难纠错，证明"这人不是我"原来这么难	罗筱晓	353
"宝马姐"一声吼，真有背景还是虚张声势？	吴 迪	356
公众人物别太玻璃心，知道有个容忍义务吗？	张子谕	358
防性侵儿童，除了严惩，我们还能做什么？	罗筱晓	360
这届乘客太彪悍？这"锅"冲动不背！	林 琳	362

V 人文感悟篇

惜别当年的偶像，致敬各路的英豪，分享熬过至暗时刻的心灵密码，探寻生命的尊严与多元，张扬运动的恣意与激情，展示中华文明的精粹与力量……一个个平凡的日子里，总有很多让我们动情的人间故事，让我们回味无穷的温暖瞬间。

梅西为什么赢得最广泛共情？	刘颖余	367
为烈士画像，微公益也能汇聚成灿烂星河	吴 迪	369
我们为什么依然热爱世界杯？	刘颖余	371
孙女陪爷爷游中国，爱的力量远超普通人想象	刘颖余	374
"女篮时刻"，也是每个中国人的时刻	刘颖余	376
调侃高温灾害，"隔岸观火"式"幽默"恕难认同	吴 迪	378
悲剧发生，我们无论如何不该少了悲悯之心	林 琳	380
"埃里克森奇迹"，比足球更震撼的是人性	罗筱晓	383
在一粥一饭中，收获实实在在的成长	苏 墨	386
兴趣班的困惑与回答，关键是"成为最好的自己"	刘颖余	388
读书破万"卷"(juǎn)，请相信阅读的力量	苏 墨	390
面对空难，不打扰也是一种体谅	林 琳	393
给失利者掌声，记住"人生最本质的东西不是凯旋而是奋力拼搏"	罗 娟	395
我想有只冰墩墩	苏 墨	398
一个自信从容的中国，从冬奥开幕式走来	刘颖余	401
国粹传承：路走宽了，才有更多人同行	苏 墨	404

目 录

逐梦星辰大海,"神舟"回家是最好的中秋礼	韩韫超	406
学会鼓掌,而不要总是去熄灭别人的灯	韩韫超	409
"延乔路"鲜花花语:眼里有光　心中有爱	吴 迪	412
"马拉松的终点是安全到家"	刘颖余	414
今天,我们为同一个名字哭泣	贺少成	417
最帅"转身",人性的善良值得守护	苏 墨	418
认识理解死亡,才会珍惜欣赏生命	刘颖余	420
三星堆霸屏,好奇之外更有深深的文化认同	苏 墨	423
《唐宫夜宴》"出圈":历史如何滋养今天的我们?	罗 娟	426
每个人心中都住着一个少年	刘颖余	429
2021,与东京奥运会在一起	刘颖余	432
绝大多数孩子最终会成为普通人,这是我们不得不面对的真相	韩韫超	435
那个创造"上帝之手"的人去了,愿天堂里也有足球	刘颖余	438
你弄丢了世界,我们依然紧拉着你的手	韩韫超	441
中国锦鲤翻车,"天上掉馅饼"的梦还是少做	苏 墨	444
登顶珠峰:来自时光深处的信念和勇气	刘颖余	447
"前浪""后浪",都不必活成别人想象的样子	刘颖余	450
补课 B 站晚会,代际在次元壁前握手?	罗 娟	453
你造吗?梗王袁隆平又上热搜,绝不仅因为帅	罗筱晓	455
故宫 600 岁了,却从未像今天这样年轻	苏 墨	458
李子柒的"中国式田园诗歌",何以引来国外一众粉丝?	贺少成	461
世界一直在默默奖赏那些读书学习的人	刘颖余	463
今天,让我们一起怀念金庸	贺少成	466
今天,我不关心人类,只想粉中国女排	刘颖余	468
"开学第一课",孩子们需要怎样的方向指引?	吴 迪	471
2019 年 7 月 21 日,中国体育非凡的一天	刘颖余	474
是时候和熊孩子谈谈钱了	苏 墨	476

1　导　论

《工人日报 e 网评》是工人日报融媒改革试点项目，也是实践观察类课题。该专栏为移动传播平台量身定做，其特点：一是项目运作插件化，不新设立行政构架，只确定项目负责人，以绩效考核为引导，打破部门界限，整合社内报、网、端、微、刊资源；二是尊重新闻传播规律，强化互联网思维，其选题策划、会议讨论、编辑协调、审稿推送、反馈互动，都采用线上模式；三是注重根据移动传播的特点，探索流程再造与表达创新。

碎片化传播背景下新闻评论的坚守与创新
——以《工人日报e网评》栏目为例

◎ 刘家伟　刘文宁

面对突如其来的新冠肺炎疫情,《工人日报》加大移动端内容推送力度,融媒评论栏目《工人日报e网评》尝试在碎片化传播与阅读时代,为受众打通求解真相的"绿色通道",降低受众获取真相的成本,凝聚更多理性声音,提升舆论生态健康指数。至今已推出百余篇评论,发挥了澄清谬误、引领舆论、鼓舞士气、凝心聚力的作用,体现了主流媒体的责任意识和使命担当。

一次危机,一场大考。重大突发公共事件报道历来对媒体和媒体人都是重大考验。

面对突如其来的新冠肺炎疫情,《工人日报》编委会迅速组织应对,及时调配力量,全方位报道战疫群像,为疫情防控提供舆论支持。根据疫情防控的要求和特点,报社还适时做出调整,加大了移动端新闻内容的推送力度。其中,《工人日报e网评》作为融媒试点项目,推送的一批评论文章发挥了澄清谬误、引领舆论、鼓舞士气、凝心聚力的作用,取得了良好传播效果,体现了主流媒体人的责任意识和使命担当。

一、主推新闻评论，致力于降低受众获取真相的成本、凝聚更多理性声音

今天，媒体格局、舆论生态、受众对象、传播技术正在发生深刻变化。其中，碎片化传播与碎片化阅读趋势，越来越深入地影响当下的舆论生态。

移动互联网时代，多元化主体的加入带来了新闻生产的碎片化。一些自媒体追求"短平快"，对信息不加甄别筛选；一些传统媒体在融合转型中，受不同平台传播规律的制约，信息传播呈现一定碎片化倾向。这主要表现为：因即时性要求带来的碎片化、因新闻简单堆积导致的碎片化、因渠道分散形成的碎片化、因不同形式的新闻缺乏逻辑整合带来的碎片化等。这导致移动端受众接收的信息经常是支离破碎、真假混杂，缺乏前后逻辑链条的信息。加之用户接触和使用网络的时间也是碎片化的，这种时空与情境快速切换的特点往往带来个体思考和表达的碎片化，并影响着人们的行为方式、思维方式和表达方式。

不难理解，为什么不少人发现深度阅读变得困难、写出长文也变得困难，为什么此次疫情的初期，一些事件的真相和逻辑常常被忽视，甚至事实真相是什么已不再重要，人们对事件所产生的情绪的关注超过了事实本身。

此次抗击新冠肺炎疫情中某些现象令人印象深刻。

在被学者概括为"后真相时代"的背景下，受众接收信息、了解现实真相很容易陷入盲人摸象的窘境。这容易导致本应建立在真相基础之上的公共讨论、民意集纳、政策论证等，失去基本的事实依据，还容易导致人们的误解、分歧，甚至对立、撕裂。其实，如果从整体的传播格局来看，多种主体生产的"碎片"，可以使媒体描绘的景象更为丰富、立体、全面，但这样一种判断、整合、梳理，需要媒体具有相应的责任担当、专业能力和载体手段。

毫无疑问，这给主流媒体提出了更高要求。21世纪初，纸媒的新闻评论作为"最有效率的文体"曾备受推崇，因为它是当时媒体强化新闻、拓展

领域的一个突破口——新闻事实或许只有一个,而新闻评论则大不一样。认识问题的角度、深度,解决问题的见仁见智,甚至语言风格、思维习惯的差异,能够形成一个巨大的竞争空间,继而形成自己的风格,产生更大影响力。今天,为受众甄别、筛选出真实、优质、高效的信息,已经或正在成为信息传播中的"富矿"。为此,主流媒体必须主动作为、努力创新、寻求突破。

2019年5月,《工人日报》推出融媒评论栏目《工人日报e网评》,意在探索深度推进媒体融合发展背景下新闻评论的创新发展,尝试在碎片化传播与阅读时代,为受众打通求解真相的"绿色通道",降低受众获取真相的成本,凝聚更多理性声音,提升舆论生态健康指数。

为移动传播平台量身定做的这个栏目特点鲜明:一是以项目制的形式运作,打破现有的部门界限,整合社内报、网、微、端评论力量和资源;二是尊重新闻传播规律,强化互联网思维,其选题策划、会议讨论、写作编辑、审稿推送、反馈互动,都采用线上模式;三是在坚守新闻评论思想性的前提下,尤其注重根据移动传播的特点探索流程再造、表达创新,使评论成为讲好中国故事、讲好中国工人故事、讲好中国工会故事的有机组成部分。截至目前,《工人日报e网评》已推出百余篇评论文章。

面对突如其来的新冠肺炎疫情,报社迅速集合力量,紧跟疫情中的重大新闻及舆论动态,推出网评30多篇,直击抗疫进程中的重大新闻事件,澄清流言传言、疏导焦虑情绪,明辨是非善恶、直陈利害得失,鼓舞信心勇气、凝聚向上能量,积极配合和助力全国疫情防控及复工复产复学等经济社会发展大局。其中,《今天怎样被感动,明天就请怎样去尊重》《"唐主任"被光速免职,能否震醒那些打盹儿的干部?》《寒了人心的"硬核"何以凝聚抗疫力量?》《从"云监工"到"云养娃",我们守护着希望》《醒来的武汉,等待世界重启》等文章,从最初的为最美逆行者点赞,动员公众抵制谣言、配合抗疫大局,到批评失职官员、揭露形式主义问题,均产生了很好的传播效果。尤其是从普通人视角、人文视角,解读中国抗疫的"精神密码"——上下同心、众志成城、守望相助、埋头苦干,起到了温暖人心、提振士气的作用。

二、把握真实性原则，与受众同频共振，创新评论语态，是不断扩大影响力的有效途径

（一）真实性原则是第一位的

此次疫情中，一些不实信息更多借助于强关系特征的熟人网络，通过微信、微博等渠道快速裂变。因此，梳理信息、还原事实、澄清真相，就成为融媒评论的重要组成部分。媒体人首先要替受众在杂乱的、碎片化的、真假不明的信息中，分辨出信息的真伪，筛选出关键、核心信息，去除虚假的或细枝末节等干扰信息，梳理出事件的来龙去脉和逻辑上的因果联系，呈现不同人群的声音观点，从而给受众提供一个完整的事件演变链条、包含前因后果的事实真相以及不同人群的反应反馈。

实践证明，这一点越来越成为今天融媒评论的基础性工作，理应得到格外的重视。就像建一座高楼前要先平整土地一样——评论要摆事实、讲道理，但讲道理之前，摆事实无疑必不可少。做到了这一点，即使是与有不同看法的人群沟通，也能避免鸡同鸭讲式的争执、撕裂；做到了这一点，才更容易赢得信任。

还原真相，并不限于新闻事件本身，还包括事件发生后，舆论场上各方不同声音与观点的梳理，比如对网友跟帖中的信息归纳与分析。《工人日报》推出的评论《公布疫情"同台竞技"，谁被甩了几条街？》中，新闻的切入点就是若干城市网友在新闻跟帖中的不满、呼声。网友的声音与建议构成了这一评论的新闻事实，同时也是其评论观点的来源。

今天的用户已习惯第一时间获取信息，但对于新闻报道来说，有些新闻事实需要在一段时间后才能水落石出。一条爆炸性信息出现了，业内同行曾有"此时不能立马扑上去、需要'退半步'"的说法，这就是经验之谈。"退半步"，并不是退缩，更不是漠视，而是站在一个高点看清全局。可以说，一些事实真相的发现，本身就是在一个过程中完成的。

（二）找准与网友同频共振的"频道"

融媒评论要黏住受众，消除"隔屏"感、隔膜感，其中，重视与受众的共情是一条重要法则。这种共情，即跟网友在情感共鸣、情绪共鸣、心理共鸣中，找到"我们在一起"的感受。比如，这次疫情防控报道中，《工人日报》注意在热搜榜上的新闻、朋友圈刷屏的新闻中，寻找网友正在关心什么、热点事件的关节点是什么。再比如，选择评论的切入点时，从跟帖评论中归纳出网友的分歧是什么、不满在哪里、有没有误会或偏见等。抓住这些"爆破点""撬动点"，会让评论更容易击中"靶心"，从而避免泛泛而论或隔靴搔痒。4月2日推出的《"煨一节藕、嗦一根鸭脖"，荆楚好味道饱含温暖大义》就是这样的尝试。

纸媒评论强调评论的现场感，通常是指记者采访的现场观察、感受及由此生发的思考。融媒时代，还有一种现场，是在大众舆论的现场——在热点新闻报道之后，网友的跟帖、评论很多，包括各自的感受、不同观点的争论、对不明问题的追问、对相关责任人的追责呼吁，等等。这些声音往往是热点新闻后续的重要组成部分，它们甚至会提示媒体记者进一步深入采访，揭示更深层的事实真相或者延展出其他的社会问题。而关注、集纳、梳理、分析网友的声音，则将评论员与网友共同置身新闻舆论的现场——它不同于新闻发生的现场，它是新闻引发的舆论现场。

如果说新闻报道是一颗石子落入池塘，而周边激起的层层涟漪就是受众的声音，那么，评论就不能仅盯着新闻这颗石子，而要将周围的涟漪一并纳入分析的视野，即关注"新闻+众声"，而不是只关注新闻。

找到与网友同频共振的"频道"，就意味着评论从选题开始，作者、网友就在一起，共同处于舆论现场之中，网友的跟帖构成评论的部分线索、层次及建议，它们是新闻事件的后续进展，共同构成舆论事件的全部——"一整座池塘"。

（三）贴近现场让评论更接地气

疫情给了融媒评论较之以往大为不同的写作机会，即作者被置身于众多新闻事件的真实现场，作者的"在场感"陡然提升。因为不止武汉、湖北，全国百姓都置身疫情防控之中，大家不再是新闻发生地千里之外的旁观者，而是正在发生的新闻事件中的一员。评论所涉及的很多新闻、现象，都是作者的亲身经历和见闻。在这种情况下，评论更自然地站在与受众平行的视角，"零距离"感受他们的冷暖悲喜。也就是说，疫情之中，不需要评论作者"刻意"去共情，大家就在这里，跟广大网友、受众处在同样的、巨大的新闻现场之中。

疫情毕竟属于特殊情况，更多的新闻事件不会让作者有这么真切的现场体验与感受。但它给媒体人的启示是：置身新闻现场、尽可能贴近现场，会为评论写作提供更真切的感受与更到位的分析；不能贴近现实中的新闻现场时，就尽可能贴近舆论现场，从网友的感受与意见中捕捉深层脉搏与民意，让评论更接地气。

（四）以图片视频切入的表达更易将受众带入特定情境氛围

让受众第一眼接触画面、视频等影像信息，比起文字类表述，更容易有带入感。比如，2020年3月6日推出的《一张看夕阳的照片，何以让无数人动容？》，新闻是武汉一家医院的庭院内，一位医生陪一位87岁的老年患者一同欣赏日落——蓝天白云，大地一片金黄……疫情期间，这一画面格外温暖人、打动人，直观地展示出受疫情所困的人们对久违的人间烟火的渴望。作者基于对疫情中公众心态的准确把握，敏感地捕捉到这张照片背后的深意——记住我们为此付出的代价，感恩为此拼上性命的医护人员！"我们今天所有的努力，不过是要重新过上那最平凡不过的生活""人间值得"……报道一时间引发强烈共鸣。

此前，《工人日报》纸媒也做过以照片为新闻事件的评论，由于版面上通常不配发新闻照片，只能用文字为读者描述照片的样子。而融媒评论可以让人在手机上一眼就看到直观的图片或视频，更容易将受众带入特定的情境氛围，提供一种情绪铺垫。这样的融媒评论，新闻图片或视频的选用已经不限于配图的意义，还有新闻呈现本身。

三、引导舆论热点、回应公众关切，秉持理性立场、传递人间温暖，是媒体人必须坚守的理念

在移动端，融媒评论为了赢得受众、黏住受众，正在不断尝试创新，如脱口秀模式、音频模式、海报模式等接连出现，给融媒评论带来缕缕新风。与此同时，新闻评论固有的原则与理念，也不应被淡忘或忽视。此次战疫报道中，《工人日报》始终坚守着引导舆论热点、回应公众关切，秉持理性立场、传递人间温暖的理念。

（一）既要接地气，又不失厚重

该栏目评论大多由鲜活的个案新闻切入，由点及面，由个案引发普遍性思考。这要求评论的主题开掘必须尽力拓宽半径，触及更有普遍意义、更值得反思的问题，或者是群体困境、精神困惑、治理等难题，或者是善恶、真伪、是非等价值层面的问题。总之，让受众由小见大，在轻松的阅读中，有所得、有所乐、有所感、有所悟，是有厚重感的评论应有的样子。

2020年4月7日推出的《"神兽"出没，好的生活就是好的教育》，由多个省份陆续明确开学时间表切入，先是集纳了禁足在家的家长与"熊孩子"对峙的现实桥段，"孩子一会儿喝水，一会儿捏橡皮；一翻开书本他要去上厕所，刚打开钢琴他说肚子疼。""小学生一边撸猫一边上课；初中生一边睡觉一边上课；高中生一边打游戏一边上课。""父母轻则吼到声音劈叉，重则肺被气炸。"这些描述形象地反映了疫情中不少家庭的真实亲子关系。评论进而反思：难得的共处时光，正是改善亲子关系、用心亲子教育的良机——带孩子包一顿饺子、一起健身、听孩子聊学校趣闻等，日常生活中渗透自然教育、生命教育、感恩教育、责任感教育，才是养娃的正确方式，最终拓展到"好的生活就是好的教育"主题，流畅自然，入情入理，颇有可读性，又不失厚重。

（二）既要有锐度，也要有温度

评论要有针对性，旗帜鲜明提出批评、寻根溯源发出警示，是新闻评论

必须保持的锐度。同时，评论也要注意讲理的方式，比如，站在当事人立场，设身处地分析可能存在的因素，能让评论更有温度。

2020年2月9日推出的《故意隐瞒？"也许没事"的侥幸太坑人了！》一文，核心是揭示故意隐瞒病情的后果和危害，以此发出警示。文中，作者站在隐瞒者的立场，列举出故意隐瞒病情者的各种缘由，比如，自以为没有症状、只去了一次武汉不可能感染病毒；害怕被隔离后，与周围的邻居、朋友疏远；担心与家人再难见面，等等。人同此心，心同此理。在承认这些人之常情的基础上，进一步分析，病情是隐瞒不住的，心存侥幸只会带来更加严重的后果。这就使评论既保持了锐度，又容易让受众接受。

（三）既讲究共情，又讲求深度

笼统地判断、简单的一因一果式论证，在融媒评论中很容易引起受众反感，因为现实中很多社会问题的成因及解决办法都是复杂的。因此，评论在做因果分析时，必须保持谨慎，摒弃简单思维，把各种因素想得更周全，把可能的意外情况、质疑声音都考虑进去，让评论的逻辑更加周严、判断更加精准、结论更有说服力。

以《公布疫情"同台竞技"，谁被甩了几条街？》为例，评论在分析一些地方疫情信息发布不透明、不充分、不及时的原因时，不是简单地指责某些官员缺乏责任心、敷衍工作，毕竟之前各地对疫情信息通报没有统一的规范性制度，各地官员也没有经历和经验，而是既分析了制度缺陷的客观原因、呼吁完善相关制度规范，同时强调各地官员应有更强的主动作为意识。这让评论没有停留于一般人对监管者的不满层面，而是着眼现实，富于建设性，有助于推动问题解决。探索创新适应移动互联网时代内容生产与分发的模式，必须尊重新闻传播规律。经历了此次抗疫报道，让媒体人愈发深刻地认识到，不能等待观望，不能停滞不前，不能忘记为什么出发。深融时代，当主动作为、改革创新、不辱使命。

[载《新闻战线》2020年6月（上）]

碎片化传播与新闻评论的流程再造

——以《工人日报 e 网评》栏目为例（二）

◎ 刘家伟　刘文宁

"真相是散落成无数碎片的镜子，每个人都认为自己看到的一片是完整的真相。"[1]移动互联网时代，受众接收的信息往往是支离破碎、真假混杂、缺乏逻辑链条的。这使得受众容易陷入盲人摸象的窘境，也往往加剧"后真相时代"的纷乱，即真相和逻辑在信息传播的过程中被忽视，而情感煽动主导舆论的情形却时有出现。

能否整合、梳理有价值的信息，为受众提供清晰、完整、立体、丰富的媒介图景，考验着主流媒体的责任担当、专业能力和载体手段。以融媒评论为例，确立互联网思维、以用户为中心，意味着在组织架构、运行机制、工作模式、议题设置及推送方式上，都不可能沿用纸媒评论的操作模式。因此，《工人日报 e 网评》栏目从一开始就把流程再造作为重点，力图探索更为适合融媒评论的操作模式与路径。

---

[1] 理查德·伯顿：《哈吉·阿卜杜·埃尔—叶兹迪的卡西达》，转引自《后真相时代》，赫克托·麦克唐纳著，刘清山译，民主与建设出版社2019年版，第27页。

热点 e 论："工人日报 e 网评"作品选

荣誉证书

工人日报社：

你单位申报的"工人日报e网评"项目入选2020年中国报业深度融合发展创新案例，特发此证，以资鼓励。

国家新闻出版署
2021年6月

一、复杂、全新的媒介图景带来挑战

纵观媒介发展的历史，今天传播生态所经历的剧变超出以往任何时代。媒体界限在快速消融，海量信息时空覆盖之全、受众涵盖之广、生产主体之多样、传播渠道之多元，构成了一个异常复杂、全新的媒介图景。

融合，成为这一媒介图景中的最大特点。"融合代表着一种范式转换——这种转换表现在，以前是媒体独有内容，现在是内容横跨多媒体渠道流动，各种传播体系的相互依赖加深，获取媒体内容的方式日益多样化。"[1]在美国学者詹金斯看来，融合即技术、产业、文化以及社会领域的变迁。

事实上，媒体融合的交汇地——移动端，已经成为信息传播的主阵地，成为思想文化信息集散地和社会舆论放大器。2020 年 4 月发布的第 45 次《中国互联网络发展状况统计报告》显示，我国网民规模已达 9.04 亿人，互联网普及率达 64.5%，在智能化推动下，使用手机上网高达 99.3%。据《中国新媒体研究报告 2019》介绍，截至 2018 年 11 月，综合新闻资讯行业用户规模达

---

[1] 亨利·詹金斯著，杜永明译：《融合文化：新媒体和旧媒体的冲突地带》，商务印书馆 2012 年版，第 353 页。

5.31亿；截至2019年3月，新闻资讯App行业渗透率为54.3%。

如何适应媒体融合发展态势、适应移动端受众需求，主流媒体面临诸多改革压力与挑战。深刻理解媒体急剧变迁的内涵、传导机制及未来趋势，无疑是一切改变的起点和前提。提出著名的"媒介即讯息"论断的传播学家麦克卢汉在《理解媒介——论人的延伸》一书中写道，"媒介对人的协作与活动的尺度和形态发挥着塑造和控制的作用。"[1] 今天智能手机的大范围普及与应用，又是怎样塑造和控制着人们的"协作与活动的尺度和形态"呢？

我们面对的受众已不再是多年前订阅报纸、在办公桌前慢慢翻看的那些读者了。今天的人们手握一部智能手机，随时随地接收来自世界各角落的新鲜信息。而他们作为用户本身，也越来越参与到媒体传播的进程中，每人的转、评、赞都构成舆论生态中一个微小的图景，并可能影响、左右舆论生态的演变与进化。他们不经意的一个点赞，就可能将新闻顶上热搜，并进而吸引更多关注，这实质是在参与媒体的议题设置。用户在变，媒体与用户的关系在变，这是今天我们必须面对的课题。

在碎片化传播的现实语境下，在移动互联网成为信息传播主渠道的背景下，媒体面临的挑战超出以往任何时候。美国学者一个世纪前提出的"拟态环境"说法，放在今天来看，其复杂性和不确定性急剧增大。沃尔特·李普曼被公认奠定了大众媒介研究基础，他在1922年出版的《舆论》一书中提出，现代社会变得越来越巨大和复杂化，对超出自己经验以外的事物，人们只能通过各种新闻供给机构去了解。"拟态环境"并不是现实环境的客观再现，不是现实环境"镜子式"的摹写，而是大众传播媒介通过对新闻和信息的选择、加工和报道，重新加以结构化以后向人们所提示的环境，或多或少与现实环境存在偏离。

为应对传媒生态正在发生的变化，《工人日报e网评》于2019年5月试点推出，这个为移动传播平台量身定做的栏目，以项目制形式运作，打破现有部门界限，整合社内报、网、微、端评论力量和资源。其核心是以用户为中心，探索和掌握移动互联网时代新闻传播规律，全天候回应用户关切。

---

[1] 马歇尔·麦克卢汉著，何道宽译：《理解媒介——论人的延伸》，译林出版社2019年版，第21页。

二、"全天候在线"倒逼机制变革，寻求突破口

纸媒的采编工作一般以天为单位，一天之内，白班加夜班，拼出当天报纸的版面，结束一天的工作。报纸印发后，即使发生再重大的新闻，也只能等第二天再做报道。

移动互联网时代，新闻的推送甚至以秒计。新闻评论也是如此，在回应人们对深层信息的需求上同样要跟上用户节拍，全天候随时在线。这无疑需要一支足够数量的人员队伍支撑。如果说纸媒评论更适合读者全神贯注地读，那么，对移动端用户来说，融媒评论最好能雅俗共赏、引人入胜。如果仅依靠报社新闻评论部一个部门的力量，势必难以组建起这支队伍，这倒逼报社必须整合评论人才资源。以灵活的人员队伍应对融媒环境下"全天候在线"的压力，就必须打破原有部门之间各自为战、相对固定的用人机制。

报纸编辑部的工作是以部门、版面为中心的。比如，工人日报社的要闻部负责要闻版编辑，经济部负责经济新闻版编辑，新闻评论部负责新闻评论版编辑以及报社重要评论的写作等。不同部门负责的版面数量、版次等，在一定时间内是相对固定的。而项目制的组织架构下，人员组合对全报社编辑记者开放，不存在部门间调整环节。

项目制运作类似于组建一支包括不同领域人才的"特种兵小分队"，逢山开路、遇水搭桥。评论员分为若干个小组，在体现"传帮带"特点的同时，也便于深入讨论、取长补短。《工人日报e网评》依托"两微一端"等移动传播平台，推送时间不再以天为单位，理论上全天24小时、全年365天都可推送。稿件长短有自如伸缩空间，宜长则长、宜短则短，主要取决于表达本身的需要，没有机械性约束。有调查表明，客户端、PC端上，用户工作日比休息日的阅读量要高，而微信、微博则正好相反，中午或傍晚休息时段的阅读量更高。因此，对刚刚发生的热点事件，我们会争取用最快的时间推出评论；非突发事件的评论，通常会考虑用户什么时段在看手机，就尽可能选择这样的时段推送。节假日、周末推送，几乎成为常态。特殊情况下，一天可能推送多篇评论。

比如，2020年春节放假期间，1月28日、29日、30日连续3天，栏目分别推送了《口罩上面的那双眼睛在说：疫情防控，算我一个》《给疫情谣言戴上口罩，喷上消毒水，这只是个开始》《未必人人都是逆行者，但谁都不可置身事外》，篇篇直击全国人民当时最为关切的疫情防控；1月31日，一天推送了《发国难财？坚决打击！别给疫情防控添堵！》与《唐主任被光速免职，能否震醒那些打盹儿的干部？》两篇评论；4月4日清明假期期间，推送《从烧纸到网祭，清明的仪式感，你在意吗？》；5月3日、5日"五一"节放假期间，分别推送《拒绝加班被判赔偿？"网红案"正是普法释法的好机会》《"前浪""后浪"，都不必活成别人想象的样子》。

机动灵活，快捷反应，对时效与节奏的把控成为重要操作环节。借助互联网技术不断优化流程，《工人日报e网评》突破了纸媒评论的诸多局限，一些文章成为爆款，在广大用户以及舆论场中，均收到良好传播效果。

三、以用户为中心，实现编辑、作者与用户的交互融合

《工人日报e网评》打破纸媒评论的惯常运作模式，实行编辑与作者同时进入、共同商量的交互式运作模式。纸媒的新闻评论主要有两种运作模式：一种是以编辑为中心，一种是以作者为中心。通常是流水线作业，一个环节由一个人负责，彼此相对独立。

以编辑为中心的模式，如社论、系列评论等重大选题的评论写作，通常是社领导或编辑确定选题及作者，作者领取写作任务后，完成稿件写作。有的评论专栏也是以编辑为中心的运作模式。比如，新闻漫画评论栏目《图说》，通常是由编辑寻找合适的新闻，联系漫画作者创作漫画，然后由编辑执笔完成文字部分的点评。

以作者为中心的模式，如新闻评论版上的来论，基本上是社外时评作者的自由投稿，由编辑来选用。编辑通常对作者写什么、怎么写等并不干涉、不介入，作者独立写作，编辑独立编辑。

《工人日报e网评》栏目的运作，结合了上述两种工作模式的特点，编辑与作者共同策划商讨。比如，在若干热点新闻中确定哪个选题更适合《工人

《日报》用户定位、更有现实针对性、更受公众关注；针对选定的新闻事件，确定评论要说什么、评论的观点和落点是什么；明确可以参考的资料有哪些、更多的论据怎么找等。这些问题有时需要作者与编辑反复沟通。尤其在选题环节，有时会否定若干个选题，才能确定出最终选题。

还有标题制作的众筹模式，其目的是凝聚全体成员的创作智慧，把"精彩"和"精华"体现在标题中。评论定稿后，编辑将稿件传到项目组的微信工作群，所有非执笔人都来参与标题的制作，大家群策群力，一个人提出一个亮眼的关键词，其他人沿着这个思路延伸思考，把评论的观点或用最形象简洁的语言表达出来，或在意蕴深远上做文章，藏几分悬念。事实证明，七嘴八舌做出的标题确实要更好看、更吸引人。《一个当官、全家"致残"，为占便宜还能再拼吗？》《献血挂钩征信？征信很忙，网友很慌》《宅在家里就能保家卫国，配合一下很难吗？》《醒来的武汉，等待世界重启》等标题，都是众筹后的优质"产物"。

深融时代，传播权利越来越从内容生产者转移到用户手中，评论的生产也要适应这种变化。在实践中，我们认识到，实现编辑和作者的交互仍显不够。以用户为中心，意味着新闻评论必须注重作者、编辑与用户的双向互动，打造出吸引用户关注的内容产品，并将受众视角融入其中，吸引用户参与，提高传播效率。换言之，就是评论生产的过程一定要体现与受众的互动融合。

比如，《公布疫情"同台竞技"，谁被甩了几条街？》就不是以往那种看新闻进行判断、撰写评论，选题过程更多关注新闻发生后舆论场上的不同声音与观点。评论的切入点就是若干城市网友在新闻跟帖中的不满、呼声。网友的声音与建议构成这一评论的基本事实，同时也是评论观点的来源。

有时我们也会从朋友圈刷屏的话题中寻找选题。比如，2019年12月10日推送的《李子柒的"中国式田园牧歌"，何以引来国外一众粉丝？》。当时，李子柒在乡间劈柴做饭的视频被国外网友热捧的事，在朋友圈中热传。很多人问：为什么在大力推进城市化的今天，乡村田园牧歌式生活视频反倒会受到追捧？评论循着这一疑问进行探寻、思考，很多网友积极参与、各抒己见。

四、议题设置追求"最大重合度"

大众传播理论的一个重要观点，即大众传媒的新闻报道和信息传达活动以赋予各种议题不同程度的显著性的方式，影响着人们对周围环境的大事及其重要性的判断。

在日常的采编工作中，我们常讲的一句话是——新闻媒体应当主动设置议题，有效引导社会舆论。纸媒时代，评论的选题基本上是"我认为重要的事"。融媒时代，"受众认为重要的事"权重大幅上升，"我认为重要的事"权重大幅下降，有时前者的权重甚至超过后者。即使是"我认为重要的事"的评论选题，也需要在受众感兴趣的时机，以某些重大新闻事件为由头适时推出，这样更容易被受众理解和接受，从而发挥引领社会舆论的积极作用。

在议题设置上，评论员并不是一味盲从于受众、一味跟着网上热点走。媒体所选择的重要的事，很多时候一定也是受众认为重要的事，只不过媒体要确定一个更好的时机推出自己的产品。这个时机的选择，考验着媒体对受众心态、舆论生态、媒体格局、传播技术的准确把握与顺应。正如有学者指出的，从信息发布到信息解释，从意见表达到意见平衡，强化社会治理与舆论引导的结合，主流媒体面临从"社会守望者"到"社会对话的组织者"这一传播领域"游戏规则"的变化。

这一转变，需要在议题设置上谋求"最大重合"的双赢。换句话说，受众想要了解的和媒体想要表达的话题之间的重合空间拓展得越大，议题与网友的关注点就越一致，在一系列诸如涉及国计民生的重大问题、热点话题中，我们越能找到更多与受众同频共振的频道，交流与沟通就会更为顺畅，取得共识的可能性也更大。

今天的人们大多习惯于从移动端获取资讯，尤其是微博、微信，已成为很多年轻人获取信息的首选。因此，对于网络热点和网络舆情的分析、梳理，自然成为《工人日报e网评》栏目主动设置议题的重要参考。

从新浪微博热搜、百度热榜的话题入手抓问题，丰富了栏目的选题来源。这些平台借助大数据推出的热搜、热榜等，是很多网友尤其是年轻网友用最少时间了解其他人关注点的途径之一。借助这样的榜单，媒体人也可以迅速概览热点新闻，及时了解公众热议的话题，继而发现并推动问题解决。栏目推出的《挺好的平台，别把自己玩死》《熬过"至暗时刻"，我们才能长大》《"补课"B站晚会，代际在"次元壁"前握手》《坏了规矩的，一定会坏了名声》《拒绝加班被判赔偿？"网红案"正是普法释法的好机会》《11家音视频网站被约谈，挣钱非得"鬼鬼祟祟"？》等一大批评论，都是源自微博热搜、百度热榜上的选题。

很多情况下，无论是针对社交平台的热搜、热榜，还是从朋友圈刷屏的话题中寻找议题，必不可少的一个环节是对新闻真实性的求证。梳理信息、还原事实、澄清真相，已成为《工人日报e网评》栏目流程运作的一个重要组成部分。首先，要在杂乱、碎片化、真假不明的信息中，分辨出信息真伪，筛选出关键、核心信息，去除虚假的或细枝末节的干扰信息；其次，还要梳理出事件来龙去脉，归类出不同人群的观点，给受众提供完整的事件演变链条，以及不同人群的反应反馈。

值得注意的是，随着社交平台的发展，类似微博热搜、百度热榜这样的新闻产品会越来越多。它们将在多大程度上影响融媒评论的操作，未来会给我们提供捕捉热点新闻的便利，还是可能带来类似"信息茧房"的固化和限制，这是应该留意观察、正确对待的一个重要问题。

［载《新闻战线》2020年9月（上）］

碎片化传播与新闻评论的表达创新
——以《工人日报 e 网评》栏目为例（三）

◎ 刘家伟　林　琳

互联网正在媒体领域催生一场前所未有的变革。移动互联网不仅是互联网的升级，移动传播也推动着大众传播的升级。在此背景下，碎片化传播成为遍及所有媒体平台最重要的趋势，碎片化阅读成为用户接触和使用网络最重要的特征。

2019 年 5 月，工人日报融媒评论栏目《工人日报 e 网评》推出，意在探索移动互联网时代新闻评论的创新发展。这个明确为"移动优先"的试点栏目，在坚守新闻评论思想性的前提下，尤其注重根据移动传播的特点，把握移动化、社交化、可视化趋势，努力探索表达创新，提供更多受众喜闻乐见的融媒评论，从而提升舆论引导和传播的有效性。

一、语态创新：从"说教"到"对话"

评论的语态创新，既是持之以恒转作风、改文风的体现，也是媒体适应互联网时代受众需求变化的必然要求。

放下身段、"平视"说话。 移动互联网时代，人们的阅读时间是碎片化的。在有限的时间里，用户更想看到的应该是新鲜、有趣、有用的内容。或者说，只有这样的优质内容才更引人关注。传统评论从文风、姿态上，常常像是一名家长，正襟危坐，表情严肃，还可能是说教——"应该如何""必须怎样""不能这样那样"等。今天的融媒评论如果依然延续这种语态风格，迟早会被用户抛弃。

因此，《工人日报 e 网评》栏目首先要求改变说话的口吻、姿态，要放下身段，要接地气，要从"说教"向"对话"转变。不做说教者，不再俯视受众，而是要做一个与受众平起平坐的人。这个人可以是社区张大妈，可以是隔壁小哥哥，也可以是推心置腹、坦诚相待的"老铁"、老弟，总之都是从"平视"的视角和受众进行沟通。

多用群众性、大众化语言。 语态也表现为话题的贴近性。换句话说，就是要更多从受众关注的视角出发，从群众中来，到群众中去，反映受众所思所想所盼，构建用户喜闻乐见的话语体系。

要善用人们日常聊天说话时习惯用的语言，打破条条框框，让表达更幽默、轻松、通俗易懂，可以有一些节奏感，也可以多段落、短句子。比如，过去经常用"据媒体报道……"这种开头，而现在，口语化的表达方式有很多——"今天咱们一起来聊聊……""听说了吗？""给你讲个故事"等。表达同一个意思，哪个更容易让人接受不言而喻。

《工人日报 e 网评》的开篇极少采用"据媒体报道"这种字样，往往是用简练、概括、口语的方式告诉读者发生了什么。比如，"总是喧嚣着热闹着的中国足球又出事了""美女＋豪车，总能引来侧目，这一次是保时捷和派出所所长夫人""这个夏天，一直霸屏和占据热搜榜的主角居然是'打游戏'——电子竞技""刚刚被德云社'放出来'的张云雷，又踩上了自己埋的雷"……这样的开篇符合"对话"的姿态，相当于向用户发起"进来看一看"的邀请。

也可以选择性吸纳一些网言网语。适应环境最好的办法，就是变成环境中的一个元素，与环境成为一个整体。融媒评论要想赢得用户青睐，进入网友的话语体系，说他们熟悉的语言是很重要的一个前提。

近年来，网络流行语层出不穷，包括中英文字母、标点、符号、拼音、图标和文字等多种组合。这种组合往往在特定的网络媒介传播中表达特殊的意义。随着互联网、智能手机的普及，随着网民数量的逐年增加，网络流行语的产生、更新和使用愈发频繁，数量、种类也不断增加。与此同时，网络语言也面临着亟待规范等问题。

融媒评论不可能将网言网语一律拒之门外，某种意义上说，网言网语是撬动"次元壁"、拉近距离的一个支点和工具，也是实现更好传播与互动的必需品。当然，对其中的一些糟粕，对一些不适合广泛传播的东西，要坚决剔除，不能为了迎合受众、夺人眼球而失去底线、没了分寸。《工人日报e网评》栏目始终保持着一种去粗取精、有选择使用网言网语的原则。

评论也可以讲故事。这里所说的故事，指的是故事化表达，其实是新闻生产的一种理念。简单地讲，就是生产的内容，首先得有事、得说个事，得引起受众的兴趣、吸引用户关注。讲故事，意味着必须依据具体、客观的事实，来解说抽象的道理，并把这些事实置于特定时代条件和背景中，体现人们的思想和认识。

新闻评论也是如此。无论是纸媒评论，还是融媒评论，故事化表达都是其语态创新的必然要求。以具体的"个体"而不是笼统的"大家"为依托，多用第一人称，多用讲故事的口吻，可以使说事说理显得更可信，更容易使受众产生代入感。

实践中，梳理信息、还原事实、澄清真相，已经成为《工人日报e网评》的重要组成部分。评论员首先要替受众在杂乱的、碎片化的、真假不明的信息中，分辨真伪，筛选出关键、核心信息，去除虚假的或细枝末节等干扰信息，梳理出事件的来龙去脉和逻辑上的前因后果，归类出不同人群的观点，从而给受众提供一个完整的事件演变链条。因此，故事化表达始终是栏目的一个显著特点。

事实上，这种"评论也可以讲故事"的理念，此前更早在《工人日报》新闻评论版的现场评论栏目《我在我思》中已经开始尝试和探路。其初衷就是为了让评论更好看、好读，更鲜活、生动。这种探索为今天的融媒评论积累了经验，奠定了基础。

标题要突出新闻要素。时下，网络平台上的新闻产品不计其数，受众必然是有选择地去浏览、阅读。这就决定了，如果一篇新闻评论不能在标题上引人关注，内容再好也可能没有传播效果。这对融媒评论的标题制作提出了更高要求。基于这样的共识，对每一篇文章的标题，评论员都是精心制作的，并且几乎都是以"众筹"模式、集思广益而来。

实践中，强调标题要尽可能突出核心的新闻要素，要让受众一眼看到文章最大的亮点，尽快了解最核心的观点，不能太模糊，也不能言语平平、晦涩难懂。当然，这不意味着为了抓人眼球而流于"标题党"，而是在规范、准确的基础上，力求形象生动，不能失去主流媒体的价值取向和专业水准。比如《"量子波动速读"——这届家长咋这么好骗？》《"神兽"复学，教育的改变还在路上》《常州奔驰连撞多车，"键盘侠"又"脑补"了一部电视剧》等标题，很快吸引了众多用户关注。

二、形式创新：变阅读为"悦"读

有学者指出，如果说传统评论是要抓取读者的"静态注意力"，那么融媒评论更多是要抓取读者的"动态注意力"。融媒评论要运用各种可能的手段、形式，包括文字符号、观点标签、呈现形式、传播渠道、视觉设计等，去辅助、补充、突出文本内容，用"视觉+"使阅读成为"悦"读，使新闻评论"言值"与"颜值"俱佳，进而实现更多、更好地传播。《工人日报e网评》栏目就此进行了诸多探索。

视觉上的切分和突出。帮助受众用最短时间了解一篇评论的逻辑结构和脉络，获取更多有效信息，是内容生产者的职责，也是提高传播效率的需要。为此，编辑尝试在视觉上对一些细节进行处理，帮助读者节省阅读时间，提高阅读效率。比如，分小标题——根据逻辑和层次，把一篇长文"打散"。纸媒上的评论，一般不会有小标题，而移动端的评论在排版上打破了这种限制，可以用简短的小标题将文章分成几个板块，也可以是诸如"01""02""03"这样的序号。同时，通过字体标粗、变色、字号加大、变体等，达到"划重点"的目的。类似"划重点""敲黑板"的做法可以帮受众迅速获取一篇评论最核心的观点、最精彩的句子。

用配图、截图、动图、短视频等还原、补充新闻事实，对相关评论内容做解释说明或观点补充。《工人日报》的新闻评论版有一个《图说》栏目，即把新闻画成漫画，然后予以点评。这样，文字的部分不会太长，漫画的点缀可以避免整版都是文字的死板和单调。受此启发，《工人日报e网评》栏目从一开始就努力尝试让受众能够读图读题读文。

新闻评论，不管是纸媒评论还是融媒评论，首先要用简短、概括的文字把新闻说清楚。所不同的是，报纸上只能用语言去描述新闻，读者也只能通过文字去了解新闻，然后自行"脑补"相关新闻的画面或场景。而在网络平台上，除了文字的描述，新闻还可以是"可视化"的，一张图、一个动图、几秒的视频，可以让受众立刻对相关事件和场景产生直观感受。同时，文章中会涉及一些与主题、核心观点有关的新闻事件、人物，对这些人和事同样可以通过配图的方式，让受众直观地看到。文字与图片配合、穿插，视觉上的刺激可以激发受众更多的阅读兴趣，增加其对相关内容的理解和感悟。

在图片、动图、短视频这三种诠释新闻或观点的方式中，动图的传播应该是最高效的。动图，既实现了"动"，又可以在划屏过程中自动播放，三五秒钟就能看清一个过程。《这届乘客太彪悍？这"锅"冲动不背！》《网友为何追着保时捷女车主发飙一事不放？》《公交和宝马"斗气"，想要殃及多少吃瓜群众？》等评论的开头，都截取了相关事件视频最核心的部分制作成动图进行演示，取得了好的传播效果。

运用表情包实现更精准的情绪表达和观点传递。随着互联网特别是移动互联网的发展，表情包开始出现并迅速发展——人们在聊天、沟通中想要表达喜怒哀乐时习惯发出一个小表情，拉近人与人之间的心理距离。这些造型可爱、神态各异的"表情"具象地模拟出人们在不同情境下的面部特征和肢体动作，成为一种流行符号。今天，在网络世界和社交媒体，人们交流、沟通，你来我往，甚至可以全程表情包，而不写一个字。

纸媒评论通常只能借助文字去表达观点，读者看到的只有文字，很多时候无法感受到文字背后写作者的情绪。而融媒评论则有充足的空间和条件，在某一句话、某一段话之后附上一个"表情"，像捂脸、笑哭、吃瓜、大哭等，人们可以基于对这些表情的共识，更直观地感知作者想要表达的意思。《工人日报e网评》在许多文章中都使用了表情包，这是基于对这样一种观点的理解和认同——当人们面对面交谈时，传递的信息不仅仅来自具体的言语，还来自交谈时彼此的语调、语气、表情、姿势、动作等；人们可以通过表情包表达情绪状态，让传递的内容更加直观、生动、精准和丰富。

自创文字性图片、图片配表情等作为观点的延伸和强化。对于今天的新媒体平台来说，必须强化版权意识，合法合规配图、用图是一个始终需要高度重视的问题。正因为如此，《工人日报e网评》栏目一直鼓励"自主创新"，比如，在word文档中打出文字，然后截屏，存为图片。《视觉中国回来了，"不敢配图"有解了吗？》所配三幅图片的文字分别是"不敢配图""真不敢配图""还是不敢配图，我也很无奈啊"。这篇文章推送后，很多网友为配图的创意点赞，认为表达了观点、讽刺了现实，还契合了主题。

将图、文、影、音等形式全方位融入新闻评论中，实现融媒评论的多元化呈现，需要我们增强对象意识，多研究移动互联网时代用户的阅读习惯，从而推动形式、手段的不断创新，推送更多适合移动传播、社交传播的融媒评论产品。

三、品牌创新：努力让"爆款"成为常态

中办、国办日前印发的《关于加快推进媒体深度融合发展的意见》明确要求，推进内容生产供给侧结构性改革，集中力量打造精品内容和知名品牌。在加快推进媒体深度融合发展的今天，媒体之间的竞争也已进入品牌竞争阶段。加强品牌建设，实现品牌创新，打造品牌栏目，是主流媒体生存发展的必由之路。

《工人日报e网评》栏目的推出，从可持续发展的意义上说，就是希望在保持创新活力上形成长效机制，使融媒评论从一时的"爆款"成为常态，始终引领新闻评论的发展潮流，确保它能够源源不断地推送优质内容。因此，在坚持内容为王、坚守新闻评论思想性的前提下，编辑把品牌创新意识落实到栏目的每一个设计细节中。

打造人设和"龚先生"的卡通形象。打造"人设"是时下不少媒体推出融媒产品时通行的做法。有观点认为，随着渠道、平台的多样化发展，主流媒体的"报告人"角色逐渐削弱。用户获取信息的方式发生了非常大的变化，单纯作为"报告人"已经难以满足被社交媒体影响的受众的需求。用户不喜欢看"正襟危坐"的报告，更希望报道带有温度、温情、温暖。"人设"可以满足这种情感需求，让受众觉得自己看到是人格化的角色，是活生生的、充满感情的，而不是一个单纯的作者或署名。

《工人日报 e 网评》栏目推出之初就设计了 logo，并集思广益，最终确定了"龚先生"这个统一的作者署名。"龚先生"是栏目致力于打造的"人设"。一方面，"龚先生"的出现应该具有鲜明的"工"字特色，同时符合融媒评论的"人设"；另一方面，"龚先生"的发声应该与工人日报这家有 70 多年历史的中央大报的品格和气质相一致。这种"人设"，既是内容上的特色和重点关注，也应当是表达上、形式上的独特之处。此外，还设计、使用了原创表情包，并通过给原创表情、图片加"工人日报"水印等方式，增加品牌元素和曝光量。

尊重互联网传播规律，强化栏目特色。媒体深度融合发展的过程，也应当是品牌塑造和不断升级的过程。从栏目试点推出开始，我们就抓住契机，不断强化品牌意识，主要做法包括：一是明确这是一个为移动平台量身定做的融媒评论栏目，文章一般不在报纸刊发。这样做就是为了把握媒体融合发展趋势和互联网传播规律，努力在融媒评论领域深耕细作，避免久而久之模糊了纸媒评论与融媒评论的特点；二是文章一律在"工人日报新闻客户端"首发，然后在微信、微博及其他新媒体平台推送，实现多个平台、渠道的协作，同一篇稿件会针对不同平台、渠道的特点和基本要求作不同程度的改造、再造；三是目前主创团队有 10 人左右，力求围绕自身定位，推动形成品牌特色，做到风格一致；四是出于品牌传播考虑，每周选择一篇文章的截图以及网友精彩评论在报纸新闻评论版上展示，借此推动融合、互动，构建品牌传播生态。

在与网友的沟通、互动中彰显品牌效应。提升内容传播效果，需要强化用户理念，实现单向式传播向互动式、服务式、场景式传播转变。对热点话题尤其是一些有争议的话题，不少媒体都会在自己的平台、渠道上开展相关调查，这是与网友沟通、互动的一种方式，同时也能够根据调查结果对舆情、对网友的意见有一个基本判断和了解。彰显品牌效应，要注重与用户的双向互动，打造出吸引用户关注的内容产品，并将受众视角融入其中，吸引用户参与，提高传播效率。

比如，时常在新媒体平台开展对栏目选题的小调查，在此基础上确定选题，还可以把调查的截图作为文章配图。这是社内不同平台、栏目的配合和相互成就，容易让品牌形象更立体、多元和丰富。这种"配合"和"组合拳"，正是主流媒体的优势所在。此外，注意在热搜榜上、朋友圈刷屏的新闻中，寻找网友正在关心什么、热点事件的关节点是什么。在选择评论的切入点时，重视从跟帖评论中归纳网友的分歧是什么、不满在哪里、有没有误会或偏见等。准确抓住这一个个的"点"，可以提升栏目品质，扩大品牌影响，黏住更多用户。

[载《新闻战线》2020年11月（上）]

II　市场观察篇

以"狼性文化"自居的企业,"越丑越俗就越红"的网络主播,短视频中的"神医",还有不能拍蒜的菜刀……企业与员工之间,经营者与消费者之间,如果一方总想以强势地位占弱势方的便宜,如果总有人无视基本的规矩与良知,就会有乱象、有纠纷,有不信任和不愉快。离开公平公正的市场秩序,无视基本的公序良俗,受伤的会有很多人。

"私家车上高铁站台"，这样的增值服务可不可以有？

◎ 2023年1月4日　罗　娟

近日，一段视频显示，一辆路虎私家车开进西安北站站台接客，此事引发舆论热议。

赞成的说，"这种服务挺好，接送老人很需要。"质疑者认为，"有钱就能任性吗？将资本换来的特权凌驾于公众安全之上，合理吗？"还有些网友比较专业，"依据交通运输部门规定，轨道交通与普通汽车行驶道路有严格界限，如果是残障老弱需要，由内部专用低速机车运送，考虑到公共安全问题，一般不采用这样的风险业务"。

对此，西安铁路客服中心人员回应称，这是"西安站贵宾优行服务"，属定制服务，单次只需花费500元，即可享受车辆进站和贵宾候车服务。服务信息均公开，目前西安站、西安北站都有该服务。

既不动用关系，也不看身份，谁都可以花钱买来的服务，还公开透明，私家车上高铁站台接人也就不能算特权，而只是一种市场化的增值服务。

不过，铁路的付费增值服务不少，从花几十元搬运大件行李提前进站、网络点餐，到购买商务座车票享受全流程优先服务等，都不是新鲜事。在市场化水平最高的民航领域，旅客可以付费享受贵宾候机厅服务，由专车送往登机口优先登机等。

完善且多样化的付费增值服务，既满足了乘客的不同需求，在不影响安全出行前提下，还给相关单位带来了利润。这样多赢的好事，完全可以有。

那么，网友为啥觉得私家车开进高铁站台就不可以有呢？

想来，高铁、飞机这种公共交通兼有公共属性和商业属性。网友对"私家车上高铁站台接人"的质疑，实际上是在问：对类似高铁站台这种公共资源的占用，有没有公平性、公益性的考量？相关服务的推出有没有足够的安全评估？此事能不能简单地"在商言商"？

先说公平性、公益性，这似乎不是一个花钱就行的事。现在私家车多，如果很多人都想花500元开上站台接送人，安排得过来吗？如果说可以"先来后到"，那么，如果后到的是急需这种服务的老弱病残孕乘客呢？是公益性优先还是商业性优先？如果安排不过来，允许谁进、不允许谁进，会不会产生竞价溢价、演变成事实上的金钱特权？

再说安全性，高铁站是涵盖运输、换乘及服务于一体的综合交通枢纽，人流量大，安全责任重大。万一发生突发事件，私家车上站台会不会成为安全隐患、影响人流的疏散？高铁站在推出此项服务前，是否做过精确测算或者安全评估？

和铁路增值服务类似，当下一些社会服务既有公共服务的基本职能，又有一定的商业发展空间，譬如文化宫、社区服务、养老服务等，大都也面临着公益性和商业性的平衡问题。这些问题确实需要更广泛的讨论并达成共识。

乘客坐高铁会有多种服务需求，有人需要用餐、帮拿行李，有人需要更舒适的空间等。不少人渴求更加丰富、更多选择的市场服务。而公益性和商业性之间本不应相互排斥，甚至合理的市场利润对提升公共服务有一定助益作用。

说白了，在能"在商言商"的领域，大家能理解、肯埋单。在有些领域，公共服务不宜简单"在商言商"，事先应充分论证、科学评估和有效规划，甚至进行伦理评判。

对类似的公共服务来说，无论从哪个站台出发，人，才是目的地。

网友力挺"准点下班",是反感职场"内卷"

◎ 2022年12月9日　林　琳

近日,山海视频(山东商报旗下视频官方微博)发布的一则"女生准时下班被批踩点走"的新闻冲上热搜。当事人孙女士称,其在一家公司做内勤文员,公司的工作时间是上午九点半上班,下午六点下班。当天,其完成工作准备关电脑下班时,领导给其发了消息,大意是,对其每天准时下班很不满意,让其不要六点整踩着点走,可以六点零几分再走。孙女士不解,按时下班有什么不对?

坦白说,六点和六点零几分只是几分钟的差距,也不能算是很过分的要求,但不少网友对此似乎颇为介意,力挺"准点下班"无错——

"工作都做完了,时间也到了,为啥不能下班?"
"上班时间必须卡准点,下班时间就成摆设了?"

还有人表示跟孙女士遭遇了"同款领导"——

"我们领导也是,认为准时下班的人工作不够勤奋,没有奋斗精神。"
"我们领导金句可多了,我还没吃饭,你就吃饭;我还没休假你就休假。"
　　……

　　事实上，类似的新闻不是第一次被爆出，此前，员工因为"准点下班"被公司领导提醒、警告甚至全公司通报批评的情况都曾发生。

　　理论上说，上下班的具体时间是企业对员工做出的要求，员工按照相应的规定和时间去执行、落实，不仅没有不妥，而且实属应该和必须。按时上班、按时下班，是员工的义务也是其权利。如果真要较真儿法律，我国实行的是8小时工作制，到了下班的时间还不让走，已然可以算是加班时间了。

　　相关社交媒体平台上，上述新闻的阅读量达到了4亿人次，网友评论达数万条。龚先生以为，不是大家非要给这几分钟讨个说法，而是在通过力挺"准点下班"表达一些潜台词。

　　比如，对一些公司管理者或老板"清奇"逻辑的不满。在一些老板看来，员工如果每天都准点下班，要么是不热爱工作、不思进取，要么是工作量不饱和，得"加码"；如果不对准点下班的人予以干涉，那么久而久之，他们可能会把其他"好员工"带坏——大家都学会"准点下班"了，公司的业绩怎么往上冲；员工就应该把公司当成家，心甘情愿多付出一些……

　　再如，一些人苦被迫加班、摸鱼加班、"表演"式加班等职场歪风、畸形加班文化久矣。现实中，有些员工有时要赶进度、做任务等，正当的加班在所难免，但也有些加班走上了歧路——"领导不在我不在，领导不走我不走"；坐班不做事，以"工作时长论英雄"；深更半夜发图晒办公室灯光、晒没喝完的咖啡、晒咬了一半的能量棒，诸如此类。有些人很想准点下班，但领导一到下班时间就召集开会，搞"头脑风暴"。更让人担忧的是，越来越多的员工被裹挟其中，下班不再是上班的终点，而可能是被迫加班（没有加班费那种）的起点。

　　所以，诸多人力挺"准点下班"，想表达的是：

　　无谓的加班、"内卷"能不能少些？

　　职场中的存在感能不能不靠工作时长来刷？

　　员工准点下班、拥有"下班自由"能否成为常态，而非"想为又不敢为"

之事？

有观点认为，准点下班其实是一种能力。意思是，能准点下班意味着能科学、合理地规划工作内容和时间，能保质保量、高效地完成工作任务和预期，有执行力、不拖延，能处理好工作和生活之间的关系，等等。

龚先生以为，包容甚至鼓励员工准点下班，同样是一种能力。因为这样的领导更懂得制定合理的工作目标和工作流程，懂得劳逸结合更能保证员工的工作效率和热情。曾有研究表明，"快乐的员工贡献的生产力，比消极员工的平均高出20%。"这值得公司管理者深思。

说到底，老板也好，员工也罢，都应该在工作效率、工作质量方面努力，而不是把太多的精力放在工作时长和表面功夫上——这，才是更科学更可持续的工作方式。这样的企业文化带给公司的收益会更大。

留住夜市，留住更多人间烟火

◎ 2022年11月16日　苏墨

　　"选择题：A. 留住人间烟火，留住青春记忆；B. 不要被噪音、油烟、交通堵塞打扰。"

　　相信所有人都不希望这是一道单选题。而现实中，这确实是一道考验城市治理水平的难题。

　　近日，南京"人间烟火"的"扛把子"级别标志——三江夜市，在经历了关停、迁址、重开、整改等一系列曲折后，再迁新址。可重开仅一天，再次被叫停，因为遭到隔壁小区的业主投诉，说是油烟和垃圾扰民。

　　精神上需要烟火气，但却不想在现实中忍受烟火味儿。市民的想法可以理解，要求也合情合理，相关部门对三江夜市的一系列操作也积极响应了民声民意。

　　然而，颠沛流离的三江夜市还是成为一个尴尬的存在：搬远了，有人觉得青春记忆消散了；搬近了，有人觉得不胜其扰；搬来搬去，经营者无法承受一次次从头开始的经济精力成本，也对继续经营没了信心。

　　随着商户的离散、地点的游移，关关停停的老招牌下聚集的人气与情怀，正在被一点一点消耗。

　　人间烟火味，最抚凡人心。夜市应是点亮夜经济的"夜明珠"，是点亮市井人心的"长明灯"。岁月积攒下来的回忆与人气,不该被轻易舍弃。

城市管理中,类似的两难并不少见。大到古建筑和新城市、老厂房与新街区,小到新型社区能不能与小商小贩"握手言和",快递外卖是送到社区门口还是直达家门……是选情怀还是选便利,是选便利还是选安全,是选安全还是选成本低……

难道我们只能做选择题吗?

事实上,已经有很多鱼和熊掌兼得的案例。变身奥运场馆的首钢园,成为网红打卡地的大唐芙蓉园……就在三江夜市所在的南京市,一家有着60多年历史的南京科巷菜场经过改造,设立"社区工坊",吸纳了配钥匙、修锁、干洗缝补、理发等一众小服务。而"社区工坊"这一综合性服务业态,已在南京、上海、杭州、合肥、北京、西安等地落地,让流动小贩有了固定摊位,也让社区居民得了方便。

三江夜市能不能也找到一个让多方都满意的方案呢?

答案一定是有的。也在南京,义乌夜市等已经"住进"了房子,入街入室似乎可以成为三江夜市的新模式。

近来,各地相继出台政策支持小摊经济、后备厢经济、集市经济、夜市经济等。而这种支持离不开提前研判、合理规划、精心设计,让"路边摊"走进新时代,让新时代留下老味道。

一家承载着广大百姓精神慰藉的小夜市,值得城市管理者为它用心思量。而百姓对城市管理的认可、对城市精神的认同,也正是在这寻常巷陌、人间烟火中积攒起来的。

如何在城市治理、经济发展、大众情怀、群众利益中找到平衡点,需要智慧,需要真心。

干涉员工"如厕自由"不是企业的自由

◎ 2022年9月16日　林　琳

　　这几天，福建厦门一家科技公司的厕所引发了舆论关注——
　　网传这家企业为监控员工吸烟，在厕所隔间里安装了监控，在里面吸烟的员工会被处罚。
　　面对如此新闻，公众的愤怒可想而知，如果厕所里都能装监控，还有什么地方是不能装监控的？如果这样的做法都能容忍、服从，这样的权利都能让渡，还有什么是员工不能容忍、不能让渡的？
　　不过，这则新闻的后续有些"迷"，先是有报道显示，当地劳动保障监察大队已实地介入调查，后是该公司辟谣，称情况不属实，视频涉嫌恶意剪辑，已报警。
　　新闻是否属实，有待调查。不论是为了控烟，还是为严格其他方面的管理，厕所里安监控的做法都已侵犯员工隐私。
　　犹记得，此前有互联网公司被指安装厕所坑位计时器，以控制员工上厕所时间。被曝光后，该公司解释称，是为了测试每天卫生间使用次数和时间，便于判断需要增加的移动厕所坑位数量。
　　对类似的辟谣，龚先生是愿意相信的，因为相比之下，我们更不愿相信的是，在弘扬法治、在隐私权保护明确写进法律、在劳动者的诸多权益愈发得到保障、在有关部门一再强调让劳动者实现体面劳动的现实语境下，仍有企业如此任性妄为、无视法律、随意践踏劳动者的尊严和权益。

近年来，一些劳动者的"如厕自由"受到企业不同程度干涉，甚至完全失去"如厕自由"的情况不时见诸媒体——有的限制员工每天上厕所的次数、每次上厕所的时长，有的实行打卡制、给员工设定每个月上厕所的总时长，有的在某一时段完全禁止员工上厕所……

而企业这么做的理由通常都是，保证工作效率，防止员工摸鱼。

客观而言，有些岗位的员工上厕所需要报备、需要尽可能缩短时间，比如，有些生产线如果同时去如厕的员工太多，可能影响生产，甚至可能带来一些安全隐患；有些服务岗位如果员工如厕的时间太久又没有人及时顶替，便可能影响服务效能、影响顾客体验。但如果不是类似情况还要随意限制员工的"如厕自由"，不仅简单粗暴、不通人情，有违正常的生理需求，而且可能侵犯员工的健康权、人格权等。

让人遗憾的是，说到监控劳动者，一些企业总是不乏"发明创造"——有公司给员工安排了一对一的监控摄像头，有公司安排了"高科技坐垫"，还有公司在员工电脑里、手机里安装了相关软件……

不难想见，如此技术手段加持下，员工失去的何止"如厕自由"？

企业可以为此找到诸多冠冕堂皇的理由，但在员工和公众看来，这就是对员工的控制欲，是对员工权益赤裸裸的侵犯。

不可否认，现实中确实会有员工借上厕所等机会摸鱼、偷懒、刷视频、玩游戏、看股票等，也会有员工假装忙碌、表演勤奋，但企业不能因此"一竿子打翻一船人"，对所有员工实行无差别的"有罪推定"，把每一个员工都当"贼"防着，进而实行一些表面高级、号称"高科技"，实则低级、低能、低智的管理。往远了说，这种监控、限制只会不断加大员工与企业之间的距离感，降低员工工作的积极性、主动性、创造性，降低企业对员工的吸引力和凝聚力。如此，企业终将遭到反噬。

毫无疑问，企业有权通过规章制度对自己的员工进行管理，也可以有自己的劳动纪律，但这些都必须符合法律的规定和精神，必须履行相应的程序。相比动辄监控员工、实施"侵权式管理"，人们更愿意看到的是诸多企业因为人性化管理、设身处地为员工着想、充分尊重员工权益而上头条、引热议，而非在法治的边缘疯狂试探——那不仅仅是员工的幸福、幸运，也是企业能够干成事儿、干大事儿的密码之一。

"我们不是找小三"，HR出言不逊的勇气何来？

◎ 2022年7月20日　贺少成

近日，成都一女生看到一家公司招聘人事专员，比较感兴趣，于是向HR咨询。该HR（人力资源管理人员）称，工资每月4000~6000元，每周单休。女生称接受不了单休。没想到HR直接说：你干嘛要出来上班？别人是找工人，不是"找老婆"。雇佣一名员工来干活，不是"请摆设"，不是"找小三"。

此番"宏论"一出，不光是求职女子惊呆，就连作为旁观者的龚先生也着实吃了一惊。

且不论单休是否合法，光是"找老婆""找小三"的说法，就是对求职者的侮辱。找一份工作，招聘方与应聘方从法律意义上来说是对等的双方，没有哪一方能对另一方肆意侮辱。

近年来，某些HR凭一己之力将公司顶上热搜的奇葩言论不少，比如"垃圾终归是垃圾，我们不收垃圾""大专果然是猪"……除了这些出格言论之外，在招聘过程中越界追问求职者婚育情况甚至感情问题的也不少。

从表面看，问题是出在HR身上，但这又不仅仅是HR的问题。

犹如服务窗口是一个城市的门面，HR这个职位也是一个企业的门面。

如何考察求职者的能力、如何为企业挑选到优秀员工，是一家企业的文化投射在 HR 身上的影子。

很可惜，少数企业"家天下"的思维，使得一些 HR 习得一身"江湖气"，在招聘时拿腔拿调，居高临下，不时抛出些荒腔走板的雷言雷语。

这些企业的招聘病，看似在肌肤，病根则值得深究。

一家企业，不管是老板，还是负责对外招聘的 HR，首先应掌握基本的法律常识。《劳动法》《劳动合同法》等对劳动者的工作时间、加班时长、薪酬待遇等都有基本的规定。学习好法律，才能在管理或招聘中不致行差踏错，也不会让自己的雷言雷语登上热搜。

同时，企业的老板和 HR 都应该加强个人的职业素养。管理一家企业，自己也应该受到企业管理规则的约束。如果将求职者看作是上门摇尾乞怜的"乞食者"，就会不自觉地"狗眼看人低"，动辄对求职者出言不逊。一家失去管理规则、没啥企业文化品位的公司，想在今天的社会生存下去，恐怕也是举步维艰之事。

HR 是一家企业对外形象的代表，不少求职者对一家企业的了解，很多时候是从与 HR 打交道开始的。HR 在考察求职者言谈举止的同时，HR 的一举一动也在求职者的打量中。一场求职者与用人单位的双向奔赴，即使结果不是"看对眼"，也不应该是恶语相向——更多时候是求职者被冷嘲热讽，只有招架之功而无还手之力。

一些 HR 在招聘过程中的不当言论不时被曝出，伤害的不只是求职者，也伤害着企业的形象，往大里说，还污染着就业的大环境。

太高的期待先不提，至少，HR 在招聘员工时，好好说话。

不缴"五险"不是企业多理直气壮的事

◎ 2022年9月13日　贺少成

2022年9月12日,河北保定刘女士向某求职平台投诉自己的遭遇。事情起因于刘女士在该平台找工作时,询问招聘者会不会交五险,对方回复"你以为你来当公务员呢?"对方对刘女士进行了长时间的嘲笑。接到刘女士投诉后,求职平台方表示对用户进行了严正警告。

求职过程中,求职者提出这个正常问题竟遭到嘲讽,最终,这家企业遭到了网友的一致抨击。

为何网友都明白的事,偏偏总有些企业频频"触雷"?某些招聘人员的认知为何与公众的认知南辕北辙?

不惮以最大的恶意揣测他人。龚先生以为,一种可能是有的企业管理者或HR(人力资源管理人员)缺乏基本的法律常识。我国的《社会保险法》和《住房公积金管理条例》规定,用人单位必须给职工缴足"五险一金",即养老保险、医疗保险、工伤保险、失业保险、生育保险和住房公积金。而《劳动法》则规定,如果用人单位不给职工缴足"五险",属违法行为。

自己违法在先,还敢嘲笑求职者"来当公务员",谁给了用工方这样的勇气?

还有一种可能,有的企业招聘人员明知不缴或少缴"五险一金"违法,但总以为自己能逃避法律的制裁。有网友在留言中说，有的私企不给员工足额缴纳"五险一金"，自己就曾遇到过。

问题是，不给员工缴"五险一金"，不是企业自以为是的"潜规则"，不是能拿到桌面上张扬的多光彩的事，更不能成为企业明码标价的招聘要求。事实上，现实中如果有企业有类似行为，员工可以提起劳动仲裁或诉讼，且胜诉率极高。

回到问题本身：在求职过程中，为什么时不时会有求职者无端受辱的事情发生？就在不久前，四川成都一女士在求职时，因不同意企业方提出的"每周单休"，结果企业 HR 称，企业是雇佣一名员工来干活，"不是请摆设，不是找小三"。对此，在评论区里有网友感慨，"这年头下头（令人头疼）的 HR 真多"，也有网友说"HR 的门槛该提高了"。

说到根子上，企业招聘员工，应该将自己与求职者放在对等的位置上。虽然是企业在给员工发工资，但企业大可不必将自己当作员工的"衣食父母"，动辄颐指气使。不管员工还是企业，都是双向奔赴的选择。没有企业，员工固然会失去一份工作和发展的平台；但没有员工，企业的发展同样是无本之木、无源之水。如果将求职者看作是上门摇尾乞怜的"乞食者"，就难免不时有"令人下头的 HR"发出惊人之语。

龚先生以为，一些企业管理者或 HR 在招聘中的不当言论，伤害的不只是求职者，也伤害着当事企业的形象，伤害着和谐劳动关系的大环境。

不管是平台还是监管部门，都不该对此类招聘人员的出言不逊视而不见或退避三舍。保护每一位劳动者的尊严，是维护就业市场应有的公平和正义。

当菜刀不能拍蒜以后……

◎ 2022年7月19日　苏　墨

"菜刀不能拍蒜""品牌总经理称中国人用刀习惯有问题""在舆论高压下,迫不得已澄清、道歉、召回"……这几天,某品牌菜刀事件频频登上热搜。

在网友集体冷嘲热讽,甚至物理、历史知识齐上阵的谴责声中,龚先生在想一件事:当菜刀不能用来拍蒜,那会发生什么?

首先,可能是凉菜的集体下架,拍黄瓜迅速涨价——蒜不贵,但是这菜废刀。紧接着,大蒜种植开始内卷,为了适应菜刀,需要培育软糯的新品种。

接下来,恐怕会有点心品牌宣布"不能吃,只能看",有扇子声称"高端人士只用来把玩,扇坏了不赔",有鞋子会说"这款不能沾地,下地穿出了问题,概不负责"……

以上当然是笑话,但也不全是。

如果顶着老字号招牌却生产出令消费者大跌眼镜的产品,还把锅甩给消费者,这事有了第一次,就保不齐会有第二次;今天是这个品牌,明天就可能有其他品牌堂而皇之地"不讲武德"。老字号带了这个头儿,新兴的国潮国货如果有样学样,又将如何是好?

事实上,还有几家知名的菜刀生产厂家也表示,他们生产的菜刀也不能拍蒜。当然，也有反其道而行之的，某刀具企业开启了直播拍蒜，吸引了不少网友围观。

一把中式菜刀把"能拍蒜"当成卖点，笑过之后，却心生悲凉。

"炮制虽繁必不敢省人工，品味虽贵必不敢减物力"——一把"龙雀双斩刀"，一时间拍碎了老字号带给消费者的信任感。

做了400年刀的老字号，怎么就被蒜给绊住了呢？

本次事件涉及产品所使用的不锈钢型号为50Cr15MoV，是西方菜刀常用的材料，特点是硬度较高、锋利度较高，而韧性却是死穴，如果发力过猛，比如横拍这种行为就会断裂。而在消费者眼里，老字号加上"龙雀双斩刀"这名字，就应该指向中式菜刀：拍蒜、刮鱼鳞、切块切片、剁骨头、改花刀……一把刀齐活。

而企业客服解释"该品牌的刀具都不建议横拍食物，力度掌握不好的话容易断柄。如要拍蒜，建议用刀面按压"——看似礼貌实则气人的回复，一下子引爆了消费者的愤怒。

紧接着，品牌总经理此前"中国人学了几十年的切菜方式是错的，米其林的厨师不是这样切的"等言论被剪辑发布，更是起到了扬汤止沸的效果。

即使这些事发前的言论有被断章取义之嫌，但是该品牌一直仿照西方向精细化发展刀具的构想，显然与中国消费者想要一把"抗造"的菜刀的实际需求，不在一条道儿上。

另有媒体曝出：涉事公司超75%生产靠代工，研发投入仅占总营收比的3.5%左右甚至更低。这也是很多老字号品牌在现下身处困境的一大缘由。

生产端把握不住品质，销售端把握不住价格，只靠刷老品牌的这张"老脸"，一旦出了事，真赖不到消费者"不够高级"上。

该吃疼、记打的商家还有不少。近年来，餐饮、医药等行业的某些老字号品牌，都曾遭遇过口碑崩塌的信任危机。真到了警醒的时候了！

金字招牌是经年累月苦心经营攒下来的，但前人就算是攒下金山银山，也经不起忘了初心的后人任性挥霍。消费者已经很宽容了，对老字号也有足够的信任，不然被蒜拍断的"龙雀双斩刀"怎么可能卖出去6万多把呢？可即便再多的信任，又怎经得起一次又一次被"割韭菜"？

在消费升级的时代，创新乏力的老字号本已很难撑起部分消费者对品牌的持续认可，如果连传统工艺和精湛品质也不能坚守的话，那么，让消费者如何"爱你爱你爱你"？

事实上，不少老字号已经掌握了熨帖消费者心理的套路，不少新潮创意频频出圈，让新成长起来的消费者颇为喜爱。

守住老手艺、老传统，守住做好产品与服务的初心，老字号这块金字招牌才能守得牢。其中，教训也是应该汲取的——今天是一瓣蒜"惹的祸"，明天会不会是一根葱呢？

再狡猾的"刺客"，
也逃不掉高性价比的捉拿

◎ 2022 年 7 月 8 日　　罗筱晓

这个夏天，与雪糕相关的话题持续走热。先有"便利店里不认识的雪糕不要拿，否则会变得不幸"，后有某品牌雪糕高温下晒不化、打火机烤不化的视频引发争议，顺便让"卡拉胶"得到了一次科普机会。事到如今，相信一提起"雪糕刺客"一词，很多人都会会心一笑。

所谓"雪糕刺客"，是指那些在冰柜中看着其貌不扬、可当消费者拿着去结账时会被高价"刺伤"的雪糕。随着这一概念的走红，相继又有一些隐形"刺客"被网友公之于众。

比如，上海一位女子逛商场时先后遇到了 6 颗 128 元的"话梅刺客"和两个 92 元的"桃子刺客"；近两年来，一些餐饮品牌持续上涨的价格也让进店的食客猝不及防就"遇刺"。

一般而言，对常见常用的商品，大众心中都有一个较为稳定的价格区间，当某种商品的定价远远超过了该区间，平衡必然会被打破。比如，当记忆中顶多十多元能买一大袋的话梅，单颗超过了 20 元，有多少人能淡定自若不倒吸一口凉气？

市场经济环境下，大部分商品卖多少钱是商家的自由，但如果利用消费者的习惯性思维反其道而行之，贵得偷偷摸摸，则着实让人不爽。

以雪糕为例，销售方未明码标价或价格标签不显眼、不完整，是引起消费者误买的重要因素。在"话梅刺客"事件中，商家一改人们通常习惯的以500g计单价的模式，用50g作为标价单位，在很大程度上误导了消费者。

自2022年7月1日起，国家市场监管总局发布的《明码标价和禁止价格欺诈规定》正式实施，其中规定，经营者应当以显著方式进行明码标价，明确标示价格所对应的商品或者服务。此举也被视作可以有效捉拿各种钱包"刺客"的护卫。

可值得注意的是，即便如此，人们对"那么普通却那么贵"的产品的关注依然没有停止。前不久某餐饮品牌的一个馒头涨到近20元，就引来网友"我不配"的调侃。

明码标价的贵，为什么还是被"围殴"呢？

雪糕也好，餐饮也罢，受原材料涨价、人工、场地成本上升等因素影响，最终产品价格上涨，这无可厚非。好的产品，售价除了包含其实用价值，还有隐形的社交价值乃至文化蕴含。这几年，不少博物馆、旅游景区推出售价十多元的文创雪糕，总体反响都还不错，这显然与其售卖的场景和一根雪糕给予消费者的打卡、社交等体验不无关系。

人们真正反感的，是以伪创新为由试图收割消费者钱包的贵——讲故事、搞测评是常规操作，以IP联名之由行价格翻倍之实正流行，再不济，换个新包装打个新概念就可以算作产品升级，价格当然也一并升级。

这样的现象近年来在不少行业均有发生。初期是消费者不小心就会"被刺"，到后来则可能带偏从业者理念，挤占差异化产品生存空间。更让人担心的是，近来一些高人气产品质检"翻车"的案例也说明，有的品牌把大部分精力投入制造噱头、吸引流量、成为网红等"面子工程"上，忽视了对产品质量和安全的保障。

曾几何时，不少人感叹，大到大型设备、小到牙膏牙刷，大部分"中国制造"商品只能挤在中低端市场，而国外同类商品价格高却颇受欢迎。这中间的差异不仅缘于品牌效益、营销策略，更重要的是产品在创意、质量方面

的差别。

如今，不少国产品牌步入向高端发展的道路，绝大多数都是以高品质、新创意等赢得市场。消费者越来越明白，高端是综合能力的体现。高价但不高质的"高端"能不能站稳市场，真替商家捏把汗。

消费升级不等于商家一味"割韭菜式"的涨价，一件商品贵不贵取决它的性价比高不高、有没有在合适价格基础上给予消费者更好的体验和更强的满足感。市场千变万化，这条原则却不会改变。再狡猾的"价格刺客"，也逃不掉高性价比的捉拿。

丑化群体、制造对立、贩卖焦虑，营销"三板斧"你中招了吗？

◎ 2022年3月25日　吴　迪

"女人脚臭是男人的5倍！""把鞋子变成桑拿房！"……近日，某日用品公司的文案在网上翻了车。

据多家媒体报道，日前，该公司会员中心公众号发布文章《女人脚臭是男人的5倍，不信闻一下！》，图文并茂地展示了女性脚"到底有多臭"，并在文末附上相关产品链接。此举遭到网友怒斥："为了卖货，连底线都不要了！""火烧自己消费者，再饿也不该这样！"

很快，该公司删除这篇文章，回应称将严肃整顿该账号的运营，对文章的不当内容以及对女性的不尊重表示郑重道歉。

网上舆论并没有因涉事公司的道歉而平息，有网友认为道歉缺乏诚意和反思。

网友的愤怒不是没有道理。涉事公司在营销文案上的翻车已经不是第一次了。2021年国际劳动妇女节期间，其旗下某品牌营销文案就在女性身上抖机灵，在"她"的偏旁部首上大做文章。

当然，这也不是第一家企业在营销上翻车，诸如有的医美机构丑化平凡人相貌、将颜值与求职挂钩,以及某些食品商制造出"儿童专用酱油"等。

抛开相关细节,其实,大家最反感的是某些企业的"吃相"难看——

"先贬损你再吃定你",以"科普"形式夹带私货,把公众和消费人群当成没啥智商和尊严的傻子。

想来,相关公司在营销上屡屡"秀下线",一是因为竞争激烈,乱拳之下出昏着儿。随着电商模式深入百姓生活,在传统的商超实体店营销模式之外,商家亟须开辟和扩大市场,而网络空间则提供了更多可能。比如,有些公司花钱雇网红主播带货、找素人博主"种草"等,试图以新的营销手段扩大公司和商品知名度,并占领更多市场份额。一些公司在营销文案上耍小聪明,就是想提高文末产品链接的点击量和购买量。

二是有关企业的企业文化、商业逻辑使然。在某些企业眼里,中国市场"人傻钱多",企业并没有真正将消费者看成地位平等的、值得尊重的一方。比如,因"看起来消费不起"而被知名品牌店歧视、同样的产品在国内外市场执行双重标准等,屡屡引发消费者不满。

某种角度上,互联网经济也是注意力经济,而注意力可以转化成一部分购买力。于是,某些深谙所谓"黑红也是红"的流量密码的企业,总会在"如何爆红"上绞尽脑汁,认为哪怕自己被骂上热搜,也是一种"收益",甚至频频抡起"丑化群体""制造对立""贩卖焦虑"这营销"三板斧"。对此,公众和消费者要擦亮眼睛,认清其套路,千万别"被卖了还帮人家点钱"。

不仅如此,某些企业在引爆网络情绪后,以"道歉+删帖+关评论区"的操作,赚取实实在在的关注与收益。对这样的企业,我们也要多个心眼,甚至可以试试"用脚投票",用理性消费,倒逼企业树立起"掂量后果"的意识,并重新审视和调整对待消费者的商业逻辑。

企业营销策略是企业文化、形象和价值观的展示。无论大企小店,赚钱是天经地义的,但对消费群体基本的尊重,则是企业必须恪守的底线。

熟客身上的一两块钱，不是"韭菜"，是信任是基石

◎ 2022年3月2日　罗娟

2022年3月1日，北京市消协发布互联网消费大数据"杀熟"问题调查结果，结果显示，八成多受访者有过被大数据"杀熟"的经历。

公众苦大数据"杀熟"久矣。

同一个配送地址、同一时间点单，会员价会贵几元钱；手机越贵，打车价格就越高；预订酒店，会员价高于非会员……大数据"杀熟"可谓花样百出、防不胜防：

"选好机票后取消，再选那个机票，价格立马上涨。"

"我的消费比我老公要高，开通不限流量服务时，他的手机可以开通88元的套餐，我的手机必须开通138元的套餐。"

……

本来，熟客就是互联网企业发展最在意的用户黏性，是企业口碑的基础。可为了扩大市场、拉拢生客，平台推出的优惠只向生客倾斜，而熟客已产生

热点e论："工人日报e网评"作品选

品牌信赖和消费习惯，即使没有优惠也能留住，这就是平台企业"杀熟"的动机。

本来客观的大数据"计算"，成了商家的大数据"算计"。

消费者对大数据"杀熟"之所以很愤怒，是因为感觉到了背叛与欺骗，而且是"最懂你的人伤你最深"。

商家根据大数据的"计算力"，对熟客进行消费"画像"，在互联网的隐秘角落，给熟客布下了收割的"天罗地网"。这等于是利用消费者的信任与忠诚，一刀扎在了熟客的心口上。

某些平台企业诡辩称"技术中立""不知情"。可技术哲学专家安德鲁·芬伯格说过："技术并不是一个中立的工具，而是会带有自己的价值观及价值偏好；因为每项技术不是来自真空，而是有特定的场景，比如，技术是由谁开发，为什么开发，技术如何运用。"

"杀熟"何其短视！

北京消协的上述调查显示，九成多受访者认为大数据"杀熟"会扰乱市场秩序；八成多受访者认为会透支消费者信任；七成多受访者认为会影响整个行业的商业信誉。

回顾近年来大数据"杀熟"新闻，无不在舆论场迅速传播发酵，首先遭受重创的便是企业的品牌和口碑。结果，往往是生客望而却步，一些熟客抽身离去。如此下去，再大的企业也将面临大厦将倾的颓局。

更有技术哲学家、经济学家提出，大数据"杀熟"与传统"杀熟"存在本质的不同，传统"杀熟"是个别企业行为，只影响企业口碑，而大数据"杀熟"严重破坏互联网经济发展的规则底线，伤害了互联网经济的未来，让技术本身的进步遭受质疑、蒙上阴影。

因此，如果说大数据、算法是一种技术，那么要确保技术应用尤其是在商业领域更好地为消费者提供公平优质的服务，应该给其设计一系列的"元规则"，避免任由平台和商家操控算法、制造"决策黑箱"。

近期，我国多部法律针对价格歧视、消费者维权等问题做出规定。《个人信息保护法》明确禁止大数据"杀熟"，3月1日起实施的《互联网信息服务算法推荐管理规定》规定，互联网企业让消费者有知情权和选择权，不能再对消费者搞大数据"杀熟"。

今后,大数据"杀熟"不仅需要承担客源流失的风险,更需承担法律责任。只有在法治轨道上,互联网经济才可能实现健康、持续、高质量的发展。

大数据"杀熟"的治理,也带给我们对于科技进步与社会发展关系的思考。技术本身是中立的工具,但技术应用的背后有"决策人"、承载着价值取舍。

因此,监管大数据"杀熟"除了建立一套完整的事前预防、事中监督、事后处罚的机制体系外,还要建构和培育一套公平文明的商业伦理,对抗利益至上的资本冲动。

互联网时代,数字技术赋予企业更广阔的发展前景。有长远眼光的企业没道理只盯着熟客的那一两块钱——那不是"韭菜",那是信任,是底线,是基石,更是未来。

进价9元卖5000元！
骗老人不能成"发家致富"门路

◎ 2022年2月17日　　林　琳

"警惕！不要让老人独自参加陌生人饭局"——这个热搜话题，龚先生乍看没看懂，仔细看，它缘起于北京市海淀区法院审理并宣判的一起案件。

海淀区82岁的金女士被邀请参加了一个"回馈客户"的饭局，席间，一位讲师向大家介绍了一款名为PQQ的产品，称是一种含林芝的复合压片糖果，可以包治百病，并且当天购买可以大幅优惠。在场的老人都很心动，金女士花5000元买了一套，还有老人花2万元买了四套，而这款产品的进价仅为9元。目前，4名诈骗老人钱财的被告均已获刑。

进价9元卖5000元，这算盘打得还能再响点儿吗？这么割老人韭菜，真是割出了"新境界"！

对于保健品，大多数老人都没啥抵抗力，谁不想让自己硬朗一点儿，好好活着呢？为健康操心、为养生埋单，正是时下不少老年人生活的一项重要内容。

龚先生虽然没到那个年纪，但也时不时接到有些商家"回馈客户"的邀请电话；眼见、耳听过一些推销员对母亲大人嘘寒问暖，阿姨长阿姨短，还邀请她去城市周边免费一日游；至于有些商场、会所里动辄人群聚集、中间一人口若悬河，也多半是在极尽推销之能事……

法官提醒，邀请老人参加饭局是一种新型骗局。实际上，这么多年来，骗子的手法创新有限，基本上熬的还是那锅"老汤"，还是那些"熟悉的味道"——

1. 片剂也好、粉末也罢，或者按摩床、椅子之类，四个字：包！治！百！病！——诱惑值拉满；

2. "今天您来着了，原价9900元，今天只要4900元，当场付款再减200元，实付满1万元再打九折"——数学题，绕啊绕；

3. "阿姨、叔叔，有什么事儿别麻烦子女，跟小张说，小张都能帮您办，打杂儿、跑腿儿，都行"——"狼"已经想入室了……

即便如此，这种套路和陷阱，依然有一茬一茬的老人入套入坑。上述热搜的评论区可见一斑——

"我家老人也买了不少，无奈"

"听讲座送鸡蛋、送大鹅"

"老人买菜货比三家，可听完课买了个3000多块的饮水机"

……

基于此，不少子女都把提醒老人防骗作为"家庭课堂"的重要内容——

"别给陌生人转钱"

"别接陌生人电话"

"别图10个鸡蛋的便宜"

"别跟陌生人吃饭"

……

看来，这"清单"还要不断加长。

骗子挺多，但老人依然够用。

如此"割韭菜"的骗局，到底能不能破？怎么破？

从法律上来说，上述判决已经给出了答案——行骗者被判处有期徒刑，同时被处罚金。事实上，海淀区法院已经不是第一次审理判决类似案件，检索相关新闻亦不难发现，不少地方都曾打掉保健品"坑老"团伙，也都对涉案团伙和人员处以了刑罚。可见，只要事实清楚、证据确凿，法网是可以为老年人的权益和钱财兜底的。

除了司法机关，市场监管部门也曾向一些利用保健品"坑老"的公司和商家亮剑，罚款金额达数十万元。

问题的关键在于，很多上当受骗的老人并不打官司，也不举报，甚至有些老人不愿意承认自己上当受骗的事实，这让无数骗子得以逍遥法外，未受到任何惩罚。

老年人之所以常常成为骗子的"首选"，很大程度上是因其方方面面的认知能力在下降，所以，戳破骗局、让骗子"生意"惨淡，不能寄希望于老人"自救"，而是要靠外力协助和推动。

比如，司法、行政机关要对相关案件"零容忍"，把越来越多的骗子绳之以法，形成一种高压态势和氛围；基层社区可以在条件允许的前提下，回应、纾解老年人的养生诉求，为他们提供正规的知识讲座、保健按摩服务等——事实上，有些地方已经开始这么做了。

人人都会变老，何况我国已经进入老龄化社会，全国60周岁及以上老年人口达26402万人（截至2020年11月1日零时）。

今天，我们不能让"进价9元卖5000元"的骗局换个"马甲"再度上演，不能放任骗老人钱财成为一种"发家致富"的手段和门路，不能放任老人成为骗子眼中的"唐僧肉"和"韭菜"。这是一个文明社会必须守住的底线，也是建设老年友好型社会的应有之义。

各方应携起手，共同为老年人打造一个安全的、舒心的生活环境。这样的环境会让我们每一个人受益。

别逼着消费者与虚假好评"斗智斗勇"

◎ 2021 年 12 月 30 日　　罗筱晓

　　精挑细选的电商平台上"好评如潮"的商品，收到实物却大失所望——这样的经历，但凡网购过的人大概率都遇到过。近日，有媒体调查发现，一些网店运营商为了获利，采取雇佣水军、好评返现、给予赠品等手段，制造好评假象，欺骗、误导消费者下单购物。

　　这样的新闻不是第一次出现了，早在 2016 年"3·15"晚会上，网购刷单内幕就曾被曝光并引起公众关注。

　　网店的出现，给了消费者更便捷的购物体验。评价体系的设立，则是希望以消费者对商品的真实感受、体验给有购买意向的网友提供有价值的参考信息。然而，随着"刷单炒信"（即以虚构交易、好评、删除不利评价等形式，提升网店信用水平）现象盛行，人们想网购到好东西这件事变得困难起来。社交平台上，甚至还有教人分辨一件商品是否存在刷单行为的攻略。

　　说好的网络让生活变得更轻松呢？

　　对一部分网络经营者来说，刷单显然被视为一种捷径。他们凭借虚构出的好评，将实际质量、功用远不如评价所展示的商品卖出，再利用许多消费者怕麻烦、懒得退掉单价较低的商品的心理，最终获利。

　　对另一部分本想老老实实开店的人来说，刷单则多是一种无奈之举。按绝大多数电商平台的规定，买家给出的每一个评价都会影响店铺的信用等级评分，评分低了，自家商品在搜索页面的位置就会靠后，受关注度就会下降。需要注意的是，评分高低是相对的，一家正常经营的网店就算做到零差评，信用等级分数也很可能比不过刷好评的同行店铺。受形势所迫，即使是良心卖家，有的也不得不加入刷单大军。

有需求就有市场，网络店铺对好评的近乎扭曲的追求，催生出一个成熟的刷单灰色产业。有媒体调查发现，当机器刷单受到平台监管后，专业的人工刷单水军出现了——在这个"市场"中，有只点亮5星好评的"粗刷"，有用商家提供的图片发表评论的一般"精刷"，也有垫款购买商品收货后拍照片、拍视频、配长文的高级"精刷"，收费标准从几元到上百元不等。此外，有的刷单方还能按要求提供追评以及用特定创建时间、性别的账号刷单等服务。

可想而知，无论是主动还是被动，商家刷单的成本最终都会以各种方式转嫁给消费者的钱包。

刷单的害处当然远不止于此。除了侵犯消费者的知情权、破坏平台经济公平交易规则，以及频频爆出的以兼职刷单为由实施的诈骗案例外，炮制好评更深远的影响是对诚信经营者和公平竞争市场规则的伤害。

一边是费尽心思改良、创新的商品很可能因展示页面靠后而无人问津，一边是舍得花钱刷单就能赚得盆满钵满。长此以往，专心于产品和服务的小店越来越难以生存，优质的商品会越来越少，电子商务市场的环境会越来越差，最终，整个行业的发展都会受到危害。

从法律角度看，"刷单炒信"已触及我国多项法律法规。《反不正当竞争法》第八条规定，经营者不得对其商品的性能、功能、质量、销售状况、用户评价、曾获荣誉等作虚假或者引人误解的商业宣传，欺骗、误导消费者。该法第二十条规定，经营者对其商品作虚假或者引人误解的商业宣传，或者通过组织虚假交易等方式帮助其他经营者进行虚假或者引人误解的商业宣传的，由监督检查部门责令停止违法行为，处二十万元以上一百万元以下的罚款；情节严重的，处一百万元以上二百万元以下的罚款，可以吊销营业执照。

2021年，国家市场监管总局发布的《禁止网络不正当竞争行为规定（公开征求意见稿)》明确规定，经营者不得以返现、红包、卡券等方式诱导用户做出指定评价、点赞、转发、定向投票等互动行为。

近年来，尽管我国多地相关部门加强了对刷单行为的监管，不过从整体效果看，刷单现象始终没能销声匿迹。这既是因为与收益相比，刷单的违法成本较低，也是因为治理刷单需要社会多方协同努力。

比如，针对不断出现的互联网消费新形态及新的刷单形式，政府相关部门应积极跟进出台具体监管举措，及时发现、查处刷单等作假行为，让牵涉其中的各方都付出相应的代价。对电商平台来说，一方面应设置更多元的商品、店铺评价标准；另一方面应舍得放下部分流量、收益，对涉嫌刷单的店铺设置更严厉的处罚规定，引导店铺运营者把精力花在提供更多更好的商品与服务上。

与虚假好评"斗智斗勇"，真的不是消费者该修炼的功夫。

不能让无底线的"网红"一路狂奔

◎ 2021年12月24日　　贺少成

　　2021年12月22日，河北沙河网信办通报，在日常巡查中发现本地网络上广泛流传"两名男子在大街上扮狗夺食"的视频。沙河市网信办联合公安局，依法依规对网上发布低俗信息的两名"网红"进行约谈。

　　同日，针对湖南长沙几个无良主播为了流量、利用一精神残障女孩做低俗直播，当地警方通报，3名涉事主播被刑拘。

　　类似的事，接连不断。

　　如此低俗、恶俗视频或直播，有的涉嫌违法，令人愤慨；有的违规，令人侧目；有的违背公序良俗，令人如鲠在喉、如芒刺背。

　　都说互联网时代是一个"猪都能飞上天"的时代，短视频和直播显然是当下最热的风口。网友打赏、直播带货带来的利益使得涌入风口的人如过江之鲫。而少数"网红"获得的巨大收益，更是不断刺激进入者的野心。

　　但"网红"的进阶之路并不容易。为了能迅速博得关注、收割流量，有人动起了歪脑筋。纵观近几年短视频和直播行当，从"吃播"到"佛媛"，几乎只有人想不到，没有"网红"做不到。

　　沉浸在互联网世界里的以年轻人居多，包括不少未成年人。"网红"低俗、恶俗甚至违法的表演，会给未成年人带来怎样的恶劣影响，想想都让人后背发凉。

对此类短视频或直播，网友们一直呼吁强烈抵制、严厉惩治。2021年7月，中央网信办启动了"清朗·暑期未成年人网络环境整治"专项行动，要求"防止炫富拜金、奢靡享乐、卖惨'审丑'等现象对未成年人形成不良导向"。

其中，短视频平台应对低俗、恶俗"网红"的短视频或直播，负起必要的审核责任。

过往的事实证明，"达人粉"、点击量、"热搜榜"等与流量相关的名堂，或多或少有平台推波助澜的身影。在利益的刺激下，一些平台罔顾社会责任，把关不严，甚或有意纵容。"惟流量论"让各类"网红"在制造流量或蹭流量上一路狂奔。

无底线的"网红"，真的管不住吗？

恐怕非不能也，是不为也。

在"拉面哥""摆摊奶奶"等一系列人物走红、"网红"蜂拥而至围观拍摄后，平台感受到了网友不满的压力，对蹭热点的短视频采取"限流"等措施，效果明显——"拉面哥""摆摊奶奶"等很快从网友的"怼脸拍"中解脱出来。冲着利益而去的"网红"，一旦发现类似蹭热点不能变现，很快就会作鸟兽散。

乘着短视频火爆的东风，不少"网红"也是四处开花，东方不亮西方亮。即使出格言行被一个平台封禁，也会转战其他平台继续"作妖"。这样的情况，可以通过技术手段来解决。人脸识别技术的成熟和普及，足以让类似魑魅魍魉无处遁形。

有业内人士建议，在技术的支持下，对"网红"的违规行为可以分级分类管理。文前提到的"网红"扮狗，当地网信部门要求当事人签署《文明上网承诺书》，提交书面整改报告，并要求该短视频账号自行停更3个月。互联网是有记忆的。对这种曾受到惩处的，互联网更应当记忆深刻，一旦发现有"问题网红"复出后故态复萌的，大可加重处罚，以儆效尤。

在监管部门出手、网友呼应的情况下，平台如能积极履行社会责任、善用大数据等技术手段，相信那些无底线、"辣眼睛"的"网红"及其短视频和直播，找不到兴风作浪的机会。

脱单盲盒，
是爱情的幸运宝盒还是潘多拉的魔盒？

◎ 2021年12月9日　　罗　娟

　　只需要付费1元，就可以抽取一个联系方式，或者将自己的联系方式存入"库"中，等待有缘人抽取——这是近期风靡的脱单盲盒的玩法。除了摆摊，还有售卖脱单盲盒的"脱单便利店"，线上的脱单盲盒小程序、公众号、App、网店等，脱单盲盒已经形成一个火爆的产业链。

　　过去车马慢，一辈子只够爱一个人；今天节奏快，年轻人却陷入脱单困境。

　　不得不说，脱单盲盒的设计和低价位，精准命中了当代年轻人的恋爱和消费心理需求，因此引得众人趋之若鹜——"一元钱"若真能换一段恋爱自然超值，若换不来也不亏什么；脱单盲盒没有七大姑八大姨的盘问，避免了线下相亲的尴尬，还有点邂逅浪漫爱情的奇遇色彩。

　　但是，等等——如此物美价廉的罗曼蒂克，到底是婚恋交友新方式还是新套路？

　　不管你信不信，脱单盲盒受到热捧是事实；不管你试不试，脱单盲盒的暗坑不少也是真的。

其一，在个人信息审核上，脱单盲盒是"全盲"的。不论是线下还是线上，目前通过盲盒脱单的成功率不高，很多人都卡在第一步——信息的真实性。商家通过低廉价格获取个人信息，但对于个人背景、年龄、生日等缺乏核实，要么盲盒内的联系方式是假的，"查无此人"，要么建立联系后被对方骚扰甚至掉入色情或诈骗陷阱。

这样的脱单盲盒，或者让人白忙活一场，或者让人掉进坑里。

爱情的"幸运宝盒"一朝变成"潘多拉魔盒"，后怕吗？

其二，在个人信息保护上，脱单盲盒是"脱缰"的。脱单盲盒让参与者提供个人照片、简介、联系方式等，存在泄露个人信息的风险，而且很难保证商家不会将这类信息挪作他用。并且，脱单盲盒网络小程序在技术层面也很难确保数据储存安全，存在信息数据被盗取的风险。

海量的个人信息就这样"自由"飘荡，存在极大的法律风险。这样的爱情游戏，参与者就没有嗅到一丝丝危险的气息？

其三，在商业运营上，脱单盲盒存在监管空白。不少脱单盲盒小程序通过社交平台广泛招募代理，"赚钱很快""推广即分佣"等成为其广告语。有关部门监管后，它们换个"马甲"又冒出来。

这种"拉人头"层层赢利的模式，像不像传销？这样的爱情游戏成了别人的暴利商机，浪漫吗？

所以，有网友说，脱单盲盒是两头"割韭菜"——想找对象的单身青年和想赚快钱的代理商。

憧憬浪漫爱情，没错，但将求偶的美好期许押在盲盒上，很可能轻则找爱无果、脱单失败，重则陷入信息泄露和"杀猪盘"等陷阱。

11月1日开始实施的《个人信息保护法》，明确规定了个人信息处理者应当对其个人信息处理活动负责，并采取必要措施保障所处理的个人信息的安全，否则，将承担相应的法律责任。

在这一背景下，脱单盲盒"脱缰式"发展显得格外扎眼。

但这一产业兴起之快，也说明交友存在巨大的市场需求，眼下既不能将其一关了之，也不能听之任之，而应及时加以约束，制定可行规则，探索出合法合规的发展路子。

比如，落实相关法律法规，限制个人信息收集；对脱单盲盒经营平台加以监管，采取必要的整治措施，及时清理、打击各种逾越底线的行为。

爱情这么美好，"幸运宝盒"自然要在明处生长。

脱单盲盒乍然兴起，也让人看到今天年轻人寻找爱情，确需多方助力。数据显示，中国当下尚未走进婚姻殿堂的适婚青年至少有1亿多人。大龄青年的婚恋问题，已成为全社会关注的焦点。

但是，脱单显然不能只靠盲盒。一方面，鼓励和推动交友市场的健康发展；另一方面，更多社会组织及群体也应该为单身适龄青年提供更加多元、便捷的婚恋交友渠道。

妈妈从小教育我，爱情不能盲目，需要睁大眼睛。

听妈妈的话，追求真爱的道路或许有千万条，但以真诚求真爱，这一条应该最靠谱。

鹅毛飘飘，别给玩"双标"者留有底气与空间

◎ 2021年12月2日　吴迪

加拿大某品牌又"火"了——2021年11月30日，加拿大某品牌中国大陆门店不得退货的消息冲上新闻热搜。

据媒体报道，10月27日，贾女士在上海国金中心加拿大某品牌专卖店，花11400元购买了一件羽绒服，回家后发现商标绣错、线头杂乱、面料异味浓重。在与门店沟通退货时，遭遇阻力——购物时，她曾被店员要求签署《更换条款》，否则拿不到衣服。该条款显示"除非相关法律另有规定，所有中国大陆的专门店售卖的商品均不得退货"。

12月1日上午，上海市消费者权益保护委员会约谈品牌方。当日，该品牌就中国大陆地区退换货政策发布声明称，在符合相关法律规定的情况下，所有中国大陆地区专门店售卖的产品可以退货退款。

对此，中消协回应称，尊重消费者权利、保障消费者权益是经营者的应尽义务，它不仅应体现在营销条款、协议、承诺、声明中，更应落实到保证产品和服务质量、妥善处理消费者诉求的具体行动中。在这方面，任何企业、任何品牌都没有例外特权。若说一套做一套，动辄以大牌自居，摆傲娇、秀

优越、搞双标、玩歧视，高高在上，店大欺客，必将失去消费者信任、被市场所抛弃。

一家跨国企业在某个国家或地区做生意，必须遵守当地法律。该加拿大品牌满纸"排他性"，如此"双标"，公众不答应，中国法律更不答应。

《中华人民共和国消费者权益保护法》第二十四条明确规定，经营者提供的商品或者服务不符合质量要求的，且没有国家规定和当事人约定的，消费者可以自收到商品之日起七日内退货。

在该品牌看来，交易时让消费者签署其单方面出具的《更换条款》，便是一种"约定"，可以"最终解释权归商家所有"，甚至将其作为"免责条款"。但事实上，任何违反当地法律法规与政策的文件，都是无效、不具备约束力的。《中华人民共和国民法典》第四百九十七条明确规定，"提供格式条款一方不合理地免除或者减轻其责任、加重对方责任、限制对方主要权利"的，是无效条款。

有网友分享了在国外购买和退换该品牌时，体验到的是"服务周到、过程顺畅"。

今天还玩"双标"，显然是 OUT 了。

前不久，该品牌因虚假宣传、霸王条款等问题，被有关部门开出 45 万元罚单。这次又撞上霸王条款、歧视消费者的红线。从本质上看，该品牌的商业行为透出一种傲慢，无视我国法律和市场准则。

"这只鹅飘了。"

"被中国消费者喂得太饱，翅膀硬了。"

该品牌此前发布的财报显示，截至 2021 年 9 月 26 日的 2021 财年第二季度，该品牌实现净利润 900 万加元，营业收入达 2.33 亿加元，实现同比 40.3% 的增长。而营收增长主要得益于电商渠道的快速增长及大中华区市场的贡献，中国大陆的 DTC（直接面对消费者的营销模式）收入增长了 85.9%。

腰包鼓了、名气大了，就更应该有"国际大厂"的样子，而不能在无视消费者权益上"凹造型"、玩个性。

之前，类似挑战消费者底线的"国际大厂"不是没有。

在汽车、家居、手机等若干领域，个别"国际大厂"在中国市场的营销中，产品出了问题，企业对中国消费者不理睬、不赔偿。最终，迫于中国法律及舆论的压力，企业不得不做出改进。

在国家法律面前，不容任何企业的任性和傲慢；在公平的市场准则面前，任何企业都应恪守诚信的底线；在消费者合法权益面前，任何企业都不能"抖机灵"、搞"双标"。

某些外国品牌在中国市场做生意，大概只看到了中国的市场潜力，却忽视了"成也萧何、败也萧何"，"我要赚你的钱，但我不一定尊重你"的行径，屡屡挑战着中国消费者的宽容和耐心。

被监管部门罚款的教训和代价，兴许能让这些财大气粗的企业暂时有所收敛，而消费者"用脚投票"应该具有更强的震慑力。

今天，如果哪家企业还以为中国消费者对这种"双标"下的歧视会无可奈何，那真是打错了算盘。

想给所有"国际大厂"提个醒，中国市场和消费者不会给某些企业"玩双标"留下空间。在国际经贸往来密切的当下，学习和敬畏中国法律、尊重中国消费者，是相关企业最该补的必修课。

摆脱"坑多多"魅影，
房产中介赚佣金也要赚良心

◎ 2021年10月15日　韩韫超

近日，有媒体报道了深圳一位购房者夏女士在2020年底以4150万元的成交价购买了一套房产后，从前业主处得知房源挂牌价是3800万元，前业主实际收了3900万元。夏女士由此质疑中介从中赚取差价，要求中介公司道歉并返还佣金等。

2021年10月13日，涉事房产中介公司发布声明，称了解到卖方为卖房同时也与深圳市某房地产代理有限公司签署了《房产销售策划服务合同》，该公司收取其250万元服务费用，而这家公司与中介公司无任何关系。

原来，深圳的这家房地产代理公司为前业主提供的是"销售策划服务"，即房屋出售前对房屋进行的相关装修、软装、设计、推广等增值服务，房屋卖出后，公司按协议收取相应的策划服务费。如今，这笔费用最终却由买家夏女士埋了单。

有房地产相关从业人员表示，这种包销的现象在豪宅区很常见。包销公司把控了业主的房源，中介如果想成交必须通过包销公司，否则就联系不到业主，无法完成最终交易。

深圳市房地产中介协会表示，此前已依据现有自律规则对涉事的深圳房地产公司做出自律处分。但类似包销行为属于新生现象，需要法律层面判断，已建议夏女士尽快通过法律手段维权。该协会正在启动专项调研课题，征集司法、行政和行业内各方面意见，制定新的针对性自律措施。

"包销公司什么鬼？"

"买房路上，还有多少套路？"

网络上，网友纷纷为夏女士喊冤叫屈，也不惜自揭伤疤，吐槽自己买房路上的血泪史，其中，房产中介无疑成了槽点"重灾区"。

比如，买房时看到一套物美价廉的房子，联系上房产中介，却被告知该房源已售出，"另有几套类似房源可以了解一下哦"——通过虚假房源和价格博眼球，从而高效"钓"到客户，已成一些中介的标配套路。

又如，一些房产中介带客户看房时，有意把几组买家安排在同一时间看房，衬托房源的稀缺性和优越性，甚至不惜找人"客串"看房者，制造房子抢手假象，只为尽快促成成交赚取佣金。

此外，多年来一成不变的房产中介费收费模式也屡遭诟病。1995年公布实施的国家《关于房地产中介服务收费的通知》，规定房地产中介服务收费最高不超过成交价格的3%，这种按房屋成交价格一定比例收取中介费的惯例，一直沿袭至今。

如今，在国内一二线城市，购买一套住宅房屋总价都在数百万元甚至上千万元，动辄数十万元的中介费让公众叫苦不迭。有人想不明白，一套价格为300万元的房子和500万元的房子，中介在带看、签约、过户、收房等环节提供的服务并无太多差别，但买家支付的佣金却差了好几万元，这合理吗？

能不能改变按房产价值比例收取中介费的模式，能不能根据成交事实收取一次性固定佣金，或按具体服务项目逐项收费，类似呼声越来越强烈。同时，由买家单方支付佣金的模式是否合理，也越来越多被提及和讨论。

近一段时间，不少地方推出了二手房买卖租赁信息官方发布平台，鼓励

业主个人自主挂牌，一定程度上改善了二手房源信息的不对称现象。但是，一旦涉及贷款、"买一卖一"连续交易等情况，从规避风险、保障权益的角度出发，买卖双方仍需要专业人员来协助办理，房产中介提供的核实房屋产权信息、实地看房验房收房、保障交易程序合法合规等服务内容，依然是二手房交易市场的刚需。

公众对房产中介"坑多多"的吐槽，对行业来说是逆耳忠言，是对房产中介粗放式发展敲响的一记警钟。

实际上，很多客户不满的是，套路重重之下，自己付出的佣金与获得的服务并不相称。

"花几万甚至十几万元费用，就是帮我找到一套房子？然后就一个劲地劝我赶紧买？利好政策出来了赶紧买，马上要涨了；打压政策出来了赶紧买，别错过抄底良机。"

如何提升从业者的职业素养和专业能力，让房产中介服务质价相符；如何进一步加强管理和规范，促进房产中介行业高质量发展，增加房产交易双方的获得感，无疑是全社会的殷殷期待。

透明、合理、公开、专业、诚实、信用——对房产中介来说，这是立业之本。中介企业要加强自律，用更加硬核的服务说话，职能部门、行业协会也要扶一程、拉一把，及时为行业发展指路、纠偏。

"想要卖好房子，要先做一个诚实的人。"

"我们赚的不仅是佣金，还有良心。"

"房子不光是房子，也承载着一家人一辈子的幸福，我想要为别人的幸福找到安身之处。"

这是2020年热播的电视剧《安家》中房产中介人的经典语录。眼下，奢求从业者也有这份情怀并不现实。但透明、合理、公开、专业、诚实、信用，应当成为行业标配，由此，才能赢得尊重、收获口碑。

对"越丑越俗就越红",就该零容忍

◎ 2021年9月21日　苏　墨

在90天内积攒超1269万粉丝的新晋流量王"铁山靠"被永久封禁账号了——近日,"抖音黑板报"通报称,已永久封禁存在内容低俗、恶意博眼球等问题的有关账号17487个。

同时,平台方发布公告称:相关主播在直播过程中被处罚记录达102次,其粉丝群体存在互踩互撕、控评等畸形"饭圈"文化现象。

解密上述一些网红主播的"顶流之路",往往无非"丑""俗"二字。而一段时间以来,类似套路成了不少活跃在网络短视频平台、直播平台上的红人们的"进身之阶":胸口碎大石、生吃八爪鱼、装傻充愣扇自己、互骂互掐飚脏话……种种刷下限的行为,一再突破着观众对"丑"、对"俗"的想象力。

综观这些现象不难发现,这些短时间内积累超高人气的丑星、俗星们,在没有监管、制约的情况下,只会越来越红,且红的速度越来越快,甚至成为被力捧的对象,诸多"三俗"内容也成了一块"金字招牌"。

最近,监管部门不断加强对演艺圈、"饭圈"的监察整顿力度。9月2日,国家新闻出版广电总局明确,坚决反对唯流量论、坚决抵制泛娱乐化。要求坚决杜绝"娘炮"等畸形审美,坚决抵制炒作炫富享乐、负面热点、低俗

"网红"、无底线审丑等泛娱乐化倾向,坚决抵制不良"饭圈"文化。

同时,只有平台从根本上改变以俗、以丑引流的策略,才能从根源上掐掉这股歪风邪气。8月底,文化和旅游部出台了直播行业管理办法。其中一条便是,网络表演经纪机构(即MCN机构、主播公会)不得以虚假消费、带头打赏等方式诱导用户消费,不得以打赏排名、虚假宣传等方式炒作网络表演者收入。同时,MCN机构和主播也被要求不得以语言刺激、不合理特殊对待、承诺返利、线下接触或交往等方式诱导用户消费。

此前,一些靠审丑内容收割流量的主播被封号早有先例,然而,这并未阻挡一些人"前赴后继"的脚步。这值得警醒和反思。

网络平台本应是小人物、大情怀、正能量传播的舆论场,生活中的那些美好、那些温暖、那些向往,都值得也应该被记录、被传播。引导流量拥抱真善美,其实不乏内容基础也不乏关注度,需要的只是平台的正向驱动。有调性、有格局的平台,才能把自己的路越走越长。

让美好生根发芽,首先要让丑陋无的放矢。一些主播不能再靠"丑""俗"出名,才能给优质内容让出一条出路。这是主播的责任,平台的责任,某种角度上也是观众的责任——如果观众都不为恶俗买单,那些只靠突破底线"开路"的网红们,哪会有大红大紫的机会?

希望上述以低俗内容博流量的账号被封,成为一个转折点。今后,畸形的走红方式不仅不能得逞,而且应该被嫌弃、被鄙夷。

我们离生育友好型职场，还有多远？

◎ 2021年9月15日　　贺少成

三胎政策放开，一直都是热门话题。既有很多利好消息，也有不少不太好的消息。

正如网友预测的，"担心的事情终于发生了"——据河南电视台民生频道报道，在郑州市金水区总医院某社区卫生服务中心工作了9年的刘女士，怀了第三胎，被单位通知回家考虑一下辞职。

事情曝光后，网友的意见分成了两个阵营：有的问"单位被处分了没"，有的说"三胎意味着公司至少养三年，老板肯定不乐意"。

记得之前还曝出过"排队怀孕""审批怀孕"的新闻。事实上，不少女性在生头胎时都面临着工作、生娃难以两全的困境，更遑论三胎？

在全社会打造生育友好型职场，我们显然还有不小的距离。

中小企业贡献了全国80%以上的就业，是扩大就业、改善民生、促进创业创新的重要力量。显然，中小企业也是吸纳女性就业的主阵地。但在这个就业主阵地中，大多数企业都是"一个萝卜一个坑"，一旦女员工接二连三怀孕，企业不仅在短时间内用工困难，还要为怀孕女员工支付工资并缴纳相应的社保，这对不少企业来说都是需要权衡再三的事情。

一旦负担女性生育的成本超过企业的承受能力，很可能会出现明里暗里

的就业歧视问题。明着打"不招女性"招牌的企业好查处，但那些暗中行使潜规则的企业，可能会让更多的职场女性吃哑巴亏，连向有关部门申诉都缺乏证据。

有职场这道"拦路虎"，生二胎乃至三胎时，不少女性显然要三思而后行：更多的孩子意味着更多的支出，但收入减少甚至有可能失去工作，这样的后果可谓"压力山大"。

国家相关部门也充分考虑到女性的生育及育儿成本问题，为搬掉教育、医疗、住房这三座拉高生活成本的"大山"，相关政策密集出台。各地也出台了一些保护性政策，例如四川攀枝花对按政策生育二孩、三孩的攀枝花户籍家庭，每月每孩发放500元育儿补贴，直至孩子3岁；广东生三胎女性可享受80天奖励假，男方可享受15天陪产假，等等。但在育儿成本高企的今天，这样的奖励显然远远不够。

从最现实的角度考虑，拥有一份稳定的工作和收入，或许是女性能生、敢生的最大底气。而能为女性提供这份底气的，显然在于用工单位。但如果将生育的成本完全推给企业，它很有可能成为一些中小企业不可承受之重。

国家出台的三胎生育政策，对于优化生育、促进人口长期均衡发展有着重大意义。在利国利民的大背景下，生育二胎、三胎的成本可以考虑由社会各方共同承担。

例如，目前的生育保险只是对女职工生育医疗费用、生育津贴待遇等提供保障，能否扩大外延，探索在降低女性及家庭育儿成本上予以更多支持？能否对雇用育龄期妇女的企业，给予一定就业补贴或在税收上给予优惠？

只有社会各方提供足够有力的支持，企业才会在招收女员工时不必"斟酌再三"，女性员工才会在生二胎、三胎时少些后顾之忧。

发生在河南的"生三胎被要求辞职"事件，作为个案，需要严肃查处。但它不啻是一记警钟，提示我们，在当今鼓励女性多生育，真的还有很多事情要做。

"绊倒"大超市的不是1元钱，是对消费者的漠视

◎ 2021年8月12日　罗筱晓

最近几天，因为1元钱，知名零售品牌永辉超市有点烦。

由上海市徐汇区市场监督管理局出具的一份行政处罚决定书显示，自2021年1月1日至2021年2月28日，永辉云创科技有限公司在其运营维护的微信小程序"YH永辉生活+"中，未事先征得消费者同意，对每笔订单收取1元包装费。此举被认定为"强迫消费者购买商品或者接受服务"。据此，永辉云创科技有限公司被处以没收违法所得8059.2元、罚款32235.8元的处罚。

8月10日，永辉超市发布公告称，诚恳接受处罚并立即整改。次日，该公司表示，对于违规收取包装费的20.148万笔订单，将按每个订单1元的补偿方式，发放至用户账户。

区区1元钱，对大多数消费者来说不算个事，然而，永辉"悄悄"的收取方式却实实在在地违了规乃至违了法。

根据《中华人民共和国消费者权益保护法》第九条规定，消费者有权自主决定购买或者不购买任何一种商品、接受或者不接受任何一项服务。《上海

市消费者权益保护条例》也明确规定，经营者不得强迫消费者购买商品或者接受服务；提供可选择性服务应当事先征得消费者同意。

有理由相信，在市场里摸爬滚打多年，永辉方面对上述常识性法律法规绝不会不了解。明知故犯，显然是以耍小聪明的方式试探消费者和监督部门、执法部门的底线。结果"偷鸡不成蚀把米"，交罚金、退钱、品牌形象受损——1元钱引发的一连串后果想必大大超出了涉事方的预料。

有意思的是，此次该商家受罚，网友们在拍手称快之外，还掀起新一轮吐槽："暗箱操作"不行，"明目张胆"就可以吗？

确实，在如今的外卖行业，无论买什么，在结算页面，"打包费"几乎都是固定的项目。虽是明码标价，但是收1元还是收5元，都是商家说了算，反正"羊毛出在羊身上"。更何况，消费者没有选择权利——想要"交易成功"，必须乖乖付钱。难怪有网友气鼓鼓地说：买了两箱矿泉水，照样被收了包装费。

与此同时，也有网友认为，在限塑、禁塑令全国推广的背景下，无论是线上还是线下，不再提供免费包装袋都是合理合规的，这有助于倒逼消费者形成环保意识。

前几年，"包间费""开瓶费""谢绝自带酒水"等项目和规定，时不时就会成为舆论场讨论的热点。随着消费者一次次维权行动、监管部门相应法规出台和监督力度加强，这些不合理行为已大体被制止或得到规范。

新零售时代，人们消费的场所、方式发生了改变，但公平交易的根本规则不能改变。

无论是此次让大超市"绊一脚"的包装费，还是外卖平台上的打包费，抑或是之前被广泛讨论的快递箱保管费，乃至以后可能出现的各种新式"收费"，该不该收费、以怎样的标准收费，都应该结合实际情况，在公平交易的原则下，尊重消费者的选择，且由相关部门出台明确依据，并严格监督执行。

唯有这样，参与市场行为各方的权益才能得到保障，相关行业也才能更健康地发展。

一元钱事小，公平交易规则事大。

医美的坑，不能一直这么坑人！

◎ 2021 年 7 月 9 日　　林　琳

这几天，一款医美届的"明星产品"成功引起媒体关注，冲上热搜——水光针，"3 支水光针里，可能只有 1 支是正品……"。这事有点吓人。

在医美届，水光针主打补水美白，主要分为"注射水光针"和"无针水光针"。市面上，一支水光针的价格从数百元到数千元不等，一个疗程一般需注射 3~4 次。

有数据显示，2020 年中国注射针剂的医美用户中，34% 的用户接受过水光针注射，且有 58.8% 男性医美用户曾接种水光针。其受欢迎程度可见一斑，注射者为此支付的价钱也不难想见。

如今，1/3 的正品率不知得让多少打过这针的人默默摸摸自己的脸。

这一消息足以让网友炸开锅——

"感觉交了智商税，打完一个疗程没任何效果。"
"真的是暴利行业，希望有关部门能严查。"
"你们不懂，这叫医美盲盒。"
"拒绝医美，自然老去。多运动，多睡觉，多喝水。"
……

龚先生打开某电商平台，搜了搜"水光针"，结果真是眼花缭乱：水光针自打仪器品牌不少、售价不等，多的有几千人付款（购买），少的也有上百人付款……

近年来，"颜值就是正义"似乎得到不少人认同。相应地，医美、微整等不再是明星的专利，不再是一些确有身体缺陷、被烧伤烫伤群体的需求，而是越来越成为一种"大众需求"，甚至高考过后，考生们都能掀起一波"整容热"。

"好看的皮囊"，无疑是所有人都想追求的。只是因为每个人经济实力的不同、认知的不同，追求的方式和能力也不同。以变美为目标的医美产业注定潜力巨大、"钱途"无限。但必须正视的是，种种乱象是其发展路上最大的绊脚石，水光针只是冰山一角。

现实中，微整成"危整"，"美容"变"毁容"的事情不时发生，有的明星从此星途暗淡，有的人甚至再也没有醒来。

因为不少求美者忽视了医美的风险。

就像有业内人士所说，医美是医学行为，医学的核心是安全。说得难听些，要是去看病、做手术，有多少人不去正规医院而选择"黑诊所"，或者网上买点工具、在家"自助"？

根据我国医疗美容服务管理办法、医疗器械监督管理条例，不管是医美机构、从业医生、医美药品产品，都有明确的准入门槛和要求——医美机构要经过卫生行政部门审批；负责实施医美项目的主诊医师要有执业医师资格，要有相关临床学科工作经历，要经过医美专业培训或进修；进口的医疗器械应当有中文说明书、中文标签等。

可现实中，这三项都有可能是假的。

医美机构可能压根儿并未取得相关资质，或者有部分资质但进行着超范围经营；"主诊医生"很可能没有执照，而是几天培训速成的或者"自学成才"的；药品、产品就更没谱了，"3支当中有1支正品"或许不是最严重的，还有"护肤店里查出兽用注射器""成本不足1元售价上千"……

就像一些网友所说，这些都要消费者去鉴别吗？监管去哪儿了？

尤其是那些冒牌的、杂牌的，甚至打一枪换一个地方，藏身居民小区、写字楼的，由谁监管、如何监管，卫健、市场、公安、质监等部门如何分工，都是问题。

同时，监管面临着不少新问题。比如，有些医美企业、美容院等通过新媒体平台贩卖容貌焦虑，进而带货、引流；有的是熟人推荐，销售网隐蔽。

我国《医疗美容服务管理办法》颁布实施至今已近20年，而这期间，现实生活发生着巨大变化。相关修订工作近年一直在进行，但尚未完成。

医美的坑，不能一直这么坑人。

正视越来越多人对美的追求，用正规机构、正规产品、正经医生，用合理公道的价格、服务，满足人们的需求，需要监管给力、行业自律，需要畅通相关的监督、举报渠道。

不久前，国家卫健委等八部委联合印发了《打击非法医疗美容服务专项整治工作方案》，重点为严厉打击非法开展医疗美容相关活动的行为、严格规范医疗美容服务行为、严厉打击非法制售药品医疗器械行为、严肃查处违法广告和互联网信息。希望类似行动，能让求美的路更安全、更顺畅。

话说回来，接受真实、自然的自己，也挺香的。

"神医"进驻短视频，"演技"爆棚蒙住了谁？

◎ 2021 年 3 月 18 日　　韩韫超

"我翻来覆去地思想斗争一个月，最终做出了一个违背祖宗的决定，把祖传秘方无偿奉献出来……"有媒体调查发现，"神医宇宙"电视广告被曝光后，宣称"功效一流"、由演员扮演医生"带货"推广药品的广告，悄然进驻短视频平台。

这类广告在短视频平台化身为医疗号，前期发布医学科普内容吸粉后，再将粉丝引流至微信，推广、售卖医美、保健甚至医药产品。

比起电视"神医"统统是演员的套路，视频网站上的"神医"成分有点复杂。

其中一部分是由演员扮演的，一些大腕演员甚至有专业的经纪人，经由短视频营销公司包装后，以假乱真；还有一部分是现实中的从医者，有的是为了提升名气，增加线下就诊人数，一些资历尚浅的从医者则自我包装成"主治医师"或"主任医师"，俘获粉丝后引流到微信疯狂带货。

似乎，只要在视频里穿起白大褂，讲几句听上去"很厉害"的医疗保健知识，不出几日，就能成功打造出一位"网红医生"的人设。

龚先生总结了一下，其途径大致有三：

首先是花大价钱，请短视频营销和广告公司精心策划；其次是去网购平台花小钱购买医生科普行业短视频代运营方案和相关培训课程；再不济，直接"抄作业"，将同类医疗号的内容照搬过来，重演一遍。

看到这里，是不是有人大呼上当，分分钟扔掉刚刚到货的去湿茶包？

短视频平台不能做广告吗？

当然可以，但要按规矩来。

2016年开始施行的《互联网广告管理暂行办法》，一方面规定了医疗、药品、特殊医学用途配方食品、医疗器械、农药、兽药、保健食品广告等法律、行政法规规定须经广告审查机关进行审查的特殊商品或者服务的广告，未经审查，不得在互联网上发布；另一方面也强调互联网广告应当具有可识别性，显著标明"广告"，使消费者能够辨明其为广告。

现在的问题是，一些短视频平台上的广告营销很擅长打擦边球——其视频有一定的科普服务性质；不直接在平台上交易；一些出镜医生确实有真实从医资格。这些都让短视频平台上的医疗保健广告更加隐蔽。在叙述案例、贴心科普，外加一句"大家可以关注我的主页"之后，监管的触角往往便很难进一步深入。

或许，很多人并不知道健康科普类短视频蕴藏的"强大能量"。有报告显示，2020年第一季度，某头部短视频平台个人医生类KOL（关键意见领袖）共计有941个，活跃账号占比78.5%，累计发布视频超过3万条，获得4.4亿次的点赞。

大量健康科普类短视频中，除去那些规规矩矩做科普的之外，还有多少在做隐形广告？有多少在用一模一样的话术引流、兜售各种稀奇古怪的"保健品""药品"？又有多少人花了冤枉钱后却投诉无门？

短平快外加趣味性与幽默感，决定了短视频有着不寻常的传播效果。因此，平台一旦成为违法违规医药广告的"帮凶"，对消费者权益、公众健康乃至医药行业正常秩序来说，无疑都会埋下不少隐患。

指尖一滑，身穿白大褂的王医生在讲授治脚气的妙法；指尖再一滑，这位王医生变身李大夫，开始宣传改善过敏性鼻炎的药方。

对短视频平台上的这些"神医",监管丝毫不能手软,而要戴上放大镜,将披着"科普"外衣、私下搞营销的视频,一一都找出来,调动更多资源和力量,在调查、取证和锁定其背后主体等方面,做到更加精准和高效。

短视频平台自身要担起"第一道防线"的主体责任,通过技术手段,抓取、识别有营销倾向的视频,并一视同仁地予以处置。

至于那些刷短视频刷得不亦乐乎的用户,也要把眼睛睁睁大,对"神医"保持高度警惕,对隐性带货行为加强"免疫"。

2021年1月,几家知名在线教育机构冲上热搜,原来这些教育机构的视频广告里,号称"有40年教龄的资深教师"竟为同一个人——这位大妈一会儿是"英语老师",换家机构就变成了"教了一辈子小学数学"的"名师"。看来,这种"演技"已经蔓延到更多圈子和领域。

对如此"神医"进驻短视频现象,是时候认真监管了。让"有啥说啥、是谁就谁"成为商品和服务类广告的底线,让"神医"无处流窜。

货拉拉道歉：
每次改进都用生命来换，代价太惨痛！

◎ 2021年2月24日　罗筱晓

在23岁的车女士坠车身亡半个月后，货拉拉终于道歉，承认对此负有不可推卸的责任。

2021年2月6日，长沙的车女士通过货拉拉平台预约搬家订单，当晚9时许在跟车搬家途中坠出货车，头部受伤，医治无效身亡。据货车司机周某称，车女士是自己从车窗跳出去的。

2月21日，此事在网络上引起关注，货拉拉通过其官方微博首次做出说明。随后几天，关于这起事件的各种说法纷纷传出，比如，"货车行驶过程中3次偏离导航规划路线""车女士在坠车前6分钟还在与同事聊工作""事发现场没有急刹车痕迹"等。由于货车内外和货拉拉App里没有录音录像设备，一时间，各种猜测、推断让一起本就不幸的意外又多了扑朔迷离的色彩。

2月23日，周某因涉嫌过失致人死亡被公安机关刑事拘留。2月24日上午，货拉拉就该事件道歉，表示在跟车订单的行车录音等问题上存在关键缺失，并将进行包括上线强制全程录音、上线逾期未完成订单预警系统、强化已有安全功能等整改。

当悲剧发生、生命消逝才想起填补漏洞,这样的操作流程,龚先生实在觉得很眼熟。

随着近年来网约车业务的兴起,不时有行车途中司机骚扰乘客,或乘客威胁司机安全的新闻发生。2018年5月和8月,滴滴平台下的顺风车业务接连发生两起乘客被司机杀害事件,把这种新兴行业的安全隐患曝光在大众面前。

至今,暂停的顺风车业务尚无恢复时间表,普通网约车车内有了录音、录像功能。无论是司机还是乘客,若遇到意外,还可以通过设置的紧急联系人和一键报警功能及时求助。

借助移动互联网、对接资源的供给和需求、促成交易行为发生,类似的创新不仅有网约客运、网约货运,还涉及保洁、餐饮、外卖等多个行业,其中大多可能出现上门服务或与陌生人独处的场景。在提供就业岗位、为消费者带来便利的同时,如何保证交易双方的安全,是绕不开的问题。

针对此次车女士坠车事件,有人纠结于司机周某的诸多疑点,有人觉得年轻女孩不该夜里独自搬家。相比起来,龚先生认为更值得关注的是,在明知"人"的因素不可控时，相关平台为什么没有及时借助技术手段，升级、完善自己的服务？

且不说网约车从乱到治的过程本可以给货拉拉以启发，在其过去的运营中，也不时有真实案例在敲警钟。2020年5月，有网友曝光货拉拉搬家司机中途加价，系统预估的440元被加至5400元，消费者无奈之下支付了3440元；2018年，有消费者在使用货拉拉服务后遭司机长期骚扰、辱骂和恐吓。这两起事件经舆论发酵后，货拉拉也只是简单采取了封号、免单等措施了事。

为了抢占地盘扩大规模，一再降低从业者门槛；为了赢利，砍掉所有不能直接来钱的预算和支出。一旦遇到纠纷，要么靠钱息事宁人，要么就以"平台对各方都不负有责任"为说辞甩锅。不只是曾经的滴滴和如今的货拉拉，不少新行业新企业在野蛮生长阶段，都有类似的想法与做法。

要知道，这一方面是对自身信用、形象的透支，最终会损害行业和企业发展；另一方面，随着我国相关法律的健全，保障相关方人身、财产安全，正在成为、也终将成为平台不可推卸的责任。

对货拉拉来说，车女士事件或许是第一个"血的教训"，或许也能让这台一直向前冲的货车慢下来、调一调方向。希望这次惨痛的教训能引起更多类似平台的警觉，别让每一次改进都得用生命的代价来换。

盲盒"翻车",
消费模式创新之路要好好走

◎ 2021年2月1日　韩韫超

　　盲盒,一种买家不能提前得知具体产品款式的玩具盒子,吸引了不少年轻消费群体。可最近,一些电商平台竟悄然兴起宠物活体盲盒,包括乌龟、壁虎、猫狗等,卖家声称"不接受规定品种、盲盒发出后不接受退换、不接受中差评",有购买者怀着好奇与期待下单后,收到的却是一具动物尸体。

　　早在盲盒产生之初,舆论场上就有过关于这一售卖方式的正义性、盒子里所售物品是否物有所值等探讨,只不过在买卖双方"两厢情愿"下,盲盒在国内市场上迅速发展。如今宠物活体盲盒的"大型翻车现场",让人们重新打量这一新兴事物。

　　中消协日前发布消费提示,有经营者用盲盒清库存,损害消费者合法权益,且部分盲盒营销存在涉嫌虚假宣传、产品质量难以保障和消费纠纷难以解决等问题,提醒广大消费者勿盲目购买。

　　盲盒有风险,购买需谨慎。

　　拿活体宠物盲盒来说,必然面临宠物健康、运输安全等问题。但正如电影《阿甘正传》中的经典台词——"人生就像一盒巧克力,你永远都不知道下一个会拿到什么味道的"，盲盒自带的不确定和惊喜，让这种营销方式充满神秘感。让盲盒爱好者欲罢不能的，是抽盲盒带来的心理感受和情绪体验。如果购物本身能够提供探索、期盼等附加乐趣，不少人愿意为其中的溢价甚至风险买单，况且在特定条件下，盲盒还可以发挥社交功能，在一些年轻人中，成为一种"拿得出手"的潮流馈赠。

其实，盲盒与福袋、扭蛋以及吃小浣熊干脆面、集水浒英雄卡的集卡文化，并无二致。它的风靡很大程度上契合了"压力山大"现代人的找乐心理。

正如鲍德里亚在《消费社会》中说，现代社会的消费已经超出实际需求的满足，变成了符号化的物品、符号化的服务中所蕴含的"意义"的消费。

具体到盲盒，就是一种当下典型的"悦己型消费"——有钱难买我开心！当潮流玩具、美妆、文具、图书等多种产品被收进盲盒，也就构成了一种新兴消费图景。而盲盒之外，近来兴起的迷你KTV、"旅行青蛙"手游、方便小火锅等，也被视为当今"单身经济""孤独经济""懒人经济"的产物——为小众人群精准提供个性化服务，从这个意义上看，包括盲盒在内的新兴消费，可以说是商业领域的发展与进步。

花钱买方便、买开心、买寄托、买未来——消费领域自有无限拓展空间。问题是，一旦僭越了诚信、品质等商业底线，于商家而言，注定前功尽弃。之于眼下风口浪尖上的盲盒，必须厘清：其"盲"只是所购物品的不确定性，而非成为灰色交易的暗箱，成为法律和道德的盲区，成为消费者权益的黑洞。

商业模式的创新，万变不离其宗的是对商品和服务品质的极致追求。舍此，蹭潮流热度、绑架消费心理等，充其量只是昙花一现的雕虫小技。一旦虚假宣传、以次充好等行为出现，难免"劣币驱逐良币"，一个行业的口碑和信誉就会濒临崩塌，看似前景广阔的商业模式终将行之不远。

有数据显示，刚刚过去的2020年，有超过20万消费者在盲盒上每人花费超过2万元，甚至有人耗资百万购买盲盒，可见市场规模已然相当可观。包容、保护新兴商业模式的发展，不让盲盒成为监管盲区，一些行动已经提上日程——日前，上海市消保委建议，加快研究和推进盲盒市场规范的立法立规，建立和完善盲盒隐藏款投放量和抽取概率的第三方监督机制，加强盲盒市场监管力度，强化盲盒品质监督等。

是让消费者从始至终甘之如饴，还是被割韭菜之后大骂"欺人太甚"，盲盒接下来的路怎么走，取决于商业力量的理性自省，取决于监管出手的力度，取决于整个社会对新兴消费模式的态度。

"996""大小周"，企业用工不能不讲"武德"

◎ 2021年1月8日　　林　琳

2021年1月7日，龚先生供职的《工人日报》刊发了一篇《三问互联网企业"大小周"工作制》报道，引发网友热议，冲上热搜。该报道显示，短视频、在线教育、出行、电商等领域的部分互联网企业推行"大小周"工作制，即每两周中，员工一周可以休息两天，另一周只能休息一天，如此循环往复。

"大小周"工作制合法吗？需要经过员工同意吗？需要支付加班费吗？上述报道给出了明确答案。

最近一段时间，有关劳动者生命、健康和工作时间的话题保持着较高热度。先是有一互联网企业员工凌晨猝死，后有"应届毕业生拒绝996被某快递公司辞退"，如今"大小周"的话题又进入了公众视野。

有些巧合的是，龚先生的一个朋友不久前刚从有员工猝死的涉事互联网公司辞职，放弃了部门负责人的位置和七位数的年薪，而她辞职的理由很简单——太累！几乎没有前半夜下班的时候。

近年来，关于"996""715""007"等各种魔幻上班时间的讨论，进行了一轮又一轮。

首先，大多数企业实行的是标准工时制。"标准"之下，劳动者每日工作时间应不超过 8 小时、平均每周工作时间应不超过 40 小时；用人单位要求劳动者加班，要与劳动者协商、征得其同意，同时加班一般每日不超过 1 小时，有特殊原因的每日不得超过 3 小时，每月不得超过 36 小时。

其次，员工加班之后，企业要么安排其调休，要么需支付加班报酬；节假日安排加班又不能调休的，企业还要支付 200% 或 300% 的工资报酬。

再有，企业实行什么样的工时、给员工安排多少工作量，不是拍拍脑袋就能决定的，而是要"走程序"——应当经职工代表大会或者全体职工讨论，提出方案和意见，与工会或者职工代表平等协商确定，并且要将相关制度和决定予以公示或者告知劳动者。

遗憾的是，有时，法律是法律，现实是现实。当周围人都在默默承受超时加班，当老板将加班描述得那么美好和励志，当薪酬确实挺可观，多少人有勇气站出来对这种"存在即合理"说"不"？

必须承认，一些互联网企业的用工不怎么讲"武德"。高薪确实有，但那绝对是劳动者用相应的劳动量、贡献率换来的，每一分钱都对应着辛苦和付出，对应着睡眠的减少、发际线的后移、各种疾病的上身。

互联网企业真的慢不下来吗？真的不能顾及员工的健康和权益吗？

如果说，一些企业在起步阶段、原始积累阶段，为了能够活下去、为了明天更美好，需要凝聚更多干劲、力量，需要所有员工多付出一些、少计较一些，或许可以理解。但是，当一家企业已经成为所在行业或领域的佼佼者，其显然不能再以让员工"以命换钱"的方式存续和发展，而必须讲一讲作为一家现代企业所应具备的"武德"——把员工的健康提上日程，保障劳动者的权益，寻求更加可持续的发展路径。

前段时间，"外卖骑手被困在系统里"的报道引发各方关注后，有外卖企业表态将修改系统设定，推出"每单多等 5 分钟"的功能。龚先生以为，绝大多数消费者并不介意多等 5 分钟，不给骑手 5 分钟的恰恰是相关企业——冰冷的算法给劳动者设定了严苛的考核和计酬办法。这些企业不是不能慢下来，而是不想慢下来。

"996""大小周",企业用工不能不讲"武德"

　　回到一些互联网公司的"大小周"工作制也是如此,主动权或许从来不在劳动者手里。对企业的游戏规则,劳动者只能遵守,不能质疑——质疑就意味着失去饭碗。

　　在加班这件事情上,若干互联网公司似乎"步调一致",一再挑战劳动者的能力上限和身体极限。这样的"节奏"究竟是谁带起来的?为什么不能"破"?

　　以加班换产出、用健康换效益,这种简单粗暴的用工方式不是一个可持续发展的企业应有的姿态。

　　在这个寒冷的冬天,我们应该给予劳动者的是关怀和温暖,而不是冷漠、无视和雪上加霜。

"原创+"，
影视业逆风翻盘的强劲动力

◎ 2021年1月4日   吴 迪

  2021新年伊始，中国电影票房取得开门红——据媒体报道，元旦当天，单日票房突破6亿元大关，刷新国内影史元旦单日最高纪录。与此同时，国家电影局发布数据，2020年中国电影总票房达204.17亿元，超越北美市场，全球第一。其中，国产电影票房170.93亿元，占总票房的83.72%；票房前10名影片均为国产。

  中国电影市场从2020年7月开始有序复工、影院限流开放以来，压抑已久的观影热情在下半年逐渐得到释放，而疫情仍在全球持续肆虐，一直占据"C位"的北美票房更是创40年来新低。这似乎是中国电影市场"侥幸"夺魁的一大因素。

  接下来，如何把亮眼的成绩保持下去，是很多人在关注"流量小生"之外也同样关心的问题。

  关于国产电影如何提升含金量的讨论，近年来已有很多。不可否认，相当一部分剧作的表现很不乐观，甚至受资本裹挟的流量片、商业片等烂片频出。这让消费者渐渐失去耐心和信心，以至于每到寒暑假及贺岁档，即便各大院线刻意减少外国大片的排片量,给国产剧让位,电影市场整体也仍显疲软。这引发业界的自省和反思,从内容、形式、价值内涵等多层面不断尝试,力求脱胎换骨。

最近几年,国产电影开始让消费者重拾信心。从《大鱼海棠》《战狼2》《红海行动》到《八佰》《夺冠》《哪吒》等,国产电影渐渐摆脱"烂片"的标签——某种程度上看,这些"票房保障"是整个影业的风向标,从中可以看到中国影视业的成长和复苏势头强劲。

一方面,内容更加有料,编剧水准不断提高,后期制作水平更上一层楼。比如《哪吒》的人物形象、方言、台词、特效等,让观众大呼"全程无尿点"。另一方面,剧作在故事蕴含的情感上,越来越能找到与观众"共振"的点。比如,《夺冠》《我和我的祖国》等,将体育精神中的拼搏精神、小人物视角中的家国情怀,放大开来,让人们在银幕万千形象中找到"自己"。

一些剧作不断走强,有其共性的法宝,其中,"原创+"成为最值得重视和借鉴的因素。

原创是生产佳作的源头。一段时间以来,原创力不足、抄袭成风等问题不断凸显,近期被吐槽的两名作家、编剧,因其作品中充斥抄袭部分,不仅被诉至法院,更是差点被观众口水淹死,足见人们对于原创的尊重与渴求。因而,在诸如抄袭、跟风、刷票房等现象充斥影视业"江湖"的情况下,求变求新方能突围。

而"原创+"则带来了重大改变,它提供了创作、制作的着力点,也一定程度上在源头锚定了相应的市场。

如"原创+文化",热播剧《大秦赋》的口碑虽然高开低走,但其"高开"的部分是因为妥妥地打响了文化牌,高度还原了战国时期六国纷争、秦国"奋六世之余烈"以及酷似兵马俑的兵士造型等。

再如"原创+共情",电影《送你一朵小红花》在这个元旦票房纪录中立下汗马功劳,其围绕两个抗癌家庭的两组生活轨迹,讲述了一个温情的现实故事,思考和直面了每一个普通人可能面临的人生命题。此外,不久前,央视《国家宝藏》节目推出一期关于秦始皇帝陵兵马俑文物守护者的故事,一名摄影师专门给兵马俑"制作身份证",其在工作中无意抬头间,看到了一个兵马俑的嘴唇上隐约留下的一枚工匠指纹——两千多年前的工匠，两千多年后的摄影师，站在同一个位置，凝视同一个兵马俑，仿佛在对话，这一画面唤起了很多人心中的民族认同感。

又如"原创＋人性"，如《中国机长》《我不是药神》等，结局无一不是关照人性的冷暖、善恶，让观众在共鸣中思考有关人性的社会议题。

诸如文化、共情、人性等，都是在原创基础上的纵深价值，是我们每个人面对的真实环境中所绕不开的点。抓住这样的延伸点和方向，才可能更加贴近观众的生活，而这也恰恰是成就经典剧作的精髓所在。

票房数据只代表过去。设想一下，当疫情的阴霾驱散，国际影视业市场强势逆袭时，国产剧作将如何自处？

回答这个问题，不妨先思考一下，观众喜欢优秀影视剧，本质上喜欢的是什么？未来参与国际竞争和增强文化影响力，我们还应补上的功课是什么？

从近几年国内文化市场不断升温的现实来看，诸如图书、音乐、有声读物等领域，都在不断开疆拓土。比如，书店＋水吧，传统书店在经营上谋求更多跨界，在内容上持续拓展边界，以求带给人们更多贴近需求的产品、覆盖更广泛的人群——这是不是也给影视业带来更多启示？

显然，中国影视业的未来需要从成功的剧作中寻找"抓得住眼球、留得住人心"的价值内涵，从行业发展脉络、国内外竞争等角度，去探寻促进中国影视业发展、提升文化影响力的可借鉴、可复制的经验——而这无疑还有极大的空间。

减肥，我们交了多少智商税？

◎ 2020年12月30日　韩韫超

如果有一种糖果，吃下去可以减肥，你会买吗？

据央视新闻报道，2020年9月，浙江台州某市民在网上购买了这样一种减肥糖果，到货后发现，产品既无国家批文，也缺少正规标识，送检后检出其中含有国家明令禁止的西布曲明成分。但此时，该减肥糖果已通过网络平台，以直播带货方式销往全国20多个省市。近日专案组在浙江、安徽、河南、云南4省7地抓获犯罪嫌疑人25名，现场查获用于生产有毒有害减肥食品的原材料2吨、成品10万余片，涉案金额超亿元。

西布曲明——减肥圈的资深"胖友"们对这个药名不会陌生，这种药品早年用于辅助治疗肥胖症，但是副作用大，会造成心率加快、血压增高，严重时可导致中风甚至死亡，2010年10月，国家食药监管部门决定停止西布曲明制剂和原料药在中国生产、销售和使用。

但是，10年来，这一"禁药"依然屡屡被添加在一些减肥产品中，甚至在外包装上印上外文、变身网红产品迷惑大众。

食药监部门当然要加大监测和处罚力度，同时，消费者是不是也要擦亮眼睛呢？

仔细想来，那些趋之若鹜、减肥心切的"胖友"们，在购买减肥功效的

保健品、药品时，并非没有怀疑过产品的安全性，并非没有担忧过产品是否添加有违禁成分，可到头来，不少人还是会抱着侥幸心理去花点小钱碰碰运气——没准真能轻松减掉几斤肉呢？

这种侥幸心理，正是时下一些不法商家笃定赢利的筹码。

这些年，为了减肥，"胖友"们不知交了多少智商税——在减肥药之外，还有代餐食品、暴汗服、酵素、减肥饼干、减肥咖啡……五花八门的减肥产品你方唱罢我登场，为"胖友"们画了一个又一个大饼。而真正通过减肥产品成功瘦身并长久保持身材的人少之又少，反而是对健康造成伤害的案例不时曝出。

龚先生以为，一味抨击当下"以瘦为美"的审美观，多少有"站着说话不腰疼"之嫌；嘲讽"胖友"面对减肥产品的"试试看"心理，也未免不近人情。毕竟，购买质量良莠不齐的减肥产品，或许只是减肥路上的第一站。此外，价格高达数万元的健身卡、低碳水低热量的减肥食谱，甚至辟谷、催吐等极端减肥手段，随时都有可能被身边"胖友"奉为下一个减肥周期里的"救命稻草"。

今天，无数人对减肥的热情可谓不可阻挡，减肥产业注定将继续拥有巨大的市场空间。

想来，经历一次次观念的洗礼后，只有理性减肥、科学减肥、健康减肥的理念一步步深入人心，一次次交智商税的闹剧才会减少。

眼下更有一种观点认为，妥善处理焦虑情绪，改变诉诸食物和味蕾的解压方式，才是成功瘦身的关键。

退一步说，如果在"管住嘴、迈开腿"之后，瘦身依然很难，那么不妨与自己和解——毕竟每个人的体质、生活和工作环境等千差万别，在保持健康的前提下，尝试接纳自己的样貌与身材，让心头少些焦虑，把更有趣、更重要的人和事请进生活里，也是不错的选择。

"双11"，
天空上面还有天空，道路前面还有道路

◎ 2020年10月23日　吴　迪

龚先生这两天没睡好，接连在半夜被闹钟惊醒——因为2020年"双11"提前了，预售从10月21日0点开启，多数商家都将预售抢付定金时间安排在21~23日之间，且多是半夜0点开始，否则将拿不到额外折扣或赠品。所以，定闹钟成了不少剁手党无奈的选择。

还有，今年"双11"变成"双节棍"了，意思是购物狂欢不只是在传统的11月11日当天启动，而是从11月1~3日开启第一阶段，11日是第二阶段。

想起一句歌词："2002年的第一场雪，比以往时候来得更晚一些"。然而，2020年的"双11"，比以往时候来得更早一些，还额外加赠3天——不少网友表示：猝不及防，我的钱包不答应。

不管网友答不答应，这场剁手风云已经席卷而来。

令人松口气的是，2020年购物的优惠规则不考奥数了，如直接满减、下单自动领券抵扣等。往年，要想研究透"双11"的优惠规则，"非学霸不能为"，甚至有网友说，"我要是有研究规则这股劲头，当年高数就不会挂科了"。

热点e论:"工人日报e网评"作品选

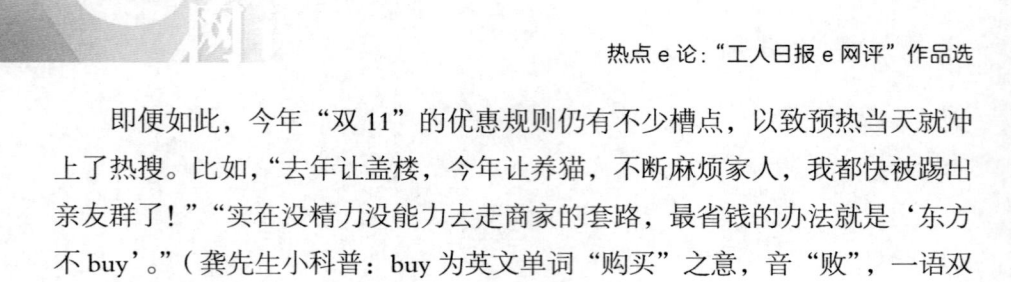

即便如此,今年"双11"的优惠规则仍有不少槽点,以致预热当天就冲上了热搜。比如,"去年让盖楼,今年让养猫,不断麻烦家人,我都快被踢出亲友群了!""实在没精力没能力去走商家的套路,最省钱的办法就是'东方不buy'。"(龚先生小科普:buy为英文单词"购买"之意,音"败",一语双关——不购买、不败家。)

"嘴上说不要,身体却很诚实。"网上这句流行语用到人们对待"双11"的态度上,也十分精当。

在边吐槽边剁手中,"双11"到现在已经走过11个年头。这些年里,购物优惠规则和消费者的吐槽,一直处于相爱相杀状态,似乎也是一种博弈——平台和商家多多少少会考虑消费者的痛点,在规则上每年都有些改变。

比如,曾经对使用优惠券有严格要求,平台券能否与店铺券叠加、满减券能否跨店、跨品类,都有着复杂的条件,且不同商家有不同细则;再如,加购凑单可以满减,但加多少钱的东西最划算,"需要费劲巴拉地在纸上演算"……

如今,这种烧脑游戏已经少了很多,"简单粗暴"的满减多了起来。比如,满300元立减40元,没有附加条件;跨店优惠券不仅可以跨店购物,还能跨品类;在各项优惠基础上,清空购物车可能还有额外满减折扣的惊喜,等等。

这种变化和趋势当然让剁手党很开心,但平台那么多、商家那么多,玩心机、套路的还是不少。正如网友说:"想要'独孤求buy'也不太容易,有些商家"逗我玩",还是不买了,立省100%。"(龚先生小科普:"独孤求buy"可以理解为买买买、败败败。同义词"鳌拜",all buy,意为啥都买、买一切。)

规则的简化、变动,其实是平台、商家和消费者之间权益、诉求的较量与平衡。

事实上,规则、条件的设置,都是平台和商家的经营策略,即资源集约化、成本最小化、利益最大化的设计,只要没有欺诈和强制消费,消费者也只能情愿或不情愿地接受。

可话说回来,健康、成熟的消费市场一定会更多倾听消费者的声音和诉求，以消费者的喜好为风向。而价格公平、透明，规则简化、明了，则是人们对"双11"的共同期盼。

手心手背都是肉，平台必然不能厚此薄彼。从各种附加条件的优惠券到"奥数题"，再到满减优惠、直接抵扣，以及出手整治先涨价后打折等不正当竞争手段，平台近年来的动作可谓是在平衡各方利益上不断进步。接纳和消化各方的声音，不断优化促销方案，平台必须进一步着力革新——如今的"双11"已经不仅仅是一场网购盛典。

十年磨一剑。"双11"加上每年的618年中大促、"双12"返场等相似规模、力度的活动，正在共同支撑起人们的消费习惯和消费信心。

可以说，"双11"已经发展成一个特殊的符号，让不少人在忙碌的生活、充满压力的工作之余，抽出一点的时间，参与一场全民抢购的狂欢，将商品加入购物车、结算、支付，然后掐着日子等待快递，再享受拆包裹的快感，似乎是一种上瘾的解压。同时，在宏观层面，它更是我国消费市场活力四射、消费信心高涨的体现。

从这个意义看，如何将具有特定文化氛围的网购盛典进行下去、不断优化，形成独具特色的消费拉动能量，在今年新冠肺炎疫情之下，更显意义非凡。

今年中秋和国庆叠加的小长假，让所有人看到疫情以来第一个长假的消费能力和市场信心。同样，这个"双11"是疫情以来的第一个网购盛典，压抑的消费欲望、喷薄欲出的消费能力，应该会给"中国前三季度GDP转正"这一消息锦上添花。

下一个十年，"双11"将如何发展，是留给大佬们思考的事。普通消费者眼下最关心的，还是平台和商家的促销：多一些真诚，少一些套路。

员工的尊严，怎么能随便往地上扔？

◎ 2020 年 9 月 7 日　　罗筱晓

　　因为以一种"特别"的方式发放员工证，这几天，位于江苏昆山的一家电子公司把自己送上了热搜榜，也给自己做了一次绝佳的"千万别来我司求职"的广告。

　　2020 年 9 月 5 日，一段拍摄于这家公司内的视频被上传到网络上。视频中，三位身穿红色马甲的男子一边不停念出员工的名字，一边把一张张证件随意扔在地上。在场的几百位员工都要走到这几个男子面前，低头弯腰，仔细辨认，捡起自己的证件。

　　据了解，扔工作证的是公司培训人员，场下是入职不久的新员工。

　　这一幕激怒了众多网友。

　　　　"我看了视频还以为是假的……这厂管理层还把员工当人吗？"
　　　　"这就是这种企业所谓的企业文化了，可见企业管理者对待员工的态度就像是对待动物一样。"
　　　　……

　　很快，该公司做出第一次回应：视频内容不实，正在澄清。随着舆论发酵,在第二次回应中,该公司不得不承认"工作人员以不当方式发放证件",原因是"招工旺季场地受限,现场管理不到位"。公司做出处理和承诺:主管率团队向员工道歉;重新审视及完善培训人员的管理及训练;加强主管现场巡查与关怀。

该公司的声明没能让网友和公司员工买账。看来,轰然倒塌的雇主形象想要再立起来,难了。

企业文化一直是企业建设与发展的重要组成部分。有的公司崇尚佛系,有的公司热爱打鸡血,还有的公司提倡"狼性"。无论哪种文化,无论是明文制定的企业规章,还是未做规定的举止行为,都应该守住底线——不仅仅是法律的底线,还有对员工的最基本的尊重。

不同于此前发生的让员工互扇耳光、吃"死神辣条"等明显有违劳动法的行为,粗暴发放工作证看上去似乎情节不那么严重。但事实上,从人之常情来说,这是对员工极度的不尊重和轻慢。

劳动者靠自己的双手和汗水获得工作与收入,按理说不应受这样的屈辱。但为了生计,视频中许多新员工都默默捡起了自己的工作证。他们选择委曲求全,选择忍气吞声。或许,如果不是视频被传上网,很多人只是转身骂一句,这件事就不了了之。

不说、不公开,不代表不存在。根据马斯洛需求层次理论,在满足了吃、穿、安全、社会连接等需求后,任何人都有被尊重的需求。这样的需求得不到满足,直接会导致员工的责任心减弱、忠诚度下降,最终可能导致员工的大量流失。

可怕的是,如果不对这样的行为引起重视,不及时采取有力措施制止,而只是在被曝光后草草发个说明,息事宁人,那么,这种对员工看似"不伤筋不动骨"的伤害,还会在一些没被手机拍到的地方继续上演。

从宽容、善意的角度揣测,粗暴发放工作证可能确实是培训人员的个人行为,甚至是无心之失,但它暴露的当事企业的企业文化问题令人担心。

被视频点燃怒火的网友,其实是想为当事员工主持一个公道,还这些普通员工基本的尊严。

也许,任何一家企业都不可能把所有涉及员工尊严的行为全都一一列举出来、写进企业管理规章之中。尊严也确实是一个含义宽泛的概念。但有一条，如果同样一件事，发生在企业高管身上，是不是可以接受、是不是感觉舒服——换位思考一下，对尊严的理解就会更容易，这事也许就没那么复杂了。

吃辣条、吃蚯蚓，别拿"狼性文化"当幌子

◎ 2020年7月10日　林　琳

这几天，有一家企业因为辣条"火"了一把——

因业绩不佳，某财税服务有限公司成都分公司业务部的7名员工接受了一项惩罚：吃辣条。结果辣条下肚，两名女员工先后进了医院。身体反应最强烈的女员工近日（事发1个多月后）被公司要求"主动离职"，原因是"她处理这件事的方式方法，对公司太无情了……"

"公司虐我千百遍，我待公司如初恋。"估计上述公司想要的是这种员工，对此，龚先生想说，梦还是放在晚上做比较好。

套用一句影视剧中的经典台词，"是谁无情？是谁无理取闹？"

猜测一下，这家公司也许是想用这种方式博出名、出位吧？

或许有人觉得，吃辣是四川人的强项，不应该有问题。但事实上该公司员工被罚吃的是一种"死神辣条"，其外包装上明确写着"整蛊玩具""禁止吞食"。或许公司会说，是员工自己选择了吃辣条，的确，当时还有另一种选择——喝1.5升矿泉水，而被罚员工觉得"吃辣条简单一些""没想到会有这么严重的后果。"

热点e论:"工人日报e网评"作品选

不得不说,近年来,一些企业总会解锁一些折磨、惩罚员工的"新玩法",各种奇葩、不人道、没底线的事情不时被媒体曝光——

让员工跪在地上互扇耳光;

罚员工吃苦瓜、喝生鸡蛋;

每天晨会亲吻老板、集体跪地磕头……

此次吃辣条事件之前,是贵州毕节一家装饰公司罚未完成工作目标的员工吃蚯蚓。

简直是企业迷惑行为大赏。

有企业给类似行为找了一个冠冕堂皇的幌子——"狼性文化"。

什么是真正的"狼性文化"?企业该不该有"狼性文化"?"狼性文化"是否真能刺激员工、提升业绩?这些都有待讨论,但可以肯定的是,一些企业"狼性文化"旗号下的某些举措,已然逾越了法律的边界——

根据《劳动法》的规定,用人单位侮辱、体罚、殴打、非法搜查和拘禁劳动者,由公安机关对责任人员处以15日以下拘留、罚款或者警告;构成犯罪的,对责任人员依法追究刑事责任。

根据《治安管理处罚法》的规定,公然侮辱他人,处5日以下拘留或者500元以下罚款;情节较重的,处5日以上10日以下拘留,可以并处500元以下罚款。

刚通过不久的《民法典》,将人格权独立成编,明确自然人享有生命权、身体权、健康权等权利,同时享有基于人身自由、人格尊严产生的其他人格权益。

龚先生想说,任何企业文化都不可以目无法律、为所欲为,甚至泯灭人性。

奇葩处罚何以屡屡发生?

一来,跟强势的企业、老板相比,员工处于弱势,饭碗掌握在别人手里。老板今天高兴可能多给员工一块肉,明天不高兴了员工连汤都没有一口,后天随便找个理由就可以让员工卷铺盖走人。

二来,虽然诸多处罚员工行为已经涉嫌违法,但相关部门开出的罚单并不多。在贵州毕节被逼吃蚯蚓的员工报案后,当地有关部门介入调查,涉事企业两名责任人被处以行政拘留 5 日处罚，吃瓜群众拍手叫好。这也从侧面说明了类似罚单的稀缺，更多的时候，员工只能选择忍气吞声。而监管部门就算收到举报和报案，也往往是和稀泥，批评教育、要求企业纠正了事。

说白了，奇葩处罚基本处于一种零成本状态，相关企业怎么能有所顾忌？

时下，从中央到地方，都对小微企业给予了各种政策支持，其中也包括对劳动者权益保护的重视。但我们要警惕，一些企业目无法律，在就业困难的背景下，威胁、欺负劳动者，在保障劳动者权益方面一再做减法。

企业和员工之间，某种角度上说，员工是企业的"第一产品"，"第一产品""运维"不好，其他产品、业绩，乃至企业的发展都会走下坡路。

经营企业首先要经营人、经营人心。把员工当家奴、当猴耍，视法律为儿戏、为摆设，这样的企业不可能走远。对这样的企业，相关部门必须及时亮剑，用强有力的担当作为，给劳动者更多支撑和帮助，而不是每每让他们无奈之下求助媒体。

"逗鹅冤"：
两家大公司+三个小骗子=一个天大的笑话

◎ 2020年7月2日　　罗筱晓

谁也没想到，2020年上半场结束之时，"国民女神"老干妈和互联网大佬腾讯公司联袂上演了一出跌宕起伏的闹剧。

事情从法院开始。6月30日，中国裁判文书网显示，深圳市南山区人民法院发布一则民事裁定书，同意原告腾讯请求查封、冻结被告老干妈公司名下价值人民币1624.06万元的财产。

随后，腾讯方面对外表示，老干妈公司在腾讯投放了千万元广告，但无视合同长期拖欠未付款，腾讯被迫依法起诉，申请冻结了对方应支付的欠款金额。

就在吃瓜群众感慨"老干妈怎么沦落到吃白食的地步"时，当日晚些时候，老干妈公司发布声明，称该司从未与腾讯公司进行过任何商业合作，并已就此事向公安机关报警。

翻译一下，老干妈的意思基本等于"腾讯怕是被骗了吧"。

剧情继续飞速发展。

7月1日，贵阳市公安局双龙分局发布通报，经初步查明，系犯罪嫌疑人曹某、刘某利、郑某君伪造老干妈公司印章，冒充该公司市场经营部经理，与腾讯公司签订合作协议。其目的是获取腾讯公司在推广活动中配套赠送的网络游戏礼包码，之后通过互联网倒卖非法获利。

世界级别的"鹅厂"，还、还、还真是被骗了啊！

一时间，互联网上笑成一片。

在社交平台上，腾讯公司内部多个产品的账号和包括阿里、网易、拼多多在内的多家企业账号，纷纷送上了安（cháo）慰（xiào）。

7月1日晚间，腾讯公司官方微博就被骗一事发声，表示"一言难尽"，为防止类似事件再次发生，准备以1000瓶老干妈为礼品，向网友征集类似线索。

说实在的，龚先生现在敲着字，都有些战战兢兢，生怕下一秒剧情又发生大角度反转。因为整件事情实在是太离奇、太魔幻了！

是的，除了让人们在多灾多难的2020年好好笑了一场之外，这起惊动法院、公安和万千网友的"诈骗案"，还留下了许多疑团。

从网友晒出的多张截图看，2019年，腾讯确实认认真真地为老干妈打了广告。比如游戏中的植入、推出联名限定礼盒，还有在微博上建立#老干妈漂移火辣辣#话题，阅读量达到1.8亿人次。由于多年来老干妈以"不投广告"著名，当时，其与腾讯的"合作"还引来不少关注。

如此大张旗鼓地推广，照理，即使老干妈公司再怎么闷声发大财，也不该完全不知情。如果知情，为何一直没有与腾讯交涉？

其次，从警方通报来看，实施诈骗的3人目的是获取腾讯的网络游戏礼包码，再进行倒卖获利。发财之路千万条，偏选了最难的一条，要说诈骗者处心积虑布局诈骗"鹅厂"，就为一些礼包码，实在不太符合常理。

再者，从实际广告来看，犯罪嫌疑人给腾讯提供了包括辣酱、视频、图片等在内的多种物料，这些物料是否来自老干妈公司内部，如果是，又是怎么外流的？

被网友称为"逗鹅冤"的大戏要收场，上述疑点都应该在随后的案件侦查中有个说法。

换个角度，假设老干妈确不知情，诈骗者就是为了游戏礼包码且通过某种渠道获得了投放广告所需的物料,家大业大的腾讯又是怎么被团团骗了半年多、似乎连一分钱预付款都没拿到?

千万元级别的广告,按理说审核应该非常严格,流程也比较复杂。如果诈骗者仅靠假印章就骗过了包括公司法务在内的所有经手人,腾讯真该好好反思,得是多深多宽的管理漏洞和多严重的"大公司病",才能"孕育"出这样荒唐的事!

另外,老干妈在本案中也算不上百分百无辜。一个国民级别品牌,在舆情监控、商标保护方面如此不上心,客观上起到了"助攻"腾讯被骗的作用。

记得2018年,有人和上海某文化传播有限公司伪造了比亚迪多枚印章,与多家单位及机构展开广告宣传类合作,最终致使广告商被欠下11亿元广告费,比亚迪则背上了"黑心甲方"的恶名。

几个小骗子,用最简单的骗局,把一个个大公司耍得苦不堪言。

只要制度上的漏洞不补,这样的笑话过去有,现在有,未来必然还会有。

据说,7月1日晚上,腾讯食堂自嘲"只提供"辣酱拌饭,并附加了一句能代表广大吃瓜群众心声的话:你们以后可长点心吧!

挺好的平台，别把自己玩死

◎ 2020年6月12日　林琳

热搜榜停更的第一天，想它、想它、想它；热搜榜停更的第二天，想它、想它、想它……

此时此刻，不知道，有多少网友是这样的心情。

2020年6月10日晚，龚先生打开微博热搜榜时，一度以为自己的手机或者网络出了问题——刷新了好几遍，榜单上的内容依然没有变化。

随后得知，当天，国家互联网信息办公室指导北京市互联网信息办公室，约谈了新浪微博负责人，针对其在蒋某舆论事件中干扰网上传播秩序，以及传播违法违规信息等问题，责令其立即整改，暂停更新微博热搜榜和热门话题榜一周，并要求严肃处理相关责任人，对新浪微博依法从严予以罚款。

蒋某是谁？新浪微博怎么了？停更一周？

微博热搜榜，闲暇时打开刷一刷，各种"瓜"都能吃到。这是不少网友获取热点焦点信息的一个便捷渠道，尽管其中充斥着不少八卦。

就在上个月，微博发布的2020年第一季度财报显示，截至2020年3月底，微博月活跃用户达5.5亿人，日活跃用户达2.41亿人，比上年同期分别增长8500万人和3800万人。热搜榜停更，对日活用户来说，很可能会觉得每天的生活缺了点什么。

此番停更的导火索"蒋某",不少网上"诸葛"推测是阿里的干将,某宝重要"高层领导"。其妻子于 2020 年 4 月在微博上喊话某网红,让其远离自己的老公。于是"蒋某婚内出轨"的相关内容上了热搜。然而不到一个小时,这一热搜便被撤下,蒋某妻子的社交账号被封,"手撕"网红的微博被删……

何以如此?因为阿里是新浪微博的大股东。金主发话,删个热搜还不易如反掌?当然,这只是网友的一种猜测。

事实上,无论是微博热搜榜被要求停更,还是热搜榜被指花钱就可以上,都不是第一次了。

两年前,北京市网信办便曾约谈新浪微博热搜榜、热门话题榜等板块负责人,理由是"对用户发布违规信息未尽到审查义务,存在传播炒作导向错误、低俗色情、民族歧视等违法违规有害信息",彼时,热搜榜也进行了为期一周的下线整改。

而来自媒体的调查显示,"热搜生意"火得不同寻常——从购买热门关键词、广告推荐位到修改认证、购买粉丝、转评赞等,每项数据生意都有明码标价,甚至有专门的课程传授这项"技术";有卖家提供的报价单显示,微博实时热搜前三 5 万元、前五 4 万元、前十 3.5 万元、前二十 3 万元、前三十 2.5 万元、前五十 2 万元,并且不同的时段价格不同……

面对两年之后的又一次停更整改,龚先生最想说的是,本是好好的平台,为啥非要把自己玩死?

不由得想起那个诸多国人常用的搜索引擎,前几年也是负面消息迭出——搜索某一关键词,排名靠前的不是权威的、正规的,而是掏钱多的、做广告的;把"血友病吧"等贴吧出售给不良医疗机构,进而帮助这些机构导流患者……

而类似的剧情,在如今的电影刷高分、餐馆刷好评、微信刷阅读量、手机 App 刷下载榜中,都不同程度上演着。一些商业类的网络平台上,不管是做资讯的、做直播的,还是做视频的、做社交的,总有一些打擦边球或者被资本裹挟、向资本低头的行为。

事实上,一些头部企业的相关平台和产品,已经在业内、在公众心中积累了不少口碑、流量,甚至成了不少人生活中难以分割的一部分,离开"它们"的日子，可能有些无聊，可能有些不便，还可能有些想念。人们希望这些产品、平台和企业越来越好，更好地服务于人们，传递、传播更多准确、真实、有价值的信息，形成有态度、有温度、有力度、有能量的舆论场。

这些事实上已经具备某种公共属性、媒体属性和价值的平台，更应该走好自己的路———一条口碑与流量齐飞、热度与价值共存的路。无论如何，不能违法违规，不能伤害公众利益，不能有违公序良俗。

君子爱财，取之有道。如何干净地赚钱，赚干净的钱，应该成为每一家企业的经营底线。扰乱网络传播秩序，操纵互联网舆论，操纵公众的注意力，加剧舆论场的混乱，让信息传播成为"富人的游戏"，这样的互联网平台让公众失望，也无异于是在自毁前程。

时下，做话题榜、热搜榜的平台和企业已不是"绝无分号"，如果仍然这样一意孤行，没有是非、诚信，只有利益、交易，那么，龚先生担心，再强大的平台最终也可能彻底把自己玩死。

还是那个道理：做百年老店，不能总想着挣快钱、挣来得容易的钱。没有信誉，企业很难走远。

景点"图片仅供参考"？
口碑碎了一地……

◎ 2020年5月29日　　吴 迪

日前，不少网红景点的"天空之镜"打卡地火了，但火爆却不是因为美得不可方物，而是丑得令人心碎。

据多家媒体报道，近日，湖南郴州某景区的"天空之镜"项目被吐槽只是把普通镜子放在地面上，与宣传图片的效果出入较大。一位游客在拍摄的短视频中无奈地说这是"夸大宣传"。日前，该景区回应称会立刻整改，郴州市临武县文旅广体局有关领导也表示，真心向游客道歉，之后会做详细调查。

很快，重庆、河南郑州、江苏南京、浙江金华、山东青岛等地"同款""天空之镜"相继被质疑名不副实。甚至有网友吐槽说："开局一张图，内容全靠P。""让我想起红烧牛肉面里的牛肉！"

真是"成也营销，败也营销"。

很多网友知道，位于青海省的茶卡盐湖是国内外知名的真正的"天空之境"，得益于其高原天空的纯净、盐湖中洁白的盐晶，游客置身其中，与天地浑然一体，宛若站在映照天空的镜子上。或许是受其启发，不少景区纷纷上马"天空之境"项目，不同的是，把"境"的营造变成了"镜"的摆设。

景区通过营销文案来实现增流创收，无可厚非，在短视频时代，也更容易形成网红打卡地。但一次次"翻车"，显然值得反思，究竟是油门太猛，还是车轨殊途？

有人说"当能力撑不起野心时，就要多读书。"龚先生信以为然。一样的道理，当景区的自然条件和硬件设施托不住创意的天马行空，一定拿出镜子照照"我是谁，我在哪"，然后潜心研发适合本景区的特色项目。

遗憾的是，现实中我们看到太多令人"恨铁不成钢"的现象。比如，张家界"玻璃栈道"火了，有的地方赶快抄袭打造"同款"；西安"不倒翁小姐姐"火了，有些地方也赶紧上马"不倒翁系列"；"砸碗酒"火了，好多景区专门辟出一块"砸碗专区"……于是，张家界、西安等地成功"出圈"——我们距离别的景区很远，但可以让所有景区都有我们的影子。

说到底，景区之间的跟风，一方面源自当地文化底蕴未能充分发掘利用，比如拥有明清文化街的景区偏要学汉唐文化背景的旅游项目，岂非东施效颦？另一方面是创新力不足，"满园都是吃喝玩乐的，但全国各地都是一样的。"这种景象真不少见。

设想一下，假如很多景区都是"张家界副本""西安副本"，我们还有必要出门旅游吗？某种意义上说，旅游市场需要双重革新——景区自身要不断提升创新力和自信心；被模仿的景区要夯实不可复制的文化内核。

比如，同样是"天空之镜"项目，新闻中那些景区里多是孤立的几面镜子，顶多"镜子旁边摆一圈盆景"来凑数。而在茶卡盐湖，景点配套了穿梭于湖面的小火车、站在盐水中拍照使用的鞋套、手机防水套，周围还有藏族特色的白塔、五色经幡等，圈粉能力自然更胜一筹。

还记得"故宫系列"吗？故宫博物院出品的宫廷元素文具、服饰、化妆品以及玩具等文创产品，上架后秒光。这给很多景区的启示是：旅游市场最不缺的是热闹，最缺的是沉静——沉静于寻找自我，寻找自身的文化闪光点并做大做强。

从网红景点的一次次"翻车"，到故宫文创频频卖断货，业内人士不可能找不出问题所在，关键是能否经得住快钱诱惑，能否守得住初心、看得准未来。

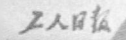

热点 e 论："工人日报 e 网评"作品选

旅游市场不能做"一锤子买卖"。游客的一个短视频可以让一座旅游城市人满为患，一句"别来"也可以摧毁景区苦心营造的"人设"。如果景点"图片仅供参考"，那口碑只能"以实物为准"——这样的景点靠谱吗？

块八毛的快递柜超时费，咋惹得剁手党这么不爽？

◎ 2020年5月10日　　罗筱晓

"普通用户12小时内免费保管包裹，超时后每12小时收费0.5元，3元封顶，节假日期间不计费。"近日，丰巢科技宣布于2020年4月30日起对丰巢快递柜中超时保管的物品收费，消息一出，不仅引发了争议，还迎来了抵制。

5月5日，杭州一小区业委会和物业贴出公告，因丰巢快递柜向业主收取超时保管费，损害了业主的利益，该小区丰巢快递柜将于超时保管费正式收取之日起暂停使用。接着，上海某小区也于5月11日起暂停使用丰巢快递柜，该市还有近50个小区业委会准备联盟与丰巢科技进行谈判。

作为中国人"新开门七件事"之首，收快递已成为许多人的日常。2018年5月开始实施的《快递暂行条例》规定，经营快递业务的企业应该将快递投递到约定的收件地址、收件人或者指定的代收人。这意味着，如果收货地址中写了"5号楼703"，快递员就应该把快递送到5号楼703，让消费者真正实现"开门收快递"。

不过，现实中有很多原因导致快递无法送到家门口，比如小区禁止快递人员入内；收货人上班不在家或者出差。为了同时方便快递员和收货人，丰巢等快递柜应运而生。

龚先生居住的小区没有快递柜入驻，除了要常常在保安亭旁堆积如山的包裹堆里寻寻觅觅，还要担心包裹误拿、丢件等小概率事件发生。尤其是新冠疫情发生后，"无接触配送"流行，"别人家小区"方便、安全还保障健康的快递柜就更让龚先生羡慕了。

按理说，好处多多的快递柜要以"提高使用效率"为由收超时保管费，不该是人人喊打的事。退一步讲，从市场经济角度看，丰巢科技公司作为一家快递柜运营商，对其提供的服务从免费转为收费，似乎也是无可厚非的事。数据显示，丰巢科技公司自2015年成立以来，始终处于亏损状态。

天下没有免费的午餐，企业寻求利润再自然不过，丰巢的做法引发"众怒"，根本在于整件事对消费者的选择权的漠视和可能造成的长期损害。

自2019年开始实施的《智能快件箱寄递服务管理办法》规定，智能快件箱使用企业使用智能快件箱投递快件，应当征得收件人同意。但事实上，不少快递员为了提高送货效率，往往不打招呼就将包裹放入小区快递柜。丰巢在这种背景下"默默"上线超时收费政策，很可能导致收件人面临"被收费"的情况。

对小区业委会和物业来说，快递柜企业当初上门求合作时"嘴比蜜甜"，如今收费却"单方拍板"，这明显与快递柜是为居民免费提供便利的入驻初衷相违背。况且，就在宣布收费政策后几天，丰巢又公布了收购另一快递柜品牌速递易的计划。这意味着此后丰巢的市场占有率将达到近七成，形成一家独大的局面。如果任由说收费就收费、说收多少就收多少的局面延续，很快消费者就会尴尬地发现，当想用脚投票时，空间已经小到让他们无处可去。

"3元封顶"的超时费好像也不贵，但这并不意味着不值得消费者与企业较劲较真。2019年，上海迪士尼因翻包和禁止自带食物被华东政法大学学生小王告上法庭，几个月后，迪士尼与小王达成和解，并改变规定，允许游客带食物入园。2018年，另一名大学生小刘因知网设置了"最低充值金额限制"并不给自己办理43元余额退款，而将知网告上法庭，最终法院判决小刘胜诉，知网也因此增加了自定义充值选项。

某种程度上，消费者的许多权益，就是靠小王、小刘和丰巢事件中小区业委会的较真，一点点争取得来的。

对于商家来说，最大的监督和制约来自消费者。消费者的态度决定着商家的态度。如果抱着"多一事不如少一事"心态的人越多，商家就越会把对消费者不公平、不合理的规定视为当然。

优化市场环境，需要勇于较真、善于较真的消费者，也需要法律、法规的保驾护航。目前我国已将智能投递设施纳入城乡公共基础设施建设范畴。既然有了"半公共"属性，相关部门就应积极介入协调解决企业与消费者的成本分担问题。

在网购根本停不下来的当下，快递柜的存在是个好事。如果供需双方能将略显粗暴的收费或停用举动放在一边，坐下来开诚布公地谈谈，无论结果如何，这也会是笔双赢的生意。

"网红店"的诗与远方,离地沟油越远越好

◎ 2020年4月30日　吴　迪

　　用地沟油制售火锅底料的"网红店"栽了,老板被判7年有期徒刑,并赔偿447万元——"判7年,447万,这处罚看谁还敢再犯!"这条浏览量超两亿人次的新闻,网友跟帖表达强烈愤慨。

　　据新华网客户端报道,近日,四川省乐山市犍为县人民法院公开审理了该县"古今天下"火锅店生产销售有毒、有害食品案。本案中,犍为县人民检察院对被告人雷某提起了当地首例"地沟油"食品安全刑事附带民事公益诉讼,要求赔偿金额达447万余元。最终,法院支持了检察院的民事公益诉讼,三名被告人被判刑期不等的有期徒刑。

　　随着"史上最严""长了牙齿"的新食品安全法落地实施,地沟油渐渐淡出人们视野,有网友甚至说"地沟油,多么久远的名词。"然而,犍为县"网红店"竟然制售地沟油火锅底料,令人愤怒、令人作呕!有网友直接建议,"请他在监狱吃7年地沟油再放出来!"

　　就像一棵庄稼苗的成熟需要水分、时间、阳光甚至风雨的洗礼,倘若外力催熟、拔苗助长,结果往往是"强扭的瓜不甜"。这个"网红打卡地"一跃成为当地名店,在食客蜂拥"打卡"和从众心理之下,该店越过了必要的成长阶段,迅速走红,甚至失去对消费者和法律的基本敬畏。

而川渝等地，过去很长一段时间里，"老油火锅"很卖座，而"老油"则多是反复回收利用的锅底油。这一制作方式事实上早就被叫停并被列入监管范围，但从现实看似乎并未杜绝。

近年来，"互联网思维"深入影响传统商业形态，一些商家借助电商平台、短视频和直播方式，摇身一变成了"网红店"。这对于一个店铺一个行业而言，不论是经营模式的创新还是整个业态的变革，都是一种有益探索。但是，在任何时候，食品行业中，安全是底线，是铁律，不容突破。

只是现实很骨感，也很讽刺。从公开报道看，不少"网红店"被扒过皮。比如，某奶茶业的新宠，一边是相关部门检出其部分产品卫生不达标，一边却仍是甘愿排队数小时的拥趸者……钻法律和监管的空子、不把消费者健康当回事，似乎成了"网红店"标签的另一面。

新闻中这家"网红"火锅店，不仅店主被判 7 年有期徒刑，还被判令赔偿销售地沟油火锅所得的十倍金额，如此罕见的判决，对千千万万"网红店"而言，可谓一记警钟。

"网红店"要安身立命，根基是合规经营、诚信为本；要长远发展，就要在生产加工、经营模式、口味口感、品牌营销等环节做出更多突破和创新，而不是绞尽脑汁在"节约成本"上钻法律的空子。这家名叫"古今天下"的"网红店"，在利益面前全然忘了古今天下的老字号匾额上的描金都是用诚信一笔一笔描上去的，自己挣快钱挣得忘乎所以。

5G 时代的到来，为"互联网＋商业"赋予更多可能性。未来，必然会有更多"网红店"如雨后春笋般出现，也会有很多逐渐过气，成为昙花一现的"流星"。锻造品牌与口碑，致力于成为能够留得下来的老字号，应是"网红店"致力追求的"诗与远方"。

人气是颜值，品质是灵魂。在品质内核上叠加新概念，在诚信经营的基础上拥抱互联网，"网红店"才能红得更久。

"薅羊毛"常有,"薅羊毛"薅出公愤不常有

◎ 2019年11月8日   张子谕

近日,一则知名Up主在直播中号召粉丝集体"薅羊毛",导致卖家网店被关的新闻在社交媒体上引发热议——据报道,因为卖家操作失误,将其店内26元4500克水果设置成了26元4500斤。Up主注意到了这一情况后,号召粉丝集体涌入该店铺下单,随后鼓动粉丝投诉卖家虚假宣传——标注了26元4500斤却不发货,这样粉丝们就能每人拿到400多元的赔付款。他还在粉丝群里宣称"薅羊毛"的行为是"各凭本事"。目前,淘宝和直播平台已经介入事件调查。

"薅羊毛"常有,但"薅羊毛"薅出公愤之事不常有。

所谓"羊毛党",是指专门在电商优惠促销活动时,以较低价甚至零成本获取实惠的那群人,这一行为被称为"薅羊毛"。"薅羊毛"活动中的组织者——"羊头"的任务就是"带货":搜罗电商平台的优惠信息,甚至以掌握的"羊毛党"资源为筹码与电商博弈,以薄利而求多销,从而为"羊毛党"获得更多的优惠,"羊头"借此从电商方拿到额外的奖励或者佣金。一些网店在建立初期,甚至还会主动寻找"羊头"合作,依靠让利、营销吸引"羊毛党"来刷流量和销量。

但这次"薅羊毛薅死羊"引起舆论广泛关注,有以下几点原因。

第一,"羊头"有故意"薅死羊"的主观恶意,且性质恶劣。想占小便宜、捞点小实惠,这可以理解,毕竟很多人网购的初衷就是为了省钱,这无须苛责。但不择手段、利用平台规则漏洞恶意刷单,直到卖家发布公告求饶后,仍冷酷无情地鼓动粉丝举报卖家,这是"羊头"人性里很丑陋的一面。

"羊毛党"们在手机屏幕前为薅到一点蝇头小利而欢呼庆祝时,可曾想过屏幕那边被"薅死的羊"是什么神情吗?气愤、懊恼抑或是绝望?这哪里是在"薅羊毛",分明是在"薅人性命"。

个案受到极大关注后,被薅走的羊毛或许会返还,店铺也可能会起死回生。但面对一次又一次"薅死羊"的恶劣行径,现行法律真的无法加以惩戒吗?

不要忘记,法律毕竟只是最低限度的道德要求。任何社会秩序的建立与维持,除了需要法律这种普适性的一般性规则外,更需要根植于我们人性中的真与善去作为另外一种调控手段。社会的良好运转一定是建立在制度性规则和心灵道德秩序之上的。类似"薅死羊"的"羊头"将受到道德的谴责。

第二,"羊毛党"与之前曝光过的职业差评师、职业举报师一样,已经形成灰色产业链,成为网购平台的毒瘤——"羊头"在网上组织自己的"羊圈"即粉丝群,在群里传授"薅羊毛教程",交流占便宜的心得,甚至兜售各类刷单软件。

在以往消费者遇到卖家促销标错价格,进而要求卖家按要约承诺履行义务的案件中,消费者低价购买商品的意思表示,是在卖家有了促销活动的意思表示后形成的,双方通常都不存在恶意。就买卖合同的订立双方而言,即使对于合同规则认识出现了错误,但意思表示均真实有效。

而"羊毛党"用虚假的意思表示去对抗卖家错误的意思表示,利用对方误解或不知情,进而非法获利,这种买卖合同应该自始无效。"你薅到的每一根羊毛可能都是别人的血汗钱"——这种钱拿着真的会安心吗?

以往"财大气粗"的卖家被薅时,多数情况下会选择息事宁人。毕竟商业信誉与经济损失而言,前者更重要。但遇到商业伦理缺失的职业施害者,龚先生认为就没有必要给他们留面子了。

2019年初某电商平台就发生过一起"羊毛党"薅平台优惠券事件,平台

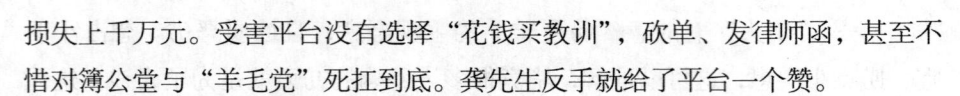

损失上千万元。受害平台没有选择"花钱买教训",砍单、发律师函,甚至不惜对簿公堂与"羊毛党"死扛到底。龚先生反手就给了平台一个赞。

维护、规范网购秩序,人人需要出份力。

第三,电商平台对于恶意"薅羊毛"缺乏有效预警机制,引发各方对于平台交易规则运转机制的担忧。

就文前所述个案,电商平台已承诺愿意最大限度帮助被"薅"店铺挽回损失,但是如何避免恶意"薅羊毛"事件,如何堵上制度性的漏洞,才是我们需要进一步思考的。

网购的特殊性决定了对于消费者权利应该给予倾向性保护,但这种保护可能让不法分子有机可乘。就像对于"羊头"的行为,法律的惩处和道德的牵制目前来看是失衡的,我们需要做的就是让其恢复平衡。

同样,对于网购行为双方权利义务的平衡而言,相关规则的最终意义都是应该让守约守法者扬眉吐气,让违法失德者寸步难行。

区块链"+"的是实体创新，不是韭菜和泡沫

◎ 2019年10月31日　罗　娟

这几日，"区块链"一词妥妥占据大多数人手机的 C 位。资本市场也"爆"了，先有比特币暴涨 40%，后有 A 股区块链概念股票全面飘红——区块链又火了。

这是资本市场对国家重视区块链技术发展做出的积极响应，既反映出人们对区块链赋能各行业的无限遐想，更是对区块链作为核心技术自主创新重要突破口的满怀期待。但也有不少人开始担心，如果盲目发展，会不会又成翻新的"花式割韭菜"？又成为币圈新一轮"挣快钱"的大肆投机？

这种担心并非空穴来风。

这不是区块链第一次火。始于 2017 年，火遍全世界的区块链概念一度吸引人和资金蜂拥而入，助推比特币及类似网络"加密数字货币"（如以太币、莱特币等）价格的大幅上升，创造了诸多"一夜暴富"的神话。有关"数字币、区块链将颠覆传统、深刻变革世界"的说法，山呼海啸般扑来，各种冠以"区块链"字样的公司雨后春笋般冒出，但发展的后续却让人大为失望。资本越来越集中到造币和炒币之中，市场呈现"非理性繁荣"。在政府、社会诸多努力之下，好不容易才逐渐正本清源、"退烧退热"。

拨开迷雾，到底什么是区块链？区块链能干什么？吃瓜群众纷纷搬出了

小马扎。

专家说，区块链作为一种去中心化的数据库，基于时间戳的链式区块结构、分布式节点的共识机制让上面的数据可追溯、防篡改。更多人通俗地把区块链解释为一种由多方参与"记账"并共享的"账本"。

比如，在一个家庭中，妈妈拿了100元去买菜，孩子拿了20元去零花，爸爸拿了50元去买烟，不仅家庭成员各自记账，而且都能够看见这个共享账本，每笔账的记录无法被篡改和伪造，杜绝了"爸爸偷偷买烟，孩子偷偷买糖"的可能性，而且家庭账目对每个人都清晰可见。

区块链的这些技术特征与实体行业的痛点结合，让人们有了巨大的发展想象空间。有了区块链，"你妈是你妈"这种奇葩证明就此杜绝；经过授权，医生能看见病人的所有病历，不用跨医院调取、转诊，而不被授权者看见的是乱码，既准确快捷又安全。工信部信息中心发布的《2018年中国区块链产业白皮书》显示，区块链是新时代实体经济转型升级的助推器，正在成为全球技术发展的前沿阵地。

确实，区块链的发展很迅猛，当下应用场景已基本实现从起始的数字货币和矿机制造向金融服务的延伸，进而向着供应链、数字版权、食药可追溯等多个实体产业持续渗透。

不过，目前，区块链技术还缺乏有效的实体应用实例。也有专家指出，区块链并不能包治百病，并且我国整体区块链技术的发展需要7~15年时间。

区块链发展确实还有诸多难点要一一突破。一是区块链技术框架本身仍不够成熟，仍处于"婴幼儿"阶段，存在着可扩展性不强、效率较低、手续费偏高、经济模型设计不尽合理等现实问题，还达不到大规模商业化落地的要求。

二是如何将区块链的技术特性与传统产业发展的真实痛点密切结合，这还需要基础设施建设跟进，并非一朝一夕可以完成。

三是区块链的去中心化和去中介化特质，使得行业监管更加困难，创建者法律责任难以区分，这也对现行税制的严密性构成了挑战。

毋庸置疑，区块链的发展潜能已经揭开神秘的面纱。国家层面对区块链技术未来应用的看好为其发展打下了坚实根基。区块链未来的发展赛道也已然很清晰，关键还是在区块链场景落实和对实体经济的服务上。

在大家争相挤进区块链赛道、抓住发展机遇之时，站在风口上还是有必要回望一下比特币的前车之鉴：光靠概念股是不能持久的。经济学家马光远的一段提醒火爆"朋友圈"："去年，芯片被重视的时候，一群骗芯片产业补贴的已经彻夜加班润色项目资料，各种芯片半导体的产业基金如雨后春笋。今天之后，他们又会把芯片两个字擦掉，重新换上区块链三个字继续路演……"

区块链"+"的是实体创新，链接的是未来发展，而绝不是韭菜与泡沫。

买来的明星祝福，交了多少"面子税"？

◎ 2019年10月24日　苏　墨

近日，网上曝出了一份清单：客户可以根据自己的要求，定制明星祝福，字画、视频、合影等形式都有各自价位。这份名单里有若干顶流明星，也有选秀明星、网红主播，还有几位知名老艺术家，价格从几千元到数十万元不等。

龚先生分别在某短视频平台、某社交平台上、某购物网站上，输入"明星定制祝福""明星视频广告"等关键词——乖乖，还真是个产业链，明码标价、收费透明、童叟无欺，经营这门生意的商家有几十上百家。怪不得我在朋友圈里，总能看到那些倍儿有"面子"的朋友，今天和这个明星握手，明天收到那个明星的祝福，后天又有明星给他题词。还有，我妈也和我说，这个产品你得给我买，著名老艺术家都说好，人家开业的时候，经典电视剧里师徒四人都去送祝福，肯定好——敢情都是买的啊！

新闻爆出后，榜上人物纷纷矢口否认，但视频就在那儿放着，经营这一生意的商家就在那儿，愿意花钱交"面子税"的人就在那儿。只是碍于面子，大家彼此都心照不宣罢了。当然，也备不住确实有没收钱被网友冤枉了的。

照理，明星们用自己的热度变现，本没啥可说的，毕竟连美国前总统都靠着和中国微商握手而大赚了一笔。改革开放初期，走穴就是明星们的来钱

买来的明星祝福，交了多少"面子税"？

道儿，参加个开业庆典、主持个婚礼什么的。

今天，年老色衰，色衰而爱弛，很多歌手、演员几年都没有新作，也就只有靠江湖上隐约的声名换点钱。会个书法、画画的老艺术家们玩点雅的，声称"我卖的是艺术品，不是我个人的名声"，其实大家心里明镜似的，没有那点名气，您那两把刷子估计倒找人钱都没人要。

可龚先生想了想，发现这个"面子税"是个擦了好多边的球。

经营这门生意的商家帮着列举了一下：明星 VCR 为某品牌送祝福或者点赞，不能出现明星代言等字样、不能作为广告投放、不出席活动、不拿商品。对使用平台也有限制——不承担代言人的责任，产品出了什么问题，他们也不负责——钱少但安全。同时，还有条不可言明的好处，这样的生意不用交税——买方不交税、卖方不交税、中间方也不交税。

对于明星来说，三五十秒的视频，挥笔写几个大字就可以有个几千元、几万元的赚，还没有风险不交税，何乐而不为？演舞台剧的觉得拍电影的来钱快，拍电影的觉得拍电视剧才享福，拍电视剧的又羡慕上综艺的躺赚，可龚先生看来，都不如送祝福轻松好赚。

对于要打造"高端"人设的圈友们，这点"面子税"也不伤筋动骨。

龚先生觉得，如果内容合理合法，不违反《广告法》等相关规定，按相关法规纳税，这类事也不算什么。

问题是，有买家别有用意，以所谓的祝福视频混淆视听，作为产品的背书拿去招摇撞骗，自然不会承认视频、合影、字画是买的。还有一帮买去充门面的人，更是不会承认都是买来的。本来就是为了讨这份虚荣，谈钱多伤面子啊。

这样一来，买的不承认、卖的也不承认，这一产业链自然会游走于灰色地带，少监管也少规范。从中生出些是非，也在所难免。

龚先生要劝劝明星们，祝福之前先搞搞清楚，不要被当成了骗人的工具。尤其是老艺术家们，辛苦一辈子打造的名声，稍有不慎就晚节不保，实在不划算。

至于我们这些吃瓜群众，还是应一眼看穿这种小把戏。如果人家花钱，图个喜庆，那我们也跟着乐乐；要是自己冲着什么"面子"而掏钱，值不值当，自己掂量好了。

网友热烈"挽留"探亲假，其实是事出有因

◎ 2019年10月22日　林　琳

这几日，有关"专家建议取消探亲假"的话题引起了诸多争论。

上述新闻的源头在哪里？龚先生找到10月18日《法制日报》的报道——报道的信息源是中国劳动关系学院法学院举行的"新中国劳动法70年：历史、选择与趋势"学术研讨会，探亲假是与会专家讨论的主题之一。

龚先生发现报道中确实出现了诸如"探亲假制度也应当顺势而为退出历史舞台"的字样，但联系上下文可知，专家说的是"一般取消，特殊保留"——以年休假制度替代探亲假的劳动者休息权保障功能，以延长春节假取代探亲假的家庭交流功能，同时以特别法规定的形式保留特殊领域继续适用探亲假制度。

但网友们不依不饶，因为网友大多看到的是互联网平台上的报道，或者被加工处理过的标题，于是坚定地认为"专家建议取消探亲假"。

网友的评论队形整齐——对探亲假，表示"工作了十几年第一次听说探亲假，老泪纵横啊""我还没来得及知道，你就取消了？""居然有这种假？"；而对相关专家，网友观点一致，"不知人间疾苦""不食人间烟火"；只有极个别理智的声音在挣扎"专家还说了别的，小编故意要引发论战"……

显然，人们对探亲假的关注远远超出了专家建议本身。

网友热烈"挽留"探亲假，其实是事出有因

何为探亲假？

探亲假发端于 1958 年 2 月颁布的《国务院关于工人、职员回家探亲的假期和工资待遇的暂行规定》，目的是适当解决职工同亲属长期远居两地的探亲问题。1981 年 3 月，国务院发布《关于职工探亲待遇的规定》，进一步完善探亲假制度，规定了国家机关、人民团体和全民所有制企业、事业单位的职工探亲假标准。

其中明确，职工工作满 1 年，与配偶不住在一起，又不能在公休假日团聚的，可以享受探望配偶的假期待遇（每年 1 次，假期 30 天），与父亲、母亲都不能住在一起，又不能在公休假日团聚的，可以享受探望父母的假期待遇（未婚职工每年 1 次，假期 20 天；已婚职工每 4 年 1 次，假期 20 天）。同时，单位应根据需要给予路程假。

20 天、一个月甚至更长，还可能报销路费——探亲假，看起来真美！只可惜，大多人数不知道更没休过。有人说，这是国企和机关事业单位人员的"专利"假期，可不少公务员、国企员工都表示"这锅我们不背"，言外之意，同样没休过。

作为国务院颁布的行政法规，《关于职工探亲待遇的规定》显然是具有强制性的，而不是选择性，如果要选，也是享受这一权利的人去选，而不是单位替员工去选。

人们热烈"挽留"探亲假，实际上是这一假期设计的美好与落实中的空洞形成了巨大反差，是诸多人对保障休息休假权的期盼和焦虑。早知有这一个月的探亲假，何必国庆长假带着家人、亲人到处去体验人山人海？何必春节期间急赤白脸打"飞的"赶回来上班？何必父母生病住院还不敢告诉子女？

一项法律法规、制度在执行中出了问题，首先应该做的是分析原因，想办法修改完善，让其更合理、更便于落地，而不能说索性废除了。好比一个人生了点小病，首先想到的不是如何治愈，而是把"病灶"直接切了甚至整个人都不活了——这是什么清奇的脑回路？若都如此，还能有法规、制度活到今天吗？

龚先生赞成专家所说的"合理改造"探亲假，却不赞成其所说的，"探

亲假是计划经济时代我国解决职工两地分居问题而施行的制度,当两地分居问题逐渐解决、不再是社会矛盾之时,探亲假制度也应当顺势而为退出历史舞台"。

时下夫妻两地分居确实不太多了,但父母与子女之间呢?多少进城务工人员的父母、子女留守在老家的乡村?多少大学毕业生留在北上广深以及其他大城市工作生活,家乡的一切都变得陌生?如今职场中的不少中坚力量都是独生子女,老家的父母能指望他们解决生活中的种种突发状况吗?

交通是发达了,通讯是便捷了,但陪伴多起来了吗?我们制度的设计初衷不就是要以人为本、以民为本吗?

"陪伴是最长情的告白","常回家看看"在一些地方甚至都入法了,有些地方还设计了诸如独生子女护理假之类的制度。如今看来,如果探亲假制度落实得好,相关立法机关和地方还用这么煞费苦心、"多此一举"吗?

时代在变迁,但维护、保障劳动权益的初心、使命不能变。在事关劳动者权益的问题上,我们要做"加法"而不是做"减法"。搞清楚这个基调和方向,就会在很多细节问题上拎得清、看得透。

你有"平均工资焦虑症"吗?

◎ 2019年7月9日　　贺少成

近日,有媒体发布智联招聘《2019年夏季中国雇主需求与白领人才供给报告》称,二季度全国平均月薪升至8452元,环比上升5%,同比上升7.9%。平均月薪最高的是北京,11204元;上海紧随其后,10662元;第三名是深圳,10088元。

注意,这并不是国家统计局发布的权威数据,只是一家招聘公司发布的自己的数据。

可网友们似乎顾不得许多,在文章后面齐刷刷地列队留言"哀嚎"——

@红梅花开:扯后腿了,很愧疚。
@鑫仔:对不起,我拖了祖国的脚后跟。
@一束光:我哪是拖后腿,我直接是趴地上了。
@杨超:真不好意思,我好像勒的是脖子。
@奔跑的蚂蚁:我连后脚跟都没拖住。

而类似"平均工资焦虑症"之前也多次出现。
是网友在夸张地"顾影自怜"?还是另有真相?

相关统计部门指出，由于工资分布是典型的偏态分布，即少数人工资水平较高，多数人工资水平较低，所以多数人的工资水平会低于平均工资。

同时，由于单位所处的行业、单位性质、经济效益及个人所在的岗位不同等诸多因素，工资水平客观上存在较大差异，每个人对平均工资增长的感受也不尽相同。

这在某种程度上印证了不少网友"拖后腿"的感觉是对的。

国际劳工组织公布的全球薪资分配情况也显示：全球工作者的前10%占据50%全球薪酬，而总人数的20%（6.5亿工作者）收入不足1%。10%的高收入者每月赚7000美元以上，而10%的底层工作者仅得22美元。

在这种情况下，姚明和潘长江的身高一平均，数值自然不会低。

正是因为网友关切之深，在平均工资的发布及解读上，必须更权威、更科学。

首先值得关注的是，工资收入超过全国平均线的，大多为东部经济发达省份或者直辖市，而西部的一些城市，尤其是私营单位，工资收入会明显低于平均工资水平。

其次，由于单位性质、行业的不同，在收入上也会有较大差距。从全国范围来看，城镇非私营单位员工工资明显高于私营单位员工工资。而基金、证券、期货、投资等行业，又会在收入上领跑。

考虑到地区、行业、单位性质等差异，发布平均工资时，如果眉毛胡子一把抓，带给多数人的可能是一种不太愉快的感受。

如何避免、减少这种焦虑？

有专家建议，把平均工资数据和高位数、中位数、低位数结合起来公布，最好是分行业、分岗位，把统计数字的真实内涵，跟大家讲明白、讲透彻。

媒体也应多一些科学、细致的解读，对不同地区、行业、单位性质的从业者的薪酬数据，给出更详细的分析，将晦涩的统计学概念用通俗的方式向公众解释清楚。

网友们也大可放平心态，别自己吓唬自己。除了工资收入，遇到类似"车厘子自由"之类的说法，还是先打个问号——这数字或说法的背后有多少科学的成分？凡事还是不要轻易跟着别人的说法走。

毕竟，自己的日子要自己过，没必要放大焦虑，自己吓唬自己。

"水氢发动机",到底注了多少"水"?

◎ 2019年5月27日　贺少成

2019年5月26日,河南南阳高新区管委会就该区与青年汽车项目合作相关情况进行了说明。说明称,"水氢发动机汽车"定型量产还需改进完善;社会各界关注的40亿元投资就用于该产业园建设,目前项目尚未立项,没有实质性启动,不存在40亿元投资问题。

周末发布声明,说明当地切实感受到了舆论带来的压力。

事情还得从5月23日说起。当天《南阳日报》刊发报道"水氢发动机在南阳下线",称"这意味着车载水可以实时制取氢气,车辆只需加水即可行驶。"报道立即引来一片质疑声。

据当事集团董事长庞青年称,"水氢发动机汽车"技术的基本路径是"水变氢,氢变电",水灌入水解制氢装置后,和铝等原材料进行化学反应后生成氢,继而成为汽车行进的能量。

话虽然说得高深莫测,但与百姓理解的"水变油"相去无几。

"水变油",理想很丰满,现实很骨感。连该集团水氢项目技术负责人也不得不承认,目前为止"水氢发动机"的成本要比油贵3~5倍。

而学界早已证实,"水氢发动机汽车"在技术上可行,但成本不合算,运用到民用领域几无可能。

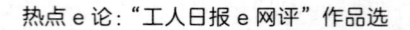

清醒的网友也给出了自己的理解——

@云敛云舒：目前太多技术问题无法解决，一是水制氢气要快速、要经济、要环保。二是氢气的储存和使用要安全、要便捷。理论上非常美好，要实现，道阻且长。

@倾卿：记得在上高中的时候老师就和我们说，氢气虽然是非常好的能源，无污染、能量多，但是其制备却要耗费很多资金能源，以现有技术，根本无法在环保节约的前提下使用氢气能源。得不偿失。

已经证伪的项目，有关方面为何要"明知山有虎，偏向虎山行"呢？也许"高新技术"的包装很迷惑人。

"水变油"的事，多数人知道是一个可行性不强的项目。但如果加上神秘材料催化剂、纳米材料等包装，很多人都会变成"皇帝新装"的围观者，唯恐自己变成"不识货"的那一个。

@正人力天：但凡有点物理化学常识的，都不会把水氢发动机和"永动机"混为一谈，毕竟制氢不复杂，我们讨论的重点应该是它的商业化怎么实现，如果制氢成本没有经济性，那就没有创新和突破一说。

@常异—断鸿：制取氢耗费的能量比氢燃烧释放的能量要高，除非能找到催化剂用太阳能制取氢，否则免谈。

想来，政府部门的官员不可能在每一个领域上都是专家，但在一些重大项目的设计和启动上，如果不能三思而后行、多多求教于专家，可能就会给未来埋下重大隐患。

在这样一起全国瞩目的事件中，即使"水氢发动机汽车"没有实质性启动、不存在40亿元投资问题，但政府公信力的透支，这种无形损失又该由谁来背锅呢？

如果没有这次舆论的曝光和发酵，当地与相关企业的合作又会走向何方呢？

"水氢发动机"，到底注了多少"水"？

据央视报道，涉事企业曾经在山东济南、泰安，江苏连云港，贵州六盘水等多地，以汽车整车、零部件为名头，给地方政府画下过数百亿的大饼，但这些项目大多以烂尾告终。而涉事集团从2014年至今，因拒不履行生效法律文书确定的义务，而被多地法院30多次列入失信被执行人名单。集团法定代表人有20多次被多地法院列入失信被执行人名单。

如此合作方，该是地方政府避之不及的吧？怎么会有勇气迎头而上？

不可否认，地方政府和官员是一些别有用心者的重点"围猎"对象。而地方上从来也不乏鼓唇摇舌、偷天换日之士。

如此情形之下，如何让地方招商引资不被某些别有用心者带进沟里、坑里，十分考验相关地方的站位与智慧。

@皇家地理学会：社会对这样的事保持警惕和苛刻态度是必要的，这条新闻引发舆论风暴说明当代中国社会的机体是健康的。高校扩招20年了，再放"亩产二十万斤"那样哗众取宠的"卫星"，难度已经很大了。

"水氢发动机汽车"事件曝出后，深感"智商受辱"的网友引用诸葛亮《出师表》中的名句"臣本布衣，躬耕于南阳"加以戏谑。

一位智者入世的地方，确实需要反思此事件深层次的问题。对更多同样面临发展焦虑的地方，也是如此。

Ⅲ　社会视点篇

孩子被拐卖牵出多少伤与痛,"饭圈"背后有多少利益合谋,残疾人被迫"走两步"折射多少冷漠,野象"远行"与豹子"出走"牵动多少人的宠爱与忧虑……下一个路口,总会有意外、感动和惊喜,当然,也不少了忧伤、疑惑和愤怒——这是大千世界本来的样子。

沿街撕商户春联，招人反感的是什么？

◎ 2023年2月13日　吴　迪

据 2023 年 2 月 12 日澎湃新闻报道，2 月 10 日，江苏徐州一男子投诉某县一县道上有城管人员沿街撕商户春联，引发群众不满。11 日，该县城管局工作人员回应称，这是文明城市创建检查，如果有人觉得不合理，可以拨打 12345 投诉。回应引来更多不满——

"管得太宽了吧，不累吗？"

"头一次听说，春联碍了文明的路！"

"要不是有点小权力，大正月里撕人家春联，不怕挨打吗？"

……

过年贴春联是中华民族的传统民俗，贴春联行为本身的意义以及诸如"生意兴隆""阖家幸福"等字样，都承载着百姓对新一年美好生活的祈愿和向往。在北方一些地方，甚至有"家中有人过世才撕春联"的习俗。

城市治理的初衷是好的，但"还没出正月就沿街撕春联"显得不合时宜。不久前，甘肃某地城管因撕商户春联引发争议，后改为只清理无法修复的破损春联。2022 年初，山西某地城管也因撕春联，与商户发生争执。之前，一些地方出过类似的事，相关部门给出的解释基本一致：创建文明城市，维护市容市貌。

这让很多人产生疑惑，难道文明城市容不下一副小小的春联？即使有些破损春联有碍观瞻，可如此简单粗暴撕春联，考虑市民的感受了吗？百姓理解有关方面为了创建文明城市而做出的努力，只是有些基层执法者的工作思路和方法值得商榷。

比如，工作方法简单粗暴、一刀切，没有顾及百姓和商户的现实诉求和民众习俗。再如，追求视觉统一的城市"洁癖"，多少有几分形式主义的影子。某些管理者"重面子轻里子"、考核机制"重结果轻过程"，最终反映到基层执法行动上，往往就是不管不顾。

更重要的是，在民众的直观感受上，有关部门的权力之手伸得太长，"连贴个春联都不安生"。这与此前一些地方强制商户统一招牌的大小、颜色、字体字号带来的不适，如出一辙。说严重点，它可能会伤害民众的感情以及对执法者的期待——应该做的事情有很多，何苦在春联、招牌上较劲？它甚至可能会让人联想到：这个地方的市场活力、城市形象如何如何……

简单说，公众反感的不是创建文明城市本身，而是打着"文明"旗号的不文明执法行为。类似春联去留这种并非大是大非的事，跟百姓好好商量，做做动员，讲讲明白，总比直接上手撕强得多。

一句话，城市治理当恪守必要的边界，既要维护好城市形象的面子，也要照顾好百姓感情、当地民俗和公众心态。

近年来，不少地方的城管执法队伍探索出一些温暖执法的工作方式。比如，有的城管部门统计流动商贩的主要诉求，与其他部门协作，有针对性地化解占道经营问题；有的地方城管执法者先帮助不规范的摊贩卖完商品再开展批评教育，等等。

还有不少地方主打"百姓参与共建"这张牌。比如，公开征集居民代表作为民生工程的"第四验收方"，挑毛病、提建议，让民生工程更加贴合民意；探索建立"城市巡访员"制度，邀请热心居民走街串巷发现城市管理中的不足，为解决问题提供民间智慧，等等。

沿街撕商户春联，招人反感的是什么？

文明城市
应该是什么样子？

（漫画作者　赵春青）

建设文明城市也好，推进民生工程建设也罢，抑或是其他涉及公共利益的社会议题，好事要办好并不容易。基本的一点，多站在百姓的立场，多想想百姓的感受。

一个文明城市应是聚得起人间烟火气的"他乡亦故乡"，是能够安放百姓的希望与向往的地方。春联的去留，可谓一面镜子。

"男童进女卫生间"起争执，真不是一件小事

◎ 2023年2月1日　　罗筱晓

2023年1月30日，在黑龙江哈尔滨一地铁站，一女子发现一名6岁男童在女卫生间中，表示这里是女厕所，男孩子不能进来。随后，男童的家长认为该女子此举对孩子造成伤害，将其堵住要求道歉，双方因此在卫生间内发生激烈争执。

这样的新闻不是第一次出现。2022年10月，山东烟台，一位母亲将上幼儿园的儿子带入公共女浴室，遭到其他顾客投诉；同年7月，湖北武汉，有市民通过城市留言板反映在游泳馆女更衣室看到六七岁的男童，希望馆内加强管理。

可以说，近年来每隔一段时间，类似的事情就会引起线下线上的争论。

从网友对此次哈尔滨地铁站女卫生间事件的态度来看，大多数人选择站在了发声女子一边。在网友看来，6岁的男童已经有了较为清晰的性别意识，且孩子已经具有了独立上厕所的行为能力，作为母亲的监护人只需在门外等待即可。

孩童进异性卫生间、更衣室等场所之所以引发争议，最根本的是这关乎性别意识和个人隐私问题。按照自然规律，大部分儿童到了3岁后，就会开始意识到"男女有别"，对与自己因性别不同而在身体结构上有差异的异性产

生好奇心。

此时如果孩子进入异性私密场所，的确可能让部分在场的异性感到被冒犯或不舒服。在龚先生看来，这并非"矫情"或"小题大做"，反而倒可以看作当代人个人隐私保护意识增强的表现。

其实被冒犯的又何止是大人？近年来，加强儿童性教育已逐步成为大众的共识。而这种教育不仅是要让孩子从小学会保护自己，也包括让孩子树立健康的两性观念。在大部分类似事件中，孩子都是在监护人的带领下被动进入异性卫生间或更衣室。对于已经有性别和自我意识的儿童来说，这样的经历多发生几次，一来可能不利于他们形成健康的性别意识，二来这本身也是对孩子的一种不尊重。

要知道，"他还小，什么都不懂"很多时候只是家长的一厢情愿。

在哈尔滨地铁站卫生间内这起冲突的讨论中，同样有网友表达了疑惑和担心。有人说"6岁不能进，那几岁可以进？"也有人担忧以后所有带小孩进异性卫生间的行为都会被反对，"有的时候是真没办法"。

的确，当孩子尚不能独立去卫生间、同性监护人又不在场时，如何让孩子在公共场所使用卫生间，是很多家长可能碰到的尴尬事。从某种角度看，这也是反映一个社会文明程度的窗口。

首先，这是对父母素养的检验。要知道，除非襁褓中的婴儿，带小孩子进入异性私密场合，实质上对他人是一种打扰。试想，如果家长能够自觉带孩子使用第三卫生间，或者在条件不满足时提前向场所内成员表达歉意，相信绝大多数人都能够理解。

从网友分享的经历来看，有的妈妈在游泳馆带三四岁的男童进女更衣室时全程给孩子戴上眼罩，并详细解释这样做的原因；有的父亲会在女卫生间外拜托一位姐姐或阿姨帮助自己3岁的女儿上厕所。这些点子说不上多绝妙，却难能可贵，因为它们反映的是家长的用心和对旁人的尊重。

其次，这也是对社会发展细节的检验。目前，很少有地区和场所针对儿童进入异性卫生间、更衣室等区域做出年龄限制；至于被视为解决问题的终极方案的第三卫生间，分布尚不广泛，有的甚至沦为摆设。

其实，相同的问题在其他国家也存在，一些解决方案也值得我们借鉴。

比如在日本,有的公共卫生间进门处,会有几个小型隔间供带孩子的家长使用,再往里走才是普通的卫生间。在一些国家,则会对监护人陪同儿童如厕制定指南,以此约束行为、减少摩擦。

关于"异性卫生间孩子能不能进、几岁前能进"的问题,争论一直不少。在得出一个大家普遍能接受的方案之前,至少,我们现在可以倡导更多的父母要懂得尊重孩子、尊重他人,日常生活中注意给孩子提供健康的性别意识教育;相关公共场所的管理者也应拿出更多人性化的举措,让类似"尴尬之事"越来越少。

一袋垃圾释放的善意

◎ 2022年12月14日　刘文宁

见朋友圈不少人在分享一个建议,"如果确定自己已经阳性,麻烦大家丢垃圾的时候最好消杀一下,很多垃圾清运人员和拾荒者是老人,他们大多数买不到退烧药,他们更弱势"。

哪怕自己病了,也注意体谅周围人尤其是弱势者,这让龚先生想起前几天看到好友分享其楼内确诊邻居在每天开窗通风前,都会在群里告知左邻右舍,提示大家避开同一时间开窗或在楼道通行——此举甚至成为该居民楼阳性患者共同遵守的"开窗法则",赢得全楼邻居的点赞。

有一种体谅叫不动声色,有一种善意叫悄无声息。

比如,冬日寒冷,北京有小区居民将厚衣服放在小区出入口,供外卖快递小哥选取,袋子外会标一句"1米75的身高可以穿";家人发烧,没有布洛芬,向群里邻居求助,"我家有,放你家门口,自取哈";开车到路口,等着腿脚不便的老人慢慢走过斑马线,不贴近、不催促;推门进入楼宇后,为后面的人扶一下门……

这些都是举手之劳,做不做,没人监督,没人点赞。

每每看到媒体报道,哪个地方有人勇救落水者,或者千钧一发之际托住坠楼儿童,龚先生会悄悄地问自己:"如果我遇到这种情况,会出手相救吗?"

说实在的，回答这个问题真的不太自信。于是，换一种方式安慰自己，"这事不是那么巧就能遇到的"。

是的，救人命的事，不常发生，尤其不常发生在我们自己身边。但把污染的垃圾消杀一下、扎紧袋子再扔，这事可能不少人正在遇到或即将遇到。类似的，还有之前有人提醒，碎玻璃在扔掉之前，多套几层垃圾袋，避免划伤收运垃圾的工人。

举手之劳且没人监督、没人点赞的事，生活中应该还有不少。与那些拍成视频展示在社交平台的"奇闻轶事"相比，它们不会引来流量，不会招来粉丝。在这个"流量才是王道"的时代，拿一袋垃圾来说事，似乎显得有些矫情。

善意有没有轻重、大小之分？应该有吧，不太肯定。对那些为公益事业捐出大笔钱款的，对那些灾难降临毅然逆行参与救援的，龚先生跟很多人一样，从心里钦佩。对这些人和事，媒体就应该大张旗鼓地报道，让善意被更多人看见，让温暖被更广泛传递，它们是我们这个社会需要的正能量。

只是，还有一种善意，悄无声息，不动声色，来去无形，像把污染的垃圾消杀一下之类。龚先生相信，在诸多法律、明文规定之外，总有无形的公序良俗就在那里——无论你看得见或看不见，它们就在那里。或者说，它们本就应在我们每个人的良知里。

"金句"连连，
党代会首设代表团新闻发言人赢得掌声

◎ 2022年10月21日　罗筱晓

"市场上二分之一的火腿肠、三分之一的方便面、四分之一的馒头、五分之三的汤圆、十分之七的水饺都是河南生产的。"2022年10月19日，在党的二十大第三场集体采访中，河南代表团新闻发言人在镜头前给大家"普及"的这组数字，引起了很多人的兴趣。

党代会期间各代表团设立新闻发言人，这在中国共产党全国代表大会历史上是第一次。10月18日、19日和20日，党的二十大新闻中心连续举办五场集体采访活动，31位省区市代表团新闻发言人和3位来自中央和国家机关、中央金融系统、中央企业系统（在京）代表团的新闻发言人，先后介绍了学习讨论党的二十大报告的相关情况，并回答中外记者提问。

从公开信息来看，34位新闻发言人均为省部级领导。"让级别高、职位重的人上"不仅显示了各代表团对发言人"岗位"的重视，更因为这些发言人对所在省份和领域的发展现状、社情民意及未来趋势有更全面、清晰的了解，能够为公众带来准确、权威的信息。

纵观五场集体采访活动中的记者提问，涉及经济、民生、生态、文化等方方面面。各位新闻发言人也是有备而来，不仅举例子、列数据、话举措，还说出了不少出圈的"金句"。比如安徽代表团新闻发言人在阐述安徽融入长三角一体化的经历时，说该省从"旁听生"到"插班生"最后成为"正式生"。这一生动的表述很快登上社交平台热搜榜。

过去十年，是中国快速发展的十年。百川归海，一个国家的发展自然是各地区、各行业发展的结果。在党的二十大期间，向全国甚至世界勾勒出各地当前社会经济图景，是代表团新闻发言人制度的重要意义之一。

这些图景展示的是变化。比如，在传统的"羊煤土气"四大产业之外，"追风逐日"的新能源产业已成为内蒙古自治区新的经济增长点；再如，十年间"大数据"已成了贵州省一张全球闻名的名片。

这些图景传递的是信心。湖南代表团新闻发言人一句"湖南每5分钟能下线一台挖掘机"，堪称制造强省的"凡尔赛"；浙江代表团新闻发言人逻辑清晰地解析共同富裕示范区建设进程，透露的则是鱼米之乡的心中有数。

代表团新闻发言人轮番亮相，让人们见识到了每个区域、领域的各自精彩，也感受到了在全面建设社会主义现代化国家、全面推进中华民族伟大复兴进程中，只要找到合适的模式和道路，每一座城市、每一个省份都会迎来自己的春天。

近年来，不少大中城市加入"抢人才""抢企业"的队伍，即用更好的营商环境和人居环境、更多的配套措施来吸引人才和资金。二十大期间，新闻发言人制度的设立，给了每个代表团向外界展示自我的窗口，同时也给各地区、各领域提供了"打广告"的机会。在介绍河南省推进高水平科技自立自强方面的有关情况时，新闻发言人话锋一转，"今日之河南，比以往任何时候都更加渴求人才"。

无论是主动抛出橄榄枝，还是亮家底、列政策来自我推介，五场集体采访中，各地区、各领域对发展资源满怀期待、准备继续奋发前行的氛围，在一个个问答间体现得淋漓尽致。

同样的氛围，人们在本次大会的两场"党代表通道"和多场记者会上也能感受到。"重要采访活动天天有"，这既是大会透明与开放的体现，也是让世界全面了解中国方案、中国经验和中国实践的路径。对14亿中国人民来说，这更是汇聚自信与力量、奋发创造新辉煌的起点。

忘掉这个"二舅",给老家的亲人打个电话吧

◎ 2022年7月28日　　吴　迪

"这是我的二舅,村子里曾经的天才少年;这是我的姥姥,一个每天都在跳 popping 的老太太。"近日,一段名为《回村三天,二舅治好了我的精神内耗》的视频,火了。

这让作者"衣戈猜想"没想到。为了让家人不被打扰,他安排人将二舅和姥姥从小山村接走,"他们暂时不会回村,直到大家已经想不起他们"。

"二舅视频"的火,一个重要原因是他的经历让很多人想起自己记忆中的某个相似之人——当年,同样的小山村,相似的身影,总能勾起我们的斑驳回忆与丝丝深情。

我的记忆中也有一个,街坊小孩唤她"二奶奶","二"是近邻中几位奶奶的年龄排序,一位平素的乡村老妇人。她的生活和经历,没比视频里的"二舅"好到哪里。

少女时代,她被家人匆匆嫁给一个并不相识、在此后数十年不断打骂她的男人。生产队里的劳作、生育三子、长子早逝、半失明、摔断腿、瘫痪、重疾缠身,贯穿了她的大半生。三子在外乡,三儿媳因琐事矛盾不再与其来

往……贫穷、孤独、无助,是她生活的背景色。

除了偶尔提及早逝的长子时落泪,她很少哭丧着脸,每天下地干活,走路带风。这样一个顽强的妇人,内心也有着女性特有的细心与柔和。有一年,我母亲车祸受伤在家静养,二奶奶来看望时颤颤巍巍地打开已经洗得薄如蝉翼的手绢,连零带整地放下20元钱。天知道这是她攒了多久的菜钱,在蔬菜最贵的冬三月,她连白菜根都舍不得扔,切成片拌着盐就算一餐。母亲自然坚决不收,在推让中,二奶奶说:"婶子也是远嫁来的女人,知道有病有委屈的时候,心里比身上更不是滋味儿,你收下吧,别嫌少。"一句话,让母亲落下泪来。

二奶奶是那些街坊奶奶里的一个缩影。她们很认真地活着,熬过一道道生活的艰辛。也可以说,她们不得不顽强,不然还能怎样?

"二舅视频"火了之后,网上有不同的声音,有人质疑内容的真假。其实,生活中,在很多山村,有不少这样的"二舅""二奶奶"的身影,他们真实地存在着。

记不得之前的哪个话题,评论区的一则留言令我记忆犹新——"不少人生活在城市,习惯了流光溢彩的生活,便以为全国各地都是这样。事实上,还有数亿百姓每天在田里一滴汗摔八瓣、一分钱掰两半花。"

是的,社会是多层的。在城镇化进程中,很多人的观念、生活水准在逐渐进步,但在广袤的乡村,城镇化还叠加着老龄化、空心化。一些步履蹒跚的老人夹在城乡一体化之间,默默地送走一年又一年的岁月。

我们尊敬"每一股从裂缝中迸发的不屈与向上",但也真实地看到了乡村少数人群的现实困境。

无疑,大多数这样的人是有最低生活保障等政策兜底的,只是,外界对乡村发展进程展现出足够的善意,以及外出年轻人带走的曾经的山村活力,都是他们的心心念念。

"二舅视频"引爆网友泪点,千万颗泪珠里,有千万种共情,有千万个生活样本被联系在一起,这足以让我们反思:我们"出走半生,归来仍是少年",可总有些人留在那里,正在老去,且前所未有地需要我们。

"二舅视频"作者说,希望大家对二舅"止于相忘,渺渺神交一场"。其实，记住这个"二舅"，兴许会让我们更加留意和关注最真实的生活切面；忘掉这个"二舅"，去关心一下自己的家乡与亲人，或许是这条视频的另一层价值。

打个电话，买张车票。山村、亲人，回去看看吧——可能的话。

"建议专家不要建议",是希望专家好好说话

◎ 2022 年 5 月 26 日   林 琳

最近,"建议专家不要建议"的话题两度冲上热搜——

先是 2022 年 5 月 19 日,"专家不建议年轻人掏空六个钱包凑首付""专家称买房比租房划算""专家称今年 6 到 10 月是购房好时机",这三个与买房有关的话题同时上了热搜,随后,"建议专家不要建议"冲到热搜第一;

再是 5 月 24 日,"专家建议:不要多用空气炸锅"上了热搜,随后"建议专家不要建议"再次上榜,还有媒体设置议题"年轻人为什么反感专家建议"。

尽管在第二个新闻中,有网友出来澄清说专家没有这样建议;涉事专家表示,没有接受过相关媒体采访。但这些声音几乎都被淹没在"建议专家不要建议"的汹涌舆情中。

网友们的态度明确:说得不好,下次别说了!

专家到底惹谁了?

首先,有必要明确,当人们排斥一些专家的言论时,针对的往往只是专家这个群体中的少数人,而少数人是不能代表这个群体的整体素养和形象的,也就是不能一竿子打翻一船专家。

然后,我们再来讨论,那些被建议"不要建议"的专家,到底出了什么问题。

"建议专家不要建议",是希望专家好好说话

建议专家不要建议

(漫画作者 赵春青)

综观以往类似新闻事件,不难发现,人们反感的专家建议主要有几类:

其一,有些专家建议的含金量偏低,多是"正确的废话"。

在公众看来,专家的话应该是专业的、深刻的,是大多数人不了解、不掌握的信息和知识,而有些专家的建议往往达不到这个预期,有的建议还自相矛盾——上午有专家说"喝咖啡有利于身体健康",下午就有专家主张"喝咖啡可能导致骨质疏松"……

其二,有些专家建议不接地气、不食人间烟火。

前段时间,一段专家建议低收入者把闲置的房子租出去、用私家车出去拉活儿的视频被曝光,不少网友看后惊掉了下巴——低收入者不仅有房有车,而且有闲置房?如此"站在云端,指点民众"的专家,说出来的话自然给人"何不食肉糜"之感。

其三,有些专家建议可能是拿人钱财、替人说话。

一种保健品到底有没有效果、一个设备到底有没有技术突破和创新、一种举措有没有推行的必要……对这些问题,有些专家可能并不是站在专业角度、实事求是地给出判断,而是受到资本的裹挟、权力的干预或者其他因素

153

的影响。

当然，还有这样的情况，有些专家的建议本身没有问题，但媒体在报道时，断章取义，假专家之名，语不惊人死不休。更有甚者，只是打着专家的旗号，说了自己想说的话。在流量为王的背景下，类似情况或许不在少数。换句话说，有些专家是"背锅"了、被冤枉了。

"建议专家不要建议"，一方面表达了人们对一些专家建议的不满意、不服气，对其能力和水平的质疑；另一方面反映了人们对专业、科学、严谨的高质量专家建议的渴盼，对专家建议有指导性、权威性，能够真正为人们解疑释惑、指点迷津的期待。

事实上，在专家这个群体中，并不缺乏令公众尊重、崇拜、信服的专家。就像有的法学专家能够用通俗易懂的语言和案例，告诉公众哪些行为违法、什么事情做了要面临法律制裁；有的物理学教授能够化身科普达人，用铁锅、扫帚、气球等简单的道具，向公众讲解"中国天眼"怎么工作、太空中的宇宙射线长啥样、火箭怎么上天……

这些专家之所以能够成为网红，收割无数粉丝，除了有"有趣的灵魂"，更重要的是有深厚的专业根基，有坚定的职业操守。

"建议专家不要建议"，不是让专家都"闭嘴"，而是希望专家能好好说话——多一些"爱惜羽毛"，多一些审慎科学，多一些设身处地，多一些人文关怀。

7棵柳树的去留，城市管理的一面镜子

◎ 2022年5月18日　韩韫超

最近几天，西湖边上的7棵柳树牵动人心——在近期杭州西湖边景观提升改造过程中，相关部门移走了7棵沿湖病柳，换种成月季花，这让很多杭州市民急了，纷纷在网上呼吁留住这几株柳。"杭州西湖柳树被换成月季"的话题上了热搜。

西湖景区管委会官微随即表示，在尊重专家、市民等各方意见的基础上，挑选高度不高、造型优美的柳树进行补种，两天之内，7棵柳树"火速"补种到位。

至此，此事仍未画上句号。2022年5月16日，当地召开"西湖风貌和文化保护"民意恳谈会，市委书记听取相关人士的意见建议，对此番移柳事件致歉，表示今后要充分尊重民意，高标准推进西湖风貌和文化保护。

这一系列操作，博得了市民和网友不错的评价——

"西湖边的柳树有人文情怀，是情感寄托，换回来就好。"
"要保护好西湖，就要依靠老百姓，共同商量。"
"把老百姓的话当回事，没有高傲的辩解，这才是百姓的政府。"
……

从痛心惋惜到欣慰点赞，杭州一城一地之事，不乏普遍意义的启示。

比如，在城市改造和更新过程中，推行"最小干预"原则，更加注重对城市风貌的保护。

几棵树木，一段墙垣，很多时候已不仅是物理上的存在，更承载着百姓的美好记忆和对特定文化意境的眷恋——有柳树的西湖才是西湖，有迎客松的黄山才像黄山，见到那块"不到长城非好汉"的石头才算去过长城……诸如此类的想法和愿望绝非矫情，而是藏在人们心底的朴素情怀。

再如，升级城市管理理念，在尊重普遍规律规则的基础上，对特殊情况给予特殊考量。

此番西湖移柳事件中，沿湖7棵柳树有病虫害问题，移走是惯常的园林管理做法。但同时，这7棵柳树的位置特殊，既沿湖又沿街，多年来它们已然成为西湖这一杭州城市名片、世界文化遗产不可或缺的一部分。

无独有偶。近两年，因根系发达破坏路面、房屋等，广州市的大量榕树在城市道路绿化品质提升、城市公园改造提升中被砍伐。事后，当地多名干部受到严肃问责。须知，榕树对广州来说，是不可或缺的存在，在南方城市漫长炎热的夏季，遍布大街小巷的榕树，以其强大的遮阳避暑功能，守护着一代又一代广州人。

柳树也好、榕树也罢，如果只看到危害，一刀切地迁移或砍伐，显然是一种简单粗暴的做法。如何在审慎调研、权衡利弊后，做出更科学的决策，城市管理者有必要"吃一堑，长一智"，认真补课。

还有，此番事件也显示出民意和舆论监督的力量，让围观者看到政府与百姓之间的良性沟通与互动。

城市不等于建筑，城市等于居民——这是探讨城市发展历程的著作《城市的胜利》中反复强调的观点。

在现代城市建设和治理中，难免会遇到这样那样的问题，有的会涉及公众情感和切身利益。倾听民意、尊重民意，这一理念并不新鲜，但能坚守下来并不容易。

守护我们的城市家园，7棵柳树的去留，为更多地方的管理者提供了借鉴和参照。

少些功利心，让孩子对运动的热爱更纯粹些

◎ 2022年2月26日　韩韫超

"4岁小孩挑战12米高专业攀岩墙""4岁男孩蹦床成功做出前空翻"……据媒体报道，"双减"政策落地的第一个寒假，一些地方体育培训班火爆，许多培训机构推出成人化的儿童运动项目，如少儿蹦床、少儿攀岩、少儿跑酷等，受到不少家长的欢迎，更有人频频在网上秀出孩子参加这些运动培训和比赛的照片、视频，评论区里的留言一片赞美声。

"双减"政策落地后，孩子们有了更多时间和精力参与到艺术、体育等兴趣的培养中，一些培训机构也摩拳擦掌，纷纷将业务重点转移到相关课程上来。

参与运动、爱上运动是好事，有助于孩子增强身体素质、磨砺意志品质、培养团结协作精神，等等。可儿童生长发育有着特定的规律和特点，同时存在个体差异。如果项目选择太过随性，甚至盲目跟风练习一些"网红"运动，很容易让孩子发生运动损伤，一些伤病甚至终身不可逆。"9岁娃练5年拉丁舞致半月板撕裂""6岁儿童训练跑酷致小腿骨折"等新闻不时见诸媒体，令人心痛。

那么，是什么力量在推动着儿童运动的成人化？

一是培训机构大肆营销，为家长成功"画饼"，甚至制造焦虑。"攀岩能

提高身体的柔软度与协调感""跑酷是时下风靡全球的时尚极限运动""蹦床是扩展孩子思维的绝佳工具"……诸如此类的"高大上"的宣传词不断刷新着家长的认知，引诱着家长为孩子掏钱报班，以慰藉自己的"孤陋寡闻"。

二是家长"痴情"，希望孩子借参加这样的培训班而多接触新鲜事物、丰富课余生活、体验多元的运动文化。龚先生加入的家长群里，就不时有家长分享孩子参与攀岩、跑酷等运动后的收获，还有家长组团参与相关机构举办的相关沙龙和赛事，家长们虽嘴上抱怨这些活动"费钱更费妈"，内心还是觉得"为了孩子，一切都值"。

还有的家长想得更长远，甚至希望孩子借此另辟蹊径，在升学及人生成长中，可以在相对冷门的赛道上拥有更大的竞争优势。从滑雪、网球、拳击，到马术、击剑、高尔夫……尽管不少项目都价格不菲，但在"练好童子功，不能输在起跑线"理念驱使下，不少家长还是铁了心投入、咬着牙坚持。

可怜天下父母心。

为孩子选择哪种运动项目，本没有严格的对错。只是，一旦单纯的体育运动被复杂动机捆绑，变得功利起来，事情的性质就可能发生变化，甚至这种培训会异化为孩子升学的隐形"军备竞赛"。

当孩子参与某项运动不是出于热爱，而是为了升学多一块"敲门砖"、为了跟风赶时髦、为了证明"我与别人不一样"……显然，这已经背离了运动的初衷。

尊重孩子身体发育规律和条件，将运动的兴趣还给孩子，适时、适龄、适量地让孩子运动，应该成为社会、学校、家庭鼓励孩子运动的基本原则。

望子成龙、望女成凤的家长在引导孩子走向运动场之前，不妨扪心自问：这项运动究竟是孩子喜欢还是家长喜欢？孩子是否真心愿意参与其中？孩子身体会不会受到什么伤害？

不久前，国家体育总局制定了《课外体育培训行为规范》，对课外体育培训执教人员资质、场地设施安全等做出有针对性的规范，进一步完善对这一领域的市场监管。这无疑对课外体育培训提出了更高要求。只有在专业指导下进行科学锻炼，才会有助于孩子健康安全地成长。

"体育就是养成以运动为娱乐之习惯"——2021年，江苏省锡山高级中学

少些功利心，让孩子对运动的热爱更纯粹些

唐江澎校长的金句刷屏网络。刚刚结束的北京冬奥会上，涌现出几位少年成才的冰雪运动新星，激起不少孩子及家长对冰雪运动的热情。

街头打篮球、操场跳皮筋、组队玩沙包、门前踢毽子……这些运动和游戏承包了不少人的童年回忆。今天，时代不同，孩子们的运动项目也会迭代升级。

重要的是让孩子成为运动的主人，在运动中真正去收获欢乐、友谊和健康。

少些功利心，让孩子对运动的热爱保持得更为纯粹和长久。

外国选手的"冬奥朋友圈"，
晒出真实可爱的中国

◎ 2022 年 2 月 14 日　　罗筱晓

美国单板滑雪运动员特莎·莫德也许不会想到，自己第一次参加冬奥会，虽然没有拿到奖牌，却收获了大量中国网友的关注。

开幕式那天，她随美国代表队一起入场，受到夹道志愿者的热情欢迎，一位身穿粉色衣服的志愿者张开双臂对她说"Welcome to China（欢迎来中国）"。这一幕被特莎·莫德用手机录下来，上传至网络，她表示自己被志愿者的友善打动。

数据显示，共有 91 个国家和地区的近 3000 名运动员参与了北京冬奥会。除了在赛场上拼成绩、破纪录，更多的时间里，他们要在赛场外生活、交流、互动。互联网时代，记录赛场外的点滴并分享至社交平台，是许多外国选手的必选"操作"。

自筹备阶段起，讲好中国人民热情好客的故事，向世界展示鲜活明快、真实可爱的中国形象，是北京冬奥会的重要主题之一。随着冬奥会的进行，越来越多像特莎·莫德一样的外国运动员通过自己的朋友圈，让世界"看到"中国。

马耳他单板滑雪运动员珍妮丝·斯皮泰里完成比赛后等分的间隙，从兜里掏出一个豆包，在全世界的镜头前来了场"吃播"。有的选手每天都要吃饺子，还给自己国家的网友种草了担担面、江米条——这是中国饮食的魅力。

美国选手尼娜·奥布莱恩在比赛中摔倒骨折，出院前她在社交平台上感谢及时对自己进行治疗的医护人员——这是对专业服务保障的认可。

多名运动员晒出自己感受针灸推拿治疗或是随着冬奥村电子屏幕播放的太极拳视频操练的短片——这是神秘的"东方力量"的出圈。

中国冰壶混双组合凌智和范苏圆在与美国组合比赛结束后，向对方赠送了"冰墩墩"奥运纪念徽章，惊喜的美国组合很快晒出了礼物照片——这是为中国同行的友善点赞。

与不少外国运动员过去从网络、新闻报道中得到的大量信息相比，一个豆包、一顶"熊猫帽"、一次志愿者的服务与微笑，看起来微小，但却更真实、更具说服力。

一直以来，"更快、更高、更强"以及2021年新增加的"更团结"的奥林匹克格言广为人知。而"现代奥林匹克运动之父"顾拜旦在100多年前发起这项活动时就指出，奥林匹克运动会不仅仅是为了锻炼体格，还是为了教育人，培养人与人之间真诚的理解、合作和友谊，为人们在社会其他领域树立一个独特而光辉的榜样。

今天，北京冬奥会的举办，一方面让包括运动员、工作人员、媒体记者在内的数万名外国人走进中国，从吃穿住行、传统文化、赛事服务等方面亲身感受中国，并通过他们的镜头、文字使更多人关掉"滤镜"、看到真实的中国；另一方面，不同国家和地区运动员之间、运动员与服务人员之间乃至运动员与网友之间，也能在互动交流中消弭隔阂、增进友谊。

2022年2月12日，特莎·莫德启程回国。在社交平台分享在中国的最后一天时，这位18岁的姑娘表示要离开中国"很难过"。这段视频引来了大批网友留言，有人邀请她以后再来中国，有人感谢她记录并分享的一切。

围观冬奥盛会，感受人与人之间最原始的交流法则：善意会被回报以善意，尊重会被回报以尊重。细看通过网络传到世界各个角落的"冬奥朋友圈"，大都充满了欢笑、惊叹、感谢。它们无关竞赛，甚至无关坚韧与热爱，但毫无疑问，它们是奥林匹克精神的生动闪现。

"手术室里全是钱"横幅惹众怒，跑偏的价值理念必须纠正

◎ 2022年1月28日　韩韫超

2022年1月26日，网曝广东东莞某医院手术室举办年终总结大会，会场悬挂的条幅"虎虎生威迎新年，手术室里全是钱"引发网友议论。不少人在朋友圈表示非常震惊，谴责医院毫无医德。1月27日，该院声明称此事属实，系手术室部分人员在某餐厅用餐，为营造轻松用餐氛围，有护士自行制作了横幅，横幅内容表述极其不当，郑重向社会道歉，并将对相关责任人进行严肃批评教育，对涉事科室和个人做进一步调查，并按照医院的相关规章制度严肃处理。

一句"手术室里全是钱"惹了众怒，涉事医院或许觉得有点冤。毕竟，年终总结大会是内部的事，将现场横幅拍照上传也是个别工作人员的行为。一张图片激起网络巨大"涟漪"，实在是这句话刺痛了网友的敏感神经，破坏了医者仁心的应有印象，勾起了公众对一些医疗机构利欲熏心的痛恨，潜在地加剧着医患间的不信任。

有媒体评论说，类似的横幅被公开挂出来，不能直接与涉事医护的医德和专业能力挂钩，但的确折射出个别医院、医护人员角色意识的错位。还有

"手术室里全是钱"横幅惹众怒，跑偏的价值理念必须纠正

观点认为：不论这番话有怎样的语境背景，本质上都是对患者的不尊重。一场场人命关天的手术，在某些医护人员眼里竟是"摇钱树"，这和人们眼中"有时治愈，常常帮助，总是安慰"的医护形象相去甚远。

有网友对比，过去药铺挂的对联是"但愿世间人无病，何惜架上药生尘"，可现在横幅挂"全是钱"，这是"不小心把真心话说出来了"。在一些网友眼里，横幅成了"现在一些医生就是只认钱"的现实佐证。

2019年初，河南某镇卫生院张贴的一副对联也曾引发热议——"好生意（招财进宝）开门红，大财源（日进斗金）行旺运"，横批"生意兴隆"。

2012年2月，深圳某医院在某网络平台发布推文"热烈祝贺胸外科2020年度手术量突破1000台"，也引来不少批评声音，"考虑过患者感受吗？是在庆祝自己生意兴隆吗？"

尽管类似事件只是发生于一地一院的个案，却必须引起充分重视。

近年来，一些民营医院将小病治成大病、手术中途加价甚至敲诈勒索等问题不时爆出，折射出一些医院不良的医疗导向。在医疗领域，就诊量、手术完成量等指标一定程度反映着医院和医生的业绩，但如果将其变成目标、口号或一味高调宣传，不仅会为医务工作者带来不良暗示，还可能败坏医疗风气，破坏医患关系，造成恶劣的社会影响。

一条横幅引发的口诛笔伐，是公众内心"原来果真如此"的怕与痛。对医疗领域类似的不良导向进行纠偏，需要医疗机构及医生认真检视自身是否坚守救死扶伤的医者情怀，更重要的，要反思并改革相关规章制度及绩效考评机制等。

类似事件不只出现在医疗领域。2021年11月，某知名企业办公室内张贴的鼓励员工加班的宣传标语，"大家加，才是真的加，加班真好""他加我也加，想跑也跑不了"，成为众矢之的。一些公司宣扬"狼性文化"，在办公区打出"宁愿累死自己，也要饿死同行"的横幅口号，令人大跌眼镜……

凡此种种，一经曝光，令企业形象与公众认知形成巨大反差，甚至事件本身就是东窗事发的导火索，成为涉事单位相关问题的举报信。由此，有必要起底背后经营模式、管理制度、价值理念等方面的"病灶"，为行业发展敲警钟、立规矩。

冰冻三尺，非一日之寒。表面上的"祸从口出"，不经意间折射出的是相关单位及其人员价值观念的扭曲。事实上，人们担心的是，撤掉横幅易，清除病根难。

将医院办成生意场、把员工驯化为加班狗……类似的价值理念严重跑偏。在借助舆论监督的力量，时不时让其曝曝光之外，要想杜绝、及时刹住类似的歪风邪气，无疑需要更常态化、更有效的监管和教育，需要相关制度的建设与完善。

"不小心说出真心话"令人心寒，纠正跑偏的价值理念，刻不容缓。

当你意外倒下,能依靠的或许只有陌生人

◎ 2021年12月31日　吴　迪

近日,"妈妈把一岁娃交给陌生人,然后转身跳进冰冷的河里"的新闻火了。

据央视新闻报道,日前,湖北十堰一位年轻妈妈带着一岁的孩子在河堤边散步时,发现一名女子漂浮在河面上且没有任何反应,于是把孩子丢给旁边的陌生人照看,自己迅速下水将人救回岸上,并对其开展心肺复苏急救。几分钟后,该女子渐渐恢复意识,被赶到的警察和医护人员送往医院救治。

网友为年轻妈妈见义勇为善举点赞,有一个原因是尽管她会游泳,可那毕竟是冰冷的河水,下水救人有风险,而且,她还把一岁娃交给陌生人照看,"真够心大的"……

"路见他人危难,你会伸手施救吗?"

"如果你有犹豫,那么,你在犹豫什么?"

类似的讨论不少。

路边见人倒地,救还是不救?很多人都有纠结:有对突发事件或死亡的恐惧而不敢上前,有"万一被讹诈怎么办"的担忧,有"即便知道心肺复苏

怎么做,但从未做过"的无力感,也有"虽然《民法典》有'好人条款',但维护清白费时费力"的犹疑……

我们看到过很多毫不犹豫就施以援手的故事,有皆大欢喜的,也有英雄殒命的。很多人并不吝啬见义勇为,只是希望以最小的代价、成本换取最好结果。这种代价包括施救者的人身安全、名誉安全,以及个别救人被讹等反面案例对社会善意造成的撕裂。

成功的救援离不开"专业"二字。当前很多地方的急救硬件设备还有所欠缺,特别是专业培训等存在薄弱环节,导致救援者遇险的事时有发生。前不久,河北邯郸就发生了"不到10天时间,在同一条河中连续三名救援队员先后遇难"的悲剧。

长远看,急救设施可以不断补充和完善,专业知识可以扩大普及面,而比这更重要的是让人们对援救有正确的认识——对身处险境的人视而不见、对施以援手的人恩将仇报,只会让人与人之间的信任与关爱陷入绝境,让人与人之间心的壁垒越来越高、越来越厚。

比如,"做心肺复苏压断老人12根肋骨遭索赔案",施救者4年间被起诉3次,直到2021年底才获得清白。类似事件如果一再发生,必然会损害善心善举的道德基础。

在公共应急救助上,除了政府、相关企业和社会组织贡献专业能力外,还需要每一个个体的参与。因为很多时候,陌生人是最接近急救场景的人,即"决定我们生死的不一定是正在赶来的医生,而是身边的人"。毕竟,大多数人都没有"在列车上发病遇到出差的医生"这种好运气。

希望在全社会凝聚起更大的共识,形成人人互助的友好环境。被称为"好人条款"的《民法典》第一百八十四条规定:"因自愿实施紧急救助行为造成受助人损害的,救助人不承担民事责任。"这是为见义勇为、助人为乐者撑腰。各地法院依据此条款对相关案件的判例,也给了我们形成人人互助环境的极大信心。

期待更多的人愿意学习并具备基本的应急专业知识和能力,愿意主动向需要救援的人施以援手,且不必担心承担任何物质或精神上的后果。

期待互助的暖意在人与人之间涌动——受益其中,有你,有我,有我们每一个人。

乐见"网红院士"被弹幕"包围"

◎ 2021年12月16日　刘颖余

最大的细菌竟然在海底？
海底火山爆发对我们有影响吗？
如果地球表面70%是大陆？
……

这些都是85岁的中科院院士汪品先的系列科普视频内容。

从2021年6月开始，他在B站、抖音等多个短视频平台，更新与海洋专业知识有关的内容，吸粉数百万。无论是南海演化过程，还是百慕大三角的传说，都被他以简单、通俗的语言讲解得妙趣横生。

让汪老印象最为深刻的是那些漂浮在视频上的"弹幕"——"大片大片的，像下雨一样，非常壮观"，他也因此被网友亲切地称为"被弹幕包围的网红院士"。

汹涌的弹幕，显示了汪老科普视频的受欢迎程度。有网友看了教学视频后，留言与他探讨自己无法理解的问题，在评论区认真记"笔记"；有同学在看完视频后开心地回复："啊，今天又是和院士探讨学术前沿问题的一天！"

大家把汪老的视频称作"大佬级的科普"。

B 站、弹幕，这些听起来都是和年轻人有关的事，当它们和 85 岁的院士结合在一起时，我们惊奇地发现：二者并无任何违和感。这至少证明了一个简单道理：年轻人需要科普大佬，而大佬们也需要走进年轻人。

正如汪老所言，"中国社会发展到今天，科学已变成大众的一种爱好"。这是让人欣慰的事情。不同的平台辐射不同的受众，这种差异性也很正常。

科学家走到一线做科普，满足公众的求知欲，是他们教学研究的一种延伸，不只有益于社会，对科学家本人也有助益。还是汪老说得好："如果能够把研究的内容说得连一般人都能听懂，那说明自己懂得比较透彻。""在讲台上讲课，台下坐着几十名同学，写一篇文章可能会被几百人看到，但是现在做一期视频，可以让上百万的网友学习到海洋知识。"

别看汪老今天在网络世界游刃有余、乐在其中，当初他其实是"被上网"和"被网红"的，其相关视频也是在同济大学和网站年轻人的帮助下，发布到网上的。这当然也没什么不好意思，这世上许多美好事情的发生，都需要某种微妙的牵引。

网络世界似乎天生就是年轻人的，但这并不意味着，老年人永远只能置身网外。如果他们在年轻人的帮助和牵引下，走进网络世界，不仅能丰富自己的人生，或许也能让网络世界更加多姿、美好。一些科学家成为网红、顶流，亦能矫正某些跑偏的社会价值观，实在是时代的福音、社会的多赢。

事实上，在今日网络世界，汪老并非孤例。

比如，72 岁的同济大学退休教授吴於人，从 2018 年开始，就和团队其他成员开始尝试通过短视频科普物理知识。短短 3 年时间，他们运营的抖音账号"不刷题"就积累了 117 万粉丝，获赞 361 万次。合集更新了 112 条短视频，累计播放量 5462 万次。吴於人教授也成了无数粉丝熟悉的"科学姥姥"。

吴教授的短视频生动有趣，标志性的渔夫马甲就像哆啦 A 梦的神奇口袋，里面藏着各种小物件，并成为下一秒用来科普的实验工具。

她的视频改变了物理在一般人印象中冷僻、艰涩的形象，让更多的网友关注并喜欢上物理。有粉丝说："小时候学校这样教，我可能也是科学家了"。还有粉丝开始带着家里的孩子一起"上课"，跟着教授学科普。

社会的每一种改变，往往都是在不经意间发生的。

无论是被弹幕包围的网红院士，还是绝不刷题的"科学姥姥"，他们走出了象牙塔，越过了数字鸿沟，且在努力地弥合代际差异，做到了"缘起科学、情系科学、心系孩子"，其积极的辐射效应已然产生。

——这样的科普大佬、网红教授，请多来几打！

滤镜重重，撑不起打动人心的作品

◎ 2021年11月15日　苏　墨

电视分辨率都4K了，网速也提到5G了，观众却愈加看不清演员的脸，看不懂乌漆墨黑的画面——近来上线的几部古装剧、年代剧、现代剧，或画面阴森灰暗，或磨皮到模糊难辨，让观众集体吐槽"太费眼睛"。

国产剧热爱滤镜，国产综艺热爱滤镜，直播带货、短视频、自拍统统都爱滤镜。

没了层层滤镜的加持，演员不会演了、导演不会导了、摄像不会拍了，这种集体"滤镜依赖症"的背后，是从业者对文艺作品之美缺乏认识、盲目追风，往深里说，是演员对自己的演技没底气，导演对自己的内容没信心，技术人员对自己的业务水平没把握。

说到底，本子不行、演员不行，只好把全部希望放在滤镜上。

无论是之前火爆的阿宝色、莫兰迪色，还是现在流行的高级感、电影感，不是色调太暗、饱和度低，阴森晦暗到啥也看不见，就是高饱和度、高亮高美颜，五官糊成一团、背景全是花花绿绿的色块，共同的特点是都看不清演员的长相、表情，看不清背景究竟是个啥。

深究起来，很多作品本身经不起推敲，演员更是没有什么微表情这种高级的表演。"半永久内容+半永久妆容+半永久演技"，哪样都是假的，只有追求"伪精致""伪高级"的流量野心是真的。

比如,《琅琊榜》火了,就学冷色系的色调,毕竟严谨的细节考证、扎实的内容节奏、唯美的光影运用都太难了,而后期调几个参数就容易多了。"腿到不了,鞋到位了",流行啥风跟啥风,蹭一波流量再说。

滤镜一开,朦朦胧胧地拍个模模糊糊的故事,反正总有观众冲着几张"脸"而来。拍什么不重要、演什么不重要,"流量工具人"美美哒就行了,话题走一波儿——齐活儿。

然而,观众的眼睛被滤镜整得挺疲惫,但脑子还是清醒的。

真的假不了,假的真不了。

不管多少层滤镜,在真善美这一文艺永恒价值的判定上,某些手法一戳就破。

艺术的最高境界就是让人动心,让人们的灵魂经受洗礼,让人们发现自然的美、生活的美、心灵的美,而不是人脸之美,不是服装、化妆、道具之美。

即便退一步,网友依旧推崇30年前的《西游记》《红楼梦》《武则天》里的演员、美服,"是真的美,不是整容、不是滤镜、不是特效。演员有颜值,服化道有手艺,导演靠着自然的光线就拍出了唯美的影视作品"——给出这样评价的,不只是70后、80后,还有90后、00后,"那才是真的养眼"。

我国一位中年女演员曾请求工作人员不要修掉自己的皱纹,"我的故事写在脸上,而这张脸就是对时间对真实的一种致敬"。而在时下一些电视剧中,我们不仅看不到演员的皱纹,连青春痘、指甲、下颌线都看不到了。

近两年,几部现实主义作品火爆,这应该给那些沉迷滤镜的从业者"醒醒酒":真正的美需要回归光影艺术的本质,在作品中反映这个时代的真,体现这个时代的善,创造这个时代百姓喜闻乐见的具有中国作风与中国气派的美。

《觉醒年代》《山海情》没有滤镜,依然打动人心。

满脸血痕的陈延年,一身黄沙的李水花,依然戳中泪点。

而滤镜过猛,滤掉的不仅仅是皱纹,还有作品真实的感染力。

"树洞"刷屏，贫困生的自白何以直抵人心？

◎ 2021年11月12日　　罗　娟

"我自己也想像他们一样，照亮哪怕其他一个人也好。"这几天，一篇清华贫困生"树洞"（网络匿名自白）刷屏了。

这是一个典型的寒门学子自强不息的故事，作者不仅在困境中高质量完成了自己的学业，更在自身情况稍好后选择资助更困难的学弟学妹。

"树洞"里记述着他的大学日常：对每天10元标准的伙食费进行精细分配，在哪个食堂吃饭，价钱多少精确到毛；同学吃西瓜喝饮料时，他咽口水，拿两个空瓶子装免费的水；无法承担班级首次出游花销，遗憾地错过了第一次和同学的合照……

真实的故事细节，奋力向上的人生，直抵人心，不少网友说自己"流着泪看完"了。

一个普通人波涛汹涌的内心世界被广泛关注。这篇"树洞"超高热度的背后，当然不仅仅是感动。

很多人说"树洞"的力量是坚韧的、振奋的。"树洞"的主人每一份"计算"、每一次遗憾，其用力生活的每一个细节牵动着我们的心绪，冲击着我们的内心。

"树洞"刷屏，贫困生的自白何以直抵人心？

身处困境的他一直在奋斗，但字里行间没有任何对命运的激愤，反倒以平和的心境，坚持在逆境中奋勇向上。艰苦的生活没有让他丢失自尊，反倒让他对国家制度、社会帮助、学校培育充满了感恩。

"树洞"以强大的共情力量，对冲着我们时常感受到的焦虑、落差和困惑。很多人在这个故事的触动下找到了曾经的自己，引发了一波"回忆杀"，也让更多人思考奋斗的初衷和苦难的价值。

最近一段时间，这样令人尊敬又感慨的"寒门学子"见诸媒体的例子并不少，从"我走了很远的路，吃了很多的苦"的黄国平，到"放牛娃成长为北大博士"的肖清和，再到"清华贫困生"，这些"寒门学子"通过苦难的磨砺实现了精神成长，练就坚强意志和强大内心。

生活虽困顿，他们精神却丰沛，像石缝中的野草，苔上的小花，蓬勃成长，向阳盛开。

很多人说，"树洞"的力量是澎湃的，更是鞭笞的。面对命运的不公，不少年轻人自怨自艾、自暴自弃。还有一些年轻人无法面对奋斗艰辛、努力的痛楚，幻想着一夜成为短视频网红、电子游戏时代骄子。即便生活一帆风顺，也有很多人感慨，现在竞争太激烈了，我们躺平吧。"树洞"主人的人生态度就像路边偶拾的镜子，照亮了一些人奋斗路上的怯懦、懒惰、彷徨。

"一个平凡而普通的人，时时都会感到被生活的波涛巨浪所淹没。你会被淹没吗？除非你甘心就此沉沦！"

路遥在《平凡的世界》里写的这句话曾经是很多青年的座右铭！其精神价值不言而喻，一个奋斗的、成长的、朝气蓬勃的青年，岂会碌碌无为消失在茫茫人海中，被无边的沉寂所吞没？

"自立者，人恒立之"。成长的道路上难免会有困难、挫折乃至不期而遇的天灾人祸。当不幸降临，以奋斗开辟出一条柳暗花明的道路，是走向出彩人生的必由之路。

这几天也有人在追寻"树洞"的主人是谁、故事是否真实，这些都不重要。奋斗的色彩是真实的。

一个包容、友善、向上的时代里，每一个书写奋斗故事的人都值得被点赞、被尊重。

对"火焰蓝"最好的致敬,是让他们闲下来

◎ 2021年11月10日　吴　迪

2021年11月9日是第30个全国消防日。

网上几个关于消防日的漫画和视频火了——央视制作的《原来,火灾发生时,救命的时间只有……》,以图文并茂的漫画告诉大家不同物品着火应采取什么措施,火势变大时如何逃生,以及如何提升求生概率等;人民日报客户端制作的短视频《"蓝朋友"的工作日常,了解一下!》,以警笛声和消防员救火的场景开篇,讲述消防员日常以出入火场救火为主业,同时还承接百姓日常的开锁、"头卡住出不来"等救援……

消防员在不同的场景有不同的服装和设备,他们日常的服装是"火焰蓝"色,因此也被百姓称为"蓝朋友"。

什么是119?"蓝朋友"的回答是:"1"群勇士,"1"腔热血,"9"久守护。

大到灭火救人、抗洪抢险,小到摘马蜂窝、营救小猫小狗,他们总是冲在最前。

在火场、在洪流、在高空、在荒野,在每一个身处危险的人身边,他们把光照进每一处绝境。

还记得上海那场火灾,两名年轻的消防员因热浪冲击,从13楼坠落时紧

紧牵手的画面吗？还记得四川木里火灾、天津滨海新区火灾中，那些前赴后继、向死而生的一个个脸庞吗？

一声声划破长空的警笛、一场场抢夺生命的奔赴，他们就是希望的象征。

在"火焰蓝"的工作生活中，有一个典型的关键词"一半"——

当警铃大作，洗澡洗到一半，顶着满头泡沫冲上消防车，有的消防员还因未及时擦干身体而滑倒；吃饭吃到一半，来不及感慨"包子真香"就扔下筷子迅速出动；睡觉睡到一半，迷迷糊糊就要往车上跑，一个完整的美梦成了奢侈……

他们的"一半"是为了百姓的"完整"与平安。

世间哪有什么"超级英雄"，只不过是一群普通人学着英雄"无所不能"的模样，用自己的生命和责任感去硬拼。

出于对"蓝朋友"的心疼与敬仰，生活中，有很多人用自己的行动去关爱他们。比如，有的人给消防员送奶茶、冰棍，怕对方拒绝，扔下东西就跑；有的人在饭店为出警归来正在用餐的消防员悄悄埋单……

对于消防员而言，少几起应急救援事故，让祥和安宁的灯火照亮千家万户，才是他们最希望得到的"礼物"。

那么，对"蓝朋友"最好的致敬，是每个人"从我做起"，学习消防知识，防患于未"燃"，让消防员"无警可出"，让他们少一次逆向奔赴，就少一分危险与牺牲。

具体而言，在日常工作生活中，我们要学会安全用火用电、学会使用灭火器具、熟记逃生法则等。同时，要学会正确、高效地报火警。

央视发布的一则视频提示，发生火灾，打119报警的人不要惊慌，要准确报告4点信息——具体起火地点、起火部位及燃烧物和火势大小、是否有被困人员、现场是否有烟及烟的颜色。这些信息的准确与否，直接关系消防队伍的救援方案和设备配置情况，影响到救援速度和效果。

日前，上海市有关方面表示，从这个学年开始，4个课时的消防救援站实训课程将被正式列为上海市初中一年级学生的必修课程，并纳入学生综合素质评价，预计全市176个消防救援站每年将迎来10万名中学生进行实训。此举标志着上海中小学消防安全教育率先迈入标准化、普及化、实训化新阶段。

希望这种消防安全实践在更多地方开展。

　　人人重视消防安全，人人参与消防安全，让我们一起来让消防员成为"最闲的职业"，让每一位逆行的"蓝朋友"都能平安归来。

未成年人"被手术"？
该开刀的是民营医院的顽疾

◎ 2021年10月8日　　罗筱晓

2021年10月6日，有网友发文称，陕西安康一无病女学生被当地一民营医院推上手术台，术中院方要求该女生向朋友和网上借款平台借钱缴费，并制止其与家长取得联系。

这一消息迅速引发舆论广泛关注。当天晚些时候，安康市汉滨区人民政府官网通报称，已成立调查处置工作组，进驻涉事医院依法依规开展调查处置工作。

10月7日中午，汉滨区人民政府官网再次发布通告称，经查，10月4日，17岁的小路到当地一家民营医院就诊，医生操某某接诊、检查，诊断为宫颈赘生物，小路在手术知情同意书上签字后，操某某对其实施了手术。不存在手术中签字、虚假手术（在其他医院检查的部位与该医院手术部位不是同一部位）问题。

通报显示，在诊疗过程中，该医院在没有监护人陪同、签字的情况下对未成年人进行检查和手术，存在管理不规范、告知不到位、医风医德不端正等问题。目前，汉滨区人民政府已责令该医院停业整顿，停止主治医生操某某执业活动，约谈并责令医院院长辞职，责令医院严肃处理业务副院长、科室主任和医生操某某。

应该说，事件发生后，汉滨区人民政府行动的速度不可谓不快，公布的调查结果也在一定程度上还原了事实、回应了公众关切。不过从舆论反应来看，由于还有几个"未解之谜"，网友对这火速出炉的通告并不完全买账——

"小路的病是否必须立即、马上、刻不容缓进行手术？"

"院方是否有术中让小路打电话向朋友借钱甚至诱导其从网络平台借钱缴费的行为？"

"院方是否阻止小路与父母取得联系？"

"如果小路平白无故挨了一刀，医院是否涉嫌故意伤害，谁又该为此承担法律责任？"

……

人们如此"纠结"这些细节，并非存心与谁过不去，而是因为小路的遭遇又一次刺痛了大众关于民营医疗机构的敏感神经。

作为我国医疗体系的组成部分，民营医院是对公立医疗机构的有力补充。然而，近年来，一些民营医院敲诈勒索病人的事件不时被媒体曝光。本应救死扶伤、解除病痛的民营医疗机构为何屡屡成了伤害发生的地方？

这一方面当然是因为有少数民营医院一切向钱看、夸大病情或进行过度甚至虚假治疗，以背弃医德及违反法律的手段获取不义之财。而更为重要的是，违法违规成本低、代价小进一步助长了无良医院的气焰。

有资料显示，自 2021 年成立以来，涉事医院多次更改名称。按照现有处理结果，人们很难不怀疑，停业整顿期满后，该医院是否换个"马甲"又能招揽生意？

公共医疗因其专业性而具有较高的认知壁垒，但它又与每一个普通人最珍惜的生命健康息息相关。这样的特殊性也要求相关部门，要针对医疗机构出台更为科学、严格的监管措施，积极进行更为有效的事前监管。

比如，2021 年 5 月深圳市推出《严厉打击医疗机构医疗欺诈等违法违规

未成年人"被手术"？该开刀的是民营医院的顽疾

行为专项整治方案》，在全市范围内排查医疗机构是否存在"医疗欺诈、强迫交易、诱导消费、强制消费"等情形。此外，已有多地通过要求医疗机构在显眼位置张贴举报电话海报等形式畅通维权渠道，有的地方还明确对日常监管不到位导致医疗机构违法行为滋生等情况实行责任倒查。

没人愿意成为下一个受伤的小路。

让伤害终止在发生之前，比任何事后的"救火式处理"重要得多。

8岁的偶像组合来了，请不要逼孩子太甚

◎ 2021年8月24日 苏 墨

出名要趁早——说话的张爱玲没想到，如今的"趁早"可能是8岁。

近日，平均年龄只有8岁的偶像组合"天府少年团——PANDA BOYS"在成都发布单曲宣布出道。这个组合由7名男孩组成，成员的平均年龄只有8岁，最小的只有7岁。

看着几个孩子一身大人打扮、摆着程式化的男团姿势拍照，网友纷纷质疑，这到底是在捧孩子还是在害孩子，"小小年纪不好好读书，长大做文盲艺人吗？"

很快，天府少年团的经纪公司发文称："公司不是把孩子当作赚钱的工具，而是在孵化具有时代意义的新一代少年榜样。中国少年应该是热爱祖国，有文化、有理想、爱学习、身心健康、内心丰盈的个体。"

一家娱乐公司重金打造一个不以赚钱为目的的少年偶像团，这难道是在做公益？

这个年纪的孩子按生长发育的标准，尚在换牙期，身体、心理发育尚在剧烈变化中。按认知标准，他们大概会书写800~1000个字，会100以内加减法。

然而，就是这样一群小家伙儿，竟然要靠唱跳出道当偶像、逐梦演艺圈，成为"养成游戏"中的"物料"。

所谓的"孵化"不过是给"偶像养成"这种畸形的娱乐盈利模式换了个

8 岁的偶像组合来了，请不要逼孩子太甚

马甲。这种模式吸引粉丝为偶像以流量、金钱等方式应援，以"养娃"的心态追星，公司从中获利。近年来，节目制作方和艺人经纪公司将大量少男少女以"练习生"之名推到台前，在他们的成名过程中，一边优选"摇钱树"，一边收割粉丝，两头赚钱。

相关部门注意到其中乱象。本月（2021年8月）正是国家新闻出版广电总局的综艺节目专项排查整治月，明令严控偶像养成类节目。之前的5月，北京市广电局曾发布通知，各网络视听节目服务机构要严把网络综艺节目人员关，为青少年提供良好示范，禁止未成年人参加选秀类网络综艺节目。

早年的练习生往往临近成年，但因为年龄越小，越能满足粉丝的"养娃"心态，延长"养育期"，于是，大量低龄准偶像被资本盯上。如今，有人更是连尚在幼齿的孩子也不放过了。

再说家长这一头。如果每个家长都能树立正确的名利观，应该不会有孩子乐于被畸形文化"养成"。

很多家长看到"TFBOYS"等童星在娱乐圈里大放异彩，想着在热火朝天的偶像经济中，早出名、早赚钱，于是不遗余力地把孩子往娱乐圈里推，甚至不惜让孩子放弃正常的学习生活。"啃小族"成了网络流量时代的一个新的"族群"。

当不了偶像当网红，当不了网红当童模，很多家长无所不用其极，不上学、不睡觉、逼着练、逼着演，连打带骂地让孩子笑着配合拍摄。

可事实上，真正能从小红起来的偶像其实很少，翻车的却比比皆是。更多的小童星长大后默默无闻，却因为红过，日后的平凡反倒成为笑柄，成年后的日子过得还不如普通人。

8岁本是个有无限可能的年纪，他们的人生道路需要经过不断蓄力和思考后由自己选择，而不该被人推到什么赛道。社会、家庭、学校应该为他们的人生之路保驾护航。

切实提高准入门槛，对儿童模特、儿童直播主播、儿童艺人等年龄进行把关，制定明确的标准，亟待有关部门出手。

让孩子像孩子那样长大，这是我们对孩子最真挚的爱与尊重。别让金钱、名利破坏或提前收割孩子的童年，这需要我们所有人一同努力。

志愿者成"背锅侠"？
不让好人心寒应是底线

◎ 2021年8月6日　林　琳

最近，河南郑州真的很难，先遭遇了暴雨，又暴发了疫情，"涝疫结合"。而广东广州的叶先生也挺难——暴雨时，他驰援郑州，与其他志愿者一起，免费维修了数百辆被水泡过的车；回到广州后，郑州暴发疫情的消息传出，叶先生主动联系医院自费隔离，但他穿防护服被救护车带走的画面被市民拍下，随后遭到一些网友的谩骂，说他把病毒带回来。

最近国内疫情呈多点散发态势，一些地方、区域被升级为中高风险地区，而"德尔塔"毒株的传播力、病毒载量都令公众担心。由此，对于有过中高风险地区旅居史的人，公众难免会比较敏感，也会有所警觉和防范。问题的关键在于，要分清是非。

一个人因为什么原因去到相关地方，事先是否知道当地已有疫情，主观上是否有隐瞒或传播的故意等，这些都影响或决定着公众乃至相关部门对其行为的态度。

具体到叶先生，其在郑州帮忙维修车辆时，郑州的疫情尚未暴发，至少当地还没有公开有关情况。其返回广州得知郑州的疫情后，第一时间做了核酸检测、联系医院和居委会，按照规定进行了隔离。应该说，这当中没有任何隐瞒、欺骗和故意的成分。

一方有难、八方支援，众志成城，共克时艰，是我们这个民族引以为傲的传统和品质。当很多人坐在家里关注险情、关注同胞的不幸遭遇时，一些人已经收拾行囊赶赴灾区、投身救援，这当中有些是职责所在，有些则纯属义务和奉献。

叶先生远在郑州千里之外，正常过自己的日子、经营自己的汽修生意，不香吗？但他带着徒弟驱车赶往郑州，用自己的手艺帮助了需要帮助的人，分文未取。郑州市民用食物塞满了叶先生的后备厢，有的还送来了锦旗——这，叫感恩；这，叫人情。

相比之下，那些坐在家里、敲着键盘，没有共情、只有冷漠，甚至对志愿者恶语中伤者，扮演着何种角色？

好在，更多的网友并不糊涂，他们在叶先生回应的视频下留言——

"大哥你是最棒的。"

"广东人为你自豪。"

……

也有网友建议有关部门追究骂人者"侮辱诽谤"和"寻衅滋事"的行为。

最新的消息是，因叶先生的善举，广州市花都区政府为其减免了隔离期在酒店的全部费用，还有郑州市民联系当地媒体为叶先生捐款。正如有网友所说，"不要难过，这个世界有误解你的人，就有支持你的人！"

尽管骂人的是个别人，但龚先生仍想提醒，不让做好事的人心寒，不让好人蒙屈、"背锅"，是我们这个社会应该捍卫的底线。这也是近年来我们通过立法、完善制度和规定，去鼓励见义勇为、去保护英雄所追求的目标。

只有让每一份平凡的爱心和善意不错付，让善人善举受到应有的呵护和尊重，我们才能凝聚起更多温暖和力量，我们的社会和生活才能更加文明和美好。

救灾现场不是秀场不是直播间，"流量红利"请走开

◎ 2021 年 7 月 27 日   罗　娟

人命关天，时间就是生命。河南特大暴雨防汛救灾还在紧张进行中，却出现令人费解的热搜——"救援队呼吁网红和明星为救援让路"。

从媒体报道来看，在灾区一线抢险救援现场，一批特殊人群不顾劝阻"逆行"进入灾区——前面一个人发放物资、"慰问群众"，旁边一群人举着相机或手机拍摄、直播；也有人举着手机站在、趴在水里自拍，在网上博取关注。

多支救援队伍反映，在目前灾情仍较严重的新乡市、鹤壁市等救援现场，非专业的网红、明星涌进灾区不仅影响救援，且在网上发布不专业的救援指导，可能会误导灾区同胞自救、求救。

救援有"黄金 72 小时"之说，必须争分夺秒。从专业救援力量的进入、通信设施恢复与道路抢修即刻展开，到各类救灾物资紧急调运、医护等力量的集结，等等，在河南不少遭受特大暴雨的地方，从政府到民间的救灾力量正在迅速凝聚、积极行动。

此时此刻，个别明星和网红嗅到了"流量红利"。他们所谓的"救灾真的

救灾现场不是秀场不是直播间，"流量红利"请走开

很忙"，是指又要救援、又要拍摄——这边刚一伸手，东西还没搬几箱，网上已经发出高清大图，还有各种角度的救援视频和精心编撰的文字描述，还要网友打赏支援救灾——看得人一脸问号：这是哪门子救援？

与真心想救援灾区却好心帮倒忙的人不同，个别网红主播和明星似乎是来灾区"怒刷存在感"的，即利用水灾来博取流量红利。

往小了说，这是哗众取宠；往大了说，这可能贻误救灾时机，甚至拖防汛救灾乃至生命救援的后腿。

与此不同，救灾进程中，不少平民英雄一次次打动着公众：有一群卡车司机哽咽着用自己的车去堵决口，有已脱离险境但又折返回去救人的实习医生，有编撰"救命文档"的大学生等。同时，一些企业和明星、网红积极捐款捐物。穿"鸿星尔克"、喝"蜜雪冰城"奶茶、买"汇源果汁"等"野蛮消费"，正是广大网友对良心企业公益之举的真心点赞。

话说回来，明星和网红主播有参与救灾的热情是好事。作为公众人物，明星和网红主播拥有庞大粉丝群，可以运用自己的影响力，或捐款捐物，或提供信息联络，或帮助有关部门传递真相、阻击谣言等，汇聚起助力救灾的强大能量。

目前一些地方的灾情依然严峻，有必要提醒那些执迷流量而给救灾现场添乱的个别明星和网红，在一些重灾区，洪水中的救援通道是专业人员冒着生命危险打通的，无关的团队挤占其中，"吸眼球、引围观，造成更严重的堵塞"就是堵塞生命通道，是要命的事情。

这里是救灾现场，不是T台，不是秀场，不是直播间，"流量红利"请走开。

离"人手一只大熊猫"还挺远，保护濒危物种我们在路上

◎ 2021年7月15日　苏 墨

这几天听网友说，"离人手一只大熊猫又近了一步"。龚先生特意查了一下才知道这个"梗"的出处：近日，生态环境部对外介绍宣布，目前我国大熊猫野外种群数量达到1800多只，受威胁程度等级由濒危降为易危。

虽然"人手一只"是开玩笑，但正如网友所说，我们离这样一个人与自然和谐共生的美好愿景越来越近了。

每一种生物生存境遇的改善，都是人类尊重自然、维护生态的决心与实践，这背后是一代代人不懈的努力，是更多人不断达成的共识。

黑白相间、憨态可掬的熊猫是当之无愧的动物明星。龚先生常常被它们的视频逗乐。作为友善的使者，被租借到国外的熊猫经常成为拯救一家动物园的超级英雄。为了拥有或挽留它们，各国也是各出奇招，修建豪华的院舍、举行盛大的欢迎仪式。很多民众为了一睹其真颜，抢位、排队、亲眼看到了甚至激动到飙泪。

"明星""国宝"得到良好的保护，是题中之义。但是熊猫被降级同时指向栖息地整体生态环境的改善，受益的将不仅是熊猫。野生大熊猫的栖息地

主要分布在四川、陕西、甘肃三个省，这里生物多样性丰富，保护大熊猫也无形中为金丝猴、朱鹮等众多珍稀物种提供了良好生存环境。除了动物，还有微生物、植物、水源、地理地貌等，可以说是整个生态系统均得到了综合保护。

当然，维持地球生态平衡最终得益的还是人类自身，保护动物的栖息地最终保护的是人类栖息地。

截至 2019 年底，我国各类自然保护地已达 1.18 万个，总面积超过 1.7 亿公顷，占国土陆域面积的 18%，提前实现联合国生物多样性公约"爱知目标"提出的到 2020 年达到 17% 的目标要求。国家有生态保护的规划，百姓有改善生态环境的共识，大熊猫保护只是这其中的一个篇章。

同时，我们在保护大熊猫的过程中，摸索了一套法律法规、政策方针制定和执行的规律和方法，1989 年《中华人民共和国野生动物保护法》正式实施，2021 年 2 月《国家重点野生动物保护名录》进行了更新，其中列有 980 种野生动物都是急需重点保护的对象。严打偷盗偷猎、走私贩售，为野生动物量身订制了法律保护伞。

如何辅助繁育、保育珍稀物种，如何延续物种特性使其真正回归野生状态，我国也在实践中得到了独门秘籍般的科学经验。在研究保护野生动物的过程中，我们收获的是对地球与生命更加全面、系统的认知。

知道我们从哪里来，才能知道未来我们将去向何处。保护和延续一个物种，便为地球留存多一种可能。

从濒危到易危，大熊猫降级了，不代表它和其他野生动物境遇安全，如何从易危到近危甚至无危，这条路漫漫又长远。如何从保护大熊猫等明星动物到全面保护其他受威胁物种，建立一个完整健全的濒危物种保护体系，也同样道阻且长、任重道远。

未来气候变化、自然灾害等因素依然存在，人类和地球上每一种生物一样都将面临更多、更严峻的考验。作为地球上唯一的智慧生物，我们必须承担更多。作为负责任的大国，中国也致力于分享经验，因为保护生态系统是关乎人类共同命运的终极命题。

当越来越多的人意识到"人与动物是命运共同体"时，我们发现最近的新闻经常是这样：大象出来溜达了，雪豹出来溜达了，荒漠猫出来溜达了……前年，全球极度濒危鸟类青头潜鸭现身北京。这种鸟类全球仅有约400只，比大熊猫还要稀有。迎接它们的是人们的好奇与满满的爱。

以"断鼻家族的旅行"为例，它们一路的"逛吃"，让世界看到了绿水青山、富饶、友爱的中国形象。山美水美人心美，每个人都愿意为保护其他物种尽心尽力，这便是生态文明深入人心的最好例证。

不过，人与动物必然存在冲突，野生动物破坏良田、房屋，甚至伤害人类的事情屡屡发生。如何有效缓解两者间的矛盾，找到和谐共处的平衡点，需要大智慧。

熊猫降级了，但它依然是国宝，这世界上依然有太多需要保护的生物。愿更多珍稀动植物能早日"降级"，愿它们能与人类长长久久地共生共存下去。

拐卖儿童，看得见的团聚与看不见的悲伤

◎ 2021 年 7 月 14 日　　贺少成

电影《失孤》主人公原型郭某堂终于迎来被称作圆满的结局——2021 年 7 月 13 日，公安部召开新闻发布会，通报电影《失孤》中被拐儿童原型郭某振已被找回，并与父母成功团聚。

无数媒体和网友感叹，这是电影《失孤》最好的续集。

但看似团圆的喜剧背后，里子仍是一出悲剧——郭某堂 24 年奔走寻觅被拐的儿子，其妻子痛哭"孩子被偷是摘我的心、要我的命"……内中的苦楚远非外人所能体会。

但好在，24 年的寻找终于画上了句号。由于电影《失孤》带来的轰动效应，相信很多人对拐卖儿童的危害有了更深刻的认识。

梳理近年来的拐卖妇女儿童案件，我们惊喜地发现，在政府部门和民间人士的共同努力下，一些几十年的陈年旧案得以水落石出——山东济南申某良，在警方的帮助下，15 年后找到了儿子申某；被拐卖到河南 35 年的贵州布依族女子德某，在女儿和寻亲志愿者的帮助下，终于回到老家父母的身边……

今天，全社会对拐卖妇女儿童的容忍度越来越低。许多年代久远、线索模糊的案件，最终通过现代科技等手段破获。也许，到了对更多拐卖案件追

偿的时候。

公安部 2021 年组织开展"团圆"行动，依托全国打拐 DNA 数据库，全力侦破拐卖儿童积案，全力缉捕拐卖犯罪嫌疑人，全面查找失踪被拐儿童。

来自民间的力量也不容忽视，现在广为人知的"宝贝回家"寻亲网站，就是由热心志愿者设立的。

其实，在拐卖儿童案件中，不管买方做得多隐秘，凭空多出一个来路不明的孩子，必定有蛛丝马迹可寻。在某种程度上，可以鼓励知情人士站出来，向警方提供有价值的线索。

在全民反拐意识高涨的当下，来自警方和更多爱心人士的努力，相信能帮助更多的被拐孩子回家。

与此同时，我们也必须对潜在的拐卖风险保持足够的警惕。

在警方的高压震慑下，拐卖儿童案件呈逐年下降趋势，但这类案件并没有绝迹。如何预防新的拐卖发生，是一个重要的课题。

每每破获拐卖案件，总会有来自网友愤怒的呼声，如"人贩子死刑""买卖同罪"等。但在此类案件背后，往往伴随着某些潜在风险，以及亲情与伦理的撕扯。甚至有法律界人士认为，如果实行拐卖儿童买卖同罪，一味重刑，可能会适得其反，有可能把犯罪嫌疑人逼上绝路，甚至危及被拐儿童的生命。

具体到个案中，不少受害家庭即使找回孩子，为孩子计，一般也不会追究买家的法律责任。郭某堂在找到郭某振后也提到了儿子的买家，"就当是一门亲戚，这样去走动"。

这话背后是憋屈，也可能是无奈。

但无论从哪个角度看，受害家庭面对现实的两难，不啻是对买方的纵容。

诚然，对一些积年旧案，可以通过从轻、减轻或者免除处罚的方式，引导买家配合警方的工作，让被拐儿童早日回到亲生父母身边。但对未来可能存在的拐卖风险，法律必须保持强大的威慑力，让那些试图买孩子的人家，同样付出沉重的代价。

让拐卖案件不再发生，让被拐的孩子都能回到亲生父母身边，真正实现"天下无拐"，那该是多么美好的生活。

宠溺野象"旅行团",敬畏自然我们还在路上

◎ 2021年6月1日　　林　琳

最近,一个家族的"旅行"引起了全网乃至全国百姓的关注——2021年4月中旬,原本生活栖息在西双版纳国家级自然保护区的亚洲野象群"断鼻家族"开启了一场说走就走的迁徙,云南普洱墨江→玉溪元江→红河州石屏→玉溪市峨山县,至今没有停止脚步。最新消息显示,距离玉溪市15公里的红塔区白土村,170辆渣土车"严阵以待";象群有继续往北趋势,极有可能进入昆明。

有人说,围观这场"野象旅行"找到了"追剧"的感觉,"剧情"每天都在更新——

小象因喝了大约200斤酒糟而掉队,后来又归队了;
象群路过车行喝干2吨水,吓得老板躲在车里大气儿不敢出;
象群闯入农户家吃了400斤玉米,把农户逼上房顶;
……

相关热搜的评论区也挺"欢乐"——

"大象：我要从南走到北，还要从白走到黑。"
"鸡：说出来你们可能不信，我在自己家里被大象踩死了。"
"玉米都被踩成玉米面了。"
……

事实上，如此轻松的氛围更多还是因为多数网友离得远，感受不到当地、现场的紧张和危机，加之目前野象群的逛吃并未造成人员伤亡。可这依然掩盖不了一些令人揪心的现实。

比如，野象群已"肇事"数百起，直接破坏农作物800多亩，初步估计直接经济损失近680万元，当地群众的正常生活生产秩序受到影响；

象群还在继续北迁，一些村庄甚至城市严阵以待，相关的疏散、防御工作形势严峻，随着象群频繁入户寻找食物，人象冲突的隐患在增加……

而对于如何阻挡"断鼻家族"的一路向北，让它们返回栖息地，目前还没有更恰当的办法——通过食物投喂引导和适当驱赶"劝返"并非易事，毕竟它们已经走出了几百公里的路途；麻醉之后运回去同样困难，对十几头野象进行麻醉，时机、剂量、麻醉后的运输等，需要的是一整套方案和诸多的人力、物力参与，稍有不慎可能激怒象群，导致场面失控……

亚洲象是亚洲大陆现存最大的动物，也是仅次于非洲象的当今世界体形第二大的陆地动物，一般身高约2.8米（最高记录为3.7米），最重可达7吨。同时，亚洲象是濒危物种之一，是我国一级野生保护动物。

在与这群"迷途不知返"的"憨憨"的角力中，人之所以只能引导着来、试探着来，甚至显得有些缩手缩脚，恰恰说明，我们保护野生动物和濒危物种、保护生物多样性、敬畏自然的意识有了明显提高。大家想方设法要给这群"大可爱"多一些关照甚至宠溺，哪怕是牺牲一些财产。

"断鼻家族"到底为何走上这条北迁之路？从各路媒体的报道和专家的解读来看，还没有明确答案。

有的认为，这一象群刚刚换了首领，而这个首领很大概率是迷路了；

有的分析，随着森林郁闭度越来越好，林下可供野象采食的食物种类、数量反而少了，而很多农户种植了大量的亚洲象可采食的食物，如玉米、水稻等，于是大象不断被吸引从保护区走出来觅食，进而发生了食性的改变；还有的认为，近20年来亚洲象栖息地面积缩减、更加破碎化，人为干扰严重，连续性更差——保护区范围内的原生热带雨林植被用来种植橡胶和茶叶，在带来经济效益的同时，会影响生态系统的健全度，使生态系统服务价值减少……

事实上，我国亚洲象种群数量从20世纪70年代的100头，增加到目前的300多头，地区分布也有进一步扩大的趋势。这是一个人们乐见的结果，也是多方努力的成果。而这当然对后续的供给、保障，对保护区的建设、维护，对人与象之间冲突的防范、化解，提出了更高要求。

正因此，近年来，当地政府从监测预警到围栏防护、保险理赔，采取了多种措施。有亚洲象监测工作人员表示，正是因为大象知道人不会伤害它，才慢慢敢到农田采食。

另有报道显示，一些地方正借助科技力量保护亚洲象生存，利用雨林中的红外相机、摄像头、无人机等采集设备，全天候实时采集图像及数据，及时预警，预防人象冲突的发生；为了不惊扰亚洲象，有的铁路建设选择不直接穿越原始森林，而是下穿野象谷自然保护区，在地下山体内部开隧道。

就在昨天（2021年5月31日），有媒体报道，另有17头野象已在中科院西双版纳热带植物园内"逛吃"9天。

野象家族的纷纷出动，更多的是一种提醒。

如何既保护象又保护人？如何在经济收益与生态文明之间做出更好地平衡？人与自然长久和谐共生之道何在？这些无疑都需要纳入地方发展乃至国家发展蓝图、规划，进行通盘考量、协调。

但愿"断鼻家族"今天出的这道难题，我们能够早日找到更理想的解决之道。

平安长大，
不该是一场碰运气的"打怪升级"

◎ 2021 年 5 月 18 日　　韩韫超

2021 年 5 月 14 日，山东临沂一名 11 岁男孩吃樱桃被卡喉，几近窒息，父母用"海姆立克急救法"及时救回孩子，现场惊心动魄。视频公开后，网友纷纷感慨"多亏父母平时学了急救方法"，并将其奉为"教科书式急救"。

"不行，上医院就晚了"——视频中，男孩妈妈喊出的这句话令人印象深刻，也正是这份对院外急救迫切性的认知，驱动夫妻二人持续两分多钟对孩子进行急救，直至最终施救成功。

吃东西被噎住，小脑袋卡在栏杆之间进退不得，被猫猫狗狗抓伤咬伤，被遗忘在汽车里，在河边玩耍失足落水……

一个孩子从出生到平安顺遂地长大成人，难免会遇到类似风险，要越过一道道的"坎儿"，而且必须每次都能零失误地化险为夷——何其难矣！

视频中的"教科书式急救"固然给力，但很多时候，急救是与"死神"过招的最后一道关卡。与其拿宝贵的生命与急救的成功率进行最后的对赌，不如提早控制和干预，从源头上远离一切可能的危险。

首先，孩子惹祸并不意味着都是孩子的错，家长作为儿童安全的第一责任人，一旦失职失责，往往追悔莫及。

"家长在泳池边玩手机，孩子溺亡竟不知""过马路时孩子从自行车上掉下，家长却扬长而去"……类似的新闻，令观者哭笑不得，各方呼吁家长可得"多长点儿心"，别拿孩子的生命安全开玩笑。

其次，社会公共空间对未成年人各种有意无意地不友好，也是妨碍孩子们平安成长的一大隐患。2019年，云南昆明市民唐师傅陪家人去当地某医院看病，在家人就诊时，唐师傅带着两岁的小孙子在楼梯间玩耍，由于医院楼梯间扶手与地面之间的空隙较大，孩子在玩耍中不慎从11楼坠落身亡。如果此处护栏设计安装有防止儿童坠落的挡板，悲剧或许就不会发生。

近几年，国际社会在倡导儿童友好型社会建设，其中一个重要方面，就是主张公共设施在规划设计时，要把孩子作为一个主要的至少是重要的使用者给予考虑——在公交车上配备几个儿童安全座椅，在座椅上加装护童安全带；严格把关公共场所的楼梯及护栏高度，防止孩童翻越甚至坠落；改变道路隔离护栏每根栏杆之间的间距，避免人体头颈部卡入导致受伤甚至窒息等后果……

让每个孩子都能平安健康地长大，是对全社会的一场大考。保障儿童安全离不开社会各方的鼎力支持。

多年前，"童话大王"郑渊洁为孩子们量身打造生命安全教材《皮皮鲁送你100条命》，用充满童趣的语言和故事，讲给孩子们能保100条命的安全秘籍，让诸如"车窗摇下来，高度绝对不能低于头部""小背心和小内裤遮盖的部分不能被别人触碰"等安全常识，逐渐深入孩子们内心。

今天，安全知识的普及正借助新的技术和手段而事半功倍。此番"教科书式急救"视频刷屏后，就有公众号借机对"海姆立克急救法"进行深度科普，图文并茂地告诉大家，针对不同年龄和身体状态的人群，用这个办法实施急救时应注意手法和方式的差异。这一硬核操作让很多人大呼"长知识"。

近年来，多地公安、教育部门联动，开展安全教育进课堂活动；有条件的幼儿园、学校组织学生进行防火防暴演习；公安部门设立了儿童失踪信息紧急发布平台，打通走失儿童回家的快速通道；互联网科技公司开发出儿童专用手环……

当未成年人安全有了更多重保障，不仅是孩子的福音，更是家庭的幸事，同时也体现出社会治理的水平和成色。

未成年人的安全，再怎么强调都不为过。没有了这个"1"，性格也好，成绩也罢，都只能是"0"。

平安长大，不该是一场碰运气的"打怪升级"。我们乐见更多的"教科书式急救"，也期待家长、学校和社会能更好地承担起各自的责任，共同呵护孩子们平安快乐成长。

"丢豹"丢人，"瞒豹"吓人

◎ 2021年5月9日　　罗娟

2021年5月9日早上，杭州野生动物世界出逃的第三只金钱豹的行踪被发现，目前仍在继续搜寻中。其余两只豹子已被追回且状况在逐渐恢复。这几日，杭州被3只豹子弄得"满城风雨"，全网都在围观"金钱豹去哪儿了"的荒诞剧，终于有了落幕的可能。

回溯事件经过，杭州野生动物世界的处置机制和应对方案，让人匪夷所思——从5月1日茶农偶遇豹子并拍照，到5月7日工作人员否认"有动物逃逸"，到5月8日杭州富阳区政府发布公告证实"金钱豹外逃"、杭州野生动物世界道歉、联合调查组入驻、园区相关负责人被控制……这场众目睽睽下的先"丢豹"后"瞒豹"事件，让全国网友震惊。

起先茶农发现金钱豹，网友还调侃可能是消失20多年的金钱豹又出现在杭州，谁能想到这家动物园竟"丢豹"一星期了还捂着消息不公开。

专家称，金钱豹视觉和嗅觉灵敏异常，性情机警，既会游泳、又善于爬树，是食性广泛的中型猛兽。一只成年金钱豹和一个成年男子的战斗力相当，对妇女和未成年人有较大威胁——想想都让人心惊肉跳。上一次黑龙江东北虎下山、一巴掌拍碎车窗玻璃的事，网友还历历在目。

动物园方致歉声明中说，豹子未成年，攻击性较弱，担心事件公布会引起恐慌,这种说辞能站得住脚吗?且不说未成年的猛兽危险也不可低估,光是金钱豹突然出现可能造成的恐慌和混乱,也是难以估量。而且,金钱豹是国家保护动物,不仅要防止豹子伤人,也不能让人伤了豹子。

及时向公众发出预警、提醒居民做好自我防护、积极搜寻追回猛兽,才是涉事动物世界的应该之举。如今,3只豹子到底是哪天外逃?杭州野生动物世界在管理上有着什么疏漏而导致豹子"越狱"?在5月8日之前,组织搜救了吗?这些疑问都有待澄清。

有人猜测,可能"金钱豹出逃时机不对",正值旅游高峰的"五一"小长假期间,如果关闭景区,发出安全警示,涉事方可能损失一大笔旅游收入。还有人猜测,园区安全意识淡薄,可能认为就像丢了"宠物",自己偷偷找回来就行。

真相不明,众说纷纭。可以肯定的是,这出"金钱豹出逃"的闹剧中,有些人安全意识淡薄,安全规则淡漠,而且瞒报、谎报的"脑洞""胆子"则很大。

公众没有得到及时公开的信息,也缺乏足够的警示,于是,这几日网络上流传各式言论,有些过于恐慌,有些则失之轻飘。在一个"假如你遇到了从动物园出逃的豹子,你会怎么办"的网络投票中,3.6万张选票中有近5000网友选了"好言相劝让它返回动物园",在选项中排列第三。还有人围观搜救犬和金钱豹的视频称,"被狗咬死也太伤金钱豹的自尊心了,这让金钱豹怎么在动物世界混"。调侃有余,警惕不足。而一些附近的居民则慌张失措、惊恐万分,有的小区紧急封闭,有的家庭连夜搬离。

猛兽出柙,典守之咎。对于动物园来说,没有到位的安全管理措施,分分钟变成危险地带。此前,上海、常州、厦门、广州等多地动物园曾发生过动物出逃事件,部分责任人不仅在安全环节上"掉链子、出岔子",出事后还连忙"捂盖子",置公众人身安全、公共秩序混乱于不顾。说一千道一万,还是相关的法规、处罚不明确,没有把动物园的安全责任关进"笼子"里。

有专业人士称,如果发生事故,动物园方可能涉及重大责任事故罪,受到刑责。那么,如果第三只豹子顺利追回,难道这次闹剧就此轻飘飘地过去?如果安全的"笼子"没扎牢,那会不会出现下一只"猛兽出笼"?

"丢豹"丢人，"瞒豹"吓人

　　如何从这次"金钱豹出逃"事件中吸取教训，比如，"猛兽出逃"如何启动应急预案、有没有专业的搜救方案、如何追责等，公众都期待有一套更为明确的法规和办法，把动物园安全管理的"笼子"关牢。

　　目前，当地政府已经责令杭州野生动物世界关闭园区，梳理安全隐患。期待第三只豹子安全回园，但愿这次事件只是虚惊一场。同时，公众也期待着更多真相以及处理结果。

这段视频何以看哭无数网友？

◎ 2021年2月19日　　贺少成

2021年2月17日，江苏淮安的一位年轻母亲春节后准备返城打工，孩子哭得撕心裂肺，一边喊着不让妈妈走，一边抢着上车要跟妈妈在一起。

一段几十秒的视频看哭了无数网友。有的网友同情："生活不易"；有的网友共鸣："因为有体会，所以太伤心了"；有的网友理性："资源都在大城市，小地方工作不好找，工资还低，只能无奈进城打工，可怜天下父母心"……

近些年的春节，这样的场景不时在不同地方上演，原因大同小异：农民工仍在向城市流动，而他们的孩子，由于各种各样的原因，不得不留守在老家。

还记得2020年考上北大考古系的湖南耒阳女生钟芳蓉吗？当她被北大录取后，她的妈妈接受采访时说："我女儿的孩子，不会再成留守儿童。"简单的一句话，背后是无数留守儿童的锥心之痛。

龚先生曾经在湘西一个山区中学采访过，学校里几乎每个班都有一半以上的孩子是留守儿童。校长坦言，留守儿童最大的特点是难以管教——家里的老人光是照顾孩子的饮食起居就已拼尽了力气，无力在学业和情感上给予孩子更多关注；与父母每月几次有限的视频聊天，孩子根本不会跟远方的爸妈交心，"注意身体""多吃点"等几句简单的客套话，更像是陌生人之间的交流。

　　一边是全家人的生计，一边是孩子的成长和教育。这些留守儿童的父母，这些义无反顾奔向城市的务工者，他们心里有着太多的不舍，但他们心里更怀揣着对美好生活的无限向往。

　　他们为改变自身及家庭命运做出的选择与努力，既是个体顽强生存的鲜活例证，更是一些地方一步步远离贫困、走向小康的真实写照。

　　他们付出的代价与艰辛，我们这个社会一一看在眼里。向他们伸出更有力的、更温暖的援手，是社会各方的责任。

　　2016年，国务院印发《关于加强农村留守儿童关爱保护工作的意见》，要求"父母要依法履行对未成年子女的监护职责和抚养义务，外出务工人员要尽量携带未成年子女共同生活或父母一方留家照料"。同时，各地的相关政策也在力促家庭团聚。

　　但现实生活总会有各种各样的压力。不少外出打工的父母，自己在城市尚无立足之地，微薄的工资、高企的房租，让他们即使想把孩子带在身边也是有心无力。如果回去，不少父母发现，在老家更难挣钱为孩子提供更好的生活，最终还是会走上抛下孩子、进城打工的老路。

　　面对短时间内难以彻底改变的现实，无数进城务工者不敢也不能停下打拼的脚步。有些代价是今天的我们为了未来而不得不支付的——与亲人的分离、超体力的付出、某些享乐的延迟，等等。这个道理，朴实的务工者懂，其他人群同样也懂。

　　努力消除城乡壁垒，以工促农、以城带乡，实现城乡一体化发展。这无论对于哪个国家来说，或许都是一个漫长的过程。

　　我们相信，随着整个国家相关改革的步子迈得更大，在广大劳动者为美好生活的不懈奋斗下，包括留守儿童在内的更多人群，将有机会拥抱明天更明媚的阳光。

替偶像送礼，你打工的爹妈知道吗？

◎ 2020年12月25日　苏　墨

最近几日，几位主持人收取明星粉丝后援会昂贵礼物的事，差点没撑死吃瓜群众。

一开始只是网友爆料，说自己的"爱豆"每次上"某某大本营"，粉丝后援团都要替"爱豆"送礼给节目主持人，以求多多照顾。

很快，各路明星后援团都来支应，粉丝们自曝应援清单——好家伙，简直是奢侈品、限量潮玩大聚会。

各家粉丝送的礼都力求别出心裁、更胜一筹。说到底，是要按价钱替偶像树立江湖地位。而且，不同咖位的主持人，送的礼物也分出三六九等。据说，某相声演员上节目时，粉丝们筹集15万元礼物为其铺路，当然这不算最多的，也不算最少的。

如今，粉丝不单要花钱供养偶像一个人，还要帮他养团队，帮他线上线下攒人气、立口碑，上下打点，俨然是要给偶像"当妈"的节奏。

替偶像送礼，你打工的爹妈知道吗？

偶像们有没有想到，自己的粉丝多半是未成年人，他们哪来的钱？粉丝们送的礼物，背后可能多是在工地上搬砖的爹妈的辛苦钱——偶像们，于心何忍？

龚先生也劝粉丝们，别再拿着爸妈辛苦钱去给偶像应援。偶像若有能力，必会出头，犯不着你去打点；偶像若没那个本事，你又喜欢他什么劲儿呢？

且不说，花钱追星，从源头来说，就不是尊重艺人的行为——就算你当他是宝，也得让他知道这个社会是要靠劳动、靠能力挣钱，而不能走歪门邪道。

握一握那"熊爪", 给他们应有的尊重而不是同情

◎ 2020 年 12 月 8 日　　苏　墨

从来没有一个"熊洞"能吸引这么多人的关注。

这是上海的一家咖啡店，不过它没有门、没有窗，只有一堵灰色的墙和一个特别的"山洞"。顾客可以扫码点单，等咖啡制作完毕，店员会使用熊爪将咖啡从"山洞"中递出。

顾客在取咖啡时可以与熊爪互动，握握爪、击个掌，熊爪还会比心、比耶、竖大拇指，隔着墙都能感受到"熊熊"的热情。而熊洞后面，是两位残疾青年人，店长是聋哑咖啡师，带着熊爪递出咖啡的店员曾经遭遇面部烧伤。

其实，除了残疾人的身份外，店长曾拿过两届残疾人咖啡拉花大赛冠军。店员不单单会卖萌，也在技术学校受过专业训练。

面对店前络绎不绝的顾客，店长莹莹用手语表示道："想让客人们知道，残疾聋哑人做出来的事情，可以和正常人一样好。"这个年轻充满活力又有手艺的年轻人，一定也希望别人在介绍她的时候，首先认可的是她的能力，而不是残疾人的标签。

和莹莹一样，最近从央视火到哔哩哔哩的"中国阿甘"陆鸿也是在工作

中找到了自己的价值。

1979年出生的他，幼时因为高烧导致小脑神经受损，面部肌肉不时痉挛扭曲，双手不能伸直，说话走路都有问题。中专毕业后，他到处找不到工作，被人骂"不如养狗有用"，也有人以为他是要饭的，往他水杯里扔钱。

从摆摊修车，到开报亭、碟片店、照相馆、淘宝店、纸制品厂，在陆鸿眼里，处处都有赚钱的机会。如今，他的公司年营业额1000多万元，42名员工里有24名残疾人。

"我感觉，老天安排得很好，我比人家更精彩，不光让我赚了钱，更让我知道了，我这个人是有用的人，我能为社会做贡献。"视频中的陆鸿，目光清澈、笑声爽朗，企业家的自信与成功者的喜悦挂在他那备受伤病折磨的脸上。

创业这条路千辛万险，能走下来，极为不易。他逆天改命的秘诀，被挂在厂里——"干就是了"。

陆鸿和莹莹从未因身残而为自己的人生设限，他们选择和健全人站在同一起跑线上竞速，赢得应有的尊重和价值。他们需要社会认可自己是真正有价值的人，而不是一个成功的残疾人。那被注视的目光中不需要夹杂同情的成分。

有句话说，检验一个社会文明程度的标准，其中一条就是弱势群体能否找到自己的尊严和价值。据中国残联发布的数据显示，目前我国残疾人总数超过8500万，截至2018年底，持有残疾人证的就业年龄段残疾人就业率为56%（包括在家务农人员）。

他们渴望陆鸿式的成功、莹莹式的小确幸，盼望着有更多可以发光发热的平台，证明自己的能力，实现自身的价值，甚至只是能够拥有一个机会，让自己通过努力养活自己，不成为家庭、社会的负担。

在互联网经济高度发达的今天，有很多残疾人在积极融入社会，寻找自己的舞台。据统计，残疾人灵活就业人数从2012年的12.3万人，增长到2019年的228万人。云客服、电子书编辑、快递分拣员、直播带货、自媒体创作者……龚先生就曾坐过残疾人驾驶的出租车，还吃过残疾人制作的蛋糕。

这些新职业带给残疾人以自己的特长无差别工作的机会。很多人往往并不知道为自己生活提供服务的是残疾人——也无须知道，因为他们在以自己

的能力和努力赢得尊重，而不是用残疾人的身份博得同情。

　　成为劳动者，是残疾人通过就业实现社会认同的重要途径。让他们能拥有一技之长，为他们提供个性化的职业规划和工作岗位，用科技手段为他们提供无障碍的生活、工作支持，是现下亟待解决的问题。

　　残疾人需要外界的一定关照，同时，他们更需要人格的平等感，需要实现价值的机会，需要其他人抛弃有色眼镜，为他们鼓掌，从内心深处认同他们、理解他们——这是我们应该做的。

退得了家长群，退不出育娃的焦虑

◎ 2020年11月4日　苏墨

"我就退出家长群怎么了!?"近日，江苏一家长在自己发布的短视频中大呼。他质疑，老师要求家长批改作业、辅导功课，使得自己承担了教师应负的责任和工作，"教是我教，改是我改，之后还要昧着良心说老师辛苦了，到底谁辛苦?"

从2020年11月1日开始，这位家长的呼声制霸热搜榜，直击网友心扉。人民网主持的新浪微博话题#压垮成年人只要一个家长群#，引发5.6亿人次的关注与参与。多数网友认为，这位家长说出了自己想说而不敢说的话。也有网友担心，家长一退了之，会造成孩子被孤立。

天下苦家长群久矣!

事实上，家校关系在一些地方，积怨已深。类似话题每每出现，都会引发热议。比起老师布置家庭作业、安排家长批改这些硬性要求，家长群里某些家长谄媚式的吹捧、某些老师颐指气使的批评，更令不少家长苦不堪言。

有人的地方就有江湖。

家长群犹如一面镜子，某种程度上，折射出教育的内卷化。

作为家长群中的一分子，龚先生在思考一个问题：退群容易，发泄也不难，但这样真的能让我们从此对孩子的教育不再焦虑了吗?

如果没有家长群，老师还可以打电话、书面布置、让学生口头传达种种任务,还可以叫家长来学校等,办法很多。家长依旧要教、要改、要替孩子做手工,时不时还要聆听老师的训话,逢年过节甚至还得绞尽脑汁地"表示表示"。群没了,可还是一地鸡毛。

话说回来,令家长们苦不堪言的家长群,难道就是老师们的心头好吗?未必。

过度的教育竞争,使得家长焦虑而敏感——砸锅卖铁买学区房、托人找关系选老师选班级,如果老师的做法和能力不能满足家长的期望,自然就有怨气,哪怕是对自己的孩子少了一点关注,也会让神经敏感的家长头疼上半天。而众口难调,每个家庭的教育目的、路径不一样,有人推崇素质教育,有人只看中分数;老师留作业也不是,不留也不是。每天除了工作以外,老师还要在群里解答家长们的各种问题,同样也是苦不堪言。

至于那些不乏虚情假意的感恩、夸赞,当真那么让人受用吗?只怕也是因人而异。让人不安的是,现下个别老师的推诿、虚荣,与少数家长的阿谀奉承有着或多或少的关系。

家长群,本来是家校之间的一座桥梁,"家校共育"已是共识,但两者的分工、界限如何界定,却悬而未决。虽然大家的目标一致,但是正因为各方的焦虑,因此格外不能容忍"猪队友"。

退出家长群后,大多数家长面对明晃晃的分数,依旧会心惊胆战;面对万人走独木桥的考试,依旧是心向往之。不批改学校老师留的作业,我们依旧还要送孩子去辅导班、陪孩子刷题。无论如何,与体制内老师结盟和解,是最容易也最有效率的行为。

不久前,中共中央、国务院印发《深化新时代教育评价改革总体方案》,提出落实中小学教师家访制度。十天前,太原市教育局出台了《关于进一步做好中小学生减负工作的实施意见》,严禁要求家长批改作业、打扫教室卫生、点赞转发各类信息。

"养不教,父之过。教不严,师之惰",这话古已有之。给家长减负,并不意味着否定家长参与教育的意义。原生家庭和教育机构在儿童成长的过程中,缺一不可,相互为难不如握手言和。

厘清家校权责边界,通过有效沟通,达成双方深度理解,推动教育体制机制改革,学生、家长、老师才会真正被减负。

拼装名媛，人设全靠演技，不怕演砸吗？

◎ 2020年10月13日　　苏　墨

2020年10月12日，"拼装上海名媛"刷了屏，从朋友圈到微博、知乎，平台上各种段子、脑补情节，把这个梗玩到飞起。这些"花最少的钱，假装最高端生活"的"名媛"喜提热搜，也承包了大家一整天的笑点。

"名媛"是怎么拼成的呢？

据卧底某上海"名媛"群的写作者说，交500元入群费，就可以加入高端人设的拼团活动：40个人拼单一间宝格丽酒店，6个人拼单丽思卡尔顿的双人下午茶……车、包，甚至是丝袜都可以拼团使用，目的不是真正享受，而是打卡拍照。

看到这篇文章，好多人恍然大悟——为什么社交平台上有那么多白富美、那么多年纪轻轻就财富自由的人，为什么坐在前面工位的小张怎么一下班就坐着游轮满世界海岛打卡——敢情是活学活用共享经济理念，看起来那么奢华的生活，不过是寒酸地拼装出来的。

不知为何，明白了真相的龚先生既有几分"世界真奇妙"的惊诧，也有几分"哀其不幸，怒其不争"的感叹。

今天，丽思卡尔顿等多家被提及的商家，慌不迭地出来澄清，说自己那里并不存在"拼单"现象，以力证自己的高端定位没有被"拼装名媛"玷污。

刷屏的卧底文章是否存在营销手段，还有待考证。但是打开某社交平台，龚先生就能发现，背倚着东方明珠、吃着同一份下午茶、拿着同一个爱马仕、开着同一辆劳斯莱斯的"名媛"一抓一大把，照片上还必然会写着"现世安稳，岁月静好""经济独立真好""爱一个人就要和他旗鼓相当"……

这其中保不齐有你知根知底的同乡、同学、同事、邻居。知名酒店的床单、奢侈品店的橱窗如果会上网，一定会给自己写个标签——"老戏骨、网红的道具"。

网友们调侃"拼装名媛"是"省钱典范""拉动内需，为平台提供优质内容"。的确，她们拿着自己微薄的收入，精打细算地满足着虚荣心，窥探着想象中有钱人"应该有"的生活，制造着"显贵的人设"，这本身并不触犯道德和法律，也无伤大雅，不过是用小手段伪装了一下自己而已。生活中的某些时候，谁还不装一装呢？比如，有人装温良恭俭让，有人装看尽人间秋月风霜——怎么就不能装"名媛"呢？

只是在龚先生看来，再怎么努力地装，也换不来真实的硕果。通过伪装自己的生活状态，接触到生活在较高层次的人，进而得到飞上枝头变凤凰的机会，只是一种迷梦。就像段子里编排的，"拼装名媛"极大可能遇上的是"拼装巨子"。既然有"上海名媛群"，也自然会有"北京富二代群"，大家互相欺骗、看破不说破，应该算上一种"社交礼仪"了——虚情配假意，岂不是天经地义？

须知，靠伪装成为天王嫂、明星妻的，只是极小概率的事件，人家背后都有庞大的经纪团队策划运作，并不是普通人能"拼装"出来的。要真正实现阶层的跨越，最靠谱儿的，还是自己踏踏实实的努力。

花着自己钱包中数量有限的那点儿钱，去为美好的幻想、为别人眼中的羡慕买单，真替美女们累得慌。

而另一个问题来了：是谁告诉我们名媛的生活是这个样子？

是商家。

在某宝上，服务于"名媛幻想"的产业俨然已进入流水线、一条龙的发达阶段。从下午茶、点心，到劳斯莱斯、法拉利，再到海外实景拍摄视频素材，只有用户想不到，没有商家提供不了的——即使你头不梳脸不洗地坐在拼装名媛，人设全靠演技，不怕演砸吗？

老家土炕上、吃着咸鱼大饼，也能发一条定位比弗利山庄、穿着订制礼服、挎着铂金包和明星喝着下午茶的视频。如果不想这么高调，觉得毕竟明天还要回城里格子间搬砖，那还可以设计成"低调奢华有内涵"的，比如，去看某某艺术大展，无意间露出豪车钥匙的一个角儿、新款首饰的一个边儿。

总之，花几个小钱就能让自己看起来"非常有钱"——钱包空空、心灵空空、头脑空空的人，就这样为自己搭起了空中楼阁、恋上了镜花水月，难道不担心终有一天，这一切都会灰飞烟灭？

记得心理学有个说法：趣味不分高低贵贱，但一定有消耗型和补充型两种。如果某个"爱好"让人停不下来的焦虑、倍感身心疲劳、实际上也无所收获，那一定是个"恶趣味"。当一个人在用物质去标记自己社会身份的时候，很容易会陷入消费主义的陷阱。

在龚先生看来，真正的高贵来自学识见识的不凡，以及独立的人格和不屈的风骨，而不是打卡、不是点心、不是限量款。名媛之名来自自身的魅力和可钦的作为，巨子之巨源于做出的贡献和担当的责任。

龚先生读过这样一句话：真正的自由和快乐，绝不源于放纵的欲望，而是高级的克制。

可能很多人都难以做到对丰富的物质生活毫不动心，但生活中有诸多值得我们付出真心真情的人和事，还有远方的梦想和现实的目标在等待我们，何必陷在"拼装"的世界，自己糊弄自己呢？

让残疾人"走两步",该挨骂的不只是景区

◎ 2020 年 10 月 2 日　　罗筱晓

被新冠肺炎疫情"憋"在家大半年后,在这个超长的国庆假期外出游玩,是许多人心之向往的事情。不过这其中,大概不会包括西安市民王先生一家。

2020 年 8 月 23 日,王先生和家人到西安华清宫景区游览。因家人有肢体残疾,按规定可享受门票减免政策。但在王先生拿着家人的身份证和残疾证配合工作人员进行验证后,当值工作人员还要求残疾人下车,展示残疾部位并"让他走两步"。"态度强硬,很没有礼貌"王先生回忆。

这让王先生觉得无法接受,随后向华清宫景区投诉。9 月 30 日,华清宫景区回应称,已成立专项调查组,"以尊重事实为准则解决问题"。

在华清宫景区的回应中,并没有说明"让残疾人展示残疾部位"是否为景区统一要求。如果事实如此,那么以后在该景区,是不是会看到对着听障人士敲锣打鼓、在视障人士面前张牙舞爪的画面呢?

话说回来,对任何人来说,残疾都是心理上难以愈合的伤口,让王先生的家人"走两步",无疑就是让其掀开伤口给众人看。即使是一个健全人,龚先生也能感同身受地体会到那种被侵犯和不受尊重的感觉。

说严重点,这不是让人靠卖惨"乞讨"门票减免吗?

况且,此事不只关乎工作人员没礼貌的态度问题。《旅游法》和《国家

发展改革委关于进一步规范游览参观点门票价格管理工作的通知》中都明确规定，残疾人在旅游活动中依法依规享受便利和优惠。让王先生的残疾家人"走两步"，已经涉嫌违规。

正在热映的电影《夺冠》中有一幕，巩俐饰演的郎平在国外时，因为把汽车停在残疾人专用车位而遭到一位外国司机的质疑，当看到郎平拿出残疾人证明后，那位司机立即转变了态度。

郎平因运动损伤符合当地残疾人标准，但从外表看她却是一个再健全不过的人。外国司机之所以态度大转弯，无疑是因为他相信那张薄薄的残疾证明的可靠性。

反过来推理，华清宫景区之所以让有残疾证的游客"展示残疾部位"，其中一个可能的原因，是景区曾遇到过用假证件假冒残疾人以骗取优惠的人。

有证的人不见得有残疾，这绝不是凭空猜测。2020年6月，中纪委网站就曾通报，在广西某县的残疾人联合会里，包括理事长、副理事长在内的4人就违规为总计21位身体健全的亲属办理了残疾人证。若不是被查，这21人外出旅游，不就能光明正大地享受便利和优惠吗？

龚先生无意为华清宫景区"洗地"，但如果社会上假证横行，那么在某种程度上，要求"自证残疾"的景区也是受害者。

只是到最后，真正受损的却是那些确有残疾的人。

2018年，新修订的《中华人民共和国残疾人证管理办法》开始实施，针对过去不够规范的残疾评定、不够严密的审核程序，新版办法都采取了相应措施。相信经过此次事件，全国各大景区也会以更尊重残疾人的方式来核验身份。不过，一个让残疾人"走两步"的荒唐行为，暴露出的还有制度不健全、信息不透明、对寻租行为监管不到位可能产生的多米诺骨牌式的社会危害。要想解决这个更深层的问题，还是要从制度建设着手，让所有有歪心思的人知难而退。

这样的话，不仅是假的残疾证，所有五花八门的假证，都会变得少之又少。

"剪不断、理还乱"？城管小贩不必成冤家

◎ 2020年9月14日　罗　娟

近日，公众关注的"城管追打女商贩被砍伤"案有了最新结果。

2020年9月7日，重庆市南岸区一城管执法大队开展市容环境整治执法时，与一占道经营的女摊贩发生争执。城管队员执法时情绪失控追打摊贩，被打摊贩随手抓起西瓜刀，造成城管队员多处被割伤。重庆警方13日通报称，摊贩的行为构成阻碍执行职务，予以警告处罚；摊贩被追打时挥刀致城管队员受伤系正当防卫；城管队员的行为构成殴打他人，予以行政拘留。

此案经过视频传播，在网友中引发争论。不少网友表示，城管队员打人的手法残暴，商贩应属于正当防卫；也有网友认为，商贩拿刀反抗十分危险，属于防卫过当；还有人担心警方会偏向城管。

9月3日，最高人民法院、最高人民检察院、公安部发布《关于依法适用正当防卫制度的指导意见》，对于这种情形做出明确规定，"因琐事发生争执，双方均不能保持克制而引发打斗，对于有过错的一方先动手且手段明显过激，或者一方先动手，在对方努力避免冲突的情况下仍继续侵害的，还击一方的行为一般应当认定为防卫行为"。

用法律说话，将一起看似敏感的"小贩砍城管"案件，剥离了身份"站队"，回归到事实本身，体现法治的公平正义。网友心服口服，当事女商贩

13日回应称，处理结果"是公平公正的"。

既不是一味帮着城管，也不纵容小贩抗法，此案被网友称为"正当防卫的标准判决"，将"剪不断、理还乱"的城管和小贩的关系纳入法治轨道。

在不少人的印象里，"城管打人"是近来一些地方屡禁不止的顽疾。随着城镇化进程加快，城市管理难题越来越突出。整洁美观的城市环境与便捷周到的生活服务之间，严格规范的城市管理与部分低收入群体的谋生需求之间，确实有一定的矛盾。加上部分地区城管队员素质良莠不齐、城管工作追求"简单高效"，更容易爆发出暴力执法事件。此前爆出多起城管扣人扣车扣物、当场掀翻小贩货物，甚至暴力执法现象，屡屡引发舆论关注。

而另一边，占道经营、违规摆摊的大多是起早贪黑的低收入群体。二者之间，管与被管，难免冲突，往往"点火就着"。在此背景下，城管成为众矢之的，而不少小摊贩面对城管时会不时出现过激反应。本案的这位女商贩就表示，当时"脑子是懵的，不知道为什么拿刀"。

化解城管矛盾，需要基层治理体系的完善、基层治理能力的提升，需要执法层面的改善、立法与普法层面的支撑等。

实际上，很多城市的城管形象正在改变。近来，不少群众接到"城管喊你来摆摊"的邀请。武汉、九江等城市划定特殊区域，定好了标准，加强了监管，红红火火地搞起了"摆摊经济"。

城管和摊贩，本就不该是"猫和老鼠"的关系，本就不该是"零和游戏"。

前不久四川绵阳一摊贩在城管面前因为害怕而下跪，城管也跪下来耐心劝说，得到网友点赞。此次"城管追打女商贩被砍伤"案件中，不少网友虽然谴责打人者，但舆论并未将激愤扩大到整个城管群体。

可以看出，近些年多地城管的良性执法、柔性执法，"挣得了人心"。

此案中网友的留言也可见一斑——

"虽然小商小贩做生意不容易，但是也不能不讲规则，乱摆摊乱占道乱扔垃圾。"

"希望多一些理解，对小贩，也对城管。"

热点 e 论:"工人日报 e 网评"作品选

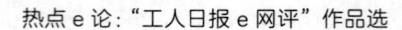

"不光摊贩做生意难,城管有时候也是比较无奈的。"

"城管喊你来摆摊"的背后,潜藏着在就业压力较大的当下,摆摊这种非正规就业对于城市经济发展、百姓保住饭碗,有着积极意义。从这个角度来说,咱百姓要在该摆摊的地方摆摊,不能无序占道、乱扔垃圾,少给他人增加负担和麻烦。城管也应该审视自己的执法手段,多些体谅,让百姓从城市管理中有更多的获得感、幸福感、安全感。

良性执法,丈量的是一座城市从"城管被砍伤"的戾气到"城管喊你来摆摊"的距离。

医师节，请记住这八个字：
"医生朋友，一生朋友"

◎ 2020 年 8 月 19 日　　韩韫超

今天（2020 年 8 月 19 日）是第三个中国医师节。社交平台上，2019 年曾创作视频作品《我是医生不是神》的四川泸州人民医院的一群年轻医生，带着他们的新 MV《功夫医生》上线了——轻松活泼的 Rap 风，诙谐幽默的文案脚本，才艺爆棚的精彩演绎，让这个不到 4 分钟的小视频在央视新闻微信公号上，一天之内便收获了 10 万 + 的观看量。

"我们医生有十八般武艺，其实吹拉弹唱 / 刀枪剑戟也可以……快跟我 WuHa WuHa，上才艺，一起来增强抵抗力 / 用绝技，一起把病毒赶出去。"

"抗疫期间特别忙，变成了工作狂，为了与家人隔离，在医院旁边租了个房，终于疫情缓解回家了，见到爱人暖洋洋，她说：你再不回来我就准备换个单人床。"

"如何一句话，把医生给激怒？有说看病上某度，偏方胜过做手术。面对不相信、不理解、不沟通、不配合，什么都说'不'，可在你需要我的时候，我依然义无反顾。"

……

类似这样接地气的语言，MV里有很多。

不少医生看后表示，"太有共鸣了"。

有网友留言，"好视频，让我们看到医生的多面人生。""本来是个开心的MV，结果鼻子酸了。"

正如视频唱词中所描述的，今年的医师节与往年相比，着实有几分特殊。

"幸得有你，山河无恙"。在经历过2020年上半年全国范围的新冠肺炎疫情之后，国人对医生或多或少都有了新的了解和认识，并发自内心地以各种方式表达对医者的敬重与感恩，很多人为抗疫战场上白衣天使的勇敢逆行而感动，也为那些被病毒吞噬生命的医者而无比心痛。而2020年医师节的主题也正是"弘扬抗疫精神护佑人民健康"。

脱下战袍，他们就是你我身边的普通人。将心比心，无形中引导着人们将感动转化为理解与尊重。

当下，个别暴力伤医事件仍令公众心有余悸，医患之间仍然存在不少误会与分歧。"尊重、保护白衣天使"不能仅仅是一句口号，让更多人行动起来共建和谐医患关系，也远不是靠一个节日就能实现的。

除了MV《功夫医生》，这两天，各类媒体平台上，形式多样的新媒体产品都在不约而同地以医师节为主题"向生命守护者致敬"——《原来你是这样的白衣天使》《医师节，各科室的一天是这样度过的》等，经由文字、图片和视频的传达，医生的真实世界和生活状态被越来越多的人知晓。有些或许稍有夸张的成分，但化解误会、增进了解，需要这种潜移默化的力量，需要这种创作和表达手段的创新，需要医患双方有更多的沟通与互动。

天底下所有的白衣天使不可能都是完美无瑕的，而众多患者也不可能总是保持理性克制的——必须承认，这是当下的医患现实。

尽管献礼医师节的媒体作品有着或轻松或诙谐的形式，但医患话题仍然是严肃的。医患关系的和谐融洽，仍然需要我们一点一滴去努力和改变。

2020年6月1日，我国卫生健康领域第一部基础性、综合性法律《中华人民共和国基本医疗卫生与健康促进法》开始施行,明确规定禁止任何组织或者个人威胁、危害医疗卫生人员人身安全,侵犯医疗卫生人员人格尊严。除此之外,多地强化医生待遇保障等各类惠医举措也在不断出台、落实。

在全社会营造尊医重卫的氛围,需要更多的目光聚焦于医者,需要更暖的关爱倾注于白衣天使。

"医生朋友,一生朋友。"

在这个特殊的日子,龚先生想对所有的医生说一句:医师节快乐!工作和生活的每一天都要快乐!

北京暴雨"雷声大雨点小"？
应急工作该有的态度

◎ 2020年8月13日　　罗筱晓

"（2020年）8月12日11时至13日6时，全市平均降水量达69.2毫米，城区平均92.8毫米，城区最大出现在海淀香山153.0毫米，全市最大出现在昌平沙河水库156.6毫米。"

在经历了近两天的议论、期待甚至"失望"后，8月12日傍晚，随着豆大的雨点在北京各区落下，说好的大雨，终于还是来了。

8月13日一早，北京市气象台官方微博就发布了本轮降雨的相关数据。看起来，虽然姗姗来迟，但北京确实经历了今年入汛以来的最强降雨。

8月11日，"京津冀将迎来今年入汛后最大降雨"击败诸多明星八卦、电视剧剧情、综艺排位，成了最热的话题。

"12日零时起，北京市山区景区全部关闭。"

"倡议各单位弹性工作、居家办公。"

北京暴雨"雷声大雨点小"？应急工作该有的态度

"12日，北京市属11家公园临时闭园"……

一个接一个的通知，一项接一项的预防措施，为"最大降雨"的到来扎扎实实做了铺垫。

一场事先张扬的大雨，让全市人民翘首等待，也让原本平淡无奇的一天一下子变得有意思起来。

事实上，北京气象部门对降雨铺天盖地的类似预报，这早不是第一次，甚至曾因"雷声大雨点小"被嘲笑为"天气乱报"。不过，"群嘲"丝毫不会影响气象局下一次郑重预警的勇气，相关防汛部门、城市管理部门也一次次按照预警，采取一切可以采取的预防措施。

看似夸张的操作，背后是生命换来的教训。

2012年7月21日，北京及周边地区遭遇此前61年来最强暴雨。虽然气象部门先后发布了6次预警，但那场暴雨依然使整个北京城陷入瘫痪，造成超过百亿元的巨大损失，并夺走了79人的生命。

城市暴雨造成重大损失甚至人员伤亡，北京不是第一个，也不是最后一个。

在对"7·21"北京特大暴雨的反思中，大城市防灾减灾的脆弱性和各部门应急能力的缺陷，成为被频繁提及的问题。前者涉及城市基础设施综合建设，需要花费长时间调整和根治，后者则是只要足够重视、有足够多的预案和相关演练，就可以快速提升的能力。

这也是为什么"7·21"发生8年后，北京市民总觉得会在夏天收到"假预警"，只要有极端天气出现的迹象，哪怕概率再低，也要把事先的预防措施做到极致。

11日傍晚回家路上，龚先生看到消防队员在给冲锋舟打气。可以想象，当广大吃瓜群众带着好玩的心态等一场大雨时，防汛、消防等相关管理部门更在时刻待命———旦出现险情，立即行动。

险情并不总是出现，那些充好气的冲锋舟可能不会派上用场。

对普通人来说，一次次不奏效的预警天，可能会影响上下班交通工具的选择，让约好的聚餐推迟；可对于一座城市来说，一旦有一次对极端天气预备不足，就会付出巨大的代价。

做最坏的打算，做最充分的准备，是所有应急工作都该有的原则和态度。

前不久，淮河流域遭遇53年来最大洪水，王家坝开闸泄洪。过去，每每泄洪，生活在储洪区的人们就要经历一次痛苦的紧急疏散和灾后重建。但随着相关预案、善后措施完善，紧急疏散变成了有序撤离，重建也有了资金政策保障，被动地抵御洪水也正在变成主动应对洪水。

8月13日凌晨，北京市相继解除了暴雨橙色预警等预警信号。这意味着，这场事先"张扬"的大雨正在迅速减弱，也意味着北京全市15万备勤抗汛人员可以放心休整了。

而龚先生觉得，下一次，类似的"花式预报"还可能会出现。

因为未雨绸缪，总好过事到临头而手忙脚乱。时刻绷紧防灾减灾这一根弦儿，"7·21"之类的悲剧，才不会重现。

一个人是聪明还是愚笨，能不能吸取教训、避免重蹈覆辙，是一个有效的判定标准。

一个城市、一个国家，也是一样。

大学生作弊被开除，为啥一点都不冤？

◎ 2020年7月23日　　罗筱晓

《道德经智慧启示》《红楼梦叙事趣谈》，今后很长一段时间里，在哈尔滨工业大学，这两门课程可能会让很多学生印象深刻——由于在这两门选修课程中作弊，该校威海校区学生杨某和黄某某被开除学籍。

具体来说，杨某为了凑够毕业所需的文化素质学分，选修了上述两门课程。期末考试时，他人在深圳实习，请同学黄某某替考。结果黄某某在第二场考试时夹带小纸条被监考老师发现，从而牵出了替考之事。

根据哈尔滨工业大学（威海）学生考试纪律及考试违纪处分规定，代替他人或让他人代替自己参加考试属于严重作弊行为，有考试严重作弊行为者，给予开除学籍处分。

事实清楚，证据充分，依规处理。哈工大这一"清理门户"的举动，引来外界广泛关注。

原因很简单：涉事学生都是大四毕业生，其中一位还拿到了一家知名互联网公司的offer。开除学籍，这样的处罚是否太重了？

从情感上讲，确实挺心疼这两个学生的。他们可能仅仅因为一时糊涂，甚至因为"哥们情义"，不仅丢了即将到手的学位学历证书和工作，更严重的是，也丢掉了很多可能的未来。

估计很多旁观者都替他们感到惋惜。想来，网友们能想到的"情有可原"，哈工大的管理者也都想到了。

可这些都没能撼动这个处分决定背后的原则——理由千万个，红线就一条。既然已明明白白说了是红线，越过了，什么理由都救不了。

对涉事学生来说，这或许是他们在课堂之外学到的非常重要的一课——一个成年人，就要为自己的行为负责。

对该校其他学生，乃至更多的高校生来说，这是一种警示，也是一种保护——警示有类似舞弊想法的人，保护遵守规矩的人。

公平，是哈工大这份处分决定文件隐藏的关键词。

找工作、做毕业设计、身体不舒服……只要愿意，谁都能在考场上找出耍滑头的理由。可是，总有人坚持上课、认真复习、诚实应考。这些孩子，理应得到公平的待遇。

这关乎年轻人正在形成的价值观与世界观——如果走捷径不仅不会被惩罚，还能更快更方便地抵达目标，那其他人还有什么理由要在荆棘的山路上傻傻攀登呢？

近年来，学术不端、学术造假事件时有发生，既有以高学历为人设的演艺圈人士，也有以教书、研究为饭碗的教育界、学术界的圈内人士。

要知道，无论是多大的不端，都是用一次次"小"造假试探、积累出来的。如果上一次抄袭10%的内容没出事，下一次就可以抄袭15%；如果这个人作弊因为是选修课而被轻罚，下一个人作弊就可能因为是贫困生而逃过一劫。

长此以往，严谨的学风将荡然无存，对学术的尊重与敬畏也将荡然无存，甚至连基本的做人做事的底线也会一再被拉低。

今天（2020年7月23日），正好是多地高考分数公布的日子。再过一个月，很多"萌新"就要怀揣对未来四年的各种期许，走进大学校园，走向人生新的阶段。

对他们中的绝大多数来说，大学是他们走向社会的最后一道门。如果能在这里学会踏踏实实做事、老老实实做人，等到推开社会那扇大门时，他们也许会走得更稳健，也能少走些弯路。

劣迹艺人复出，卖个惨就 OK？

◎ 2020 年 7 月 21 日　　苏　墨

前几日，曾因吸毒被抓的艺人柯某东卖力地为自己的新电影《打喷嚏》宣传，在近日的发布会上哭诉："这几年蛮累的，很努力。"

可网友并不买账，有网友直言："你吸毒的时候累不累？""牺牲的缉毒警察和亲属都没有哭的机会了！"

"中国警方在线"也在微博上回应："一些知名艺人缺乏自律自重，没有负起公众人物应有的责任……他想复出，而我们想让我们的战友复活！"

有数据显示，我国每年约有 300 余名缉毒警察牺牲，他们的平均寿命只有 41 岁。除了他们本身会有生命危险，就连其家人也会受牵连，不少缉毒警察牺牲后，为了保护家人，没有照片、没有家人祭拜。

此外，还有一帮"铁粉"心疼起来这位"有毒的爱豆"——"他已经接受惩罚了，要给他改过自新的机会。""柯某东演技和颜值都不错，不回来演戏可惜了。"

龚先生看来，重新做人，这是必须的；重新做明星、做偶像，这事可不是卖下惨就 OK 的，这需要时间，更需要行动，网友要看的是艺人今后的舞台表现是不是值得为其点赞，是不是够得上公认的偶像标准。

世上没有白走的路，每一步都算数。犯了法，吸了毒，是不是改了就可以依然光鲜地生活在聚光灯之下，被人爱、被人追，赚钱、出名一样都不落？这事只怕没那么简单。

最近一段时间，劣迹艺人出了不少：牛某某因吸毒被曝光后，公开否认；黄某某吸毒贩毒，贼喊捉贼；仝某伪造应届生身份，不但在网上直播炫耀，被调查后依然高调回应资源依旧在，并未沉沦……

到底是什么给了人设崩塌的劣迹艺人回来收割流量的勇气？

一来，这个圈子里诱人的东西太多，名与利唾手可得。拍不了电影，开不了演唱会，还可以走穴、直播，只要有流量，变现不难。

二来，似乎只要套路选对，就没有洗不白的艺人。偷税的、酒驾的、出轨的、吸毒的……没过多久，就咸鱼翻身，雇上个"得力"的公关团队，把网上负面新闻删一删，出点正面新闻顶上去，洗白自己，重出江湖。

说到底，演艺圈、"饭圈"缺乏对艺人道德的要求，让一些艺人觉得，有才、有颜、有人捧就可以肆意妄为，从出轨、逃税到诈骗、吸毒，小则人设崩塌，中则道德沦丧，大则违法乱纪。顶着阳光美少年美称的小鲜肉吸烟、被选为"禁毒大使"的偶像吸毒贩毒、经营老干部人设的中年男星陷入重婚迷雾、号称演艺界学霸的演技派新人论文造假……这种啪啪打脸的事件，一桩接着一桩。

其实，2014年，原国家广电总局就曾向各大卫视传达"劣迹令"，对劣迹公众人物作为主创人员参与制作的影视剧、影视节目一律暂停播出和点播。其中，"吸毒""嫖娼"行为被明确点名。此文件一出，便赢得一片点赞。2018年，国家新闻出版广电总局对广播电视邀请嘉宾的标准做出规定，比如，坚决不用低俗、恶俗、媚俗的演员，坚决不用有污点、有绯闻、有道德问题的演员等。

而这些问题艺人也屡屡让制片方受连累，有的影视剧由于主要演员出了事，不得不多次更换演员、技术换脸，有的投资数亿元，至今不能播出，损失惨重。

知错能改，善莫大焉。但是要做偶像艺人，一言一行必须符合道德和法律的规范，这是这个职业的内在要求。艺人不但要对作品负责、对公司负责，还要对社会公众负责。

劣迹艺人复出，卖个惨就 OK？

不论是谁，犯了错，就要承担后果——重新做人，欢迎；再想做回偶像，那得好好掂量掂量，自己将用什么样的行动和形象，去唤回公众的认可、粉丝的追捧。尤其是那些出了事，却仗着"资源还在"想继续收割流量的，只怕低估了公众的智商。

诚惶诚恐，如履薄冰——一个立志成为艺人的人需牢记，流量能载舟，亦能覆舟。只有严于律己，才能乘风破浪。大海航行，哪怕一次的偏离航线，都可能造成难以预测的灾难。

清理"饭圈"之后，孩子该进什么圈？

◎ 2020年7月16日　　贺少成

  2020年7月13日，国家网信办发布通知，实施为期两个月的"清朗"未成年人暑期网络环境专项整治行动，包括严厉打击诱导未成年人在社交平台、音视频平台的热搜榜、排行榜、推荐位等重点区域应援打榜、刷量控评、大额消费等行为；大力整治明星话题、热门帖文的互动评论环节煽动、挑拨青少年粉丝群体对立、互撕谩骂、人肉搜索等行为；严格清查处置"饭圈"职业黑粉、恶意营销等违法违规账号。

  这边厢话音刚落，那边厢新浪微博管理员就发布公告称，已与明星肖某的工作室就粉丝引导管理相关问题谈话，肖某工作室明确表示今后将在官方与非官方粉丝组织的问题上，积极配合和支持平台的管理。

  明星"饭圈"问题，在网络上曾遭到不少网友的深恶痛绝。工人日报官方微博上一项"严打诱导未成年人打榜行为，你怎么看"的调查中，绝大多数网友将票投给了"社交平台应加强监管，不能唯流量是图"，也有不少网友表示"利用明星带流量的营销号也该予以打击"。

  别以为这届网友很傻，社交平台、营销号利用明星带流量"割韭菜"的小九九，早就被网友看得透透的。国家网信办的通知一出，网友奔走雀跃，希望能还网络一个清朗空间。

清理"饭圈"之后，孩子该进什么圈？

由"饭圈"引发的一系列问题，犹如一颗脓疮，破坏网络生态，带坏社交平台风气，带偏青少年价值观。

但青少年为什么会被"饭圈"带偏？背后原因值得深究。

毋庸置疑，"00后"是电脑原住民，"10后"则是手机原住民。社会的方方面面，都会借助电脑、手机，投射在他们的生活里，影响他们的思考和选择。

新华网的一项调查显示，54%的"95后"向往网络主播，想要当网红。已进入职场、思想已趋近成熟的"95后"都如此青睐网红，遑论那些生活在直播、短视频环境中的"00后""10后"了，他们要不被网络世界牵着鼻子走，真是太难了。

网络是一个瑕瑜错陈的世界，总有人期待用流量来换一杯羹。在应援打榜、刷量控评、大额消费中，少不了一些社交平台、营销号的推波助澜。

那么，此次"饭圈"被治理，会一劳永逸吗？

离开"饭圈"的孩子，会从哪里寻找心中的偶像？

青少年的成长，离不开榜样的作用、偶像的力量。从之前的科学家、老师、医生、警察等，到时下的网红，几十年来追星轨迹一直在变。当这种追星异化为对偶像的狂热追捧、金钱消费的比拼甚至是网络暴力，我们则必须高度警惕。

时代在变化，孩子们会选择自己的偶像，这无可厚非，而我们要教会孩子的，是明辨是非，要在孩子的价值观尚未形成之时给予正确的引导。

而这，需要互联网内容生产方、平台方、监管方等各方的共同努力。

近期，网红李子柒出现在小学语文考试的试卷中，引起了不大不小的争议。有家长认为李子柒不该出现在试卷中，担心可能带偏孩子的价值观；而老师则认为孩子应该去了解周边的世界，包括各种新闻热点和社会问题。

网红本身没有原罪。李子柒拍摄的视频中，充满了中国传统文化的魅力，她的每一道美食都遵循着时令和节气，将原始的味道呈现在人们面前。我们完全可以借着她的视频，向孩子们讲述中国几千年来的农耕历史，讲述古时候的人们如何日出而作、日落而息。

与李子柒走着不同路径的另一位网红李佳琦，近日因为落户上海引发热议。网友的兴奋点在于：李佳琦作为新兴的直播行业的网络红人，可以成为特殊人才，说明今天年轻人的成功之路越来越宽，说明我们这个社会越来越多元和有弹性。

不管是李子柒，还是李佳琦，只要他们带给社会的是正向能量，就一定能得到越来越多的认同。

因此，在破除"饭圈"这个怪圈的同时，我们更应为孩子在网络世界里寻找优质偶像，用榜样的力量来感染人、鼓舞人、教育人，让那些在"饭圈"中迷失的孩子找到明亮的人生方向。

与其关心别人的子宫，不如过好自己的日子

◎ 2020年7月15日　　刘颖余

"我的子宫使不使用，关你什么事？"

日前，著名演员秦某在接受采访时被问及如何面对催婚催生的压力，如此回应。

此言既出，惊倒一片，还上了微博热搜，一度名列第一。

"霸气""为自己而活""绝不将就，太喜欢姐姐了！"

网友对秦某的话，奉上了一面倒的赞美。

由此，人们也很容易想到一件并不如烟的往事。

2020年6月，著名舞蹈家杨某萍在某社交平台分享了一段吃火锅的日常视频，结果竟招致无端攻击，视频底下有热评赫然为："一个女人最大的失败是没有一个儿女，所谓活出了自己都是蒙人的……即使你再美再优秀，都逃不过岁月的摧残。"

让人诧异的是，这个热评得到不少网友的附和。

对此，杨某萍的回应是："人会走向衰老，走向死亡，但你的精神是年轻的，你的气息是美好的，就会散发出来一种特殊的味道。只要自己认为过得好，没有伤害其他人就可以。"

对比下霸气侧漏的秦某，只能说杨老师的言论太温和了。

其实，更早一些时候，杨某萍就在采访中表达过自己的人生观："有些人的生命是为了传宗接代，有些是享受，有些是体验，有些是旁观。我是生命的旁观者，我来世上，就是看一棵树怎么生长，河水怎么流，白云怎么飘，甘露怎么凝结。"

一种属于艺术家的睿智，溢于言表。

喜欢秦某的霸气，也欣赏杨某萍的睿智。

作为公众人物、成功人士，她们的人生选择，不婚或不育，不应被指责、被群嘲。作为独立的个体，作为拥有个人权利和义务的个体，她们拥有选择自己人生的自由。

结婚、生子从来不是目的。女人不是婚姻的附属品，不是生育的工具，为结婚而结婚、为生育而生育，多半会埋下人生的祸根。

一句话，每个人的人生不应被简单、粗暴地定义。尊重每个人多样化的选择，才是一个美好社会的起点。就像英国哲学家罗素的名言所说，"参差多态才是幸福之源"。

不得不说，我们社会还有那么一些人，自己和家人都照顾不好，还总是喜欢去操别人的心，尤其是操名人的心。操心也就罢了，还要嘲讽、攻击。

不结婚的秦某依然是秦某，不生孩子的杨某萍依然是杨某萍，喜欢坐地铁骑"电驴子"的窦某依然还是窦某。而喷子却只能是喷子，键盘侠也只能是键盘侠而已。

无意为成功学唱赞歌，只是希望每个人对他人多些宽容，少些挑剔，这样才有更多的精力来塑造属于自己的人生。

做键盘侠是最容易、最怯懦的事。而做自己，更需要勇气和决心。

你是不是有做自己的勇气和自由呢？

被拐孩子回家，
并不是童话里幸福和快乐的开始

◎ 2020 年 6 月 22 日　　贺少成

昨天（2020 年 6 月 21 日）是父亲节，当社交媒体上满是对这个节日的赞美时，河南人申某良也终于感受到了这个节日的美好——他的儿子申某，在被拐 15 年后，终于与他们团聚，而且在努力融入这个新家庭。

每一个被拐家庭，在孩子回归后，并不是童话里幸福和快乐的开始。对于申某良来说也一样——每当申某和养父视频时，他都会特意避开。

对于申某的养父母，申某良心情复杂："没有他们的抚养，可能孩子就长不到那么大。但是，他们养我孩子的 15 年，是我整个家庭最受煎熬的 15 年，真的是我们走到崩溃边缘的 15 年。"

面临同样困境的还有近期同样一起轰动全国的被拐孩子回家案——陕西人李某芝在寻找 32 年后，终于等到儿子嘉嘉的回归。

李某芝像申某良一样不知道该怎样面对嘉嘉的养父母，当儿子提出要将养母接到西安一起生活时，她只能表示赞同。

这真是一个令人尴尬的现实！

当一个个拐卖儿童的案件呈现在我们面前时，网络上最强的呼声是"枪毙人贩子",同时要求"买卖同罪",即追究被拐孩子养父母的刑责。

但现实远比情感的倾斜或法律的判决要复杂得多。在没找到孩子前,申某良、李某芝对人贩子和想象中孩子的养父母都是彻骨的痛恨。但找到孩子后,为免孩子两难,他们都选择将"棍子"打在人贩子身上,而对孩子的养父母,他们只能委屈自己的本心,选择与对方"和平共处"。

于是让很多网友不爽的一幕出现了——李某芝的儿子嘉嘉将养母接到西安一起生活,还要努力赚钱孝敬两边的父母……可是,正如有网友说,嘉嘉的养父母毁掉了嘉嘉亲生父母的大半生,为什么还能享受孩子的赡养和孝顺?!

但在孩子被拐卖的家庭中,这样的错位永远在发生——如果站在嘉嘉的立场上,他又能怎么选择?他能选择和亲生父母站在一起追究养了他32年的养父母的法律责任吗?

站在孩子的立场上,他们不会去追究养父母的责任,甚至会极力保护养父母免于法律惩罚;而孩子的生父母,为免孩子为难,也会同意孩子继续同养父母保持联系。这样一来,会不会助推一些"潜在买家"的野心和动力?

"没有买卖,就没有伤害。"

在儿童拐卖市场更是如此。

如果买方的行为不能受到法律惩处,反而因为与孩子培养出感情后还能得到受害家庭与孩子的谅解和包容,这于理何在?又将形成怎样的"示范效应"?

2015年施行的《中华人民共和国刑法修正案(九)》,将收买被拐儿童可免追刑责情形的规定,改为满足一定条件可从轻处罚,这意味着之后收买被拐儿童的行为拟一律被追刑责。

但不少拐卖孩子的案件时间跨度长达数十年,难道那些孩子被拐的家庭,在忍受了数十年的折磨后,就只能选择谅解一途吗?

申某良和李某芝还是幸运的,他们找到了孩子,孩子也愿意跟他们一起生活。还有一些见诸报端的案例,孩子被找回后,不愿认回亲生父母,或者是多年的分离使孩子很难融入原生家庭。孩子亲生父母的痛苦又如何化解、由谁来补偿?

被拐孩子回家，并不是童话里幸福和快乐的开始

　　每一个有孩子被拐卖、有幸被找回的家庭，都已是伤痕累累。也许"买卖同罪"面临着法律和亲情的现实难题，但看看申某良和李某芝在找到孩子后的现实困境，我们的法律还能做得更多些吗？

北京摇号意见稿，传递出的最大信号

◎ 2020年6月2日　贺少成

2020年6月1日，北京市发布《北京市小客车数量调控暂行规定（修订草案征求意见稿）》及其实施细则（修订征求意见稿），拟出台"以家庭为单位"的小客车指标配置方案。

一石激起千层浪，龚先生身边一直在参加摇号的小伙伴们，立即开始讨论新的"家庭摇号"方案对自己影响几何——拖家带口的额手相庆；"单身狗"则在哀号之余树立了"脱单"的近期目标。

龚先生仔细阅读了两个意见稿，发现其传递的最重要信息是：以家庭为单位，指标配置向"无车家庭"倾斜。

这才是龚先生想说的重点。

以家庭为中心，在相关的公共政策中正在越来越被重视，如成为缴税、买车等经济领域的一道杠杆，这无疑是一个利好的民生福祉。

2019年，新的《个人所得税法》开始实施，增加了子女教育专项附加扣除、继续教育专项附加扣除、大病医疗专项附加扣除、住房贷款利息专项附加扣除、住房租金专项附加扣除、赡养老人专项附加扣除等内容。虽然新的《个人所得税法》没有真正实现"以家庭为单位"缴税，但家庭的因素显然在新法中相当吃重。

在越来越多的法律法规和相关政策中，我们能看到家庭所占的比例越来越重。这是值得我们击节称赞的事情。

家是最小国，国是千万家。中华民族重视家庭、重视亲情，而家庭的前途命运，同国家和民族的前途命运紧密相连。不管是法律的制定还是政策的出台，具体而微地考虑家庭的因素，将扶老携幼的家庭整体纳入社会运行的通盘考虑，无疑有助于经济社会运行得更加顺畅。

但龚先生也伤心地发现，近年来，不时有人利用家庭关系、婚姻关系，钻法律或政策的空子，不当得利。

从拆迁到买房，从汽车摇号到汽车过户，一些人挖空心思找政策的漏洞，甚至有人成了借此渔利的结婚（离婚）"专业户"。这些行为既是对法律政策的挑战，也是对婚姻家庭的亵渎。

此次出台的草案，在解答为什么要对申请更新指标的数量做出限制时，明确提出之前发现有"通过婚姻登记有偿转移指标的行为"。

草案对可能出现的漏洞进行了封堵："家庭申请人如离异，且离异时原配偶名下已有本市登记的小客车，办理配置指标申请登记时离异应满十年，2020年6月1日前已离异的除外。"

诸如"以家庭为单位"的"家庭摇号"等政策，一方面要惠及真正的需求者；另一方面要让人口、婚姻登记等大数据多跑路，不给利用家庭关系乃至婚姻关系的心怀叵测者任何可乘之机。

打捞沉溺网游的"神兽",有多难?

◎ 2020 年 5 月 25 日　　罗　娟

全国两会上,防止未成年人沉迷网游的新闻上了热搜。

全国人大代表杨金龙建议,用人脸识别技术堵住"青少年模式"的漏洞。全国政协委员朱永新建议,建立网络游戏分级制。热搜下的留言一片赞誉,"不管什么大招儿,管用都是好招""招儿都是好的,落实请硬核"。

家长苦青少年沉迷网游久已——

"玩游戏玩得吃饭都叫不动。"

"趁我睡着了掰我的手指解锁手机。"

"带着手机上厕所。"

"全家都睡觉了,他拿个手机在黑暗中喊杀。"

春节以来,近 2 亿中小学生迎来史无前例的长假,"神兽"居家也带来沉迷网游的井喷。

批评、吓唬、甚至打骂,家长们为了防沉迷网游使出各种招数,甚至不免极端。无奈的是,大部分游戏营销模式大同小异——设定诱人的目标、给予逐渐升级的挑战、营造未完成带来的紧张感、增加令人痴迷的炫酷互动……在这样的诱惑面前，成年人尚且无法抗拒，何况青少年？

2019年"六一"儿童节前，国内网络平台都上线了"青少年防沉迷系统"。然而，这一旨在阻断未成年人沉迷网络的"防火墙"，正如杨金龙代表所说，无法解决人、机相对应的问题，似乎不仅没有起到应有的作用，反而意外地带火了另一组关键词——如何绕开青少年模式。只需要在搜索引擎上输入"网站+绕开青少年模式"的关键词，具体的操作方法及流程一目了然。"魔高一丈"让"防火墙"形同虚设，孩子们继续"无限畅玩"。

不仅如此，孩子们还会陷入游戏消费"深坑"。在某款知名游戏中，充值被称为"氪金"。玩游戏免费，但要想取得不错的排位和顺利闯关，就要购买各种"武器"。成为"氪金玩家"几乎是每一个爱玩游戏的小孩的梦想。"氪金"的过程中，平台没有验证环节和阻止。不久前，一位9岁的小朋友为某款游戏充值11万元的新闻，一时间引发家长们对网络游戏的"口诛笔伐"。

数据显示，2019年我国未成年网民规模为1.75亿人，互联网普及率达到93.1%，未成年网民中利用互联网进行学习的比例为89.6%，玩游戏的比例为61.0%。为此，国家出台了一系列预防未成年人沉迷网游制度，包括实行网络游戏账号实名注册制度、严格控制未成年人使用网络游戏时段时长，以及规范向未成年人提供付费服务等。

但是，这些制度要么存在一定漏洞，要么在落实上不够"硬核"。在吸纳用户、增加活跃度、提高业绩的利益驱动下，一些平台有意设置"后门"，未成年人可以轻易突破，平台坐收渔利，家长的钱包和未成年人的未来都成了牺牲品。

从"95后"开始，新一代青少年成长在互联网环境当中，是经典意义的互联网时代"原住民"。面对来势汹涌的网络浪潮和技术变革趋势，对互联网使用一禁了之，难免因噎废食。况且，游戏中涉及的暴力、赌博、色情元素过度、泛滥问题，都不利于青少年健康成长。

尽快建立一套机制防范未成年人沉溺网游，这已经是一个共识。

朱永新委员建议，建立网络游戏分级监管与评价机制，并修订完善网络游戏法律法规。

杨金龙代表建议，使用人脸识别、区块链等技术手段，堵住青少年沉迷游戏的"防火墙"漏洞。

　　事实上，人脸识别、实名认证、短信通知、关联监护人、限额充值等技术已经非常成熟，网络平台企业有能力履行这一社会责任。

　　还有代表呼吁，监管部门向未成年人提供更多倾向性保护，应以下架、关停、处罚等措施惩戒违规平台，遏制网络平台的"放水"冲动，倒逼网络平台充分运用人脸识别、实名认证、通知监护人、一人一账号、信息共享等技术，构建没有纰漏的"青少年模式"。

　　防止空地上杂草丛生的最好办法之一是种满鲜花。技术手段构筑防沉迷的"防火墙"无法毕其功于一役。家庭、学校及全社会拥有一套合适的教育方法，帮助这一代青少年正确使用互联网，是当前教育的重要议题之一。

为明星应援,小学生成了谁的"木偶"?

◎ 2020年5月13日　　贺少成

连日来,"小学老师组织学生为肖某应援"事件仍在发酵。

起因源于两段小学老师组织全班学生跳舞为明星肖某应援的视频。视频中,小学生们齐喊口号:"哥哥你很好,我们很喜欢,冲啊!"媒体曝光后,江苏省宿迁市教育局做出调查处理,涉事老师被停职停课,学校校长被诫勉谈话。

这事实在荒唐。学校是教书育人的地方。老师是学生心灵的导师,老师的一言一行,都可能对孩子尤其是低龄孩子产生很大的影响。尤其是在小学阶段,孩子难以分辨优劣善恶,更容易模仿老师的行为。

而老师将自己对偶像的喜爱,加诸到孩子身上,并组织学生跳舞、喊口号,为偶像加油打气,无论怎么看都是一种毫无职业道德的行为。

在这一事件中,失去底线的只有这位老师吗?

在龚先生看来,未必。

这位老师的应援视频之所以受到关注,与其出现在国内目前最火热的短视频社交平台上有直接关系。而新兴的社交媒体,恰恰是各路明星粉丝最爱粉墨登场的地方。

同样是明星肖某,大家还记得"2·27事件"吧?2020年2月27日,肖某粉丝团因为对一篇名为《下坠》的文章不满，发起了对 AO3 和 LOFTER 两个同人平台的"攻击"，引起包括同人圈和各种路人的反击。越来越多的网友卷入其中，最终变成了互联网上的一场混战。

这样的混战，最后只是一地鸡毛吗？

在某些人眼里，未必——因为参与的人越多，就意味着越大的流量。巨大流量的背后，就意味着有割韭菜、变现真金白银的机会。

打明星牌，已经成了一些社交媒体屡试不爽的法宝。熟知粉丝心理的一些社交媒体会利用明星的知名度、穿衣打扮、作品等，屡屡挑起话题，为的就是让粉丝有维护自家明星的欲望，愿意发声，从而带来巨大流量。

这位老师组织学生跳舞为明星应援的短视频，就收获了数千点赞、数百评论。而在更多的社交平台上，利用顶流明星为自己吸粉、引流的事，更是数不胜数。

粉丝通过这种方式表达对偶像的爱和支持，社交媒体通过这种方式收获流量，看起来似乎是双赢的事，但事实并非这么简单——这很可能诱导更多孩子进入某些支援自家"爱豆"的舞台，他们很可能会因此受到蛊惑，迫不及待地加入"饭圈"，即使做出某些出格的事情，也在所不惜。各种追星闹剧，我们已经见过太多。

涉黄、涉暴、涉赌，一些社交平台知道这是禁区，通常不会去触碰。但是说到价值观的搭建和弘扬，说到企业的社会责任，它们往往会让位于流量。

从"2·27事件"到这次老师组织学生应援明星，社交媒体在其中如何推波助澜，当是心知肚明。

至少，请放过孩子！

为了流量而不择手段，这样的社交媒体真的会走很远吗？

连明星肖某自己都发声了："请你们再一次认真听我说！希望所有人把学业、工作、生活都放在追星前面。好好学习，认真工作。尽好自己的责任和义务，遵守职业规范和行业底线。我不需要应援。"

这光怪陆离的社交平台，该如何给我们的孩子搭建一个阳光、健康的认识外部世界的舞台？我们这些成年人不该为此做点什么吗？

银行免费磨菜刀？戳中市民的痛点

◎ 2019年12月27日　　张子谕

在江苏无锡，差一点，就要有一群市民提着菜刀等在银行门口磨刀。

据媒体报道，2019年12月23日，多位无锡网友在微博透露，他们收到江苏银行发送的一条免费磨菜刀服务短信。短信上说，收到短信的客户可以在次日下午携带一把厨房刀具，到指定地点参加活动。不过，随后活动被取消。银行工作人员透露，邀请市民磨刀确有其事，本是银行开设的一次便民活动，"现在很多年纪大的客户，剪刀啊什么的需要磨一磨。"他们以前举办过类似的活动。

看到这则新闻，不少吃瓜群众顿时脑补开了：想象一下运钞车开过来，看到一群手持菜刀的人气势汹汹等在门口……磨刀霍霍向银行？！

玩笑归玩笑，银行这一便民活动，戳中了市民的痛点——偌大的城市里，如果真要磨刀该去哪里？

"磨剪子嘞，戗菜刀！"走街串巷老手艺人的吆喝声，算得上是龚先生童年最"响亮"的记忆之一。而今天在家，剁排骨，刀钝了，想要自己磨菜刀，既没工具，又不太会，很头疼。别的事可以上网解决，但磨刀服务在网上可不容易找到。

其实不仅仅是磨剪子、戗菜刀，配钥匙、改衣服、修自行车等小修摊在城市里也越来越难觅踪影。

小修摊的作用不小：张阿姨买个菜的工夫，顺道儿在菜市场门口裁了裤边；李大爷接送孩子上学，顺道给自行车补了胎；小李下班路上，在过街通道里就配了把钥匙……

事儿都算不上大事儿——衣服扣子掉了、足球没气了、鞋子又开胶了，特意跑到远处去修，不现实；扔了，又觉得可惜。小修摊的作用凸显：小修小补的小细节，让百姓生活很便捷。多年来，小修摊已经成为很多百姓生活的必需品。

小修摊的存在还解决了手艺人的就业问题。这类从业人员多为城镇失业人员和进城务工农民，他们掌握一门手艺，意味着解决了一家老小的温饱问题，小修摊往往是他们最大的经济来源。

城市小修摊越来越少，原因之一，小修摊设置在街头巷尾，有的占道经营。有的无照经营，甚至开墙打洞，影响市容市貌。如果按照市政、市容管理要求，让这些小修摊进驻统一的安置点，对于盈利能力本就很弱的小修摊来说，不现实，会挤压从业者的生存空间。

原因之二，经营好小修摊也是技术活儿，此类从业者多为中老年人，就业观的变化导致愿意从事这类行当的年轻人越来越少，我们能看到的小修摊自然也就越来越少。

原因之三，物质生活的丰盈，让"旧了就换、坏了就扔"成为不少人的消费习惯。没有了需求，小修摊自然也就没有了存在的必要。

五尺见方小修摊虽小，但城市的建设、发展应该为其留有一定的空间。

如何引导小修摊规范化运营，便民服务应该怎么开展，也是城市治理"绣花功夫"的体现。

在天津，2019年初建成了首批26座便民修车铺、修鞋铺，并投入使用。这些修车修鞋铺全部免费给经营者使用，以解决这些利润低但百姓日常生活又离不开的小商户经营地点问题。

美国城市学家雅各布斯研究认为，"因为街边小修摊的存在，不管白天还是夜晚，始终有人在经营，有灯亮着，往往治安就很好。"小修摊在便利市民的同时，在城市治安维护上也发挥着积极的作用。

管好小修摊，体现大智慧，期待更多城市有所作为。

推广ETC，用得着这么拼吗？

◎ 2019年12月24日　林　琳

临近年底，有一项工作的推进让一些地方很"捉急"，还因此闹出不少新闻——花式推广ETC、用力过猛、剑走偏锋，正在一些地方轮番上演。

广西桂林，高速公路收费员向未装ETC的车主叫嚣"这条路是我们公司修的，我们公司不差你这个客户"；

天津6座收费站入口，全部改为ETC车道，人工收费车道全部取消；

河南某县，分配安装名额，教师也摊上指标，完不成要被约谈批评；

湖南株洲，不安装ETC不能年检；

云南某县，将推广ETC与"不忘初心、牢记使命"主题教育挂钩……

经媒体曝光后，这些情况大多已被纠正和处理。

上述情况的缘起，是2019年5月，交通运输部下发通知，明确要求"到2019年底，各省（市、区）汽车ETC安装率达到80%以上，通行高速公路的车辆ETC使用率达到90%以上""2019年12月底，国内ETC用户突破1.8亿"。

这个目标意味着什么？

数据显示，截至2018年12月，ETC用户数为7656万——不足1.8亿的零头。

从 7000 多万到 1.8 亿，从 ETC 车道只占少数、安装使用人数也无优势，到 80% 的安装率、90% 的使用率，可谓质的飞跃，说是"逆袭"也不为过。

这条路，注定挺不好走。

时间紧、任务重，量化指标下，"勇夫"来了。

有的是条幅、言语刺激——"未安装 ETC，不欢迎使用高速公路""1 月 1 日起未安装 ETC 设备车辆，不得上高速"；

有的是搞摊派、挂钩行动——华北某县级市，各个机关都被摊派了安装指标，完不成任务就会被通报、问责，可笑的是，这个县级市连高速公路和 ETC 通道都没有。这不是瞎耽误功夫、浪费表情吗？

还有的"坑蒙拐骗"也用上了——银行工作人员穿着"稽查"的衣服，到收费站拦车向车主推介 ETC。

……

装上 ETC，不用停车便能通过收费站，可以大大缩减通过时间，提高通行效率，对饱受排队缴费、堵车之苦的人来说，无疑是好事。而且，目前，ETC 缴费基本都有一定折扣的优惠，对频繁使用高速公路的人来说，也算是少花钱多走路。

所以，推广 ETC，本是便民利民的举措，为什么不少车主不愿意装？

原因可能有几个：第一，频繁走高速的人毕竟是少数——"八百年用不上一回"的东西，排一下队又怎样？有必要装吗？

第二，有车主担心，ETC 缴费，发票不能现场拿到，报销的话会有麻烦；

第三，有的人习惯用现金支付，也不在乎优惠那点钱。

第四，一些已经安装了 ETC 的车主，使用体验并不太好，"总是遇到设备出错和不能正常使用的情况"。

搞清楚推广的障碍在哪儿，从问题出发，提高服务质量、解决实际困难、排除后顾之忧，才是推广 ETC 的正确方式。要横的方式，百姓不买账。

遗憾的是，有的地方和部门不明白这个道理，好好的一桩事，愣是给办得别别扭扭。

任何车主都有高速公路的通行权，只要有合法的驾照、过了 12 个月的实习期，或者即便在实习期内但有老司机"坐镇"，都可以。除了天气原因等不可抗力，其他因素都无权阻拦相关车辆上高速。

ETC推广过程中，这种"摊派指标""一律必须""如果不行便要怎样"的思维和做法，人们并不陌生。

曾几何时，有的地方为环保达标，便开始打造"无鸡镇"，生态旅游区饲养的一只黑天鹅也不能幸免；

有的地方在创建卫生城市过程中，要求所有商户招牌大小、颜色、字体统一，丧葬行业的店铺也用上了红色招牌；

有的地方以强制禁煤方式推行清洁取暖，结果有人家中因为设施不到位，无法取暖；

有的地方年底抓多少小偷都有指标……

提高社会治理能力水平，不是一句口号的事。下命令、下通知、下指标容易，后果呢？谁来承担？谁在承担？

每一桩小事都可以是社会治理的一面镜子，是聪明是笨拙、是勤政是懒政、是为民还是为己，一照便知。

我们需要那么多真人秀吗?

◎ 2019年12月6日　　刘颖余

台湾艺人高某翔的猝死,将狂飙突进的综艺真人秀节目,推向舆论的风口浪尖。最新消息,浙江卫视于2019年12月5日宣布,永久停播涉事节目。

说心里话,龚先生早就盼着该节目永久停播、彻底下架,涉事卫视的决定太晚了。出了这样痛心的事,相信到现在还惦记着节目的观众没几个,带血的收视率不要也罢。

高某翔走了,行业内外的反思在继续。

央视、人民日报等权威媒体提醒社会关注艺人的安全。艺人们表达着对于艺人群体高负荷工作的忧思。中国电视艺术家协会演员工作委员会呼吁,演艺界同仁要加强防范意识,学会自我保护,珍爱生命,拒绝过度疲劳工作。

在这些反思和提醒之外,龚先生想追问:我们真的需要那么多真人秀吗?

现在的真人秀可谓五花八门、遍地开花。举凡相亲、恋爱、文化、旅游、经营、竞速、音乐甚至做菜、带娃,都能拍成真人秀。明星秀完素人秀,电视秀罢网络秀。

真人秀如此汹涌澎湃,甚至让人怀疑:明星够用吗?观众看得过来吗?

想来制作单位认为,真人秀还是受观众欢迎的,广告商大抵也这么认为,否则他们不会投那么多钱。但事实上,面对大同小异的各色综艺,观众反应平淡,真人秀的好日子似乎到头了。

据 CSM 媒介研究季播真人秀统计数据显示,2018 年季播真人秀共播出 203 档,首播收视率超过 1% 的季播节目只有 16 档,收视率超过 2% 的节目仅有一档,这还得拜托"综 N 代"节目勉强支撑。而那些做完一季就无声无息的真人秀,更是不计其数。这和当年《超级女声》收视率动辄过 10% 的综艺黄金时代相比,不啻为云泥之别。

真人秀节目当年在中国大受欢迎,是因为它足够"真",足够新鲜刺激,而且能传递积极的信号和能量。比如,《超级女声》让平凡人看到了冲破阶层固化、成就卓越的可能性。但后来类似节目蜂拥而上,连学员都不够用了,有些学员在多个节目来回串场,观众自然就没啥新鲜感了。

从起源看,电视真人秀是一种无脚本、非表演的节目形式,节目的走向和情节是靠任务、规则引导出来的,而不是照本表演。对于看惯了电影和电视剧的观众来说,这是另一种刺激和体验。

但如果真人秀背离了这一核心要素,只有秀,没有真,甚至连秀都有脚本,观众凭什么买账?

如今中国的真人秀,总体上越来越不真,越来越追求噱头、刺激、冲突。

在《奇葩说》里,做了二十多年综艺节目的一位嘉宾透露,"这个世界上根本没有真正的真人秀,别傻了,孩子。只要有摄影机的介入,就不会是原来的我了"。他还打了个比方,说经常遇到女艺人说今天我怎么会这么累,昨天喝酒喝到吐,可是一有机器来拍她,问她,你最近的生活怎么样,艺人马上会说,我最近在喝养生茶。

或许因为真人秀节目竞争激烈,大家挖空心思搏出位、编故事、制造冲突、制造话题,甚至琢磨如何虐星,观众才看得更高兴。可久而久之,也就成了套路。观众看完哈哈一乐,然后就什么都没了。

可叹的是,这一次虐星,竟至酿出悲剧。如此"娱乐至死",每个人都不愿看到。

如果真人秀节目只是让人哈哈一笑,那它的生命力一定非常脆弱。真人秀也要传递阳光向上的人生态度。比如,《奇遇人生》《仅三天可见》等慢综

艺，就是让观众看到了人性的美好，才引起了广泛共鸣。

永远给人感觉"没正经"的一位艺人曾经痛彻地说，"我觉得这个会毁了中国所有艺人，他们都没有在做自己发光发热的事儿，所有人的才华都是在做真人秀。""我不明白一个唱歌的，你们为什么要去关心他会不会做饭、有没有CP、儿子可不可爱，这跟他的业务有关系吗？"

有人说他有点得便宜卖乖，因为他既是歌手，也是综艺达人。但道理是对的，艺人应有自己的本分——唱歌的把歌唱好，演戏的把戏演好，比上不上真人秀，要重要得多。

真人秀可以有，但不必大干快上。

不要因为走得太远，而忘记了当初为什么出发。

真人秀，请慢些走！

献血挂钩征信？征信很忙，网友很慌

◎ 2019年11月29日　罗娟

一份鼓励无偿献血的通知，一石激起千层浪。

国家卫健委等11部门最近联合印发通知称，"各地应探索将无偿献血纳入社会征信系统"。消息一出，有网友质疑"把无偿献血跟征信挂钩，这不就有偿了吗？"有人担忧"要是身体不好献不了，那不就在信用上吃亏了吗？"

在公众印象中，征信就是一种"黑名单"机制，个人信用留下黑点，意味着贷款、买房甚至出行，都可能受到影响。

对此，国家卫健委有关负责人近日回应，无偿献血需要弘扬和激励，不献血不会影响个人信用，更不会带来惩戒措施。

暂且放下心来，但网络仍议论纷纭。

征信概念起于金融领域，多指中国人民银行建立的国家金融信用信息基础数据库，其初衷是建立个人"信用档案"，为金融流通活动提供信用记录，因此也被称为个人的"经济身份证"，具有强制性、权威性，因为严格、规范，让社会信服、敬畏。

将鼓励自愿的献血装进征信系统，卫生部门可能正是希望增强其权威性，背后蕴含对当前献血积极性不高的某种力所不逮。一些人对于献血对身体造成的副作用还存在误解，不愿意、不主动献血，很多医院用血"处在一种紧巴的状态中",甚至不时发生"血荒"。因此,有些地方对无偿献血者给予了包含征信奖励的激励。目前,山东、江西、浙江、江苏等地已经把无偿献血作为个人征信系统的加分项,无偿献血者在就医、金融活动以及文化活动中,能够享受优惠。

一部分网友也对无偿献血给征信加分投了赞成票,"鼓励献血是好事。个人征信有减分项,就有加分项,只减不增个人征信只会越来越少"。

献血,确实需要更多激励,但是否需要采取征信加分的方式?

一位网友的评论获得很多赞——鼓励献血是好事,放在征信系统,是一种错配。

一部分网友看来,无偿献血是一种个人道德行为,是一种善举,的确值得激励、奖励,但未必就关乎个人信用。一个献血的人同样可能赖账,一个不献血的人也可能和失信完全不搭边。征信记录的是公民个人在金融消费领域的诚信,而不是在某些方面有没有公益善心,或者遵不遵守道德。失信者当然应该受限受罚,但有网友担心,"那些肆意借贷不还、信用差的人,是不是献几回血,信用就可以提升并又可以去借钱了?"

其实,征信系统已经忙了很久。

不光无偿献血,诸如"闯红灯""地铁饮食""不遵守垃圾分类"等越来越多的日常生活行为,也在一些地方被建议纳入个人征信系统。征信系统被调侃为"一个筐",什么都能往里装。网友争论的实质是,征信系统的边界到底在哪里?

就国家金融信用信息基础数据库而言,那些与公民信用紧密相关的项目才能纳入其中。2019年初,央行负责人表示,尚未采集直接关乎信用的个人项目,譬如个人水费、电费缴纳。可见是相当谨慎的。

而把打击"闯红灯""地铁饮食""不遵守垃圾分类"的责任推卸给征信系统,把纠正一切不诚信问题、市场违规问题,甚至打击违法犯罪问题的希望都寄托在建立社会信用体系上,期待"毕其功于一役"并不现实。反而,可能带来征信系统滥用之虞,导致个人信用记录紊乱。如果不同部门、不同领域的征信"执法"尺度不统一,征信体系可能无法对真正的失信者带来足够威慑。

献血挂钩征信？征信很忙，网友很慌

至于倡导无偿献血，网友也给出了建议，除了加大宣传教育力度、完善血站服务体系之外，还要加大激励力度，让无偿献血者及其家属在需要救护时，可以优先、优惠地使用输血服务，扩大实实在在的利好。

总而言之，征信系统的建立必须有清晰的边界。金融消费领域的失信，用金融手段去治；社会道德层面的失信，用社会信用系统去纠正引导。征信制度要公正、公平，才能真正为社会诚信护航。

"梅姨"刷屏背后,是网友"穿屏"的打拐热情

◎ 2019年11月19日　韩韫超

近几天,不少人的朋友圈被一张寻找人贩子"梅姨"的图片刷屏了——一张被称为是"梅姨"最新彩色画像的照片上,标注有"寻找梅姨""涉及9起拐卖儿童案件""至今未落网"等字样,不少人看到后第一时间转发,还附带一句,"一次转发可能会产生蝴蝶效应……不做儿童侵害的冷漠者,防拐的路上永不停歇。"

然而,事件很快反转——2019年11月18日,公安部儿童失踪信息紧急发布平台发布消息称,"梅姨"的第二张画像非官方公布信息,梅姨是否存在,长相如何,暂无其他证据印证。之后,该画像作者——被称为"画像神探"的警官林宇辉在接受采访时表示:这幅画像是广东警方邀请其制作的,是根据自称和"梅姨"同居多年的老汉的描述所画,并于11月初将画发给了被拐儿童家属,图片最终由一位家长外传。

"梅姨"画像事件,其实源于2016年。当年3月,广州一起拐卖儿童案被侦破,落网的人贩子供出了拐卖儿童链条上帮忙联系买家的中间人"梅姨"。2017年6月,广州增城警方发布公告通缉"梅姨",称其涉嫌多起拐卖案件,并公布了一张"梅姨"的模拟画像,即公开发布的"梅姨"第一张画像。此后,有关疑似"梅姨"被抓和官方辟谣交替出现。2019年9月底迄今,

"梅姨"的第二张画像广为流传，有关"梅姨"在多地现身的消息再次流传网上，而经警方核实后均否认是"梅姨"本人。"梅姨"涉嫌拐卖9名儿童，现仍有7名下落不明。

至此，"梅姨"画像事件有了较为清晰的脉络。

不明真相的网友"不假思索"地转发"梅姨"画像，大多源于对拐卖儿童行为的深恶痛绝。所以说，此番"传谣—辟谣"舆情的负面效应，并没有以往那么大。

首先，"画像乌龙"事件至少将相关案件摆在了更多公众的面前，是对预防、打击拐卖儿童行为的一次全民再教育。很多人通过第二张画像，知道了"梅姨"，通过对"梅姨是谁"的追问，了解了事情的来龙去脉。对案件的侦办来说，其实是形成了更广泛的监督阵线。

其次，如果事件没有反转，结果又会怎样？毕竟，如此浩大的传播声势、短期内的几何式传播效果，真真让一众网友收获了助力人贩子抓捕行动的个人贡献感和参与感，如果画像真能对嫌疑人落网发挥关键作用，那么网络转发的方式本身，自然功不可没。

多年前，相关部门曾将被通缉人员的肖像印在扑克牌上、纯净水瓶上。移动互联网时代，社交网络已经升级为一个强大的信息传播源，它充当了"村里的大喇叭"，更是"每个人的贴身广告牌"。"请速速扩散""请转发给更多人"等频频出现在微信、微博等用户多、覆盖广的社交网络平台上，其信息传播的低成本、高效率被网友所公认。

然而，扩散有风险，通过社交网络"广而告之"的方式也是一把双刃剑。曾几何时，某地农产品滞销、虚假慈善等信息正是经由社交网络平台快速大量散播出去，不良信息、违法违规言论也不时将社交网络搞得乌烟瘴气。当病毒式传播果真带来了"病毒效应"，社交网络无疑脱不了干系。

那么，该如何利用好社交网络这把传播利器？

一些头部的商业网络媒体开始充分利用社交网络特点，开发出寻人寻亲功能；一些职能部门的官方号也积极入驻社交媒体，高效地进行公共信息的权威发布——从气象地质灾害的预警，到公共交通工具上的失物招领，再到特殊时期的疫情通报等，事实证明，只要在合法合规的范围内，经由社交网络的"大喇叭"传播信息，确实迅速且高效。

当然，社交网络功能越强大，就越需要规则的约束，为信息传播的安全兜底。此次"梅姨"画像事件得以被及时辟谣，体现了目前我国互联网网络管理方面的法律法规日渐完善，网络舆情监控的手段和效果在不断进步。

所幸，面对"画像乌龙"事件，人们的关注点没有被带偏，对整个事件复盘，其实是为人贩子戴上了又一圈"紧箍"。相信在社交媒体的助力下，在相关单位和公众的共同努力下，"梅姨"的线索只会越来越清晰，其落网之日也将不远。

下次长假,请晒出回家的后备厢!

◎ 2019年10月9日　　贺少成

不出所料,国庆长假结束后,#国庆返程的行李箱#登上了微博话题榜,有1.5亿次的阅读量,6000多人次参与讨论。

从米、面、油到由菜地里刚拔出的蔬菜,从自制的腌菜到刚烙出的热腾腾的大饼……返程的行李箱,没有想不到的吃食,真是"同一个世界,同一个爸妈"!

其实,小小的行李箱怎能装满爸妈沉甸甸的爱?开车回家的朋友,后备厢才更能让人大开眼界。

硬核了硬核了!这里的父母准备了一头大肥猪!

有人看着看着就笑了,有人看着看着又哭了。

这就是我们的爸妈!

爸妈的世界有时候很小,子女就是他们的全部;行李箱、后备厢再大,也装不下父母的爱。

但在朋友圈争相晒出返程后备厢的时候,龚先生想问:国庆节回家,我们做子女的又给父母带了什么?

不少人可能不好意思回答。

哀哀父母,生我劬劳。父兮生我,母兮鞠我。抚我畜我,长我育我,顾我复我，出入腹我。

我们当然爱我们的父母，但我们怎么表达我们的爱呢？

网上流传这样的计算公式：假如一年只有7天才能回家陪父母，一天在一起顶多相处11个小时，若父母现在60岁，活到了80岁，我们实际和父母在一起的时间，只有1540个小时，也就是64天。

公式刻板了些，但现实确实挺残酷。

每年的父亲节、母亲节，朋友圈里会有各式各样对父母的感恩和孺慕之情。但在现实中，我们做得足够多吗？

比如，"空巢老人"的困境，是每一个远游子女都不容回避的话题。

尤其当父母年岁渐高，甚至或面临失智、失能，为人子女者做好善待他们的准备了吗？

请别等到那一天。人世间最大的遗憾，莫过于子欲养而亲不待。

下一次，当我们回家时，也将给父母的礼物装满行李箱、后备厢吧。为老爸带个声波电动牙刷、送他一个便捷好用的剃须刀，为老妈带一套全新的高科技不粘锅具，换下那些早该退休的瓷盆铝锅……

东西不在多贵重，关键是那份心意。老人一定读得懂那里面的所有的爱，哪怕他们嘴里说着"又乱花钱"，而他们的脸上一定有掩不住的笑意。

下一次长假，请晒出我们回家的后备厢吧！

"要4500元生活费遭拒",有啥可委屈的?

◎ 2019年9月9日　　罗　娟

最近,有位大学生因为吐槽父母给的生活费太少被全网热议。她希望母亲给自己每月4500元生活费,但遭到了拒绝。她觉得很委屈,认为一个月2000元根本不够花。

这则新闻上热搜之后,多家媒体走访调查大学生月生活费标准发现,抱怨"不够花"的学生不在少数。网民"神"总结——当代大学生与父母的主要矛盾,已经基本进入了"大学生日益增长的生活费需求与父母给的生活费完全不够花"的矛盾。

近年来,"开学季"变成"烧钱季"之类的新闻层出不穷,子女大笔花钱,父母应接不暇,叫苦不迭,学生之间炫耀攀比,甚至有学生为了买最新款手机、最新潮鞋子而陷入"裸贷""校园贷"陷阱……

其实,生活费本来是一个"家庭订制"的事情,之所以出了厅堂在舆论场引发了热议,一部分是大学生不懂得量入为出、胡乱花钱的后果过于触目惊心;另一部分则涉及大学生消费文化和家庭教育观念等深层次的问题,值得警醒和反思。

在大学生的抱怨中,有两句话网民吐槽最多。第一句是:"高中时肯给我好几千补课,大学时怎么就不给我了呢?"第二句是:"同宿舍的(室友),我感觉她们都挺有钱的，用的也都是好的。"

这两句话，第一句透露出了"你该给我"的理所当然，第二句透露出"别人有，我也要有"的虚荣攀比。

这两种心理的背后，透露出大学"开学第一课"两个重要问题：我们的孩子，到底有怎么样的金钱观？为人父母，我们有没有和孩子好好谈过钱？

不知从何时起，一些大学生的消费观"冲出校园"接轨高端，甚至滑向对"精致"的极端追求，不理性消费在一些年轻人当中蔓延。

明明扫帚可以扫地，宿舍需要置办最好的戴森吸尘器；午餐不吃食堂，吃牛油果和藜麦，再美美发个朋友圈；上自习流行带着苹果电脑在星巴克，而不是去图书馆；还有化妆品、游戏装备、大牌联名T恤，男女大学生消费追求不尽相同。最近一句话非常火，"70后炒股，80后炒房，90后炒币，00后炒鞋"。疯狂涌入AJ圈的年轻人里也有大学生，一双AJ的运动鞋炒到上万元仍被疯抢。

法国哲学家让·鲍德里亚在《消费社会》一书中指出，人们购买物品不只是"当作工具来使用"，同时也是"当作舒适和优越等要素来耍弄"。说白了就是用购买来证明自己的消费能力、社会地位。

当下，部分大学生的消费显然早已超越需求性层面，而是追求消费的炫耀性、奢侈性和新奇性。有调查数据表明，被过度消费裹挟，已不仅是个别大学生的问题，而是已经成为一种现象级的问题。很多人形容说，大学生是养肥的"新韭菜"，被过度消费这把"镰刀"步步"收割"。

毋庸讳言，家长们有点管不了，当下，父母对子女的"经济管制力"正在消退。以前，生活费给多给少，子女都只能认了、忍了。今天，各种"信贷平台"无孔不入，大学生们拥有了更多的"金融工具"，可以来对抗父母的"财政硬约束"，来满足自己"爆棚"的消费欲望。从气愤抱怨钱不够花，到自己想办法去"找钱花"，只是一念之差。

当大学生的"抱怨"不只是抱怨而指向了现实的"财务冒险"，究竟该怎么办？

当代父母的难题在于，尽管对于大学生消费状况有着一定的认知，但还是不知道如何有效对之进行干预和引导。

"要 4500 元生活费遭拒",有啥可委屈的?

　　从"要 4500 元生活费遭拒"的女大学生抱怨中可以清晰看到:一个孩子从小到大对金钱的概念、适度消费意识的确立,是需要一步一步培养的,以往"放任不管",到大学阶段即将走向社会再来"临时抱佛脚",的确很容易引发"不适"。

　　随着社会生活水平的普遍提高,金钱观、消费方式已经在显著变化,如何引导孩子养成健康的消费观乃至理财观,懂得适度消费,懂得克制随意挥霍的冲动,已成为整个教育过程中不可或缺的一环。"延迟满足""承担家务""假期打工"……这些引导孩子"正确认钱""努力挣钱""合理花钱"的事,要让他们从小做起。

　　这,就是关注大学生生活费话题的现实意义,也是大学生、家长和社会要学会的"开学第一课"。

占便宜"神操作"太多，真是规则不够用了？

◎ 2019 年 7 月 25 日　　韩韫超

据媒体报道，2019 年 7 月 19 日，山东青岛警方打掉了一个逃票团伙，成员六名女乘客为同事关系，每天乘火车上下班，半年内以买短乘长的方式逃票共计 559 次。其中一人交代称逃票能省 2 元钱。目前六人已被依法行政拘留。

What？半年逃票 559 次？有网友感慨，逃个票也太容易了吧？

有人觉得哭笑不得，认为简直是现实版的逃票攻略！

有人感慨：大数据真可怕，这都能给它拿下！

仔细想想，当制度、管理不可能做到百分百周全的情况下，日常公共生活的"诱惑"不少——

正准备扫码打开一辆共享单车时，却发现旁边一辆压根没锁，你会怎么选择？

公交车停在始发站即将出发，车上只坐了俩正在看手机的乘客，而司机在休息室还没上车，这时上车的你，会主动刷卡吗？

还有公共卫生间的纸巾、超市里的食品袋、宾馆酒店门口的公共雨具，这些供人们随意取用的物品，可都没有人看着管着，也就是说——

当所谓的"便宜"就在那里，你占不占？

占便宜"神操作"太多，真是规则不够用了？

或许有人说，小老百姓生活不富裕，能省点是点，又不犯法；还有人会说，怪只怪规则的漏洞多，那么多"空子"摆在那儿，不钻白不钻啊！

如此雷人逻辑，与夏天出没公共场所的"咸猪手"埋怨女性穿着太少，简直如出一辙。一些人甚至还形成了一种思考和行为惯性，凡事都要将规则（kòng zi）利用（zuān）到极致。于是——

为了尽快实现账号升级，一款游戏刚刚上线就有人开始研究外挂；

商家承诺7天无理由退货，便一口气买下好多件衣服，穿着去旅游拍照甚至晒了朋友圈后再悉数退回；

前些年，一些中国旅游团持假票进入卢浮宫事件，在欧洲媒体传得沸沸扬扬；比利时海关还查扣了含有近4000张假门票的中国包裹。

今天，生活越来越便利，普惠的免费资源越来越多，很多规则规范的设立，对人也越来越友好和善意。

不可否认，那些频频可以占到便宜的场所和环节、制度和规范，有些确实是制度设计者、管理者或疏漏、或敷衍、或力不从心所致，但更多的，还是基于对人的最起码的信任，基于对公众素质一定程度的认可与期待。从这个意义上说，信任度越高，管理就越少，距离降成本、提效率的目标也就越近。

手机上可以订火车票、7天无理由退换货、刷卡乘坐公共交通……这些现代生活的馈赠，不就是为了让你我拥有更多的便利，获得更好的体验吗？为何一些人总想着钻空子呢？

曾读到一篇文章，作者去到日本东京，中国朋友开车来接。得知当地政府规定要有停车位才准买车后，他猜朋友买的停车位一定很贵，可朋友却给他"科普"了自己先租停车位买车挂牌，然后再把车位退掉的"神操作"。

几天后，换成日本朋友招待他，见面时朋友不好意思地向他解释了在当地养停车位难的尴尬，并对委屈作者挤地铁表达了歉意。在作者向他这位朋友传授"破解之道"后，朋友只淡然说："真要钻漏洞，其实到处都是，比如家母住在乡下，我把户籍迁过去再买车就可以了。但是，我实际上就住东京，没停车位却买车，左邻右舍会怎么看我？开车上班，我怎么面对同事及上司？正派的人不会这样做。"

263

说这个故事，并无简单给什么人贴标签的意思，只是觉得，敬畏的力量竟然可以如此强大。与自己的口碑、声誉、诚信相比，那些省下来的金钱实在显得太过廉价。

如果说，一次占便宜的经历，便可以承包一些人好几天的快乐，那么那些谈不上占了便宜，而只是没多想、单纯为图一时便利的人，脑袋里又是怎样一种逻辑闭环呢？

同样是在前几天，一条名为《别再乱丢垃圾了！你随手一扔，他们可能要拼上性命》的视频被热传。视频中，酷夏，浙江温州大罗山仙岩景区气温高达34℃，两位清洁员仍要从悬崖上挂绳索下降清理游客随手丢的垃圾。翻山越岭、飞檐走壁，遇到草深的地方，还可能被蛇咬……

如果知道清理起来这么危险，当初肯定不会扔了——看到这里，扔垃圾者内心的忏悔隐约传来。可在昨天，他们可能还在社交媒体上，向有同样行为的陌生人"吐口水"。

网上有人说，我们骂垄断，又削尖脑袋往高薪单位钻；我们讥讽不正之风，自己办事却忙找关系……

一些人抨击占便宜、图省事的丑陋行为，最终却成为自己曾经最讨厌的人。

内心绷紧道德的准绳，做到慎独，自然最好不过，但如果觉得这条标准高攀不上，那么至少在乎一下周遭的目光、预估一下所需要的机会成本。

再不济，想想那句"占小便宜吃大亏"的老话。可千万别信誓旦旦说自己绝对吃不了亏——眼下因占便宜、图省事而坠入骗局的事情，还少吗？

其实，从无人菜店到自助收银，越来越多的人懂得珍惜规则所展示出的信任与宽容。尽情享用这份社会进步所带来的福利，也要精心呵护它。

绊高铁？拜托请别绊穿文明的底线！

◎ 2019年7月17日　　罗筱晓

最近，"××迷惑行为大赏"成了个爆款词组。今天，龚先生给各位看官带来两例"公共场所迷惑行为大赏"——

2019年7月14日晚，广州南站。3名旅客在明知所乘高铁列车已停止检票的情况下，强行翻越闸机闯入站台。见列车已关门，其中一女子王某先是情绪激动地拍打列车玻璃要求开门，随后将一只脚伸入列车与站台之间的缝隙企图阻止列车发车。据说，她要赶回去上班！

7月12日，准备从上海虹桥前往嘉兴南站的男子李某，忙中出错，上了别的列车。为了下车，李某竟然按下了车上的紧急制动按钮，致使列车临时停车，晚点5分钟，影响了后续所有列车的运行。

真要感叹钱锺书老爷子有远见：高铁列车就像一座围城，外面的人有多想进去，里面的人就有多想出来。

这得是一份多么举足轻重的工作，又得是一趟多么不可耽误的旅程，才能让王某和李某如此歇斯底里、不顾一切啊？

二人的行为之所以堪称"迷惑"，因为它们超越了一般人对公众场合成年人正常举止的理解。

之前，有高铁上"霸座"的，有为等老公而阻碍列车关门的……有网友感叹：中国高铁这么一项领跑全球的交通方式，却遭遇如此胡搅蛮缠的乘客，真是委屈它了。

每次看到这样的新闻，就像看到一个个罩着成人躯壳的熊孩子。

据心理学研究，3~4 岁是儿童以自我为中心的阶段，此后儿童成长的一大标志则是适应集体、学会与人交往与人合作，即逐渐脱离"自我中心"。

这么说来，上述迷惑行为人的心理只相当于三四岁的孩子——什么事情都要依他们的心愿，他们想要干什么都应该被满足。

以自我为中心，真的是一些人牢牢扎根的底气。

新修订的《北京市轨道交通乘客守则》实施满两个月。守则中新增了禁止乘客在车厢内饮食、大声公放的内容，但有些人还是"该吃吃，该放放"，旁人要是多看几眼，指不定还会被一眼"横"回来。

龚先生由此想起自己吭哧吭哧骑车上班时，那些迎面而来的逆行者泰然自若的神情。见过最绝的，一位中年女子骑电动车逆行撞上了一名骑自行车的小伙，结果大妈张嘴就是一句："我说你这孩子，这么宽的路你咋不让一下啊？"

这些"一路横行"的"长大了的熊孩子"屡屡刷新龚先生的三观——"都9102 年了，这是现代人类吗？"

对不守规矩的，有人心里骂几句，扭头走了，也有人以暴制暴。

前不久在北京，一名年轻女子骑车逆行撞倒一位中年女子，因其毫无歉意骑车就走，中年女子愤然起身追上去将这名年轻女子撞翻在地。从视频看，万万没想到还有这种操作的年轻女子，真是被撞蒙了。

评论里叫好的人不少，虽然理解网友终于出了口恶气的心情，但这种危险系数极高的"私刑"，龚先生可是万万不敢鼓励的。

最后，还得靠规则和法律来管束那些"一路横行"的"成年熊孩子"。

伸腿绊高铁的王某，因阻碍交通工具正常行驶和扰乱公共场所秩序被广州铁路警方依法给予行政拘留 9 日的处罚；按下紧急制动按钮的李某，被杭州东站派出所依法处以 1000 元的罚款。

后果和责任是不认心理年龄的，法律和规则不允许文明的底线被人肆意践踏。

其实,更多的暖闻总是在各个城市发生着。在西安,咖啡店老板鼓励学生用捡来的烟头换冰激凌;在成都,有让身无分文的农民工搭便车的的哥;在喀什,有送中暑晕倒的交警去医院的路人……

在文明这场没有考场的考试中,借助言传、身教、宣传鼓励等方式,越来越多的人已拿到了高分。但若想要提高全社会的平均分,就要在后进者的身后杵上用规则和法律编就的竹篱笆。

龚先生期望更多明确且具有操作性的法规出台,期待不再一次次被"一路横行"的"成年熊孩子"惊到而怀疑:"都9102年了,这是现代人类吗?"

"马赛克"英雄,我不想看清你的脸

◎ 2019年6月27日　　林　琳

　　"如果在马路上看到爸爸,我不叫你,你也不要叫我……"这是江苏一名缉毒民警对女儿的叮嘱。这或许只是一个缉毒警察和他的家人的"日常",却让不少人感动落泪。

　　2019年6月26日,是第32个国际禁毒日。在这个特殊的日子,一群"马赛克"英雄,进入了公众视野,他们就是缉毒警察。

　　毒贩,交易时往往带刀带枪,穷凶极恶,与毒贩的斗争便如在刀尖上、枪口下行走,所以缉毒警被认为是和平年代最具风险的警种。一旦他们的身份、容貌或者家人曝光了、暴露了,对他们的工作、生活乃至生命,都将构成极大的威胁。这也是即便宣传、歌颂缉毒英雄,向他们致敬,也要给他们打上"马赛克"的原因。而能够看清他们脸的机会,更加让人心碎,有些缉毒警"到牺牲后才能拥有姓名和清晰的面容"。在牺牲缉毒警的追悼会上,战友们的脸依然会被打上"马赛克",因为他们还要继续战斗。

　　有网友在相关微博热搜下留言:"请把马赛克打厚一点",还有人担心"就算图片打了马赛克会不会被复原?"所有这些,都表明了人们对缉毒警的敬意、关切,对毒品和禁毒工作的态度。

　　哪有什么岁月静好,不过是有人替你负重前行。在禁毒日,相信诸多人跟龚先生一样,对这句话有了更深的体会。当一些人坐在宽敞的办公室里,紧张忙碌地处理着各种事务;当一些人带着全家老小,团圆团聚,休闲度假;当一些人在田间地头,插秧割麦,辛勤劳作……在祖国的某些角落,还有一群人写好遗书出门,用生命奋斗,成就着这份安宁。

负重前行,勇敢逆行。人们不能记下每一个英雄的名字,但应该感怀每一个英雄的群体、致敬每一份神圣的职业。除了缉毒警,还有消防员,还有各种参与抢险救灾、扫黑除恶的人。

"最怕他说'有事出去一趟'",这是一位缉毒警的母亲对孩子的担心,"虽然做好了他会牺牲的准备,但没想到这一天来得这么快",这是一位缉毒警的妻子对丈夫的哀悼。这些"马赛克"英雄的家属、家庭,同样在为更多人的岁月静好负重前行。

战友牺牲在眼前、隐姓埋名卧底多年、家人遭到打击报复……这些情节,在最近的一部禁毒热播剧《破冰行动》中,都有展现。这部剧正是基于真实事件、案件改编的,而缉毒警的现实世界远比戏剧惊心动魄!其实很想劝劝他们——可不可以不要这么拼命!

还记得一些明星涉毒的事情是怎么曝光的吗?是"朝阳群众"的举报。面对吸毒、运毒、贩毒,在保证自身安全的前提下,积极举报,每个人其实都可以成为一个有心的"朝阳群众"。

《2018年中国毒品形势报告》显示,冰毒已经取代海洛因成为头号毒品,而互联网+物流成了贩毒活动的主要方式……了解掌握一些毒品知识和趋势,既能更好地提高警惕,也能保证自己不被利用、不被"套路"。

近年来,新型毒品的造型越来越可爱,贴纸、奶茶包、跳跳糖、小熊饼干,都可能是毒品的伪装,有些毒品的毒性是冰毒、海洛因的数倍。当一些"坏人"已经开始瞄上孩子,学校、家长显然要打起十二万分的精神,防毒的教育和"保护伞"倒是很有必要从娃娃抓起。

统计显示,我国已发展在册禁毒师资112万人、校外辅导员23万人,建成国家、省、市、县四级联动的禁毒宣传教育基地4400多个,培育禁毒社会组织289个,发展禁毒志愿者556万人,禁毒"人民战争"的阵地正在不断扩大。

热点 e 论:"工人日报 e 网评"作品选

"我们多查出一克毒品、一名嫌疑人,老百姓就少受一份伤害",这是很多缉毒警察的共识。某种角度上说,每个人多一点防毒意识、常识,在能力所及的情况下为禁毒做一点事,"马赛克"英雄们就可能多一份支撑,少一分危险。

"苟利国家生死以,岂因祸福避趋之。"我们向禁毒英雄致敬,也为他们祈福——"马赛克"英雄,我不想看清你的脸。

非法穿越者请回答：命这么好玩吗？

◎ 2019年6月17日　　罗筱晓

近日，7名"驴友"在穿越四川卧龙国家级自然保护区时发生意外，一名女队员遇难。接警后，保护区出动人力物力将遇难者遗体运送下山。此事引发广泛关注。

2019年6月16日，四川卧龙国家级自然保护区管理局官网发布公告称，经公安机关全面调查，7名"驴友"的行为属违规穿越。遇难者王某某死因为意外事故。同时，对其余6人进行了批评教育，分别给予了5000元罚款的行政处罚。

就在一个多月前，90后"驴友"非法穿越羌塘无人区，失联50天后获救。面对行政处罚，该"驴友"和自己的队友起初还提出异议，认为"自己没有做错"。

真是"生命诚可贵，玩命价更高"！

为什么同样是极限挑战，上面两起事件中的"驴友"被众网友认为"罚得还不够"，而以假肢登上珠穆朗玛峰的夏伯渝却能获得劳伦斯世界体育奖？

徒步、登山、攀岩……都是挺有意思的体育活动，有发烧友也不足为怪。只是近年来，因为这些项目惹出的麻烦却不少。

2019年初，一男子违规穿越四川九顶山，失联7天；2015年，广西17

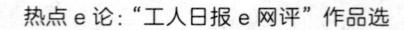

名"驴友"私自进入长滩河自然保护区探险，遇暴雨受困，当地花 51 小时将他们救出；2010 年，复旦大学 18 名学生进入黄山未开放区域被困，一名警察在营救中坠亡……

龚先生忍不住感叹：这届"驴友"可真会玩。

可问题是，他们的"会玩"都建立在"私自"或"违规"基础之上。

在陕西，有一条被"驴友"称为"鳌太线"的穿越路线，因事故频发被明令禁止进入。但太白山国家级自然保护区相关负责人却发现，越是如此，就越有"驴友"想来"试一试"，闯进去的全是明知故犯。

或许是出于好奇，或许是为了自我挑战，甚至或许是为了增加一些炫耀的资本，总之，在任性"驴友"眼里，"规则"大概是最不值钱的东西。

2019 年奥斯卡的最佳纪录片《徒手攀岩》，是一部让许多人在观看时忍不住蒙眼睛的电影。

片中，男主人公亚历克斯要在没有任何保护措施的情况下，赤手爬上高达 900 多米、岩壁几乎垂直的伊尔酋长岩之巅。

要说疯狂，他比绝大多数想"找刺激"的"驴友"都疯狂。但在这部电影的评论区，"追梦人""不服输""伟大"是高频词，负面评价几乎为零。

因为亚历克斯的攀岩行为，是在其自身有专业技能，并充分了解可能的风险，更为重要的是，是得到相关部门允许的前提下进行的———句话，一旦开始攀岩，生死自负。

在纪录片里，亚历克斯最终攀岩成功，但这并不是决定人们对他评价的决定性因素。2018 年，日本 35 岁的登山家栗城史多在第 8 次尝试单人无氧登上珠穆朗玛峰时遇难。消息传出，多国媒体和国际登山界都对他表示了尊重和缅怀。

亚历克斯和栗城史多，显然都知道自己在干什么，并且甘愿承受可能为之付出的代价。

但有的人，不但自己盲目玩命，还可能拖着别人一起冒险。

2018 年，7 个自称专业游泳队员的人，明知"严禁下水"，依然跳入洪峰过境的嘉陵江里体验"洪峰漂流"，还拒绝消防官兵的救援。消防队员只能在洪水中"陪"着 7 人直至他们上岸。

在羌塘事件的营救中，救援人员前后出动了110人次，且大多数管护站为了搜救花光了每月补给的2万元油料费。

也就难怪，网友会质疑5000元封顶的行政处罚是不是太仁慈。

保护公民的人身安全，是公安消防等机关应该履行的责任。不过针对因"驴友"违规冒险造成公共资源的浪费，已有包括黄山、四川在内的多地开始推行有偿救援。比如，这一次卧龙事件，上山运送遗体及在卧龙的善后处置费用都是由遇难者家属全额支付。

类似的制度，全球多个国家都在实行。真希望一些不安分的"驴友"，能看在钱的分上三思而后行。

在《徒手攀岩》的中段，亚历克斯曾尝试进行一次无保护攀登，但中途放弃了。

双腿截肢的夏伯渝，从2014年起连续三次攀登珠峰，全部失败，其中最近的一次他距离峰顶只有94米。

亚历克斯和夏伯渝，其实都可以选择硬着头皮往上冲。他们选择放弃，与其说是理性使然，不如说更多是因为对自然的敬畏。在愿意为梦想拼尽全力的同时，他们也懂得去观察大自然、倾听大自然。因为在某种意义上，大自然才是他们最亲密的伙伴。

《徒手攀岩》片尾，在航拍的视域里，站在垂直岩壁顶端的亚历克斯只有一个点那么大。相比于他征服的山峦来说，实在是太渺小。

龚先生在想，如果能有"渺小"感觉的人多一些，盲目玩命的人会不会就少一些呢？

"前头按类分,后头一锅煮",垃圾分类短板如何补?

◎ 2019年6月10日　罗娟

最近一则吐槽垃圾分类的相声在网上有点火,相声里说:

"拿着垃圾下楼,有可回收不可回收的两个桶,我开始左一个右一个分类,碰到分不清的不知道怎么办,就在网上查,从中午十二点查到半夜,好容易分清楚了,来一辆垃圾车,混一块儿拉走了……"

相声演员吐槽说:"垃圾分类,从我开始,我是开始了,你怎么给结束了?"

近日有媒体报道说,在推进垃圾分类的过程中,有一个问题经常困扰着部分居民,"无论自己分类投放收集做得多好,运输的时候总是要混的,一车拉走,分了也白分"。

"前端按类分,后端一锅煮",把百姓对垃圾分类的信心打消了不少。

2019年,多档热播综艺节目都是垃圾分类主题,明星们去垃圾站徒手分垃圾。垃圾分类无疑是这一年社会生活的"C位"话题。

在综艺节目《极限挑战5》中,明星们穿上工作服,拿着各种工具,实地捡垃圾。

"前头按类分，后头一锅煮"，垃圾分类短板如何补？

数据显示，我国垃圾排放量一年可达 5.8 亿吨。垃圾分类，终极目标就是减量化、资源化、无害化。

民意调查显示，虽然居民对生活垃圾"四分类"知晓率达到了 80%，但分类投放的自觉性和参与率较低。"理念上认同，行动上滞后"，恐怕是大多数城市垃圾分类的现实写照。

垃圾分类难就难在事无巨细、情况千差万别。

用过的纸巾是否可以回收？网友为此争得"头破血流"。有人直白理解，纸巾分解很容易，当然是可回收垃圾；有人则说，研究证明，擦过汗的纸巾由于沾有污渍，回收利用价值不大，厕纸由于水溶性太强不可回收。

垃圾分类的主力是家庭主妇，来听听她们的烦恼：

塑料餐盒属于厨余垃圾还是其他垃圾？垃圾桶都是至少 3 个颜色以上，但是每个标识代表什么意思？

小区有 5 个不同颜色的垃圾箱，我拿着垃圾在 5 个不同的标识前呆瓜了，标识都是什么意思，到底扔进哪个？

还有，旧衣服、旧报纸、玻璃瓶、瓷器为啥找不到地方回收？瓶装矿泉水和罐装饮料的处理方式是否相同？空瓶、瓶盖、标签等具体物件如何丢弃？

关于电池回收更是掀起了一场旷日持久的争议。之前专家告诉我们，电池不可随意丢弃，因为汞污染土地。后又有环保人士出来辟谣，说这点汞含量微乎其微。再后来又有观点说，除了汞还有铅污染，还是要把电池当有害垃圾回收——晕。

除此之外，荧光灯管、节能荧光灯、汞体温表、汞血压计……都是有害垃圾。可是找到有害垃圾回收点还是件难事。

事实上，许多城市已与垃圾分类缠斗近 20 年，十八般武艺都用上了，依然难解难分。垃圾分类因此获得了一个很文艺的外号——"最难推广的一桩小事"。

文明的习惯需要具体行动和措施来培养。

龚先生在日本租住过民宿，民宿里有一本扔垃圾的时间表和操作手册，全部是漫画式，即使完全看不懂日语的我，也学会了如何分三步扔掉一个香烟盒：外包装是塑料，盒子是纸，铝箔是金属，分三类丢弃。当然，扔错了房东会跟我索要高额的垃圾清理费。垃圾分类如果与切身利益挂钩，这件"麻烦事"终究可学可行，再加上恰如其分的鼓励，就会更有驱动力。

例如，江苏扬州推出"互联网+垃圾分类"数据平台，市民可以利用垃圾分类积分兑换生活用品；广东东莞将回收的厨余垃圾转化为有机肥，向居民免费派发。

还有，很多城市街头设有易拉罐换小礼品的垃圾回收箱，很多小朋友把捡垃圾当成游戏，积极去街头捡垃圾换礼品。

还有些地方引进科技手段推动垃圾分类，如"刷脸倒垃圾"技术，居民在扔垃圾时，智能设备能识别垃圾袋的类别，当该类别和垃圾桶的颜色对应上，垃圾桶盖才能打开。同时，智能设备拍下扔垃圾者的照片，进行数据比对，进而作为抽检、领取积分的依据。

让垃圾分类人人可行，才是推动垃圾分类的硬核操作。

再说说混装混运的问题。

因为成本过高，垃圾收集的第一责任主体——物业公司通常积极性不高。要求物业公司实现分类清运垃圾，是一笔并不小的成本，比如，通常，企业清理厨余垃圾的费用是120元/桶（不含补贴），清理其他垃圾是15元/桶。而之前混装垃圾成本约是20元一桶。如果严格执行垃圾分类，物业公司需雇佣保洁员进行垃圾二次分拣，成本再次提高。

环卫公司的清运能力参差不齐，也是导致混运混装的原因。有些公司资质和设备较好，可以实现分类车辆、分类清运。有些公司则没有分装系统或者足够的车辆。有的企业管理不到位，反正大多数是半夜运垃圾，没人看见，一次装走省事儿。

"九龙治水"也导致垃圾分类清运处理的困难。在一些地方，一个垃圾箱房归属三个部门监管，干、湿垃圾归绿化市容局管，有害垃圾归环保局管，可回收物归商务委管。各自不同的标准导致操作困难，难以形成合力，最终可能导致谁也管不好，直至没人管。

"前头按类分，后头一锅煮"，垃圾分类短板如何补？

为杜绝混装混运，住建委下发通知，将加大对未分类收集贮存生活垃圾、把生活垃圾交由未经许可或备案的企业和个人进行处置等违法行为的执法检查力度，严格查处收运企业"混装混运"行为，对情节严重的要逐出市场。

在西安、杭州等城市，一方面严厉打击"混装混运"，奖励群众举报。另一方面则在建立相应的垃圾处理工厂、完善垃圾处理体系。

只有杜绝混装混运，做到全程分类，再来要求百姓从源头分类投放垃圾，才能让人信服。

不过，这不是一蹴而就的。

垃圾治理是一项全球性难题。仅就垃圾分类而言，日本用了27年，才形成全民参与的氛围。德国则是把垃圾分类当作一项系统工程，大约40年才见到了效果。

垃圾分类，最重要的，是树立人人参与环保的意识和信心，唤醒人人参与的意识和责任。

除了杜绝让人"分了也白分"的垃圾混装混运，让公众看到分类的垃圾去了哪、自己的分类很有意义，也会鼓励公众参与的信心与热情。

"落红不是无情物，化作春泥更护花"。

有害垃圾可回收处理；可回收物再生利用，变废为宝；干垃圾要填埋；湿垃圾要日产日清——这些在上海长宁区爱建居民区都能一图读懂。这个小区最初也有垃圾混装的困惑，而现在，小区垃圾由三家公司、不同的车辆分开清运，垃圾分类的过程在小区内也广而告之，包括哪种垃圾到了哪里、如何处理，居民看得一清二楚，大家对垃圾分类的积极性很高。

"让更多人行动起来，培养垃圾分类的好习惯，全社会人人动手"。

只有让百姓清楚地看到，垃圾分类的体系犹如毛细血管一般畅通运行，人人都是其中的利益共同体，垃圾分类才能真正提速。

到时候，相声演员的台词可以改成："垃圾分类，从我开始，你来接力。"

Ⅳ 法治进程篇

偷拍无处不在、人脸识别野蛮生长，信息保护的脚步跟不上时代需求；网络谣言花样百出、自媒体信息真假难辨，一次次反转的舆情加大着公众的认知成本；辱骂下属、不缴"五险""自愿715"，职场霸凌中受伤的是员工，受损的是企业的名声与根基……没有规矩，不成方圆。法治进程中，我们必须迈过那一道道沟沟坎坎。

辱骂下属被认定侵权，
职场霸凌是要付出代价的

◎ 2023年4月11日　　林　琳

最近，北京市东城区法院审理的一起侵犯名誉权案引发了诸多关注——

王某与黄某在北京一家公司共事多年，后因怀疑黄某泄露了其行程信息，王某多次在公司多个微信群中对其进行侮辱、诽谤，使用了"内鬼""汉奸"等字眼，还煽动公司及行业内其他人对黄某进行辱骂。相关行为导致黄某情绪激动，割颈受伤。

法院审理认为，王某侵犯了黄某的名誉权，判决其在相关微信群中向黄某公开赔礼道歉、消除影响、恢复名誉，同时赔偿黄某医疗费损失2173.43元、精神抚慰金3000元。

"在职场中，你能接受领导辱骂员工吗？"有媒体进行了这样的投票调查，不能接受的占了绝大多数。实际上，在职场中工作不努力、态度不认真、上班爱"摸鱼"，因此被领导批评几句，这种情况比较常见。问题是，批评、骂和辱骂不是同一个概念。并且，这中间还存在骂的是什么，在什么场合、什么范围骂，是出于善意还是恶意等区别。

上述案件中，王某对自己不构成侵权的抗辩理由略显老套，即微信群不属于公共空间、不具有公开性，自己并未造成黄某的社会评价降低。

关于微信群、朋友圈到底是算私人空间还是公共空间，近年来已有不少判例，不少人因在这两个地方骂朋友、骂邻居、骂合作伙伴等，被判在相关影响范围内连续发布道歉信息，有的还被判决赔偿对方一定的精神损害抚慰金。

这些判决其实都表明了：网络不是法外之地，微信群、朋友圈虽为"熟人社会"，亦属公共空间，不可以口无遮拦、为所欲为，如果相关人员的言行超出了法律的边界和底线，并因此被起诉，那么很大概率上是要承担法律责任的。

从法律上来说，我国《民法典》对公民的人格权设立了专编，名誉权是人格权的一种。民事主体享有名誉权，任何组织或者个人不得以侮辱、诽谤等方式侵害他人的名誉权。在名誉权受到侵害时，受害人可以报警要求公安机关对其行政处罚，或者向法院起诉要求赔礼道歉、消除影响，若造成精神损害的，可以请求精神损害赔偿。同时，"公然侮辱他人或者捏造事实诽谤他人"可能面临行政处罚，如果达到相关标准和情节，还可能构成侮辱罪、诽谤罪。

毫无疑问，无论朋友圈还是微信群，往往都是"围观群众"众多，随意辱骂某人往往会降低人们对当事人的评价，说白了就是会把这个人的名声"搞臭"。这也是法院认定类似情况构成侵犯名誉权的主要原因。

应该明确的是，职场中，无论上级和下级之间，还是同事之间，都是平等的民事主体。如果是涉及业务讨论、工作事项，可以直抒胸臆、激烈交锋，但如果涉及对个人的评价，则须保持理性和审慎，注意表达的分寸和尺度。就像有些网友说的，"我们是卖'艺'，不卖人格"。

说到底，职场中需要的是互相尊重、团结友爱，是给予彼此体面与尊严。跟下属相处也好，跟同事交往也罢，领导更应该足够大气和包容，做事讲方法、有底线、守规则。

让人担忧的是，职场中人可能遭遇的霸凌不仅有被辱骂、被诽谤。有的员工会受到来自同事或领导的故意排挤与孤立，有的被要求陪酒、陪跳舞，有的被分配根本完不成的任务，有的被逼吃辣条、下跪等，这些情况虽不是常态,但也绝不是"纯属虚构"。它们会对被霸凌者的身心造成不小的伤害——正如上述案件中被辱骂者患上抑郁症一样。而放任类似行为,对企业来说也是一种负能量,影响员工之间的关系和凝聚力,影响企业文化和氛围,进而影响企业的发展。

被辱骂的员工胜诉,也传递出一些积极的信号——法律会给被欺负、被霸凌的劳动者撑腰,会向违法失德的企业管理者说"不",会捍卫民事主体的人格与尊严,会推动构建更健康、和谐的劳动关系和企业生态。

无论是建设法治社会,还是建立现代企业制度,职场中的生态都应不断净化,不和谐、不法治的因子都应被一一铲除。希望相关案例能够为更多企业、更多管理者敲响警钟,且警钟长鸣。

不让查手机就是内奸？
企业管理权不能无限放大

◎ 2023 年 4 月 7 日　　吴　迪

近日，#女子拒绝公司查看手机被无偿辞退#冲上热搜。据 2023 年 4 月 6 日《工人日报》报道，湖北武汉某公司在例会上以"找内奸"为由，连续两天查看员工手机。一名女员工在第二次检查时拒绝配合，公司以此认为她就是"内奸"，强行将其辞退，并拒绝给予赔偿。该员工已申请劳动仲裁。

目前，该热搜词条在微博上的阅读次数突破 1 亿，跟帖中满是网友吐槽——

"企业没有检查员工个人信息的权力。"
"这公司是不是没有法务？完全是法盲。"
"无偿裁员的一百个花式借口之一。"
……

此事引发网友愤怒，在于这种情况已经不是个例，相关企业的种种奇葩操作不断刷新人们的认知和忍耐限度。

比如，有的企业给更衣室等非办公区域安装监控摄像头，以防止员工磨磨蹭蹭；有的企业则在员工电脑、手机等设备上安装特殊软件，防止"摸鱼"；有的甚至购置"黑科技坐垫"，监测员工坐在工位的时长或上厕所的频率；还有的企业管理者要求员工手机 7×24 小时开机，哪怕是后半夜，也必须及时回消息，否则就辞退……

企业制定如此任性的"家规"，不排除确实发生过个别员工"摸鱼"、泄密等情况，甚至在离职时带走电脑中存储的原供职企业的资料等，给企业经营发展带来不良影响。借严格的规章来最大限度保证效率、保护企业合法利益，这应是很多企业的初衷，但企业规章首先要合法。

从被曝光的种种现象看，企业此番作为的基础逻辑并不那么"法治"——在地位关系上，企业管理者似乎认为有权管辖员工涉企业的一切事务，甚至个别的还抱持"我给了你饭碗，你就该唯我是从"的态度。在维护企业自身权益上，企业管理者以"公大于私"的理由，淡化了查手机、翻包等"私刑"手段的违法性。

企业对员工管理的底线和边界在哪里？企业是否有权查看员工电子设备？员工有哪些权利不可侵犯？

《民法典》第一千零三十二条明确规定，自然人享有隐私权，任何组织或者个人不得以刺探、侵扰、泄露、公开等方式侵害他人的隐私权——法律即是底线。但这并不是说，要一刀切地禁止企业查阅员工手机、电脑等信息，而是必须在合理合法且必要的前提下，取得劳动者知情同意后，才可以查阅与用工管理直接相关的信息，同时，劳动者也享有撤回同意的自决权。

如果出于窥探劳动者隐私、为日后可能出现的诉讼广泛收集证据材料的目的，则超出正常工作需要，突破了包括劳动者隐私权在内的个人信息保护的边界。

不久前，北京市第二中级人民法院披露的一则涉及侵犯员工个人信息的劳动争议案件，值得更多企业自省——马某所在公司通过恢复其工作电脑上已删除数据中的微信聊天记录，认为其存在伪造病假、骗取休假等行为，决定不续合同。法院认为，公司是为了对马某进行处分、赢得诉讼而收集其个人私密信息等证据材料，构成对马某个人信息的不当使用，也违背了个人信息保护的核心要旨,最终对该证据不予采信。目前该判决已生效。

从任性制定和解读企业规章,到随意扩大竞业限制的范围,再到强制或变相强制加班等,一些企业管理权在实践中无边界扩大,侵害劳动者权益,此风不可长。

同类情形的司法判决,对企业而言,是一面镜子,更多企业有必要自查自纠;对劳动者而言,是一种指引,要勇于对抗企业的不法行为。

更重要的,还是要让法治理念深入人心:法律是保护所有人的基本权益不受损害,为每个人、每一方的合法权益兜底。

在企业发展的赛道中,效益优先与以人为本不是单选题。守不住底线、拢不住人心,企业的发展之路能拓多宽、能走多远,就要打个问号。员工养家立业、企业做大做强,双向奔赴才是长久之道。

零容忍！揪出"隔空猥亵"孩子的"网络大灰狼"

◎ 2022年12月1日　罗娟

触目惊心！"网络黑手"伸向未成年人，不法分子利用互联网"隔空猥亵"未成年人。

近日，北京发布一起案例显示，25岁男子张某在网络上伪装成隔壁班的"小英"，获取一名10岁女孩的信任，后对其实施"隔空猥亵"。北京市丰台区检察院以涉嫌猥亵儿童罪对张某提起公诉，法院审理后判处其有期徒刑一年六个月。

其实，三年前，公安部相关负责人就指出，"隔空猥亵"是性侵未成年人犯罪的新形态，具有隐蔽性更强、危害更广的特点。近日，最高人民检察院开展未成年人检察工作情况的报告指出，针对一些"大灰狼"通过网络聊天、胁迫女童自拍裸照上传、严重侵害儿童人格尊严和身心健康，最高人民检察院2018年发布指导性案例，确立无身体接触猥亵行为视同线下犯罪的追诉原则。截至2022年9月，检察机关起诉利用网络"隔空猥亵"未成年人犯罪1130人。

痛心！随着网络和电子设备的普及应用，尤其自疫情以来，居家学习、线上学习使儿童上网的时间增加。而这个不受空间限制的学习新场景，被不法分子盯上，成了他们诱骗性侵未成年人的"网络狩猎场"。

从相关案例来看，不法分子假扮同学、好友、粉丝，在同学群、校友群、网络游戏、二次元、直播平台上笼络、引诱未成年人，通过买装备、刷礼物、发红包等一连串伎俩，连哄带骗，一步步把涉世未深的孩子拉下水。随后，不法分子通过线上的裸聊、拍裸照、拍视频，实施"隔空猥亵"。

猥亵儿童是指以刺激或满足性欲为目的，用性交以外的方法对不满14周岁的儿童实施的淫秽行为。很多人认为，猥亵儿童罪的前提是对儿童身体的接触。其实不然，2021年，最高人民检察院发文提醒，"'隔空猥亵'也是性侵"，明确"隔空猥亵"也会构成犯罪。

互联网时代，孩子们处于十分复杂的网络环境。部分心智不成熟、好奇心较强、自我保护意识不强的未成年人极易成为龌龊者的"猎物"。"隔空猥亵"未成年人案件的隐蔽性更强，危害面更广，危害后果更严重。

具体来说，其一，网络联络、侵害未成年人难以被发觉；其二，网络犯罪对象面更广，不受地域时空限制，甚至可以同时侵害多个未成年人；其三，未成年人的隐私照片、视频存在被网络传播、加大被侵害范围的风险；其四，危害后果持续期长、更严重。更让人揪心的是，网络性侵未成年案件还面临着直接证据少、定罪难，以及案件多发、男童受害人数上升等问题。

之前，韩国"N号房"案件曾引发国际社会高度关注，犯罪嫌疑人开设网络聊天室，共享非法拍摄的性剥削视频和照片，年龄最小的受害者仅11岁，而加入所谓"房间"共享色情信息的用户多达26万人。

2022年11月18日是"防止儿童性剥削、性虐待和性暴力及促进受害者疗愈世界日"，国家儿童医学中心、首都医科大学附属北京儿童医院精神科主任崔永华谈道，性侵对儿童心理常常导致明显而持久的影响，甚至会影响终身。比如，会害怕、做噩梦、有攻击行为；相处及学习困难；青少年还会用吸毒、违法甚至自残来表达内心痛苦，出现抑郁及反社会行为。

每一个后果，都是未成年人无法承受之重！都是相关家庭无法承受之重！

必须警醒，孩子很单纯，而时下我们对未成年人上网的限制与监管还不够完善，打击新型网络犯罪的法律还不够有力，家庭教育与学校教育还有疏漏。

我们疾呼，法律、监管、社会、学校、家庭联手，斩断"隔空猥亵"未成年人的"网络黑手"。完善网络立法，强化网络执法、取证力度，加强对网络性侵害未成年人案件的预防与打击；加强对网络环境的监管，净化未成年人网络环境；学校和家庭加强对未成年人性启蒙的引导和安全教育，增加陪伴与关爱，关注成长动态，保护未成年人不受不法侵害。

我们期盼，无论现实生活，还是网络世界，我们的孩子都能受到全方位、无缝隙的保护。

"网课爆破"的本质，就是一种网络暴力

◎ 2022年11月3日　吴　迪

近日，河南新郑某中学的刘老师上完网课后在家中去世，有媒体说，刘老师上课时遭遇网暴。当地教育局表示，有关部门已成立联合调查组，"去世教师的死亡原因现在尚不能定性，调查结果后面会向社会公布"。

在互联网上，入侵网课捣乱的行为被叫作"网课爆破"。据刘老师家属提供的视频和图片显示，刘老师在上网课时，直播间被人侵入并故意播放刺耳音乐，甚至恶意威胁，种种话语不堪入耳。课后，刘老师倒地猝死。家属认为，网络暴力是导致其心梗发作的原因。

刘老师的意外去世令人悲痛，这与"网课爆破"是否有因果关系，还需等待调查组的结论。

"网课爆破"已不是首次发生，可能是因为这次"出了人命"才引发公众关注。"网课爆破"本质上属于网络暴力，之前的德阳女教师自杀、刘某州自杀等涉及网暴的案例都令人触目惊心。

分析网暴的"基础逻辑"，首先是标准问题，有人习惯于将自己的标准强行套在他人身上，谁与众不同就攻击谁；不同的语境会产生不同理解，除了明显的恶语，有人很难明确区分什么是合理批评、什么属于网暴，有些施暴者或许自始至终都不认为自己在作恶。

其次是成本问题,正如有网友所说,"有人的地方就有江湖,互联网舆论场更是个表面匿名的江湖,这样谩骂、暴力等行为看起来似乎并没有太多约束和道德成本""网暴的本质是零成本满足人们攻击性的需求"。

必须说明,不论出于何种原因,网络暴力都是违法的。而"网课爆破"提醒我们,如今网暴已经出现变种,似乎有蔓延之势。千万别以为网暴跟自己无关,"我们可能正在遭受网暴,也可能是网暴的施害者;我们可能是潜在的被网暴者,也可能是潜在的施害者"。

设想一下,当我们这些普通人遇到网暴该怎么办?

个人层面除了投诉反馈给系统外,或许只能把手机电脑暂时关上。近年来,有关方面在加强治理网暴上做出不少努力,如实施网络安全法、电子商务法、个人信息保护法等,治理效能正在释放。同时,治理网暴还需要鼓励引导更多网友发挥善意的分量、正义的力量,在"意见的自由市场"中激浊扬清,自觉抵制暴力言论。

更重要的是,平台作为技术支持方、基础服务提供方,应当在技术向善上多一些设计来封堵漏洞。比如,丰富主持人功能并简化操作难度,一键设置"班长""秘书"等将操作权限转移给专人,一键举报反馈等。

互联网普及以来,我们遇到过不少新问题,也见证了逐渐完善的技术手段所发挥的事半功倍效果。

早年间,网络社交账号常常出现盗号、密码失窃等,有关平台企业升级加密技术,夯实防盗网,如今盗号现象越来越少;若干年前,社交平台上"人肉搜索"、网恋引发犯罪等不时引发公众忧虑,随着互联网实名制的全面推行等,前述现象大为改观;短视频、直播平台的擦边表演、带货,以及电商平台的"好差评""灰黑产",近年来也在技术升级中得到遏制。

就此而言,治理网络暴力,技术层面大有可为,也必须积极作为。网络发展不会停歇,相应的产品、应用也将更加深入我们的生活。我们不能任由网暴变种、蔓延,不能眼睁睁看着"任何一个我们"孤立无援地倒下。构建网络空间的和谐秩序,我们急需技术的加持和机制的完善。

禁用"我不是说过了吗？"，"全国推广"应该有

◎ 2022年10月10日　　林　琳

"急什么，没看我正忙着吗！"
"我不是说过了吗？"
"你看不懂汉字吗！"
"有牌子，自己看清楚了再来！"
……

类似的灵魂拷问、推三阻四，是不是有一种熟悉的味道？

是的，正是一些基层政务服务窗口的那股味儿，有一点傲慢、有一点鄙视，还有一点不耐烦和不负责。

好消息是，今后，这些话，政务服务窗口人员或许不能再用了——

媒体报道显示，最近，北京市地方标准《政务服务综合窗口人员能力规范》正在该市市场监管局网站公开征求意见。其中明确，政务服务综合窗口人员在为企业和群众提供服务时，应首问负责、一次性告知、限时办结、容缺受理、告知承诺；接递文件资料时禁止出现"丢、扔、抛、甩"等行为；

"我不是说过了吗？"等用语则将被列为服务禁忌……

对这些禁用语，网友们的意见出奇一致："建议全国推广"。

这种共识耐人寻味。

毫无疑问，政务服务窗口的工作人员是接触百姓的最前沿，也是地方政府的"门面"之一，其言谈举止、办事能力、业务素养、工作态度，不仅关乎百姓能否办成事、办事效率，而且关乎地方政府在群众中的口碑和形象。

一段时间以来，一些地方办事窗口可谓"新闻的富矿"，有的工作人员向办事群众泼热水，有的与办事群众互骂互殴，有的一边办公一边聊天、炒股、打游戏，至于态度不好，动辄揶揄、讽刺办事群众，更是不时出现。就拿上面那些禁用语来说，有网友表示，"基本都听过"。

渐渐地，人们总结出不少办事规律：材料不可能一次弄齐，证明却可能陷入无限循环，有时还得证明"我妈是我妈"；奔波辗转多趟、盖十几个甚至几十个章办成一件事儿挺正常；"不能代办"之下不得不费尽周折把行动不便的老人、残疾人抬到现场。媒体还曝光过一种"丁义珍式窗口"，即那些设计不合理、办事群众必须弯腰或下跪才能与工作人员"对话"的窗口……

从网友们"建议全国推广"的热情中，至少可以读出两层意思：

其一，这种政务服务规范太好了，早就应该有了；

其二，此前不少人没少被窗口工作人员伤害过、刁难过，对被"温柔以待"充满渴望。

客观而言，谁都有心情不好的时候，窗口工作人员也不例外，把生活中的情绪带到工作中，偶尔一次还可以理解，如果天天如此、月月如此，显然就不是有没有好心情的问题了，而是工作作风、对自身职能定位出了问题。不排除其中有人总觉得自己比群众高一等，群众只能听话、顺从，听不懂话的、不顺从的就得"挨呲儿"。

当然，地域不同、部门不同，工作人员的态度和能力也不同，不能一竿子打翻一船人。时下，肉眼可见的改变也不少，"最多跑一次""让数据多跑路，让群众少跑腿"成为越来越多地方窗口服务的标配，有的地方甚至推出了"无感服务"。

对这份尚在征求意见中的《政务服务综合窗口人员能力规范》，龚先生和诸多网友一样充满期待，因为它不仅意味着对窗口工作人员能力的规范与提升，更关系着社会治理效能的提升、治理体系和治理能力现代化的推进，以及高质量的营商环境和高质量的发展。

"您好，您请坐，请问您要咨询什么问题？"

"我将为您录入系统，请您耐心等待。"

"很抱歉，您提供的材料里面缺少××，我们暂时不能受理您的业务，这是我们的补齐补正通知书，请您将缺少的材料补齐后再来办理，辛苦您再来一趟。"

……

龚先生在这份《政务服务综合窗口人员能力规范》的附录B（综合窗口人员服务文明用语）中，找到了一种被尊重的感觉。

当然，好态度不是装出来的，内化于心才能持久地外化于行。有关地方和部门出台这样的规范，其真正用意是让基层职能部门和人员切实做到有担当、善作为，让基层政务服务窗口的服务质量、品质迈上更高台阶。

不缴"五险"不是企业多理直气壮的事

◎ 2022年9月13日　　贺少成

2022年9月12日，河北保定刘女士向某求职平台投诉自己的遭遇。事情起因于刘女士在该平台找工作时，询问招聘者会不会交五险，对方回复"你以为你来当公务员呢？"对方对刘女士进行了长时间的嘲笑。接到刘女士投诉后，求职平台方表示对用工方进行了严正警告。

求职过程中，求职者提出这个正常问题竟遭到嘲讽，最终，这家企业遭到了网友的一致抨击。

为何网友都明白的事，偏偏总有些企业频频"触雷"？某些招聘人员的认知为何与公众的认知南辕北辙？

不惮以最大的恶意揣测他人。龚先生以为，一种可能是有的企业管理者或HR（人力资源管理）缺乏基本的法律常识。我国的社会保险法和住房公积金管理条例规定，用人单位必须给职工缴足"五险一金"，即养老保险、医疗保险、工伤保险、失业保险、生育保险和住房公积金。而劳动法则规定，如果用人单位不给职工缴足"五险"，属违法行为。

自己违法在先，还敢嘲笑求职者"来当公务员"，谁给了用工方这样的勇气？

还有一种可能，有的企业招聘人员明知不缴或少缴"五险一金"违法，但总以为自己能逃避法律的制裁。有网友在留言中说，有的私企不给员工足额缴纳"五险一金"，自己就曾遇到过。

问题是，不给员工缴"五险一金"，不是企业自以为是的"潜规则"，不是能拿到桌面上张扬的多光彩的事，更不能成为企业明码标价的招聘要求。事实上，现实中如果有企业有类似行为，员工可以提起劳动仲裁或诉讼，且胜诉率极高。

回到问题本身：在求职过程中，为什么时不时会有求职者无端受辱的事情发生？就在不久前，四川成都一女士在求职时，因不同意企业方提出的"每周单休"，结果企业HR称，企业是雇佣一名员工来干活，"不是请摆设，不是找小三"。对此，在评论区里有网友感慨，"这年头下头（令人头疼）的HR真多"，也有网友说"HR的门槛该提高了"。

说到根子上，企业招聘员工，应该将自己与求职者放在对等的位置上。虽然是企业在给员工发工资，但企业大可不必将自己当作员工的"衣食父母"，动辄颐指气使。不管员工还是企业，都是双向奔赴的选择。没有企业，员工固然会失去一份工作和发展的平台；但没有员工，企业的发展同样是无本之木、无源之水。如果将求职者看作上门摇尾乞怜的"乞食者"，就难免不时有"令人下头的HR"发出惊人之语。

龚先生以为，一些企业管理者或HR在招聘中的不当言论，伤害的不只是求职者，也伤害了当事企业的形象，伤害了和谐劳动关系的大环境。

不管是平台还是监管部门，都不该对此类招聘人员的出言不逊视而不见或退避三舍。保护每一位劳动者的尊严，是维护就业市场应有的公平和正义。

拒绝被直播，不是矫情，是权利

◎ 2022年9月2日　罗筱晓

近日，湖北武汉周女士去理发时，发现同时有4部手机对着自己在网上进行直播。她要求停止直播，却遭到理发师的拒绝，理由是直播对顾客没有损失，别的顾客还因为能在直播间里露脸而感到开心。

随后，周女士就此事进行投诉。面对当地媒体记者的走访，当事理发师称"又不是明星，普通老百姓怕啥？"最后经过交涉，这名理发师同意以后直播前会先征得顾客同意。

周女士的这番遭遇在社交平台上引发讨论，评论区里不乏有过类似经历而感同身受的网友，其中，生气、膈应、不舒服是大部分人对"被直播"的态度和反应。

全民直播的时代，有人直播卖货，有人直播健身，有人直播唱歌，有人直播日常生活……从新闻中可以看出，理发师直播并没有恶意，更多是希望通过这一手段实现自我推销和吸引顾客的目的。

不过这并不代表理发师的行为是正当或妥善的。根据《民法典》，除法律另有规定或者权利人明确同意外，任何组织或者个人不得侵扰他人的私人生活安宁、不得以其他方式侵害他人的隐私权。此外，未经肖像权人本人同意，制作、使用、公开肖像权人的肖像就是对肖像权的侵犯。也就是说，无论是对周女士还是其他顾客，只要未经对方同意就进行直播，理发师已涉嫌违法；而对于要求停止直播遭拒一事，周女士完全可以依法追责。

然而直到被投诉，当事理发师也没觉得自己哪里做得不对。这除了暴露其个人缺乏基本法律意识外，也在一定程度上反映出当下直播行业存在的一股风气：只要能获得流量、博得眼球，万物皆可播。更何况直播理发"只是露个脸"，也许相当数量的主播还和理发师抱有相同的态度：一个普通百姓，有什么可矫情的？

放下法律不谈，从人之常情角度看，人们在理发时难免会有发型凌乱不整的时候，不愿被陌生人围观合情合理。此外，近年来，不时有不法分子利用恶意剪辑和修图诽谤造谣，普通百姓因个人面部信息被盗用遭受损失的事件，也屡有出现。出于自我保护，周女士完全有理由拒绝被直播。

直播行业缺乏恰当的边界，并不是一个新问题。2022年初，山东日照一名医生直播妇科手术事件因为突破了伦理道德的底线而引得舆论哗然。如果说摄像头伸进妇科手术室属于罕见的极端案例，那么就已有新闻报道看，从理发店、美容院到商场、街头，未经当事人同意的直播并不少见，有的网红餐厅因直播食客吃饭场景引来争议，有的直播网站上出现的饭店、健身房等公共场合摄像头记录的实时画面也被认为涉嫌侵权。

老问题迟迟没能得以解决，一方面是由于部分被侵权人的维权意识不强，甚至根本不知道自己被直播，而维权难度大、成本高的事实又让不少人望而却步；另一方面，也是更为关键的原因，直播作为互联网风口，对主播和平台来说都意味着利益。为了借风口起飞，少数主播会用猎奇或媚俗的内容不断试探公众与法律法规的底线，一些平台对直播内容审核不严，遇到打擦边球的也是睁一只眼闭一只眼，直到出了事，才想起亡羊补牢。

直播是技术发展的产物，本身并无好坏之分。近年来，有年轻人通过直播为偏远山村土特产找到销路，有普通务农夫妻在直播中用鬼步舞治愈人心，还有更多人从直播中学到新技能、新知识。

要让互联网直播在未来发挥更大的积极作用，主播们先要在心中树立法律意识，相关平台要加强内容管理，对涉嫌违法违规的直播内容采取及时限流、暂停直播等措施。立法、行政部门则要及时出台有针对性的法律法规，确保直播边界和规范的建立。

这是人人都有摄像头的时代，但不意味着一切皆可直播，更不意味着人人都应该接受被直播。

"唐山烧烤店打人事件"打伤的是公众安全感

◎ 2022年6月11日   罗筱晓

2022年6月10日凌晨，在河北唐山一烧烤店内，疑因一名男子酒后搭讪女子不成引发冲突，后多人对女子及其同伴进行殴打。相关监控视频公开后，很快引爆舆论。唐山市妇联回应称第一时间介入沟通，两名受伤女子已就医，无生命危险。当天，当地公安机关抓获涉嫌在烧烤店寻衅滋事、暴力殴打他人案件的两名主要犯罪嫌疑人。今天（2022年6月11日），来自当地公安部门的通报称，凌晨又抓获李某瑞等三名涉案人员，且已组织警力赴外省对其他四名外省籍涉案人员进行抓捕。

寻衅滋事、殴打他人并不罕见，而网友对这起事件的反应几乎到了"人神共愤"的程度。各大社交平台上，"严惩施暴者"的呼声一浪高过一浪。

的确，但凡看过该视频的人都会出离愤怒：殴打过程持续近4分钟，白衣女子被数名男子从店内打到店外，其间她被拽头发拖行，被猛踹头部，被用凳子、酒瓶砸……即使透过摄像头，打人男子口中不断叫喊的"打死你"依然能听得很清楚，女子身上的血迹也清晰可见。与白衣女子同行的黑衣女子同样被多人粗暴地打倒在地。

在完整调查结果公布前，我们尚不清楚涉事双方此前是否相识以及在网传视频外双方是否还有其他过节与冲突。不过，无论事出何因，这无疑是一

"唐山烧烤店打人事件"打伤的是公众安全感

起恶性社会治安事件，打人者的举动已突破了法律乃至人性的底线。

法治社会，暴力绝不是解决或处理问题的应有方式。在我国，从治安管理处罚法到刑法，均对随意殴打他人、非法损害他人身体健康以及结伙斗殴等行为有明确处罚规定。从视频来看，几名施暴男子的行为已涉嫌违法乃至犯罪，而在围殴涉事女子时嚣张的态度则表明他们既不懂法也不畏法，甚至还将以身试法当作表现所谓"男子汉气概"的途径。戾气如此之重，着实使人震惊。

而这起事件的恶劣影响远远不止于此。有人说，短短几分钟的视频足以成为所有女性的恐怖片——这话说得不算错。前一秒还在开心吃夜宵，后一秒就在手无寸铁的情况下被几个大汉围殴。可以预见，不但当事女子心中的阴影短期内难以消除，因此事感到自危或再给自己加上几条"安全提示"的女性估计也不会少。

在众目睽睽、灯火通明、人来人往的环境下，当暴力的拳头落下、猖狂的叫嚣响起，不仅是本应得到尊重和保护的女性权益受损，更为普遍的民众的安全感也被击碎——这里的民众，无分男女。

众所周知，有序与安全一直是公共场合在人们心中的基本模样，也是人们参与社会活动的普遍期待。如果人人都要在"吃着火锅唱着歌"的时候提防别被人打了或劫了，那么保障社会正常运转的秩序和稳定将不复存在，依附于此之上的发展与进步更是无从谈起——从这个角度讲，这起事件的恶在于它打的是两名女性，伤害的却是一个社会的安全度。

以多打少、以强凌弱，下手还极其狠毒，如果不是有视频为证，很难相信这样的事情会发生在文明不断发展、法治持续健全的当下。

一起发生在烧烤店的打人事件为什么会引起全网讨伐，还可以分析出诸多原因，而其中最质朴的一条，是人们从施暴者的举动中看不到一个正常人应有的恻隐与同情。当人之为人最基本的品质不再，他人能给予的，只有厌恶与愤怒。

关于此事件的调查还在进行中。希望相关执法、司法机构能继续从快从严查办此案。唯有让施暴者为恶行付出代价，让受害者获得抚慰与公道，让公众得到公正的说法和结论，法治的安全网才能结牢，人们对安定和谐社会环境的信心才能得以维护和提升。

对公共场所的偷拍，坚决喊打是"小题大做"？

◎ 2022 年 2 月 25 日　　吴　迪

近日，一博主在网上曝光部分"街拍网站"上充斥大量偷拍女性的照片，甚至包含隐私部位特写，偷拍地点涵盖商圈、医院、居民楼等诸多场所。这些被偷拍的照片被发布到所谓的"街拍网站"供充值会员查看，拍摄者会得到几百元至上千元不等的报酬。

《半月谈》记者就此采访发现，在一些地方的热门商圈，有些手持"长枪短炮"的"摄影爱好者"，看见年轻漂亮女孩便尾随跟拍，有人肆意偷拍隐私部位，将"软色情"照片在网站、论坛上公开售卖，渐渐地形成黑灰产业链。

近年来，各种偷拍及背后黑产，屡屡刺痛公众神经。有的家庭摄像头被不法分子破解、"扫台"，家里的私密影像成为某些网站的"付费节目"；有的公共洗手间、更衣室、宾馆房间被安装微型摄像头偷拍……

有被偷拍的受害人找到相关网站要求删除照片后，照片又会在别的网站出现；相关网站被举报并被搜索引擎屏蔽后，就用备用网址，换个"马甲"复活。

令人担忧的是，不少网友似乎对公共场所的偷拍行为不以为然。有网友

对公共场所的偷拍，坚决喊打是"小题大做"？

跟帖说："在公共场所穿那么少，就意味着不怕被看……""打扮那么好看，不就是给别人看、被别人拍的吗？"

一些人对于公共场所的偷拍行为态度暧昧，甚至认为反对者在"小题大做"，认为在"没什么见不得人"的公共场所被偷拍，当事人也"没多大损失"。

那么，我们反对此类偷拍行为，究竟是在担心什么？

首先是担心被偷拍带来的一系列连锁反应，甚至包括"社死"的可能性。比如，"取快递被造谣出轨外卖小哥"一案，受害女子丢了工作，精神遭受重大打击。而谁能保证被偷拍者不会被某些别有用心之人造谣生事最终百口难辩呢？

其次是担心如果偷拍及其黑产无处不在，我们普通人的隐私权、肖像权等或将统统失守。谁都可能成为下一个被围观的"猴子"！谁都可能是下一个"社死"于他人窥私欲中的人！

此外，更可怕的是社会道德规范和人们对法治的信仰在一些人对侵犯他人权利的不以为然中，遭受破坏，甚至产生"破窗效应"。一些人充当着雪崩时的那"一片片雪花"，而不自知。

有必要强调，除了一些特定的职务行为，绝大多数偷拍都涉嫌违法。类似上述新闻中在公共场所偷拍他人照片甚至隐私部位出卖的，是应该人人喊打的违法行为，相关偷拍者也应该付出法律代价。而拒绝为偷拍的照片和视频埋单、拒绝为相关市场贡献流量，不去助纣为虐，则是我们这些普通人的底线。

日前，最高检发布了以"网络时代人格权刑事保护"为主题的一批典型案例，对司法介入网络侵犯公民人格权案件提供了指导，让我们看到司法保护每一个人的名誉、荣誉、隐私和个人信息的决心与力度。

让我们生活得更有尊严、更体面、更安全，司法保障是最后一道防线。我们每一个人应携起手来，共同筑起全民反偷拍的战线。

医生直播妇科手术，远不止是一场事故

◎ 2022年1月19日　　贺少成

2022年1月18日晚，山东省日照市公安局东港分局发布情况通报：当日16时许，警方接群众举报一医生疑似在网上直播妇科手术片段，随即对涉事医院相关人员进行调查，于18时许，将涉事医生厉某抓获。目前已立案，案件正在进一步侦查中。

随后，更多细节浮出水面。有网友爆料称，自己于1月15日下午偶然在B站进入一直播间，从直播间的对话内容得知，系一名男性麻醉师在一名女患者接受妇科手术时进行直播。

这事引发网友一片惊呼。涉事医生涉嫌侵犯病人隐私，期待警方尽快给出后续侦查结果。

安全生产中有一个著名的"海恩法则"：每一起严重事故的背后，必然有29次轻微事故和300起未遂先兆以及1000起事故隐患。

放到医疗直播领域，"海恩法则"应该同样适用，更何况医疗直播目前尚属于一个野蛮生长的领域。

直播是互联网的一个风口，想借势飞翔的人不少。

在医疗卫生领域，投身于此的医生也不乏其人——有的医生与媒体或互联网平台合作，推出相关科普类、服务类节目和栏目；有的医生在自媒体平台开设账号，自行发布直播内容或相关视频。不管是出于服务公众，还是出于其他目的，医疗领域相关人士参与的直播和视频，都暴露出不少值得关注的问题。

与我们熟悉的直播带货不同，医疗领域直播的专业性更强，公众对直播内容的辨识能力较低。像此次医生厉某直播妇科手术片段，只是因为涉嫌明显违规，才引起网友举报。而出现在直播平台的更多医疗类直播，大多让网友难辨真假。

而这，才是最可怕的。

在医疗领域，普通网友、患者与医生之间存在着巨大的信息不对称。通常，医生说什么，公众、患者就会信什么。而每个医生由于学识、能力、接诊经历的不同，向公众传递的内容则可能参差不齐，甚至不同医生说出截然相反的观点也不足为奇。

就像现在不少媒体开设了养生栏目，就有不少互相矛盾的内容。一会儿，这个专家说吃这个对身体好；一会儿，那个专家又说吃这个对身体不好。诸如此类，让普通百姓莫衷一是。

在不少医生已经下场开直播、拍视频的情况下，对其内容把关必不可少。

但令人尴尬的是，网络直播、视频的监管，更多是网络主管部门的事。放眼全国，对医生参与的直播、视频内容进行监管的医疗主管机构少之又少。

凡事预则立，不预则废。山东日照医生厉某的直播"翻车"，就是一个明证。对涉嫌违法的直播，公安机关要果断出手，而更多涉医疗内容的直播、视频则需要医疗机构或医疗主管部门从专业性上把关，不能放任这一领域成为监管盲区。

网络直播是一个风口，医疗内容的直播更是不少人眼中有利可图的领域。时下，一些网络医疗平台已经推出远程视频门诊、网络问诊等服务。龚先生本人就曾求助过网络问诊，但是发现医生的匹配并不精准，从网络问诊中获得的答案与自行上网查询得到的结果相差无几，网络问诊的体验并不好。

必须正视，医疗领域向互联网靠拢是一个大的趋势。当互联网平台和医生携起手来，监管机构也要立即有所行动。

还记得前些年在不少电视台换个"马甲"变成不同"专家"的所谓"医

生"吗？如果监管总是落后于跑在前头的"医生"，后续工作很可能陷于被动。

对此番医生直播妇科手术，我们不能仅仅当成一场事故来看待。起底背后的问题，督促监管及时跟进，防患于未然，我们才能享受到置身互联网社会的更多福利，而不是相反。

江歌母亲胜诉，人性的善良应该得到足够的尊崇

◎ 2022年1月11日　　罗娟

在江歌被害1894天后，2022年1月10日，山东省青岛市城阳区人民法院对江歌母亲江秋莲诉刘暖曦（曾用名：刘鑫）一案做出一审判决：被告刘暖曦于判决生效之日起十日内赔偿原告江秋莲各项经济损失496000元及精神损害抚慰金200000元，并承担全部案件受理费。

江歌母亲胜诉。

判决结果，以法之名，认定本案的是非对错；以法之名，告慰江歌的善良；以法之名，守护道德，匡扶正义。

江歌案是一个关于人性悲凉的故事。

2016年11月，留学日本的江歌在公寓门口遇害，她被闺蜜刘鑫的前男友陈世峰残忍地连捅十余刀，其间，走在前面的刘鑫打开房门，先行入室并将门反锁。

一门之隔，阴阳相隔。

"母哭不可闻，欲与汝俱亡"——赶赴日本的江秋莲望着女儿伤痕累累的遗体失声痛哭，"十多刀啊，痛死妈妈了。"江歌妈妈撕心裂肺的悲痛至今声声在耳。

更令人气愤的是，回国后的刘鑫与江歌妈妈生活在同一座小城即墨，却

切断一切联系，随后改了名字，开启了新生活，还在网络上对江歌妈妈冷嘲热讽。

那扇门，关闭了江歌的逃生路，却关不住真相。

在江歌案中，尽管杀人者陈世峰在 2017 年被日本法院判处 20 年有期徒刑。但是，江歌妈妈苦苦叩问的、也是公众迫切想知道的：刘鑫是不是就没有责任？她是否应该承担责任、承担什么责任？

众目睽睽之下，这是一场关乎人心的判决，是关乎更多人面对生死攸关时道德选择的判决——在那一刻，是选择匡扶正义，还是冷漠逃避？

本案中，作为江歌好友，刘鑫将江歌引入可怕的人身危险之中，有义务将实情第一时间告知江歌，但是她没有；

作为危险的引入者，面对陈世峰紧迫的不法侵害危险，刘鑫有义务采取必要措施防止救助自己的好友江歌陷入危险之中，但是她没有；

作为被救助者，当好友江歌因自己被杀害，刘鑫理当心怀感恩，对逝者亲属给予体恤和安慰，但是她没有……

因此，司法严谨、明晰地做出对被告刘暖曦责任与过错的判断——

"根据现有证据，作为被救助者和侵害危险引入者的刘暖曦，对施救者江歌并未充分尽到注意和安全保障义务，具有明显过错，理应承担法律责任。"

"刘暖曦作为江歌的好友和被救助者，在事发之后，非但没有心怀感恩并对逝者亲属给予体恤和安慰，反而以不当言语相激，进一步加重了他人的伤痛，其行为有违常理人情，应予谴责，应当承担民事赔偿责任并负担全部案件受理费。"

我们看懂了，我们明了了——大快人心。

人性的善良不应该被遗忘，而应该得到足够的尊重、崇尚。

判决书中写道：江歌作为一名在异国求学的女学生，对于身陷困境的同胞施以援手，给予了真诚的关心和帮助，并因此受到不法侵害而失去生命，其无私帮助他人的行为，体现了中华民族传统美德，与社会主义核心价值观和公序良俗相契合，应予褒扬，其受到不法侵害，理应得到法律救济。

字字句句，告慰江歌的义举，告慰全社会对一个年轻生命逝去的尊重与痛惜。

江歌母亲胜诉，人性的善良应该得到足够的尊崇

这份沉甸甸的判决书中提到，扶危济困是中华民族的传统美德，诚信友善是社会主义核心价值观的重要内容。司法裁判应当守护社会道德底线，弘扬美德义行，引导全社会崇德向善。

这是此次宣判之于社会的重要意义——所谓正义，就是让为善者得到尊崇，让作恶者得到惩戒。以法律之名守护道德，更加有助于让正义在社会得到足够的崇尚。

值得一提的是，司法守护道德与"道德审判"完全不是一回事。后者是出于自己的目的滥用道德、不负责任地发表"审判意见"；而前者必定是依法而行，体现法律意志的同时，引导正义的方向。

从这个意义上说，一个恰如其分的司法判断有助于引导社会向上、激发人性向善。一项违忤社会道义的司法判决，则很可能挫伤人民对于道德价值的追求，动摇社会道德信仰的根基。比如，某些案件的判决中，救人者最终伤痕累累，由此引发诸如"老人倒地扶不扶"的道德困境，让人心在向善还是冷漠之中选择后者，其恶劣影响持续至今。

江歌案在过去5年间同样引发了极大的社会关注和争议，这其中，有道德与法律的交锋，也包含"法理情"交织的讨论。

在未知刘暖曦上诉与否的当下，这一判决有力地回应了争议：法律应当经得起道德标准的审视。考虑公序良俗，融通法理人情，引导社会向上向善，本身就是法律的题中之义。

一个正确的引导，我们与恶的距离才能拉开、拉得更远。而法治的终极价值，是对人性尊严的关照，是引导社会向上向善。

胡辣汤和肉夹馍，给公众上了一堂商标知识课

◎ 2021年11月29日　　张子谕

2021年11月26日，国家知识产权局关于"逍遥镇""潼关肉夹馍"商标纠纷答记者问时指出，"逍遥镇"作为普通商标，其注册人并不能据此收取所谓的"会费"；"潼关肉夹馍"是作为集体商标注册的地理标志，其注册人无权向潼关特定区域外的商户许可使用该地理标志集体商标并收取加盟费。两商标权利人而后表示，已暂停维权并向公众致歉。

至此，前段时间沸沸扬扬的"逍遥镇"胡辣汤、"潼关肉夹馍"维权事件暂时落下帷幕。

此前有媒体报道，"逍遥镇"商标持有人逍遥镇胡辣汤协会、"潼关肉夹馍"商标持有人潼关肉夹馍协会，在全国范围内发起了大规模商标维权，数十家胡辣汤、肉夹馍经营者被诉，或被要求数千元到上万元不等的赔偿，或在缴纳加盟费或"会费"后和解。

国家知识产权局的及时回应，起到定纷止争之效，同时，也给了公众一次不错的普法宣传。

此前公众曾对"逍遥镇""潼关肉夹馍"维权正当性提出质疑，上述回应明确两商标确系经合法程序注册且尚在有效期内，但处理有关商标纠纷，既要依法保护知识产权，又要防止知识产权滥用，必须处理好商标权利人、市

场主体和社会公众之间的利益关系。

不少人对于商标保护一知半解，甚至一些媒体在报道这两起纠纷时也存在误读。我国商标分为商品商标、服务商标、集体商标和证明商标。上述"逍遥镇"为商品商标，因而其所有人可以维权，但不能收取入会费；"潼关肉夹馍"属于地理标志集体商标，《"潼关肉夹馍"地理标志集体商标使用管理规则》明确该商标只能在潼关行政区划内使用，故其无权向外地商户收费后授权使用该商标。

以往发生的商标争议维权案件，多是"李鬼"冒"李逵"之名的蹭名牌案件。公众越来越明白，保护商标权利人合法使用商标，在市场经济的环境下，十分重要。

商标作为信誉的一种载体，一定程度上是所有权人生产经营活动、产品服务质量的证明，能够帮助消费者根据情况选择合适的商品或服务，保证其权益。也正是如此，国家对于商标管理有着严格的规定和程序。

尽管此番"逍遥镇""潼关肉夹馍"都是合法注册且尚在有效期内的商标，但权利人的维权行为依然得不到广大网友的认同。因为，注册和合理利用是商标保护的一体两翼。

打着保护传统小吃名义的旗号、涉嫌"滥诉"的维权行为，对推广传统小吃无益，其"敛财"之举更是引起公众反感，甚至有网友开始起底这两个协会背后牵扯的利益链条。

对类似涉嫌"滥诉"的商标纠纷，不能等到发生一起查处一起。商标行政管理机关、司法机关等应及时通过制度建设堵上可能存在的漏洞。对于可能涉嫌"滥诉"的案件或明显违法的案件，司法机关应加强信息沟通，在立案前进行必要的实质性审查，避免进入诉讼阶段以后造成司法资源的浪费。

同时，相关商标利害关系人要提高品牌意识，充分利用好商标注册公告期的异议机会等救济措施，从源头上规避可能发生的风险。

在保护商标权利人合法权益的同时，有效规制商标权被滥用，才能让商标的价值真正发挥到最大化，助力知识产权强国的建设。

网红补缴数百万税款，大数据会震慑逃税者吗？

◎ 2021 年 10 月 12 日　　贺少成

据《郑州日报》报道，河南郑州金水区税务局运用大数据实现信息系统自动提取数据，在系统内查询到文化路税务分局有一笔 2020 年汇算清缴的大额欠税有疑团，随后追踪、查询到该纳税人为一名网红主播，最终追征到税款 634.66 万元、滞纳金 27.78 万元，合计 662.44 万元。

从三年前某知名女演员因涉税问题被处罚款 8.84 亿元，到今年（2021 年）又一女演员被追缴税款、加收滞纳金并处罚款 2.99 亿元，令人咋舌的明星偷逃税事件一次次引来公众围观。

留心一下不难发现，与之前明星逃税事发源于被举报不同，郑州此次追征税款，系税务部门运用大数据查出的问题。

正所谓"法网恢恢，疏而不漏"。

这一事件应该是一个不小的警示，那些自以为"没人举报就没人追查"的偷逃税人员注意了：大数据清查可谓一张无形之网，是一柄悬在企图逃税人员头上的达摩克利斯之剑。数据就在那里，逃税行为是否被查处，也许只是时间早晚的问题。

高收入群体偷逃税款，从某种程度上来说严重伤害着普通纳税人对于公平正义的法律认知——工薪阶层踏实劳动、诚实缴税，但一些高收入群体却在肆意钻法律和政策的空子，这容易让一些人产生心理失衡；另一方面，税收是调节收入分配的重要工具，它能够促进社会公平，少数人的偷逃税行为无疑是对社会公平正义的破坏与践踏。

在偷逃税案件中，《刑法》中有一条"初犯免责条款"，对于逃税罪初犯者，在税务机关下达追缴通知后，当事人补缴应纳税款，缴纳滞纳金，已受行政处罚的，不予追究刑事责任。

从当前的法律政策看，对某些高收入人群依法纳税的监管正在发力。就在上个月，国家税务总局发出通知，要求进一步加强文娱领域从业人员日常税收管理，对明星艺人、网络主播成立的个人工作室和企业，要辅导其依法依规建账建制，并采用查账征收方式，督促相关企业及人员依法纳税。

而大数据查税，显然是利用高科技手段给征税装上了"电子眼"。在大数据渐渐渗入我们生活方方面面的今天，很多人尤其是高收入者的日常工作生活支出、经济往来等，都会在互联网上留下痕迹。真想瞒天过海，恐怕越来越难了。

况且有关部门已经划出了时间红线，到2021年底前，网络主播自查自纠申报纳税，可以给予其减罚免罚优惠政策。

必须强调，偷逃税款是明显的违法行为。有了税收大数据分析系统的加持，期待税务部门能更敏锐地捕获偷逃税者的蛛丝马迹，堵住税款非法流失的漏洞。而有了大数据系统的监督，那些尚在"潜水"的偷逃税当事人也许不太淡定了，悬崖勒马才是自己的救赎之道。

拖拽女乘客至衣不蔽体，让文明与法治蒙羞

◎ 2021年9月2日　　林　琳

这两天，陕西西安地铁保安拖拽女乘客一事引发诸多关注。

刺痛人们神经的，是一名女性在地铁站这样的公共场所，被拖拽至衣不蔽体、身体大面积裸露。这一幕不仅被不少围观者尽收眼底，还被录下视频发到了网上。

任何一名女性设身处地换位思考一下，应该都会觉得羞愧难当，且极有可能留下心理阴影。

事情总有前因后果。对此，西安地铁方面给出了回应——

2021年8月30日下午17：38左右，一女性乘客在3号线列车上与其他乘客发生口角。其间，该乘客不断辱骂身边乘客，并与部分乘客产生肢体冲突，严重影响了车厢内乘车秩序。列车安全员发现后立即进行劝阻，在多次劝离未果后，为确保车厢内乘车秩序，17：45列车到达大雁塔站后，安保人员与其他热心乘客一起将该女乘客带离车厢。其间因该乘客反应激烈，拒不下车，为确保地铁行车安全，车站工作人员及时报警协助处置。随后该乘客在安保人员的陪同下，抵达目的地后自行离开，未对后续车厢内乘车秩序造成较大影响……

这只是西安地铁单方面给出的说明。被拖拽的女乘客已报警，西安市公

安局地铁分局相关负责人表示，将把网传视频中出现的当事人逐一找到，落实和还原现场发生的全部情况。目前，这一事件已经惊动了交通运输部和地方妇联。

西安地铁有关上述情况说明的微博下，已经有 30 多万条评论，诸多网友对保安的过分拖拽、暴力"执法"提出质疑，同时认为地铁方面避重就轻，把过错都推给了女乘客，却拿不出女乘客"与部分乘客产生肢体冲突""严重影响车厢内乘车秩序"的实锤。

事实真相还要等警方的调查、还原。但有些道理和法律常识，这里有必要说一说。

首先要明确的是，现代法治没有"羞辱刑"。一个"影响乘车秩序"的人，不管其在车厢里干了什么伤天害理的事情，对其的处理都应该由专业的人、有权限的人去做，并且这种处理方式要在法律和规定的框架内。没有哪一条法律和规定支持，扰乱公共秩序的人，可以被随意撕扯衣物、触碰身体敏感部位。

当然，如果事出紧急、不立即采取便会造成严重后果甚至人员伤亡之类，保安可以出手。问题是，现场的情况有没有紧急、紧迫到这种程度？如果没有，那么这种"制服"就要讲究分寸和尺度。

其次，我国《民法典》将人格权独立成编，足见对人格尊严的重视与维护。而西安地铁里发生的这一幕，不仅让当事人羞愧难当，也让围观者颇感尴尬，甚至可能会让整个西安市的文明都跟着背锅。

再有，保安，作为地铁里维持秩序的人，其职责和权限是什么、遇到不同的突发状况要怎么办、遇到乘客间的纠纷该怎么处理。龚先生以为，其上岗前应该是经过了培训和学习的，因为"定期对从业人员进行安全营运、规范服务教育和业务技能培训"是城市轨道交通运营单位应当履行的职责之一。

尤其需要明确的一点，保安是没有执法权的，根据《西安市城市轨道交通条例》，城市轨道交通运营单位仅对阻碍屏蔽门（安全门）、车门开启与关闭或者非法拦截列车、强行上下列车等少数行为，有劝阻和制止的权利。对其他一些影响城市轨道交通运营安全的行为，有权处罚、处理的主体分别是城市轨道交通管理机构或公安机关，构成犯罪的，要依法追究刑事责任。同时，我国《保安服务管理条例》规定，保安员不得限制他人人身自由、搜查他人身体或者侮辱、殴打他人。

此番事件中，不少公众将被拖拽的女性视为弱势群体和受害者，对涉事保安施以恶意揣测和"有罪推定"。实际上，保安并不是什么强势群体，某种角度上，其有些行为极有可能是来不及思考之下的一种"临场发挥"。真正应该追问的是，地铁方面对应急处理是否重视，对员工的培训是否到位，是否清楚明白地告知、教会了保安：什么事情可以自己做，什么时候应该求助警方，其工作的权限、分寸、注意事项是什么，怎样才能更好地保障地铁的运营秩序与安全。

进而言之，无论对保安、对女乘客，还是对围观群众，都不必也不应以最大的恶意去揣测。真正应该记取的是，如此有辱体面、让文明和法治蒙羞、让城市脸上无光的事情，坚决不能再发生。

面对突发状况、棘手问题，怎样做更得当，怎样做才不会让矛盾升级、不会带来"二次伤害"甚至成为舆情事件，如何回应舆情——对这些，所有城市公共场所维持秩序的相关人员，都应有所反思。

顶流明星被批捕,该警醒的都有谁?

◎ 2021年8月19日　罗娟

在一个多月沸反盈天的"热搜"后,几天前,北京市朝阳区人民检察院对犯罪嫌疑人吴某凡以涉嫌强奸罪批准逮捕。

作为第一个塌方塌到被批捕的顶流,明星吴某凡曾经拥有的名气、名利越让人惊叹,如今落得的下场越让人唏嘘、反思、警醒。

从"数字小姐"不背台词可以演主角,到假唱抠图能拿到天价片酬,甚至偷税漏税、吸毒嫖娼、代孕弃养等,近段时间以来,一些明星艺人翻车事件屡屡突破公众认知下线。犯罪嫌疑人吴某凡是否构成犯罪还有待依法处理,但显然他的"顶流之路"已经塌方。

作为极端个例,这一事件让人看到娱乐圈"唯流量论"滋生的问题——一些明星不靠作品靠颜值流量就能席卷上亿财富,价值观、道德修养、知识视野却远远落在后面,在欲望诱惑下,有人践踏道德、蔑视法律。

当然,今天值得讨论的远不仅仅是流量明星如何管好自己的问题,而是娱乐圈乱象治理是否应该刮骨疗毒?是谁在生产没有作品的"小鲜肉"、捧红没有道德的顶流?是谁在纵容他们肆无忌惮地突破道德底线乃至践踏法律?

某种程度上说,吴某凡事件是资本极端逐利和影视行业浮躁乱象的联合产物。

有些资本、有些企业只想从当下红火的影视业挣快钱、捞一把，他们不在乎艺人有没有过硬的作品，只追逐有没有流量。作为韩国前男团成员，吴某凡来到中国时带有巨大流量，微博粉丝超过5000万。此后，仅仅靠脸，其就能得到大导演大制作的青睐，说唱仅有"小学生水平"却能当"教授级rapper"的导师。

这些还都不重要，重要的是顶流明星产生"逐利虹吸闭环"——流量越多，砸向明星的资本就越多；明星越红，就越能给资本吸粉逐利。在某种程度上，流量和资本"绑架"了演艺圈的生态，靠一张脸、张张嘴就能一天几百万元进账，还琢磨什么演技、在乎什么道德？

吴某凡事件给极端逐利的资本敲响了警钟，别再只想用金钱"堆人设"，用人设来"割韭菜"，把演艺圈变成"洗钱池"，否则很可能落得一朝楼塌、满盘落索。如果把钱更多投到创作、导演、剧本、演技上，靠好作品来挣得普罗大众的"打投"，这个路子或许挣钱慢了点，但赚了口碑，还稳稳当当，不香吗？

水能载舟亦能覆舟，对于某些没有作品、只想靠流量圈一把利益的所谓艺人明星也该照照镜子，要想风风光光赚钱，先得清清白白做人、老老实实从艺。私下里也可以自我掂量一下，实在德不配位，那就干干净净退圈，免得被冲昏了头脑，忘却了底线，日后被流量反噬。

还有影响青少年甚广的"饭圈"乱象，同样令人忧心忡忡。不少青少年成为攒流量的"工具人"，被资本以追星为名"传销式洗脑"，被带歪了价值观。斩断追星灰色产业链，职能部门要监管，平台要尽职，社会要参与，法律要出手，明星要自律，粉丝要理性。一些疯狂的粉丝也该醒醒了：当你疯狂打投、控评、刷礼物时，在家里省吃俭用的你爸你妈知道吗？

一些娱乐圈乱象事件曝出后，包括行业协会、相关公司、品牌合作商等都积极表明立场，引导正确的社会舆论。根治娱乐圈乱象，要靠各方合力，行业协会等社会组织要充分发挥作用，加强行业自律，强化法治宣传教育和职业道德规范教育。相关公司、品牌合作商培养演艺人员时，不能只看颜值、不顾其他。

看罢一出出闹剧，我们不能就此遗忘。激浊扬清，让好作品、好艺人长红出圈，为公众提供健康、清朗的文娱市场，尚需各方合力而为。

当偷拍无处不在,谁是下一个被围观的猴子?

◎ 2021年4月1日　吴　迪

"出门要防人脸识别,室内要防偷拍盗录,第一次有了当明星的感觉。"

日前,"夫妻住民宿遭偷拍8小时"的消息登上热搜。从网传视频中可见,被偷拍的夫妻在民宿室内的隐私状态完全暴露于镜头之下。

除了民宿,美容院、公共浴室、情侣酒店、商场试衣间等,均成为偷拍"重灾区",大量类似视频在网上低价贩卖,有的偷拍摄像头还能远程控制、局部放大。

"难道住个酒店还得背个帐篷?"
"虽说没啥见不得人的事儿,但偷拍还是让人毛骨悚然。"

当偷拍无处不在,谁能保障自己不成为下一个被围观的猴子?
网友的吐槽和担忧,凸显了偷拍黑产已经给公众带来极大困扰。此前也有媒体报道过一些酒店内被人安装了微型摄像头,还有不少家庭摄像头被非

法入侵和控制等案例。

这些疯狂的偷拍行为正在快速升级迭代。之前，插储存卡的偷拍设备还算先进，如今已成末流，Wi-fi 联网、远程控制、被动红外感应等成为新的卖点。

"难道非得练就识别偷拍设备的火眼金睛，才敢住酒店？"

保护隐私已是共识，偷拍却如"打不死的小强"。

违法成本低是重要原因。现实中的相关案例多是对不法分子实施治安处罚，不过"罚酒三杯"，很少动用刑罚、判处实刑。

比如，非法使用窃听、窃照专用器材罪属结果犯，造成严重后果的才构成本罪。而什么是"情节严重"，法律并没有给出明确标准。2019 年广东佛山警方抓获一名利用针孔摄像头实施偷拍行为的嫌疑人，最终依《治安管理处罚法》对其处以 10 日行政拘留的处罚。

《刑法》中规定了"非法生产、销售专用间谍器材或者窃听、窃照专用器材的，处三年以下有期徒刑、拘役或者管制，并处或者单处罚金；情节严重的，处三年以上七年以下有期徒刑，并处罚金"。《刑法修正案（九）》增加了"单位犯前款罪的，对单位判处罚金，并对其直接负责的主管人员和其他直接责任人员，依照前款的规定处罚。"

公安部等三部门发布的《禁止非法生产销售使用窃听窃照专用器材和"伪基站"设备的规定》，明确了"禁止自然人、法人及其他组织非法生产、销售、使用窃听窃照专用器材和'伪基站'设备"。

然而，在司法实践上，对偷拍行为实施惩戒的，多是针对生产和销售环节，而对使用者、转卖视频者几乎并未追责。

值得警惕的是，买家的看客心理成为偷拍黑色产业链开疆拓土的一大驱动力。很多人"嘴上说不，身体却很诚实"——一边对偷拍行为喊打喊杀，呼吁要保护隐私；一边却贡献着交易量，为侵害他人隐私的视频埋单，并自我安慰"反正视频里的不是自己"，不断放纵着自己的窥私欲去推动偷拍黑产壮大。客观上，移动互联时代，买家获取网上出售的偷拍视频，变得很容易。

当偷拍无处不在，谁是下一个被围观的猴子？

那些在视频的另一端，正在以观赏他人私密生活为乐的人，是不是想过：当偷拍变得与每个人都有关时，哪有什么"隔岸观火"？不过是"你在桥上看风景，看风景的人在楼上看你"罢了。

这个世界上，没有谁是一座孤岛。说不定，今天，以偷窥别人私密视频为乐的你，明天，就会成为被他人围观取乐的对象。

偷拍，不仅威胁公众的隐私安全，也影响着民宿、酒店、娱乐等行业的正常经营、健康发展。

偷拍从生产、销售设备到安装、操控、传播、转售，俨然形成了成熟且庞大的产业链、利益网。根除黑产，远不止端掉几个窝点、抓获几个嫌疑人，需要全链条出击。我们必须反省和剖析偷拍屡打不绝的深层原因，探索诸如降低实施刑罚的门槛、增列刑罚惩戒的人员、提高违法犯罪代价等路径。

"一言不合"就开除员工？企业不能这么任性

◎ 2021年3月29日　　林　琳

在员工自行组建的微信群里调侃领导，会有什么后果？

对重庆武隆区某旅游公司的员工贺某来说，后果挺严重——他因此被开除了，还被要求赔偿公司违约金3万余元。

贺某拿起法律武器，向劳动人事部门提出仲裁申请，请求裁决公司支付违法解除劳动合同赔偿金1万余元。劳动人事部门支持了贺某的请求，但其公司不服，告到了法院。结果，公司被"打脸"，法院审理认为，其开除贺某缺乏依据，不具有合法性，判决其支付贺某赔偿金11199.99元。

贺某到底调侃了领导什么？

报道显示：当天，该公司游乐园办公区域发生聚集事件，中午就餐期间，贺某在微信群内与其他成员就此事件互动，发送了数条"一大批boss即将到达战场"等文字及表情信息。

就这？

是的，就这。

很多网友对此表示不解，有的认为领导太out了，与网络时代完全脱节；有的觉得领导太玻璃心，几句正常的话都接受不了；有的总结"领导官威不小、心胸不大"。

因为在微信工作群里用"OK"手势回复领导被开除；

因为拒绝下班之后排练年会舞蹈被开除；

因为休息日乘坐了黑摩的到公司被开除；

因为遭同事殴打还手后报警被开除……

如果有一开除员工奇葩理由的排行榜，上述案例应该榜上有名。

"一言不合"就开除员工，企业不能这么任性。

企业能不能开除员工？老板有没有权利决定员工去留？

答案无疑是肯定的。

关键在于，开除要符合法律的规定，而不能任性妄为。

根据我国《劳动法》《劳动合同法》的规定，劳动者有下列情形之一的，用人单位可以解除劳动合同：

在试用期间被证明不符合录用条件的；

严重违反用人单位的规章制度的；

严重失职，营私舞弊，给用人单位造成重大损害的；

劳动者同时与其他用人单位建立劳动关系，对完成本单位的工作任务造成严重影响，或者经用人单位提出，拒不改正的；

以欺诈、胁迫的手段或者乘人之危，使对方在违背真实意思的情况下订立或者变更劳动合同致使劳动合同无效的；

被依法追究刑事责任的。

现实中，一些企业常用的一条是"劳动者严重违反用人单位的规章制度"，上述案例也是如此。

该公司称，公司员工行为守则中包含"十不准"——不准拉帮结派、挑拨离间、无中生有、造谣生事……不准做出任何有损公司利益、形象和信誉的行为等。贺某在微信群中的发言属于"造谣生事，有损公司利益、形象和信誉"，所以将其开除。

但法院显然不这么认为，"贺某的发言，并未对外公开，对公司影响有限""'十不准'仅为原则性规定，缺乏明确具体的行为规范性指引效果，也未对违反后果及具体处罚措施做出规定"。

面对诸多奇葩的开除理由，以及由此引发的劳动争议和纠纷，龚先生温

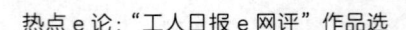

馨提示：

第一，企业当然应该有用于规范、管理员工的规章制度，但这种制度不是"筐"，管理者不能把任何看不惯的员工行为都往里扔、生搬硬套到违反规章制度上，也不享有对规章制度的随意和无限"解释权"。并且，这些要求和规范成为规章制度，要经过相应程序，要"白纸黑字"清楚明了，同时要保证所有员工知晓。

第二，如果一些企业和老板为了体现自己的权威而随意开除员工，很大程度上要"搬起石头砸自己的脚"。因为越来越多的劳动者已经懂得，当自己的权益受到侵害时要敢于说"不"，要诉诸法律。

近来已经有不少劳动关系领域的案件表明，法律会为劳动者撑腰，会捍卫他们的合法权益，会通过判决告诉企业，哪些行为明显违法、哪些行为不人性、哪些行为会得不偿失。当这样的案例越来越多，劳动者说"不"的意识和能力都会提升，而企业和老板付出的违法成本将更多。这笔账到底应该怎么算，其实不难。

以人为本、依法办事，才能让企业管理的小船不翻，也才能赢得劳动者的信赖、支持和真心。

直播不是售假的法外之地

◎ 2020年12月19日　　吴　迪

最近，不少人"喜提""2020年度最佳理财产品"——买到假货，被三倍赔偿。

据媒体报道，日前，罗永浩在一份《假货声明》中表示，2020年11月28日其直播间销售的一款羊毛衫为非羊毛制品，对购买了该产品的消费者代为进行三倍赔付，并控诉供货方伪造文件，表示已经报警。

消息一出，不少网友直呼"良心主播"，有人表示"虽然是假货，但这种态度值得点赞"；也有网友认为应当反思，为何直播带货频频"翻车"，甚至成为假冒伪劣商品的集散地？

从李佳琦直播间的"不粘锅粘得一塌糊涂"，到十几名影视明星直播带货出问题被有关部门点名，再到辛巴直播间的"糖水燕窝"……自带流量的主播频频马失前蹄，只是直播行业售假的冰山一角。

2020年上半年，我国各类直播带货达到1000万场。而据中消协发布的报告，2020年"双11"期间，有关直播带货类负面信息33.41万条，日均1.24万条左右，虚假宣传、售后服务差成为最大痛点。

直播带货售假分为两种情况，一种是如罗永浩这般"不小心售假"，供货方蓄意蒙蔽、欺骗，以伪造文件和商品资质等方式获取主播及其所在带货公司的信任，进而进入广大消费者视野；另一种是知假售假，比如，制作并通过直播方式销售仿冒名牌美妆、手表、电子产品等。

从已知案例看，直播带货售假的重灾区集中在美妆、服装、箱包、文玩、手表等类别。售假手段更是令人目不暇接，比如，"偷梁换柱套路"，展播时用知名大牌的 logo，甚至挂上明星肖像代言，而文字说明则是高度相似的化名，并用"原单""尾单"等字样逃避审查，发货则是不折不扣的假货；再如"剧情化套路"，主播在镜头前讲述各种曲折的"故事"，诸如婆媳矛盾、姑嫂不合等，或者与供货方"闹翻"，于是"一气之下"大降价，而销售链接则不统一，将消费者导流引向假货深渊。

直播带货售假，原因是多方面的。比如，主播对供货商提供资质的审验能力不足，甚至没有严格审验；消费者买到假货后辨别能力不足，投诉救济等渠道与传统线下买到假货的方式不同，陷入不知如何处理的困境。再如，资本力量助推，成立众多直播带货公司，培训网红主播和带货话术，形成产业化运作方式。此外，平台缺乏作为，甚至看好网红主播带货形成的活跃数字，对打击售假行为态度暧昧，而一些平台设置如主播直播结束后可以秒删回放等功能，让保留证据难上加难，监管更是不易发现和查处。

直播带货中假货不少，难道法律法规对主播、供货方和平台就没有相应约束吗？

事实上，除了《电子商务法》《产品质量法》《广告法》《反不正当竞争法》等法律有相关规定外，2020年我国还密集出台了规范直播带货的专门规定，如《网络直播营销活动行为规范》《视频直播购物运营和服务基本规范》《关于加强网络直播营销活动监管的指导意见》等。

这些规范文件对直播带货的含义做了界定，也对该链条上的各个参与方提出规范性要求，比如，"应当全面、真实、准确地披露商品或者服务信息，依法保障消费者的知情权和选择权"，以及"不得进行虚假或者引人误解的商业宣传，欺骗、误导消费者"等。

但相关规定的要求是纲领性的、总体框架性的，并无提及对于违反者该如何惩戒，因而，在尚无完善的配套约束机制的情况下，直播链条上的参与方能多大程度上遵守这些规定，从前述种种乱象都违反了这些规范文件相关要求可见一斑。

相比于直播带货的主播和团队声称"品控把关不严",其实,更深层的问题在于某些法律问题尚未厘清。就好比开车在公路上行驶,路面指示标线、限速标志以及背后的惩罚规定等,共同构成了行车约束机制。直播带货也需要这样的引导,否则一些模糊问题就会成为监管的软肋、售假者的机会。

比如,对于直播带货行为的性质界定,业界和相关监管层面都没有比较明确的说法,需要结合具体的场景、行为、合同、责任等要素进行分析。有的认为只是广告性质,有的则认为提供了商品链接并形成实际的销售行为。针对不同情形,法律的规制也是不同的。正因此,有的主播在售假面临被追责时才会纷纷表示"签署的是推广协议,不是销售",以此逃避"退一赔三"等责任。

就此而言,整合、梳理相关法律法规,适时"升级"《互联网直播服务管理规定》等规章,同时对《广告法》《电子商务法》《网络安全法》《消费者权益保护法》等现行法律法规如何适用于网络直播带货领域,也应该有更加明确的操作规范,让对乱象的惩治更具操作性。

换句话说,整治直播带货售假乱象,我们不缺法律依据,缺的是细节和标准。不妨抓住几个典型案例,在查处违规行为、性质确定、取证固证、法律适用等方面形成样本,给未来治理相关乱象提供可触可感的指南——监管有抓手、主播有边界、平台有门槛、厂商有红线。

直播带货正成为中国数字购物生态系统迅速发展的一个缩影,把中国零售业带入一个新阶段。在此背景下,早一点厘清和完善约束机制,才可能少一些乱象和损失,进而助推互联网经济和电商行业乘风破浪。

如何让约束有效,还要多想想办法。

取快递被造谣出轨，打击网络谣言"绝不和解"

◎ 2020年12月18日　罗　娟

"姑娘取快递被造谣出轨"一事有了新进展——目前，浙江省杭州市余杭区人民法院已决定立案受理。被造谣出轨女子摘下口罩直面镜头："我要让所有人都知道造谣是违法的，要追责到底。"

她的这种拿起法律武器为自己讨公道、希望"对社会上怀有不法之心的人起到一点震慑作用"以及"绝不退缩绝不和解"的坚决态度，得到了一边倒的支持——今天，网友们毅然把这种死磕精神顶上热搜。

不得不说，吴女士真的是"人在家中坐，祸从天上来"，不过下楼取个快递，却被造谣成了"出轨少妇"，不仅遭受网友攻击、路人侧目，还被公司劝退、出现抑郁症状。与对受害者造成的巨大影响相比，造谣者被处以"行政拘留9日"，案发已经133天了，郎某也已经31岁，他的父亲依旧没有意识到这事对吴女士造成的伤害有多大，仍在轻描淡写地辩解"只是小朋友闹着玩""开玩笑"。

网友气愤地说——

"在加害者眼里，受害者的唯一不完美是竟然敢报案。"

"必须往死里告，往小了说，帮他父母管教管教长长记性；往大了说，避免类似恶劣影响的所谓'开玩笑'案件再发生。再敢造谣，社会铁拳来伺候。"

网络无疆，炮制与散播谣言的门槛越来越低，杀伤力却越来越大。以本次事件为例，有报道称"出轨聊天"被转发到的组群总人数超过5万，吴女士被暴露在大量的窥私者面前；警方已经做出处理，事实也很清楚，仍有不少"键盘侠"在新闻下放冷箭——"一个巴掌拍不响""无风不起浪""苍蝇不叮无缝蛋"，等等；用人单位不愿相信和接受谣言受害者，吴女士失去工作，精神抑郁，不敢出门不敢上网，可以说几乎被"社会性死亡"。

谣言之祸，竟然让人如此胆战心惊。

无疑，谣言的苦主远不只吴女士一个。2020年新冠肺炎疫情期间，各种网络谣言满天飞，让有关部门辟谣手忙脚乱。很多时候，真相未明，舆论就开始站队，进而谣言四起；还有些造谣者像郎某一样，炮制谣言获得粗俗的快感。"造谣只用一张嘴，辟谣却要跑断腿"。让一个人"身败名裂"有多容易，让受害者洗清冤屈就有多艰难。

诚如吴女士所言，若事件到此为止，不能对网络谣言和"键盘侠"形成有效震慑，那么，被造谣抹黑的受害者恐怕还会出现。

也正如吴女士所做，网络谣言"有法可以管"。根据相关司法解释，同一诽谤信息实际被点击、浏览次数达到5000次以上，或者被转发次数达到500次以上的，即可认定"情节严重"，可构成诽谤罪。

不过在实际执行层面，受害者常常面临举证难、网络转发责任鉴定难、损失定损难等问题，这令不少躲在暗处的造谣者得以"全身而退"。

凭借吴女士的死磕精神、广大网友的鼎力支持、有关部门的及时介入，这一次，对网络谣言这只"过街老鼠"，"人人喊打"的共识已经确立。但要打准打疼这只"过街老鼠"，必须加大造谣者的违法成本。

"法律不是刻在竹简上，也不是刻在大理石上，而是刻在人们的心中。"

当然，提起刑事自诉，法院予以立案并依法审理，并不意味着嫌疑人必将受到刑法制裁，但吴女士的勇气让"取快递被造谣出轨"事件成为一堂全网的法治公开课。后续程序怎么走，案件怎么判，估计还会成为网友关注的焦点。

　　如果能让造谣者及围观者都能得到深刻教育，也只是第一步。倘若能够更进一步，如完善网络平台审核和谣言标识机制，加强普法宣传教育，推动形成遏制造谣、传谣、信谣的社会共识，才是真正的"谣言粉碎机"，才会形成更强大的力量避免出现下一个受害者。

"天价便饭""清华臀姐"纷纷反转，网络不是私设公堂之地

◎ 2020年11月23日　　罗筱晓

在景区，一顿饭吃了将近1900元，是不是遇上黑店了？最近几天，和诸多网友一样，龚先生也吃起了这个看起来很有料的新瓜。

只是随着调查进展，目前呈现的结果让吃瓜群众有些意外：不是消费者遇上了黑店，而是正规餐馆撞上了"黑客"。

事情是这样的——2020年11月17日，有网友发布了有浙江普陀山景区内一家餐馆门面的视频，并称"我们随便吃一顿，它要收我们1900元。黑店啊！不要来这个店。"

"旅游景点""收费不菲"，靠着这两个关键词，这条视频很快冲上热搜。一时间，"青岛大虾又来了"之类评论纷至沓来。由于外卖平台上留着联系方式，随后几天餐厅老板收到许多辱骂信息和骚扰电话。

就在舆论朝着"天价""宰客"方向一路狂奔时，普陀山市场监管部门的调查结果出来了：店家相关商品进货票据齐全，菜品明码标价、斤两正常。

具体来说，拍摄视频的消费者一行7人，用餐当晚共点了10个菜，包括比较昂贵的梭子蟹、红鱼等海鲜，还喝了400多元的酒水，总计花费1931元。

用餐后消费者提出菜价较贵，与饭店方协商后实付1850元。店长曾女士表示，结账时顾客希望打8折遭到拒绝，"出门就拍了我们家的门牌，放在网上。"

吃饱喝足后感觉花钱花得有些肉疼，这一点不奇怪，谁还没有冲动消费的时候？可因为嫌贵，就把正规餐馆放到网上"示众"，还以"天价""黑店"带偏网友的节奏，此举涉嫌逾越法律界限，按《治安管理处罚法》规定，捏造事实诬告陷害他人，可以被判定为扰乱公共秩序的行为。

就在几天前，广州一小学生家长刘某，因在2020年5月伪造血衣，通过微博诬陷一小学老师"体罚哮喘学生至吐血抢救"，被当地法院判处有期徒刑一年六个月、缓刑二年。

"天价便饭"涉事餐厅老板张先生表示，下一步自己计划起诉视频拍摄者。

由于成本低、见效快，近年来，通过网络平台维权成了不少人的选择。只是有利必有弊。一方面，受多种因素影响，网友往往难以对涉事方的说法、证据的真假进行考证；另一方面，民意的表达又总是跑在相关部门调查结果的前面，尤其是当事件涉及敏感话题之时。这样一来，可能导致的后果就是无辜者遭受难以承受的网络暴力。

在调查结果出炉前，张先生的店生意比以往差了很多。店长曾女士发现不少路人经过时对饭店指指点点，她自己都不好意思招徕客人，因为"感觉人家看我们的目光不对劲"。

让一家餐厅"社会性死亡"，需要一条十多秒的视频，而让一位大学生"社会性死亡"，则只需要一条朋友圈或一张论坛帖子。

近日，一位清华大学美术学院的女生发帖称自己在食堂遭遇一学弟性骚扰，后者以背包掩护摸了学姐臀部。在事情未水落石出时，这位学姐就在朋友圈和清华大学论坛曝光了这位男生的信息。可保卫处查看食堂监控后证实，学弟并未向学姐伸出"咸猪手"，只是学弟的书包蹭到了学姐的身体。

发现是误会一场，该学姐委托辅导员向学弟道歉，并在清华论坛上发表道歉声明。可事情到了这一步，舆论已不是道歉可以平息的。此前对学弟的谴责统统转向了学姐，有人还曝光了她的院系、名字和照片。一来一往间，两位大学生都成了网络暴力的攻击对象，估计心中的阴影在短期内都难以

"天价便饭""清华臀姐"纷纷反转，网络不是私设公堂之地

消除。

　　作为目前便利的大众交流平台，网络给了权益受损者发声的平台，也起到了放大弱势群体诉求的作用。可正是因为"动动手指就行"，网络舆论也在有意无意间充当了践踏他人权利和"处以私刑"的工具。更糟糕的是，类似的反转事件频频出现，必然会引发"狼来了"效应，当真正需要帮助的人出现时，会有越来越多的人认为，这不过是放羊的孩子又一次顽皮罢了。

　　以科普短视频闻名的李永乐老师有一次去理发被剪到耳朵，对方除支付医药费外不愿做任何赔偿。虽然表示自己很生气，但当有粉丝让李永乐曝光这家理发店，他却说，每一个人都不应该受到网络暴力的侵害，即使是犯过错的人也应该这样。

　　在龚先生看来，这是李永乐老师最简短却最深刻的一次科普：多一些理性与自觉，少让社会情绪为自己的私事埋单，互联网舆论这摊水才有可能变得清澈。

　　无论如何，这是法治社会的悲哀！

人脸识别，请等等信息保护的脚步

◎ 2020 年 10 月 27 日   罗筱晓

　　1000 张脸 2 元钱，5000 张脸不到 10 元钱。近日，有媒体调查发现，在某些网络交易平台上，各种来源不明的真人生活照、自拍照被明码标价售卖。

　　有人卖就有人买。2020 年初，浙江衢州破获一起盗用公民个人信息案，嫌疑人非法获取公民照片后进行一定处理，骗过人脸核验机制，在某金融平台注册账号非法获利数万元。

　　看着这些新闻，龚先生忍不住摸了摸自己的脸——活了几十年，头一次觉得它这么宝贝。

　　购物时"刷脸"支付，搭高铁时"刷脸"进站，用手机时"刷脸"解锁……最近几年，生活似乎进入真正意义上的"看脸"时代。由全国信息安全标准化技术委员会等机构成立的 App 专项治理工作组，最近发布了一份《人脸识别应用公众调研报告（2020）》，显示有九成以上的受访者使用过人脸识别。

　　可是，在带来便捷和高效的同时，以跑步速度进入普通人生活的人脸识别技术还随身携带着不少漏洞。一张照片、一个面具居然也能通过人脸核验！被采集的人脸信息存放在哪里？是否被共享？是否足够安全？是不是任意场所都有权采集人脸信息？

这些问题，绝大多数使用过人脸识别技术的人都无法回答，龚先生自己也包含其中。"别人都在用，没办法"，这或许是通常的解释。

不过，有人却在"想办法"——2020年3月，清华大学法学教授劳东燕所居住的小区要求业主录入人脸信息用于门禁系统升级。但根据《信息安全技术个人信息安全规范》规定，收集人脸信息需要单独告知并获得个人信息主体的授权同意。据此，劳东燕向物业公司和居委会寄送了法律函。最终，经过讨论，小区所在街道办表示，不愿录入人脸的居民可以靠门禁卡、身份证登记等方式回自己的家。

在杭州，同样是法学老师的郭兵在2019年提起了我国关于人脸识别的第一次诉讼。郭兵一家在杭州野生动物世界办了可以不限次数畅游的年卡，可2019年10月，他却收到野生动物世界发来的短信，"即日起，未注册人脸识别的用户将无法正常入园"。随后，郭兵以违背《消费者权益保护法》为由，将杭州野生动物世界告上了法庭。

普通人或许没有劳东燕、郭兵那样的专业法律知识，但大多不缺"我的脸蛋我说了算"的常识。曾经有人说"中国人愿意用隐私换便捷"，但龚先生觉得，与其说是"爱便捷"，不如说是没有习惯把"我的事情我做主"作为办事的前提。

居委会、动物园要"一刀切"地把回家、入园方式换做人脸识别，无疑是一种偷懒，是漠视居民、消费者对自己的脸——即个人信息的拥有权和保护权；大多数人在明知采集方做法名不正言不顺且有风险的前提下保持沉默，也是一种偷懒——第一个维权的人，总是要付出大量的时间和精力。

于是到头来，每个人的脸在网上只值两厘钱。

处于科技爆炸年代，类似的事情还有许多。反复整顿却依然坚挺地在后台自启的App；"偷听"了用户闲聊、精确推荐相关商品的电商平台；一直无解的过度收集用户信息问题……

有人说，科技进步带来了诸多不安全因素，但这口大锅，绝不该让科学技术来背。

同样是人脸识别技术，2019年，重庆江北机场成功核验出了北大学子弑母案嫌疑人吴谢宇；网友津津乐道的"张学友演唱会连抓7名逃犯"背后的

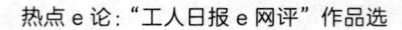

功臣，也是这一技术。

科技的两面性是使用科技的人所赋予的。

压缩技术的负面效应，即通过预防性制度来确保科技创新与应用的安全边界，是与科技进步同等重要的事。

目前，大量被采集的包括人脸在内的个人数据都储存在各应用运营方或是技术提供方的中心化数据库中，没有统一的标准或明确的法律法规对这些数据的使用做出规定。当技术进步的速度快于监管织网的速度时，失序与失衡自然就会发生。

郭兵状告杭州市野生动物世界一案仍在审理之中，案件的最终判决或许会对人脸识别技术使用起到指导作用。期待个人信息保护的速度，能跑得过新技术不断诞生的速度。

"清官难断家务事"——把"拉姆"们推向深渊的另一只手

◎ 2020 年 10 月 4 日　　贺少成

在中秋国庆假期,无数网友为蓝天、白云、雪山、草地中的四川金川姑娘拉姆掬下一捧泪——2020 年 9 月 14 日,拉姆在网络直播中被前夫浇上汽油后焚烧。9 月 30 日,受尽痛苦和折磨的拉姆不治身亡。

网友们在痛悼这位美丽自强的女子的同时,也在追问:她为什么没能免遭厄运?

这确实是一个值得追问的问题。

在遭遇厄运前,拉姆遭遇多次家暴,她也经历了结婚、离婚、复婚、离婚等一系列风波。正如不少家暴受害者遭遇的一样,再次离婚后,她的前夫采取跪下磕头、威胁杀死孩子等极端行为逼迫她复婚。

拉姆和她的家人抗争过,也报过警。

但在媒体报道中,一个耐人寻味的细节是:办案民警到现场,看到两家在吵架,抢夺孩子,认为这属于家庭纠纷。这位民警说:"能看出来,拉姆一家是弱势的一方,一个女孩子,父亲身体也不好,我们还是会愿意多站在她这边,警告男方不要太过分,别动手,但是在此之外,其实能做的也很少,清官难断家务事。"

就这样，能拯救拉姆于暴力的机会眼睁睁错失了！

《中华人民共和国反家庭暴力法》明确规定："公安机关接到家庭暴力报案后应当及时出警，制止家庭暴力，按照有关规定调查取证，协助受害人就医、鉴定伤情……居民委员会、村民委员会、公安派出所应当对收到告诫书的加害人、受害人进行查访，监督加害人不再实施家庭暴力。"

拉姆求助的声音，在警方认为的"家务事"中被湮没了。

家暴是个沉重的话题。很多时候，家暴受害者的声音没被打捞上来。

时至今日，越来越多的人已认识到，家暴已不是单纯的家庭暴力，而是以家庭名义掩盖的暴力犯罪行径。

越来越多的事例也证明，家暴不被及时阻止，任由其发展下去，就是暴力犯罪。

就在不久前，河南一女子被前夫拽上车后杀害，最终遗体在黄河中被发现。而在此前，该女子曾被前夫拉到高粱地强奸并殴打。女子和家人也曾到当地派出所报警被强奸，但警方当时并未对嫌疑人采取任何措施。

不管是这位河南女子，还是拉姆，她们的人生本可以按另一个"剧本"走下去——河南女子报过警，可惜没有受到足够的重视；拉姆遭遇前夫的家暴已持续经年，她本人也发出了明确的求救信号。在这种情况下，如果她们能得到法律的保护，悲剧本可以避免。

不可否认，在现实社会中，存在个别极端反社会人格者。这种人进入婚姻，带给另一半的可能是终生的噩梦。

面对这种人，执法部门一旦"和稀泥"，只会让施暴者更加猖狂、更加肆无忌惮。

从两起事件可以看出，在执法部门介入但并未采取强力措施后，施暴者一步步加重暴行，直至夺去受害者的生命。

在中国人的传统观念里，家暴是家丑，不可外扬，不到万不得已当事人不会向警方或司法机关求助。而到了执法机关，一句"清官难断家务事"，很有可能葬送求助者最后的希冀和生机。

其实，《反家庭暴力法》就明确昭示：家庭暴力不只是一个家庭问题，它更是一个社会问题。当施暴者以暴力殴打的形式侵犯家庭成员或是前家庭成员时,性质早已变成了暴力伤害,公权力必须及时介入,为受害者提供足够强大的保护。

对于那些向家庭内弱者挥拳的人,如果执法部门和司法机关的介入更及时、到位,"拉姆们"的悲剧或许可以避免。

家暴不是家务事。《反家庭暴力法》已出台数年时间,如何让法律这柄达摩克利斯之剑,时刻悬在施暴者头上,让拉姆的悲剧不再重演,全社会都应该好好想想办法。

"自愿715"？拉倒吧，超越法律限度的每分钟都违法

◎ 2020年9月10日　林琳

最近，一家知名餐饮企业老板公开发表的一段有关企业文化和工时制的言论，引发热议。

划重点就是，这家企业实行的是"715，白加黑、夜总会"——别误会，这不是什么黑话，而是"每周上7天班、每天15小时，白天加黑夜，夜里总开会"的简称。同时，该老板强调，员工愿意这么做、喜悦这么做、享受这么做，奋斗才能创造喜悦人生。

《人民日报》旗下的"侠客岛"在其官方微博上邀请大家"来聊聊""'996'还没完，'715'又是什么鬼？"，网友们没客气，噼里啪啦，一顿"捧场"——

"有法必依（《劳动法》除外）？违法必究（企业老板除外）？"
"《劳动法》是摆设吗？劳动监察部门出来干活！"
"007表示风轻云淡。"
……

"自愿715"？拉倒吧，超越法律限度的每分钟都违法

可能真有人"风轻云淡"，但大多数人很不淡定。

先有"996"，又来"715"，有人可能正在"007"，企业这么做究竟有多大底气？

最近，有企业跟员工签的"奋斗者协议"被曝光，企业要求员工成为公司奋斗者，自愿加班，自愿放弃带薪年休假、节假日加班费，接受公司的淘汰，不与公司产生法律纠纷……公司的确是老板家开的，但老板的规定应该不等于"王法"吧？

一些企业老板强调"员工自愿加班"，"自愿"是规避法律的法宝吗？

先来看看《劳动法》的规定——

> 第三十六条　国家实行劳动者每日工作时间不超过八小时、平均每周工作时间不超过四十四小时的工时制度。
>
> 第三十八条　用人单位应当保证劳动者每周至少休息一日。
>
> 第四十一条　用人单位由于生产经营需要，经与工会和劳动者协商后可以延长工作时间，一般每日不得超过一小时；因特殊原因需要延长工作时间的，在保障劳动者身体健康的条件下延长工作时间每日不得超过三小时，但是每月不得超过三十六小时。

100左右的数学不难算，"996"每周的工作时间是72个小时，"715"每周的工作时间是105个小时，都远远超出《劳动法》的上述规定。

一些老板对自家企业的工时工作制毫不讳言，甚至引以为荣，大肆宣扬，恐怕还是对法律有很深的误解。

龚先生很乐意普及一下——法律是刚性规范，有国家强制力作为后盾和保障，法律的贯彻、实施不以人的意志为转移，也不以企业的意志为转移。并且，法律是一种底线要求，人们只可以做得高于法律，但不能低于法律、低于底线，否则就是违法。

龚先生想提醒大家，上述法条中使用的是"不得"字样——每日不得超过三小时，每月不得超过三十六小时。"不得"意味着"没得商量""必须要"。只要是中华人民共和国境内的用人单位和与之形成劳动关系的劳动者，

都须适用。

　　法律不是"过家家"，不是谁"自愿"了就可以随意更改的事情。

　　举一个简单的例子，法律规定我国实行"一夫一妻制"，不是说有人"自愿"了就可以实行"一夫二妻""一妻二夫"。之于加班时间也是一样，法律说每月不能超过 36 个小时，那就是"一堵墙"，不能往上撞。再怎么"自愿"也不能改变违法的事实，也要承担法律后果。说白了，任何企业、任何人都不享有超出法律边界的"自愿"，"自愿"和选择只限于法律允许的范围内，可以选择加班 35 个小时或 25 个小时，但超过了 36 个小时，每一分钟都是违法，"自愿"或"不自愿"不影响其本质和定性。

　　时下，有老板喜欢把加班和奋斗混为一谈，动辄带领公众回忆自己当年的发家史。

　　龚先生想说，没有人否定奋斗的价值，没有人说劳动者不用奋斗。问题的关键在于，用什么样的姿态、秉持什么样的理念去奋斗，该奋斗的时候必须努力奋斗，该休息的时候劳动者也要休息。"715""007"，倒是奋斗"到家"了，能持久吗？多少人身体吃得消？这笔账原本不难算。

　　法律规定的工作时间、加班时间，不是谁拍脑袋决定的，一方面是遵循惯例和规律；另一方面是考虑到一个人正常的身体承受能力和劳逸结合。企业可以鼓励劳动者奋斗，但不能打着奋斗的幌子，压榨劳动者的价值，让他们没有时间和精力去恋爱，去陪陪父母儿女，去承担一个人除了企业员工之外的其他社会角色和责任。这不是一个企业、社会的正常、健康的状态。

　　"加班使员工快乐，天天加班天天快乐"——老板是这么想的，但如果站在员工的立场，事情可能恰恰相反。

　　奋斗是人生的底色，而如何保障劳动者能健康、持久、开心地奋斗，更值得全社会的关注。

　　奉劝一些企业老板不要把不值得炫耀、违法的事情挂在嘴边，那更像是一封举报信。

反思"云断案"：舆情是舆情，案情是案情

◎ 2020年7月28日　林　琳

刚刚过去的一周，"杭州女子失踪案"一直热度不减，每天都有相关新闻出现在微博热搜榜上——

"一觉醒来老婆不见了"……如此离奇的案情足以激起不少人的兴趣和关注。诸多网友"福尔摩斯"上身，在相关新闻的评论区展开了一波波讨论，颇有几分"全民云断案"的意思。

有的致力于深挖、起底"失踪"来女士丈夫的过往，有的担心其女儿的心理阴影和未来成长，有的直指其丈夫"嫌疑最大""就是凶手"，还有网红跑到出事小区搞直播……

2020年7月25日上午，谜底初步揭晓——杭州市公安局披露，来女士系遭其丈夫许某某杀害分尸并扔化粪池，许某某已被刑事拘留。

至此，"失踪案"成了"有预谋的杀人案"。

而舆论的关注还在继续，南宁爆出了一起女子失踪多年的案件，当地警方表示已成立专案组……

互联网时代，这种对热点案件的"云关注""云参与"甚至"云裁判"，并不稀奇。舆论的持续关注也确实推动了不少事情的水落石出，有的还经历了多次反转。

这种关注是对真相的关注，对个体权利和生命的关注，也是对法治的关注。

这种关注对执法、司法机关来说，是一种无形的敦促，使其必须全力以赴，在最短时间内交出一份案件侦破的答卷。同时，舆情中充斥的种种猜测、真真假假的消息，也需要警方给出权威的回应。

应该厘清的是，舆情是舆情，案情是案情。

舆情与案情之间有交集、有碰撞，但案情不应为舆情所左右和牵绊。越是"网红"的案件、越是社会影响重大的案件，越需要执法的给力、公正，越需要确凿证据堆积而来的真相。

舆情可以五花八门，但破案只能坚守法治。

此番杭州女子失踪案，尽管舆情复杂多变，但警方没有被打乱节奏，始终在按自己的思路出牌，坚持无罪推定，不预设结论，努力追查证据、细节，遵循证据的指引和指向；逐一排除各种可能性，不断缩小侦查范围，锁定侦查重点和方向；用完整的证据链撬开当事人的嘴。

这是法治应有的套路，也是处理所有"网红"案件应有的态度和原则。

实际上，早在2012年公安部下发的《公安机关执法公开规定》就明确要求，公安机关应当向社会公开涉及公共利益、社会高度关注的重大案件调查进展和处理结果，以及公安机关开展打击整治违法犯罪活动的重大决策。

来女士失踪案发生后，引发舆论热烈围观，这显然属于"社会高度关注的重大案件"，杭州警方召开新闻通气会，全面细致介绍案情，对于及时消除公众疑惑与社会恐慌，有着积极意义，也是实现客观、公正执法的应有之义。

随着基因比对、大数据等技术的进步，以及监控设备的布局、智慧城市的推进，公安机关破案尤其是破命案的效率大大提高。

近年来，不少10多年前甚至20多年前的积案、命案得以侦破，一方面得益于技术的进步；另一方面恰恰证明，警方一直在努力作为，不抛弃、不放弃。

颇为巧合的是，就在这两天，"南京一女大学生在青海失联，警方以人口失联不是刑事案件未予立案"一事进入公众视野。随着南京警方、格尔木警方的接连回应，"不作为"的误会得以澄清。

反思"云断案"：舆情是舆情，案情是案情

一桩热点案件的"云关注"热潮褪去，留下的反思不少。今后，类似的"云关注""云断案"估计还会出现。分清案情是案情、舆情是舆情，在法治的轨道上推进案件的侦破，应该是公众共同的期待。

冒名顶替上大学，真的是舅妈很行？

◎ 2020年6月18日　罗娟

这几日，山东"农家女被顶替上大学"事件的相关话题持续走热。

2020年6月初，有媒体报道36岁的幼儿园老师、高考"落榜生"陈某秀意外发现自己2004年被人冒名顶替上大学。几日内，顶替者被工作单位解约、学籍被注销。

微博热搜重新开放后，"农家女被顶替上大学"屡上热搜，"顶替农家女上学者成绩比分数线低243分"话题下，留言唏嘘不已；昨天，"山东被顶替上大学者父亲发声"的视频广为转发；今天，"顶替上大学者称全是舅妈办理已去世"又爬上了热搜第二。

"深挖吧，一挖肯定又是一串。"

"投机取巧者固然可恶，更加可恶的是利用职权进行粗暴的剥夺和盗窃。"

"起诉处罚顶替者只是治标不治本，重要的要查清背后的作恶者。"

……

网友一边倒地支持彻查到底，"拔出一堆泥来"。这不是吃瓜群众"看热闹不嫌事大",而是希望借助舆论的压力,倒逼有关部门从快从速查清真相,维护社会的公平正义。

"顶替者是小偷,她偷了别人的未来"。这则网友留言在留言区被顶得很高。

对于山东农村年总收入仅为8000元的家庭来说,诚如陈父所言,"上学才是改变命运的唯一出路""如果知道考上大学,砸锅卖铁也要让她读"。冒名顶替他人上大学,不仅劫取了本来属于他人的人生,更是给了寒门子弟用读书改变命运的梦想以沉重一击。

"我要是有能力,也不会出现这样的状况。"陈父心酸的一句话戳中了广大网友的内心。教育公平是无数普通人希望借之改变命运的重要社会规则。教育公平被伤害,让无数网友难忍心中怒火。

对方当年是通过怎样的手段替换了自己上大学?陈某秀之问,也是社会公平正义之问。

从常识来看,要成功运作冒名顶替上大学,需要获得他人的学籍档案信息和被录取信息,修改自己的身份信息,并拿着被冒用者的通知书、档案去高校报到,还要通过高校诸多环节的审核。无论是以前的罗某霞事件,还是近期艺人仝某直播时一句"复读生变应届生"牵出高考舞弊案,打通这一系列关卡的重要因素是藏在背后的特权——罗某霞的顶替者的父亲是湖南隆回县公安局政委,仝某的继父是山西临汾市人大常委会副秘书长、办公厅副主任。

而目前已知陈某秀的顶替者伪造了身份。顶替者称,是已经去世的舅妈当年花了2000元从中介处购买了档案。这不免让人心生疑窦,是哪家中介手眼通天,恰好选中了家庭贫寒的农家女,还能在权力部门随便修改身份信息,从教育部门取得保密的学生档案,拦截专用渠道寄送的大学录取通知书?这家"很行很忙"的中介似乎是专为陈某秀事件而开,得手之后就关门大吉了。到底是中介很厉害,还是有人妄图甩锅、掩盖背后的猫腻?

网友对热搜的不离不弃,是对真相的不依不饶。

从目前披露的情况来看,被顶替上大学案件大多发生在十余年前,当时信息不发达、相关数据未联网、流程存在漏洞、有人为操作空间,让顶替者和违规者有了可乘之机。如今,信息化录取堵住了很多漏洞。但是,今天,必须要查清当年的冒名顶替案究竟是怎么运作的,都涉及哪些机构和人员,更需严惩所有的违规舞弊者,彻底堵住制度漏洞,修复公众对教育公平的信心。

仝某高考舞弊事件,山西临汾市纪委公布的调查结果中,每一个所涉人员姓名职位、人物关系网、违规过程都描述得很清楚,也给予了违法违规者相应处罚。调查、回应从快从速,是抚平社会不公伤痛的务实办法。

当然,真相和追责也无法抚平陈某秀一家的伤痕,更不可能找回她失去的美好年华。教育公平是底线公平,真相早日大白,终结"权势通吃",杜绝出现下一个陈某秀的可能,"吃瓜群众"才能放心地、安心地散去。

拒绝加班被判赔偿？
"网红案"正是普法释法的好机会

◎ 2020年5月3日　　林　琳

适逢"五一"劳动节，江苏扬州邗江法院通报了2019年劳动争议案件的审理情况，没想到其中一起"员工拒绝加班被判赔偿公司1.8万元"的案件意外成了"网红"。

基本案情是这样的——

王某、李某系扬州某公司检验部的主要检验人员。2018年5月某日，该公司一笔订单产品必须于当日下午完成检验，否则公司将面临高额赔偿。王某、李某明知这一情况，但以劳动合同即将到期、要求公司续签为由，拒绝加班完成检验，最终导致交货迟延，公司因此支付违约金12万元。2019年，公司向法院提起诉讼，要求王某、李某承担这笔违约金。法院审理认为，二人在原告生产任务紧迫且可以通过安排调休等方式维护其合法权益的情况下，依然拒绝加班，对因此产生的损失负有一定过错，判决其对原告的损失承担15%的赔偿责任，即1.8万元。

微博的评论区里，网友们"炸锅"了——

热点e论："工人日报e网评"作品选

"有没有员工遇紧急情况，公司不给假，罚公司的？"
"这给了很多老板一把剑，但是员工手上连木棍都没有！"
"这个案子根本不符合法律规定的紧急情况，凭什么这么判？"
……

很多人在为员工喊冤，也在表达对这一判决的不解和不满，只有零星的声音认为这样的员工就该被处罚。

龚先生觉得很有必要探究一下，人们把这样一起案件推成了"网红"，究竟是在关注什么？它对现实中的职场运行、公司运转、劳动争议调处有何意义？

第一，这反映了人们对长期以来存在的，员工与企业之间的不对等关系和地位的不满。尤其是在一些中小企业、非公企业，员工上班多长时间、加班多长时间、每周休息几天、有没有加班费，往往不取决于法律，而是取决于老板。在不少人看来，一些老板每天就是想着怎么盘剥员工。于是，当面临一起员工与企业间的争议、并且法官貌似站在企业一边时，很多人先入为主地认为"员工被欺负了"，不仅被企业、老板欺负了，而且被法官、法院欺负了。

第二，这反映了员工权益与企业利益之间的平衡问题。就像有网友质疑的，"有没有员工遇紧急情况，公司不给假，罚公司的？"其实换个角度看，如果此番案件中，质检员是因为身体原因、突发疾病或者确有其他急事而导致不能加班，那么企业应该不会追究他们的责任，法院也不会判其赔偿损失。问题的关键恰恰在于，上述二人明知企业的订单要交付，并且不存在加班的困难，而仅仅是自己想续签合同。

那么问题也就来了，在劳动合同仍然存续且有效期间，劳动者为企业提供自己的劳动力，既是一项权利也是一项义务，劳动者对企业的违法要求有权说"不"，同时对企业的合法需求和管理也须执行、服从。当企业需要劳动者付出额外的劳动和时间，并且承诺可以调休时，劳动者是否可以以个人诉求相要挟、不顾企业面临难题？

当人们选择站在劳动者或者企业一边时，应该意识到，员工与企业本是命运共同体,当企业无法按时交货、不能及时履约时,企业的前途恐怕相当堪忧。而如果企业活不下去了,员工还谈什么续签合同?反过来说,如果企业总是跟劳动者"顶牛"、总是抱着一种"教训"员工、以儆效尤的心理去处理劳动关系,那么也很难调动起员工的积极性和责任感,这样的企业也很难成大事、成气候。

透过个案,我们更应该反思的是,企业和员工之间应该用什么方式、心态去处理矛盾和纠纷,把它化解在萌芽状态,而不是推向法庭,诉诸法律。

某种角度上,上述案件本不该发生——如果员工能多替企业想想,就该知道合同、订单、契约精神之于一家企业的重要,而自己在岗位上应该尽到何种责任以促成合作和履约;如果企业能够心平气和地和员工协商解决问题,充分考虑和尊重员工的诉求、意愿;如果企业在人员配置、生产流程上有一些预案,考虑到相关岗位人员的临时缺席如何应对。

此番个案之所以成为"网红",还与法院的判决有关。"努力让人民群众在每一个司法案件中都感受到公平正义",龚先生无意质疑法院判决,而是觉得当有一个案件引起多方关注和争议之后,法院、法官更应该做好的是普法、释法的工作,是对案件的来龙去脉、审理过程、判决依据包括判决结果有更具体和通俗易懂的解释说明。

比如,本案涉及的主要法律点是员工是否有权拒绝加班?企业违约的损失能不能追溯员工?《劳动合同法》第四十二条规定,有下列情形之一的,延长工作时间不受本法第四十一条规定的限制:

(一)发生自然灾害、事故或者因其他原因,威胁劳动者生命健康和财产安全,需要紧急处理的;

(二)生产设备、交通运输线路、公共设施发生故障,影响生产和公众利益,必须及时抢修的;

(三)法律、行政法规规定的其他情形。

那么,企业的生产订单是否属于上述不受限制的"紧急情况"、为什么属于?这需要法官的释法。

再如,法官只判决员工承担15%的责任,即85%的责任仍然在企业,这个结果其实也需要解释,因为在不少公众看来,只要判了员工赔偿,就是员

351

工的责任。

　　事实上，法院并没有支持企业的全部诉讼请求，而是只支持了很小的一部分。

　　同一个案件，有人看到的是员工被欺负，有人感受到的是企业不懂管理，有人认为法官判得不公，还有人要追问员工到底什么情况下可以拒绝加班？这不正是一个普法、释法的好机会吗？应该好好把握。

"被吸毒"7年难纠错，证明"这人不是我"原来这么难

◎ 2019年11月12日　罗筱晓

明明自己从来没吸过毒，可在此前长达7年时间里，武汉市民佘某某一直被作为"涉毒人员"列入全国涉毒人员信息库，出行、住宿等多方面受到限制。虽然进行了多次沟通、证明，这一"误操作"却始终没能被纠正。近日，忍无可忍的佘某某将湖南省怀化市公安局某分局起诉至法院，要求其马上将她的信息从涉毒人员信息库中删除，恢复名誉。

"被吸毒"这事，不止佘某某一个人碰上过。几年前，江苏大学生小贾因为被录入了错误的吸毒记录又屡擦不掉，导致他不仅在上学期间多次被派出所带走尿检，毕业时更是既不能出国留学，也不能参加公务员考试。

一位男士身份证上的性别却是"女"；因为姓名相同，婚姻信息竟是别人的情况……类似的怪事，大多缘于有关部门审核不严或工作失误，造成公民身份信息被错误登记或被人恶意盗用。

奇怪的是，这些本是相关部门犯的错，掉下的锅却要当事人背；错误被发现后，想要更改又困难重重。对普通百姓来说，就像是升级打怪，好不容易证明"我就是我"已经不成气候了，现在又轮到要证明"这人不是我"了。

据佘某某回忆，她第一次知道自己被误划为"吸毒人员"是2012年，随后经与上报该信息的怀化市公安局某分局交涉，对方经过一番调查，于2013年向她出示了一张证明，就工作疏漏向她道歉，并表示已删除关于她的涉毒信息。

可随后几年，佘某某又遭遇了外出入住酒店被警察带走审查的尴尬，为此她多次前往怀化向当地信访局、公安局反映情况，却始终身陷涉毒人员信息库"不可自拔"。

信息管理这事，龚先生是个外行，但在科技如此发达的当下，龚先生斗胆猜测，要从一个信息库中删除一条信息，单论操作应该不是一件难事。那么难的，可能就是操作之外的部分。

显然，怀化市公安局某分局6年前所谓的"已删除佘某某涉毒信息"并不是事实。要找原因，无非两个：无意和故意。

无意就是公安局内部管理有问题，一件事情左汇报右汇报，你推我我推你，最后却不了了之。有时候，这样的办事态度见多了，不禁让人觉得，这么不把老百姓的事情当回事，这么不理解一个错误信息给百姓生活带来多大麻烦，这么不懂得感同身受，这些相关部门的工作人员难不成是跟我们活在不同的两个世界里的神仙？

若是故意不办，那多半就是有担责追责的问题搅和在其中了。一个数据错误信息要更改，必然需要上报，上报后有人就可能要承担犯错的责任。没有人喜欢担责任，怎么办？解决问题的最好办法就是没有问题，不更改，不就皆大欢喜了吗？

只留下跳进黄河都说不清的佘某某和小贾。

群众利益无小事，以人民为中心，这两句铿锵有力的话似乎离佘某某和小贾很远。

事实上，大到吸没吸毒，小到违没违章，自证清白已是不少错误信息纠正过程中的"标配"，有点像拿出"不在场证据"的意思。但一个普通百姓，为一个非"主动"的错误付出大量时间精力，最后还可能要像佘某某一样诉诸法律，这事怎么听都感觉不是滋味。

尽管错误信息张冠李戴的事，只是极小概率事件，但轮到谁身上，都是

"被吸毒"7年难纠错，证明"这人不是我"原来这么难

百分之百的痛苦与气愤。

这一两年，派出所民警霸气证明"你就是你"的新闻多有发生，有担当的政府工作人员越来越多是好事。但归根到底，我们更需要的是有担当有保障的制度。

随着个人信息与公民生活相关度越来越高，快速的纠错机制已是刚需。千万别再让"被吸毒"7年难纠错的噩梦，降临到任何人身上。

"宝马姐"一声吼，真有背景还是虚张声势？

◎ 2019年10月16日　吴　迪

　　道歉，往往是平息事态的良好开端。然而，也有一种道歉，能将之前的事件"翻红"，直接推上热搜榜。

　　据《成都商报》红星新闻报道，近日，河北邯郸一名宝马车主与宝马4S店对变速箱漏油问题的解决方案产生分歧。多次协商无果后，车主将车停堵店门口，4S店的女负责人发火了。视频显示，该女子歇斯底里冲着顾客喊："你们打听打听，邯郸宝马店是随便堵门的不，你们打听打听去……"短短几个小时，网友对这一"宝马姐"视频的吐槽评论数以千计。

　　日前，该女子接受采访时表示道歉，"希望我们的退让换回来的是客户的理解而不是得寸进尺"——这看似威胁的道歉，使事态迅速成为"热搜爆款"。

　　当地市场监管局已经介入调查。现在，抛开孰是孰非的争执，网友更为关注的是，为什么这位4S店负责人如此嚣张？是不是真的如本人所说"有背景"？

　　有网友评论："什么叫'打听打听去'，有保护伞嫌疑啊！""道歉都这么牛，后台很硬啊！""那么叫嚣，不查一下什么背景吗？"

更有网友直接点明公众读懂了"宝马姐"的意思：能开 4S 店的都不是一般人，能开宝马 4S 店的更牛。

那么问题来了，"宝马姐"敢于放狠话的底气何来？是否有人为其提供了某种不可言说的保护？

我们正在大力推进建设公平、法治的市场经济，就是要正确处理好政府与市场的关系。如果有人凭借某种关系和背景而"插队"入场、权力加持，必然会扰乱健康的市场秩序，扰乱法治环境。这是网友最不能容忍的。

说难听点，"宝马姐"的这一声吼，明明也是在给当地政府招黑呀。其"我有背景"的暗示，让网友不约而同地联想到某种不可描述的政企关系。

球踢给了相关部门。倘若当地相关部门没有与其勾肩搭背，也没有什么官员为其提供特殊保护和便利，那么，相关部门如此莫名"躺枪"，着实冤枉。所以，为平息网友质疑，相关部门还是赶快调查澄清为好，及时回应公众关切，拿出优化营商环境的成果，告诉公众，这里的市场环境公平公正、信守法治、没有特权横行。这是维持公信力和形象止损的最好方法。

另外，也有必要解释一下涉事 4S 店所属公司为何屡教不改——据查，该宝马 4S 店所属公司曾因"在产品中掺杂、掺假，以假充真，以次充好，或者以不合格产品冒充合格产品"被罚款 6.3565 万元，没收违法所得和非法财物 1.6435 万元。

真希望"宝马姐"是一时冲动、虚张声势。

在公平、健康的市场环境中，"有人""有背景"是最不该也不能拿来比拼的筹码。

最后，想说一句：和气生财。

公众人物别太玻璃心，知道有个容忍义务吗？

◎ 2019 年 10 月 11 日　　张子谕

据澎湃新闻报道，近日，上海宝山法院审结了一起知名游戏主播邱某状告视频 UP 主郭某的名誉权纠纷案——邱某称，郭某发布的视频对某次游戏直播录像进行评论，对操作的真实性提出质疑，招致网友对邱某的侮辱和谩骂，郭某的虚假、误导性评论导致邱某社会评价显著降低，给其名誉造成极大影响。

法院审理后认为，邱某作为网络公众人物，面对非恶意的批评、质疑理应有一定的容忍义务，不能简单地认为一般的质疑和批评就构成侵犯名誉权。被告郭某质疑视频中的一些表述虽不严谨，但仍属于正常的评论范围之内，原告应予以理解与宽容，不能据此认为其存在恶意。经法院审理，驳回了该主播的全部诉讼。

公众人物需要对大众质疑批评肩负起容忍义务，这并不是第一例。早在 2002 年，著名球星范某某诉文汇新民联合报业集团名誉侵权案中，法院就曾指出范某某作为公众人物，对媒体正常行使舆论监督权过程中的轻微损害，应当予以忍受和理解。

公众人物身份特殊，其暴露在公众视野中的一言一行都可能随时引起公众关注，尤其对于身处光怪陆离的娱乐圈的明星艺人而言，"周一见""官宣""在线脱粉"——艺人在让渡部分隐私满足公众好奇心的同时，也在一波一波的曝光和巨大流量中收获了更高的名望与更多的收益，甚至不排除部分八卦花边新闻是明星自己向媒体爆料的。

因此，只要公众人物进入大众视野，无论是个人私事、工作动态，都会成为公众合理的兴趣点，镁光灯下的明星梦有满足大众心理期许的义务。就像一位女明星说的，"我的日常工作就是时刻以最好的状态面对镜头。"

在不违反公序良俗、社会道德的前提下，满足公众知情权和合理兴趣的需要，公众人物必须"忍常人不能忍"，这既是特殊职业要具备的素养，更是法律的要求。

对于公职在身的公众人物而言，舆论监督可能会对其名誉权造成一定困扰。新闻报道本身只要没有出现事实性的偏差，即使对公职人员的名誉权、隐私权带来一定困扰，也必须对舆论监督权进行优先保护。就像有学者认为，一旦官员的个人行为被连接到其公共角色而遭质疑时，就会因公共事务的因素而失去私人的性质。通过适当限制公众人物名誉权，以此保障舆论监督、平衡社会公共利益，十分必要。

当然，龚先生反对以各种违法手段和方式，去探寻公众人物的私生活和个人隐私，甚至捏造事实，公然诽谤。比如，将公众人物的家庭住址、家庭成员信息、证件号码等公之于众。侵犯公众人物隐私权的行为，绝对不能用满足公众知情权做借口，更不能用舆论监督做挡箭牌。

容忍义务作为一种基本法律义务，其存在的前提和基础是公民可以对自身的行为做出妥帖的安排和合理的解释，公众人物需要对其他公民的这种安排和解释做出必要的容忍和理解——当然，超过合理限度的容忍，仍然需要法律的规制。

防性侵儿童，除了严惩，我们还能做什么？

◎ 2019年7月4日　　罗筱晓

"不要让除爸爸妈妈外的任何人用身体的某个部位接触你的隐私部位""当他人提出带你去隐蔽的地方时，要拒绝并尽快寻求爸爸妈妈的帮助"……不知道江苏的王女士有没有对自己9岁的女儿进行过类似防性侵教育。即便是有，当2019年6月27日下午，她的女儿被带进上海一家五星级酒店时，悲剧已无可避免会发生了。

"贵州毕节性侵幼儿"一事被证明为造谣，大家好不容易松了口气，而上海女童遭猥亵案刚刚得到警方证实。

"严惩凶手"的声音得到网友一片赞同。除此之外呢？我们怎样才能为柔弱的儿童提供全方位的保护？

来自《新民晚报》的消息称，猥亵女童的犯罪嫌疑人是某上市房企董事长王某某。类似的猥亵性侵儿童者，他们藏在暗处，通常无法从外表判断，但我们却不能假装他们不存在。

今天，虽然社会已不再把"性"当作洪水猛兽，但很显然，要开诚布公地谈"性"，尤其是对孩子谈"性"，依然不是一件容易的事。两年前，一套名为《珍爱生命》的小学生性健康教育读本，因为选择"正确"称呼性器官，引发了不小的争论。而在美国、瑞典、日本等国，儿童从小接受包括防范性侵犯在内的性教育，已是再普通不过的事。

试想，如果一个孩子连身体器官的科学名称都不知道，又怎能指望孩子在遇到触碰、偷窥等威胁时，能有效保护自己呢？

我们不能去苛责女童的母亲，当她的朋友周某某提出带女童去迪士尼游玩时，她可能会担心孩子会不会中暑、会不会碰伤，但她可能万万没想到，女儿会受到性侵。在我们身边，儿童遭性侵的威胁被有意无意、或多或少地隐藏了。

而越是隐藏，有不轨意图的人就越有可乘之机。

当性侵不幸发生，对犯罪者的严厉制裁是防范类似悲剧重演的有效方法。针对此次女童受侵害案，有律师表示，如按猥亵定罪，将处5年以上有期徒刑；如按强奸定罪，王某某才将面临10年以上有期徒刑。

说一句气话，站在女童的角度，站在女童家人的角度，相较于此次事件可能对女童一生造成的严重影响，即使判他10年，就够了吗？

记得韩国根据真实案件拍摄了一部电影《素媛》，让观众清晰地认识到，性侵对儿童造成的伤害有多么深入骨髓。

此前，也有多位法律界人士表示，我国没有独立的性侵儿童罪，现行法律框架下，不法分子的犯罪成本还是太低。

的确，就在上个月（2019年6月），贵阳一国际学校发生教师猥亵学生事件。经调查后发现，该教师在10多年前就曾因猥亵学生入狱，刑满释放后竟又重新回到教师队伍。

研究表明，性犯罪者，尤其是性侵儿童者大多有心理顽疾。性侵者当然要为其所作所为付出代价，但我们的愤怒应该更进一步：那些已暴露的人，如何阻止他们再次对儿童造成伤害？

韩国规定，性犯罪人员出狱后必须佩戴能实时反映其位置、状态的电子脚镯；在英国，公众还可以接触到警方登记备案的性犯罪者名单，家长从而可以了解到与孩子日常交往较多的人是否有性侵前科。

还好，我国已有相关行动。或许是巧合，上海近期出台文件，要求与未成年人密切接触的行业应当对员工进行性侵害违法犯罪前科调查，这也是全国首个由省级层面制定的限制性侵害违法犯罪人员从业的制度。

真希望，9岁女童的悲剧能提醒我们：保护儿童的动作再快一点、办法再多一点。

这届乘客太彪悍？这"锅"冲动不背！

◎ 2019年5月16日　林　琳

最近，一些公交车司机挺憋屈，一会儿被女乘客扇了巴掌，一会儿被醉酒男子殴打，一会儿被开水烫了，一会儿又被抢了方向盘——重庆公交车坠江事件才过去多久，这届乘客一个比一个彪悍！

最终，有个地方会收留他们——

这些彪悍的大姐大妈、大哥大爷，殊途同归，除了精神确实不正常的，无一例外地都因触犯"以危险方法危害公共安全罪"，换来了3～10年不等的牢狱生活。至少未来几年里，他们再也不用担心公交坐过站、司机不顺眼了。

先来认识一下最近很忙的"以危险方法危害公共安全罪"。

法律条款难免生涩，龚先生举几个例子——

2017年12月1日，四川成都一货车司机因这个罪名获刑10年，原因是其深夜将车停在了高速公路行车道上，未采取任何警示措施，导致后车追尾，多人死伤；

2018年11月28日，上海虹口区法院对4名被告人以这个罪名做出判决，原因是他们把6000多箱烟花爆竹瞒报为普通货物，运输、堆放及报关；

2019年4月10日，辽宁葫芦岛市一女子因这个罪名获刑3年，原因是其与丈夫吵架后情绪过激，用菜刀割破了天然气管线，丈夫无奈报警……

还有诸多因醉驾酿成交通事故和人命的司机，同样被以这个罪名论处。

龚先生友情提示："以危险方法危害公共安全罪"是行为犯，不是结果犯。不管这个危险方法是否真的危害到了公共安全，只要实施了，很大程度上就会构成犯罪，只不过，判处的刑罚轻重、刑期长短不同而已。

与公交司机打嘴仗或者动起手来，不稀奇，以往，吃瓜群众劝一劝、热心大妈拦一拦，也就过去了。就算有人报了警，也不会追究刑事责任，最多就是警告教育、行政处罚。

转变来自血的代价。

前些年，因醉驾撞伤撞死人都是以"交通肇事罪"论处，最高刑期也就是"7年以上有期徒刑"，赔偿多点儿有的还能混个缓刑。后来。发生了多起震惊全国的撞死多人的醉驾事故，激起了诸多民愤，于是，"以危险方法危害公共安全罪"接了"交通肇事罪"的班，可判处的最高刑期达到了死刑。

而攻击司机、抢夺方向盘按照"以危险方法危害公共安全罪定罪处罚"的司法解释同样是因为有人付出了生命的代价——重庆22路公交车上那十几名无辜而死的乘客推动了立法的回应。

可即便是有了这样惨痛的前车之鉴，依然有不少乘客对司机、对方向盘跃跃欲试——冲动是魔鬼，问题是，这个"锅"能由冲动来"背"吗？

前段时间，火车也挺忙。先是有人拿出了"拦惊马"的"勇猛"，就是不让火车关门，因为她老公和孩子还没上来；后来又走了一波"霸座"，"霸座男""霸座女""霸铺叔"，不同的年龄，同样的无赖。那种理直气壮、霸气侧漏，让龚先生几乎相信那座位就是"他们"的无疑了。

后来，法律也有了回应，有地方法规明确，"旅客应当按照车票载明的座位乘车，不得强占他人座位"；《民法典》合同编草案二审时规定：旅客应当按照有效客票记载的时间、班次和座位号乘运；承运人应当按照有效客票记载的时间、班次和条件运输旅客。

2019年5月15日，北京市交通委公布了《关于对轨道交通不文明乘车行为记录个人信用不良信息的实施意见》，其中规定大声外放视频或音乐、在列车车厢内一人占用多个座位等不文明乘车行为，将被纳入个人信用不良记录。

不知各位小主有没有发现，近年来，每当一些社会问题集中爆发、曝光，就会有人呼吁"要纳入法律惩治""要让其付出法律代价"。

依法治国千真万确，但不得不说，法律真够"累"的，要管的事情越来越多。

法律能穷尽所有社会现象吗？人的想象力、创造力、行为能力那么丰富，甩法律几条街再正常不过，法律总有滞后性。

何况，法律只是一条底线，不违法真不是什么值得炫耀的事情。法律的"篮子"里各种"菜"越多，越说明我们在很多问题上已经退无可退、"黔驴技穷"了，循循善诱、谆谆教导都没用了，最后只能靠法律了。

龚先生担心，有的人为人做事总是游走在底线边缘，甚至把底线当成了"上线"——认为只要没犯罪，只要警察没找上门来，我就赢了。

可常在底线上徘徊，稍微不注意，就滑到底线以下了。

人生只活 3 万天，每个人都可以自由选择在哪条"线"上生活。

不去犯罪只是一条做人的底线，底线之上，还有一条更高、更文明、更谦和、更与人为善的线。

这条高线上，人们可以约束自己的内心和行为，不会动辄撒泼打赖，动辄分不清私域和公共空间，动辄"顺我者昌，逆我者亡"。

不能为所欲为的人生可能挺累。但如果大家都想"修理"别人，不懂"修理"自己，那世界还得了吗？

龚先生想劝劝一些人，离法律那条底线"远"一点，日子才会过得踏实，我们的法律也不至于那么忙、那么累了。

V 人文感悟篇

惜别当年的偶像，致敬各路的英雄，分享熬过至暗时刻的心灵密码，探寻生命的尊严与多元，张扬运动的恣意与激情，展示中华文明的精粹与力量……一个个平凡的日子里，总有很多让我们动情的人间故事，让我们回味无穷的温暖瞬间。

梅西为什么赢得最广泛共情？

◎ 2022年12月19日　刘颖余

"恭喜梅西""梅西金球奖""梅西封王"……2022年12月19日，有关梅西带领阿根廷队在世界杯夺冠的新闻和评论，刷爆朋友圈、微博、抖音、小红书。在这个冬天，不看世界杯仿佛是不合时宜的；在世界杯的巅峰之战过后，不谈论梅西、不赞美梅西，显然也算不上一个合格的球迷。

事实上，在决赛开打之前，阿根廷队已经获得了广泛的支持，在中国各种微信群里，支持阿根廷的占据绝大多数，这和多哈卢塞尔体育场双方球迷阵容的比例也大体相符。

而这一切，显然都是因为阿根廷队拥有梅西。

法国队也拥有姆巴佩，他和梅西在决赛前进球数完全一样。法国队和阿根廷都已经夺过两次大力神杯，不论哪一方夺冠，都将创造历史，成为世界杯"三冠王"。法国队如果夺冠，还将创造欧洲球队连续5届夺冠的纪录，并成为60年来首支成功卫冕的球队，而姆巴佩也很有可能以23岁的年纪，夺得金球奖。

这样的叙事，其实也很美，但和阿根廷夺冠相比，却要逊色不少——一个已经夺得6次"世界足球先生"的梅西，历经5届世界杯，终于率领球队圆梦大力神杯，拿到自己职业生涯最后也是最美的一片拼图，在时隔36年后，以此向另外一个伟大的阿根廷10号球员（马拉多纳）致敬，这样的剧本多么

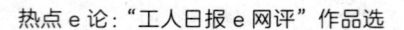

美好、多么励志!

再看看剧本中那些堪比电影的桥段:首场比赛的落败,小组赛绝境中的奋起,四分之一决赛的一波三折,决赛的荡气回肠,还有场外那些散发着迷人鸡汤味的故事——曾经给梅西写过信的粉丝恩佐后来成功和偶像一起并肩作战;在场上拿到球后总是要寻找梅西的德保罗在场下也是梅西的"贴身保镖";最终获得本届世界杯"金手套"奖的门将马丁内斯甚至疯狂告白"我愿意为梅西献出生命,我甚至愿意为他去死";主教练斯卡洛尼也经常说:"我们所做的一切就是要让梅西开心"……正是置身这样一个和谐的更衣室氛围,35岁的梅西才激发出所有的能量和才华,在并非最好的年纪一举完成自己的封神之作。

没有英雄的世界杯,是可悲的。梅西或许并不需要用另一个冠军来证明自己,但是阿根廷需要!足球世界也需要这样的英雄叙事!

阿根廷诗人博尔克斯曾经说过:"任何命运,无论多么复杂漫长,实际上只反应于一个瞬间,那就是人们彻底醒悟自己究竟是谁的那一刻。"

梅西的醒悟是从何时开始的,我们不得而知,但我们欣慰于他的醒悟,和他在本届世界杯上为队友、为阿根廷队所做的一切。梅西在人们最需要他成为英雄的时候,成为英雄——虽然有几分姗姗来迟,但终究不晚,而且正因其迟,才显得弥足珍贵。

"我的青春,终于圆梦了!"在有关梅西捧杯的如潮评论中,这或许是最有代表性的一条。

中国和阿根廷相距甚远,但中国球迷和梅西的心理距离,其实和普通的阿根廷球迷也没有什么差别。他们见证了梅西的成长,而梅西也陪伴了他们的青春。梅西圆梦,不只圆了他个人和阿根廷的英雄之梦,也圆了所有球迷的青春之梦;不只是给人们带来安抚和慰藉、快乐和满足,而且能给予人们勇气和力量,去面对明天开始的每一个平凡日子。

央视解说员、"诗人"贺炜决赛结束后,深情地对球迷说:"四年前陪你看球的人现在还在联系吗?四年后看球的自己许过的愿望都实现了吗?我们为什么热爱着足球这项运动?因为它不仅展示了球员们励志的奋斗故事,也寄托了我们普通人平凡生活中的英雄梦想。"

龚先生看来,这就是梅西为什么在中国乃至全世界赢得最广泛共情的原因。

为烈士画像，微公益也能汇聚成灿烂星河

◎ 2022 年 12 月 7 日　　吴　迪

"烈士宋连恒，河北省泊头市寺门村镇人。1920年出生，1946年参加革命，牺牲于朝鲜。"生平信息寥寥数语，没有任何影像资料，如何还原一个可亲可敬的烈士形象？

据 2022 年 12 月 5 日新华社报道，一群大学生志愿者在"为烈士画像"公益活动中，用画笔让烈士与亲人跨时空"相聚"——没有面容影像，就找烈士亲属旧照作参照；没有服饰介绍，就查阅历史资料；不满意初稿，就一遍遍倾听烈士亲属意见，反复打磨修改。就这样，牺牲在抗美援朝战场、没有留下任何影像资料的烈士们，在画纸上有了线条、发丝和神态，眼神里饱含对亲人的思念和柔情，同时也让亲人的思念有了寄托。有跟帖评价：

"他们用画笔让陌生的英烈变得如同邻家孩子一般亲切，有一瞬间让我对革命先辈的信念与遗志有了直观深刻的感悟"……

公益，没有定式。一段时间以来，人们印象中的做公益多是捐款捐物、慰问特殊人群、上门做义工等。近年来，一些个人、企业和社会组织渐渐将公益拓展、延伸到更宽广的范围，让公益有了更多释放善意的方式。

比如，有人为听障视障学生制作特殊的教科书，有人在直播平台开办"成人识字班"，有法律人士免费为残疾人群体提供法律咨询和援助服务，还有电商平台助农带货，一些互联网企业为"寻亲""团圆"公益活动提供数据技术支持……

公益，无分大小。这些公益活动的成功，得益于志愿者发挥所长。比如，教成人识字的有退休教师，为残障孩子制作有声教科书的有电视台主播，参与技术寻亲的有头部互联网企业等。

这也正是当下很多公益活动的亮点所在，即发挥参与者的专业优势、技术优势和资源优势，为小众群体提供实实在在的帮助。

这些公益活动并不轰轰烈烈，但同样可圈可点，甚至熠熠生辉。志愿者很大程度上可谓"四两拨千斤"，而受助群体收获的或许是人生的一片光明。

公益，皆是善举。从捐钱捐物到捐知识、捐技术，不论是授人以鱼还是授人以渔，皆是功德。充分发动民间力量，激发更多专业人士热情，为公益事业注入多元力量，凡人善举的涓涓细流同样可以凝聚成公益慈善事业的强大力量。

微公益，同样有澎湃力量。京剧名段《锁麟囊》中有一句戏文："分我一枝珊瑚宝，安她半世凤凰巢"——你的举手之劳，或许可以影响他人半生。技术向善、专业向善背后是人心向善。力所能及拉一把、不放弃任何一个小众群体，是我们共同期待的温暖社会、文明社会的样子。

每个人都可以是公益活动的一个"圆心"，善举再小也是一条"半径"，愿我们的"爱心半径"画出的圆，如同张开的一把把雨伞，呵护更多有需要的人，汇聚成公益慈善事业的灿烂星河。

哪怕受助者的人生有一瞬间被点亮，也值得我们为此而努力。

我们为什么依然热爱世界杯？

◎ 2022 年 11 月 24 日　　刘颖余

这是一届特殊的世界杯：疫情并未散去，东道主的举办资格和能力从一开始就存在争议，北半球冬天举办的时间节点不仅让球员感觉疲惫（正处于欧洲联赛举办期），而且让观众也感觉怪怪的：世界杯从来就是和夏天、冰镇啤酒联系在一起的，而来自卡塔尔世界杯的消息显示，全部 8 座球场以及周边区域都禁售酒精饮料。

然而所有这一切，都无碍球迷的忘情投入。据估算，世界杯期间，常住人口只有 280 万人的卡塔尔将涌入 120 万外国游客和球迷。多哈街头的球迷村，集装箱式房间只有 16 平方米，每天租金高达 1400 元人民币，但即便如此，依然供不应求。

在充满不确定的世界里，足球世界杯还是那味迷人的解药。

在遥远的中国，世界杯依然拥有让其他比赛艳羡的热度，直播、营销、热搜、社交……世界杯以迅雷不及掩耳之势，占领人们的日常。"伪球迷"们突然漫山遍野，"真球迷"们挑灯夜战，这一个月，不看世界杯、不谈论世界杯，似乎显得不合时宜。

我们为什么依然热爱世界杯？

因为足球是世界第一运动，相较于其他运动，它具备更强的平民性和包容性。足球还具有更强的不可预测性，"足球是圆的"这句名言充分演绎了竞技体育的魅力。在世界杯上，你永远不知道球会往谁的球门里滚。

举个眼前的例子，当已取得36连胜、由梅西领衔的美洲杯冠军阿根廷队面对过往总是贡献输球惨案的沙特队时，你可能根本不会想到最后输球的会是前者，用沙特队教练的话说，"这种结果发生的概率就像是八大行星连成一条线一样低"——但它还是发生了，这就是足球。

胜负悬念最能体现竞技体育的魅力。在这方面，世界杯常常能演绎到极致，这样的赛事又怎能让球迷不爱？

世界杯还是有记忆的。对于球迷来说，四年一次的世界杯记录了许多人的青春，成为人们回望岁月的标尺。看世界杯，是生活，也是仪式，不仅可以纾解压力、宣泄激情，也可以把同事、朋友、家庭联结在一起，从而凝聚友谊、亲情，增进人与人之间的理解、认同。看球，不同的情感寄托、审美趣味，让每个人眼中的世界杯记忆都不一样，这更强化了世界杯的趣味和魅力。

当对足球的认知、情感、记忆不断堆积，观看世界杯就会成为四年等一回的惯性期待——美好而珍贵，尽管有时的确会感到疲惫。有球迷甚至戏言，人这一生只能看25届世界杯。而现在，当这人生中二十五分之一的足球盛宴摆在你面前，你又怎能忍心错过？

我们热爱世界杯，不只是因为我们爱那些球星，爱他们踢过的经典比赛，而且因为在足球的世界里，有爱、尊重、友谊、包容、团结和协作。

足球是一项充满情感的运动，能让我们洞察细微的人性，发现最美的人情。足球充满了竞争和对抗，然而，它又是有温度的。

当卡塔尔世界杯开幕式上，20岁的"半身少年"加尼姆·阿尔·穆夫塔用双手支撑着身体，与知名演员摩根·弗里曼饰演的旅行者从容对谈。龚先生瞬间明白，他为什么会成为本届世界杯的形象大使——足球不只是一项运动，也是一种生活态度、一种价值观。

没有双脚的世界杯形象大使，彰显的是足球运动的感染力和号召力，蕴含着足球赛事的包容博爱和强大能量。它让世界杯的快乐不只流淌在足球场上，也播撒在每个人的心中。它让足球超越了体育运动的范畴，汇聚成一种跨越语言、肤色、种族、意识形态的信念、热爱和力量，把全世界联结在一起。

"足球有独特的魅力，可以把人们凝聚在一起。"国际足联主席詹尼·因凡蒂诺曾如是说。

这种独特的魅力到底是什么、来自哪里？去看世界杯比赛，你就知道了。

孙女陪爷爷游中国，爱的力量远超普通人想象

◎ 2022年10月27日　刘颖余

"第一次唱歌""第一件手工艺品""第一次野餐""第一次进大商场看电影""第一次中奖"……难以想象，这些视频的主人公竟是一位84岁的老人，他在孙女的陪伴下，实现了一个又一个心愿。

最近，"孙女带84岁独居爷爷游中国，陪爷爷实现100个愿望清单……"的视频走红网络，还一度冲上热搜。据报道，2022年5月，四川自贡25岁女孩小万决定辞职回家陪爷爷，并用图片、视频记录生活，与家人分享。

子欲养而亲不待，世间至痛莫过于此。小万看似有些率性的行为，戳中了当今社会的这一痛点，所以网友纷纷为其点赞并送上祝福——"你是爷爷晚年的糖""这何尝不是一种幸福""爷爷的笑容大于一切""我也希望我有能力带父母去他们想去的地方"……

当然也有说她炒作、赚流量的。对此，小万向媒体表示，她录下视频，只是想记录陪伴爷爷期间的日常生活，没有想过把自己和爷爷打造成"网红"，更不希望爷爷的生活被打扰。为了把爷爷和自己照顾好，小万在网上找

了份写文案的兼职工作。

这自然是一种难得的人间清醒。小万带着爷爷游中国，温暖了彼此，欣赏了风景，享受了生活，倡导了正向的社会价值观，利人利己利社会，可谓一举多得，这不是幸福又是什么？这样的人成为"网红"，或许正是我们社会所乐见的。

生活没有定式，人生亦无范本。如果小万认为在当下陪伴爷爷，比在职场打拼更重要，且经济上"吃得消"，那么她选择辞职，就自有其道理。

生活不止眼前的苟且，还有诗和远方，还有爱和亲情。

爱，从来不只是一句漂亮话，它是一种情感，也是一种能力。当小万通过自己的努力，帮助年迈的爷爷实现了一个又一个心愿，对于爷爷，自是人生的丰盈和圆满；对于小万自己，又何尝不是一种成长和自我实现？

当然，龚先生绝无鼓励大家"辞职尽孝"的意思，小万的举动可能也没有多少可复制性。但她至少告诉我们：人生是多向度的，是具备更多可能性的。我们对于人生的规划可以更开放、更结合自身的实际，而不是看别人怎么做、绝大多数人怎么做。那样"复制粘贴"的人生，或许平顺稳当，也可能更容易成功，却并不是唯一的选择。

在一个日渐包容和多元的社会，像小万这样的人或许会越来越多。比如和小万前后脚"走红"的洛阳小伙汪明辉，背着吉他、带着身患癌症的母亲"唱游全国"。最终，他靠卖唱及音乐版权收入贴补旅行费用，自驾旅行81天。汪明辉表示，母亲的身体和精神面貌越来越好，一路非常开心，他们也希望用旅行记录的视频，鼓舞更多有类似经历的人。

的确，对于任何人来说，爱都是最好的疗愈，爱的力量可能远超过普通人的想象。一个心中有爱，而且懂得如何去爱、有能力去爱别人的人，是幸福的。

某种意义上，爱和幸福比所谓的成功更重要。

这就是小万和汪明辉们给龚先生的启示。

"女篮时刻",也是每个中国人的时刻

◎ 2022年10月1日　刘颖余

刚刚,中国女篮获得世界杯亚军!

国庆前夜,杀进世界杯决赛的中国女篮各种霸屏:朋友圈转发最多,电视直播收视率第一,微博热搜雄居第一——不止如此,更为夸张的还有,当日热搜前10名中,有关女篮的内容竟占据6条;热搜前6名,女篮占据5席。有球迷直呼:"女篮霸占热搜"。

中国女篮的表现,甚至让人忘记了同时进行的女排世锦赛和在成都举行的世乒赛团体赛。

中国女篮上次如此高光,或许不得不追溯到1994年女篮世锦赛(世界杯的前身)。巧合的是,那次比赛也是在澳大利亚,中国女篮也是在半决赛中击败了东道主,并最终获得亚军。

更让人难忘的是,28年前那支获得世界亚军的中国女篮,阵中就有猛将郑薇,如今,她作为中国女篮主帅,再次带领队员触摸世界之巅。这是多么动人的体育故事!也许只有贝肯鲍尔、郎平可以媲美。

这也可能是人们格外钟爱女篮的原因,一个有关传承和荣耀的故事,一个跨越28年的强势崛起,又怎能不让人为之着迷、动容?

"都看哭了""做强队的球迷,原来这么爽""你永远可以相信中国女

篮"……对于中国女篮的一大波赞美，如滔滔江水。

人们为什么那么爱女篮？

那首先当然是她们打得好，但更重要的恐怕还是她们打出了年轻人的精气神，打出了中国人的韧劲和不服输的劲头，就像主力后卫王思雨个人社交媒体上置顶的一句话："顺风不浪，逆风不怂"，这就是她和中国女篮的最好写照。

这样的精气神和劲头，过去我们在女排、女足身上都看到过，如今轮到女篮，球迷自然也不会吝啬自己的爱和赞美。"无畏金兰"，这是球迷送给女篮的新称谓，和"铿锵玫瑰""女排精神"遥相呼应，相得益彰，各美其美。

人们爱女篮，还因为她们打得有风格，有气度，勇猛而优雅。她们始终坚持团队篮球，红花绿叶各得其所，所以，即使第一得分手李梦因为发烧缺席，中国队照样能扳倒东道主。中国姑娘始终服从裁判，无论多么不服气，也不和裁判、对手起无谓的争执；队员每次被换下，始终不忘向观众致意——能做到这一点的，本届世界杯诸强中似乎只有中国女篮。这看起来不算什么大事，却能体现这支队伍的风度和纪律性。

毫不夸张地说，中国女篮已向世人证明，中国人可以打出中国风格、中国气派的篮球。我们在个人能力上确实和美国有差距，但完全可以依靠团队协作、纪律性和流畅的配合来弥补。随着个人能力的提升，我们完全可以遐想一下，打败美国队是一种什么滋味。

最后龚先生还要强调的是，中国女篮的世界亚军不是一天炼成的，而是长期训练积累的结果。今天，我们要感谢郑薇，也要致敬为这支球队倾注心血的许利民指导，以及英年早逝的心理教练黄菁，没有许利民当年将日本女篮照片高悬训练馆墙上的"强刺激"，没有黄菁在贝尔格莱德的那一声声忘情呐喊，就不会有中国女篮今天的知耻而后勇。中国女篮正是在无数有心人的坚实托举下，一步步走向世界舞台中央的。

"这是我们的时刻！"王思雨在半决赛后动情地说。而龚先生想说的是，这不只是女篮姑娘的时刻，也是所有中国球迷的时刻，所有中国人的时刻——我看到现场华人球迷无数泪光的闪动，也仿佛听到了电视机前无数球迷的激情呐喊。世界亚军，显然并不能让我们满足，但姑娘们，你们已经做到了最好，辛苦了！谢谢你们，没有比这更好的国庆礼物了。

调侃高温灾害，"隔岸观火"式"幽默"恕难认同

◎ 2022年8月24日　吴　迪

"川渝人民要哭了""四川重庆与退烧无缘"……近日，四川、重庆等地持续高温，干旱、山火等灾情不断。而有的网络平台出现一些怪怪的点评，如"火盆还是红油锅底""夏天的心脏在川渝"等，这种"隔岸观火"的"幽默"在特殊的灾情背景下，引发不少网友的不适。

据新华社报道，近期南方持续高温干旱，多地发生森林火灾，森林草原防灭火形势不容乐观，其中江西大部、湖南北部、重庆大部、四川东部、贵州北部森林火险等级为三级（较高危险），部分地区为四级（高度危险）。特别是重庆、四川等地局部地区持续高温干旱，林区可燃物大量堆积，森林草原防灭火工作面临极大压力。为此，国家森林草原防灭火指挥部办公室、应急管理部调度部署了防灭火工作。

川渝百姓正在众志成城全力抗灾，而部分网友的"调侃"在这种背景下，显得格格不入。如果是当地网友自嘲倒也罢了，但从相关内容的IP属地看，有不少是外地网友的戏谑，这着实令人不安。所谓"火盆还是红油锅底"，那这"红油锅底"给你要不要？

调侃高温灾害，"隔岸观火"式"幽默"恕难认同

或许一些网友只是对罕见高温天气感到好奇，有的跟风蹭热度、有的抖机灵"造梗"赚流量，从本质上也谈不上"非蠢既坏"。但要看到，川渝百姓正在经历酷暑高温，很多基层干部、消防官兵以及志愿者纷纷奔赴一线救灾。而不合时宜的玩笑带动更多人的戏谑，实则是在娱乐化一场灾害，在消解正在凝聚的救灾氛围，也是对当地百姓和一线救灾人员的不尊重。

就在昨晚（2022年8月23日），我在朋友圈看到两条关于重庆山火的消息，一条是不少人购买矿泉水送到火场一线。另一条是一位朋友站在自家楼顶，拍到歌乐山方向一处山火的照片——近处是万家灯火，远处是无数"逆行者"正在奔赴救火现场……

对于一些网友而言，隔着屏幕品评完灾情，或许转头就鼾声四起，可对于不少川渝百姓来说，这可能又是一个无眠之夜。一些人究竟要有多冷漠的心态，才能自以为是地将消费灾难标榜为"幽默"？

诸如自然灾害等严肃议题被娱乐化、调侃化，是个危险的信号。这在一定程度上会让一些人在公共议题中丧失共情的能力和思辨的能力。

从性骚扰、抑郁症等议题，到唐山烧烤店打人、彭州龙漕沟山洪等事件，网上都不乏娱乐化叙事、拿人家痛苦开玩笑的影子。

网络本可以突破物理空间的限制，让我们的心靠得更近。可有些人的做法却让人与人之间更加疏远。

面对灾害，"隔岸观火"的幽默并不好笑。太高的要求不提，最基本的，我们应当对受灾民众保持起码的尊重和同理心，若不能与他们站在一起、为救灾出把力，至少别说风凉话。

没有人比川渝人民更渴望一场秋雨。一些人的"隔岸观火"离幸灾乐祸很近很近。恕我不能认同这种所谓的"幽默"。

悲剧发生，我们无论如何不该少了悲悯之心

◎ 2022 年 8 月 15 日　　林　琳

刚刚过去的这个周末，因为四川彭州发生的山洪而被蒙上一层阴郁——2022 年 8 月 13 日下午，彭州市龙门山镇龙槽沟突发山洪，目前造成 7 人死亡、8 人轻伤。

不少人在各种社交媒体上看到山洪暴发时的视频，看到一些人逃离时的画面，也感受到了人在洪水面前的渺小和脆弱。

随后，更多信息被披露。事发地龙槽沟是社交平台推荐的网红打卡地，被评"免费耍水""小众森林徒步秘境"等，但事实上属未开发景区，无任何旅游设施配套，环境承载能力有限；龙漕沟属于地质灾害点位，易发生泥石流、山洪灾害，按照彭州市防汛防灾要求，禁止一切人员进入河道内；当地政府在全镇境内的河滩、溪流等地均设置了明显的提醒标志、横幅，劝阻游客不要下河游玩；山洪到来前，有管理人员拿着大喇叭近乎哀求地喊话预警，可依然有游客不为所动……

这些尚未被完全证实的信息让舆情中出现多种声音。在一些人看来，这些进入野生景区游玩、不听劝的人多少有些"自作自受"——"警示牌+铁丝网都拦不住这些人""这种遇难者让我生不出任何同情心""凡是禁止我必干，你贴告示我不看"……其中甚至不乏更难听、恶毒的话。

悲剧发生，我们无论如何不该少了悲悯之心

客观而言，进入原本禁止进入的区域、到禁止下水的地方玩水、已经有人提示危险还不及时上岸，对成年人来说，确实是不该犯的错误，也让旁观者倍感遗憾，但因此对他们恶语相向，认为这就是"活该""自找的"，未免过于冷漠和无情。他们可能确实违反禁令在先且对危险疏忽大意，但他们已然为此付出了生命的代价。无论如何，这样的代价与他们的疏忽相比，太过沉重。

洪水中那个抱着孩子苦苦坚持的父亲，让诸多人看了心酸、泪目，也被指不负责任——因为他将年幼的孩子置于危险中。彼时彼刻，他的心里一定充满恐惧、后悔和绝望。而这样一场生死离别，一定会给他们的家人造成巨大的悲痛和创伤。那些还要在他们伤口上撒盐的人，或许比倾泻而来的洪水还让人感到冰冷刺骨。

死者为大。悲剧发生，我们不应该失去悲悯同情之心。最简单的道理，如果那些瞬间被洪水冲走的人、那些虽然拼尽全力自救依然被吞噬的人，就是我们的家人、朋友呢？我们会希望他们在失去生命之后还要承受来自陌生人的言语攻击和侵犯吗？

某种角度上说，那些常以恶意去揣测他人、躲在屏幕后、键盘下"伤人"甚至"杀人"于无形的人，同样汇聚成了这个社会凶猛的"洪水"。可怕的是，与现实中的洪水比起来，网络上的"洪水"可能随时奔涌甚至分分钟把人"淹死"。

面对天灾、面对无法抗拒的意外变故，我们更应该做的是抱团取暖、彼此安慰，哪怕只是言语上的鼓励、支持，只是表情包里的一个祈祷、爱心，都有助于我们抵御悲痛，让生者坚强。我们这个社会需要的始终是善意、温暖、阳光的汇聚，而非戾气、仇怨、灰暗的累积。

在现实生活的公共空间里，"禁止攀爬""禁止游泳""禁止停车""禁止采摘""禁止翻越"等提醒不少，这当中相当一部分都关乎安全与生命，一旦违反便可能意味着性命之忧。当一些人急于指责甚至咒骂那些违禁之人时，或许更该想想，自己做到了吗？有没有对自己的亲友多一份叮嘱和劝诫？是不是也是"事后诸葛亮"？不轻易、主动涉险，每一个人都应有这样的意识且认真践行。

逝者已矣。针对此番龙槽沟山洪引发的灾难，我们需要反思的事情不少，比如，露营热之下，如何避免类似"人多势众""法不责众"的野生露营、任性露营？对一些高危地带和区域尤其是自然灾害多发地区，"禁止进入"需要怎样的配套措施去保障和落实？如何才能让更多人懂得水火无情而敬畏自然、敬畏生命？

"埃里克森奇迹",比足球更震撼的是人性

◎ 2021年6月13日　　罗筱晓

"足球无关生死,足球高于生死。"这是英格兰利物浦足球俱乐部功勋教练比尔·香克利留下的一句名言。

然而,在北京时间2021年6月13日凌晨进行的欧洲杯丹麦队与芬兰队的一场小组赛上,足球让位于生命,死神被在场所有人齐心拦截。

比赛进行到上半场第42分钟时,丹麦队中场核心埃里克森在无对抗情况下突然倒地。发现他失去意识后,双方队员立即示意队医和待命的医疗人员入场查看,裁判则及时叫停比赛。当现场抢救展开时,丹麦队员自发围成一圈,守护埃里克森不被现场无处不在的摄像机打扰。同时,两队的球迷也在看台上高呼埃里克森的名字为他祈祷。

14分钟后,埃里克森有了自主呼吸,随后被担架抬出场外就医。"护送"他一路离开的除了自己的队友,还有一面用于遮挡的芬兰国旗。当播音员报出"埃里克森现已苏醒,情况稳定"后,人群中爆发出响彻球场的欢呼声。

尽管在其后继续进行的比赛中丹麦队以0∶1不敌芬兰队,但这个夜晚,胜负显然已无足轻重。"史上最伟大人墙""本届欧洲杯最佳防守"……惊魂未定的球迷毫不吝惜地贡献着夸赞的言语。

这是一届注定不平凡的欧洲杯。

热点 e 论："工人日报 e 网评"作品选

2013 年欧足联突破传统东道主概念，确定 2020 年欧洲杯在 11 个国家巡回举行，意为"唤醒欧洲乃至世界的团结"。2020 年，受新冠肺炎疫情影响，杯赛被迫推迟 1 年。

或许谁也不会想到，8 年前那没什么新意的寓意，在如今陷入低迷的世界里，竟显得如此贴切。

世界需要欧洲杯，需要奥运会，需要竞技体育，因为这种最古老的将不同肤色、种族、国籍的人连接在一起的方式，直观地提醒着人们——自己不孤独。

不过，在这个凌晨惊魂 14 分钟里，一个个细节让人类的团结以善意和温暖这种更本能、更高级的形式彰显。即使在比赛恢复后打入本国在欧洲杯上的第一粒进球，芬兰球员也选择了低调庆祝，他们说要把祝福都留给埃里克森。

这已无关足球、无关体育，而是关乎人性。

难怪即使不关心足球的人，一早醒来看到这个"虚惊一场"的故事，也很难不动容。

在"埃里克森奇迹"中，有一组数据非常引人注目：

他倒地后 8 秒，队医抵达现场；

37 秒，携带急救设备的医务人员冲进场地；

52 秒，AED（心脏除颤设备）抵达；

1 分 36 秒，医务人员开始心肺复苏。

抢救生命"黄金 4 分钟"被牢牢抓住。

此外，丹麦队长克尔亚第一时间掰开了埃里克森的嘴，保证他呼吸顺畅并防止他咬断舌头——这都是非常正确的急救措施。

这一场"教科书式的抢救"，不由让人想起曾经的一起悲剧——2003 年在法国举行的联合会杯足球赛上，喀麦隆球员维维安·福突然倒地，最终不幸去世。这起事件让联合会杯乃至世界足联在此后很长一段时间都饱受诟病。

18 年后，与维维安·福遭遇几乎相同的埃里克森被救了回来。这背后，是不断增加的人力物力投入，持续优化的紧急方案和流程，以及无数次标准化操作的演练。而这一切，显示出大型体育赛事应有的极高组织水平。

也许，所有的准备在 999 场比赛中都是多余，但只要有一个埃里克森出现，一切就不是白费。

丹麦队与芬兰队比赛结束后，埃里克森被评为全场最佳球员。

是的，欧足联没弄错，在现场众人的帮助下，埃里克森踢赢了这场与死亡的比赛。

而"埃里克森奇迹"留给我们的，远不止于感动。

在一粥一饭中，收获实实在在的成长

◎ 2022年5月10日　苏　墨

"要考炒菜、修家电了！？"最近，不少家长关心的孩子教育问题除了学科、艺术、体育外，又多了劳动。

事情是这样的：据报道，2022年秋季学期起，劳动将正式成为中小学的一门独立课程。在近日发布的2022年版义务教育阶段"新课标"中，清洁与卫生、整理与收纳、烹饪与健康、农业生产劳作等任务，分别贯穿不同年级段。学生们将在这门课上学习煮饭炖汤，学习洒扫收拾，学习种菜养禽等。

这些看上去非常基本的生活技能被纳入学生综合考评，让不少家长有点费解，有人觉得多此一举，况且，科技飞速发展的当下，炒菜有机器人，打扫有机器人，甚至种菜养鸡都有无人操作的方案和技术。让学生学这些东西，这门劳动课会不会形式大于内容？

其实，这些疑问可以在"新课标"中找到答案。义务教育劳动课程以丰富开放的劳动项目为载体，重点是有目的、有计划地组织学生参加日常生活劳动、生产劳动和服务性劳动，让学生动手实践、出力流汗，接受锻炼、磨炼意志，培养学生正确的劳动价值观和良好的劳动品质。

北京师范大学教授檀传宝这样解读：劳动教育是一种综合的教育形式，跟德育、智育、体育、美育都紧密相关，"劳动教育最重要的就是价值观的培育。不是说孩子非得学会炒西红柿鸡蛋、修电视机，更重要的是培育劳动习惯、劳动态度，让孩子全面发展。"

敲黑板了：一堂合格的劳动课，除了要教会孩子自力更生的基本生活技能外，还要从教育这个源头入手，引导孩子崇尚劳动、尊重劳动。

这让龚先生想起近期一个火爆视频——江苏无锡一位特别会炒菜的女孩"魔性颠锅"。从8岁开始学炒菜，如今10岁的她已会做五六十道家常菜，在短视频平台上粉丝近90万人，被网友称为现实版"中华小当家"。

但如果只是个爱炒菜和会炒菜的孩子，还不能让满屏的家长打出"羡慕"二字。视频中"魔性颠锅"女孩是为了能让开饭店的父母在辛苦之余吃上自己炒的可口饭菜，主动学习厨艺的。孩子的这份初心，真真是天下父母最大的福报。

而又是什么让大多数家长只有羡慕的份儿而不能拥有这样的孩子呢？

很长时间以来，在家长眼中，孩子拿起笤帚就是在浪费解方程的时间，抡起炒勺就是少了背诵古诗的精力，养花养草、喂鸡喂鱼更是不务正业、玩物丧志。不少孩子也在家长的影响下，从小就远离了家务劳动，甚至习惯了漠视劳动。

显然，这门课的关键不在于背菜谱之类。如果不能树立正确的劳动价值观，不能在其中磨炼品质，都不能算是达标。

生活即教育。重视劳动，让孩子更多地参与到家务中来，在劳动中一起承担责任、分担辛苦，家长会看到闪闪发光的孩子，也会收获快乐的亲子时光。

一个能解奥数题的孩子值得家长自豪，一个能煎炒烹炸、做一桌大菜的孩子同样是父母的宝藏。

如果把劳动变成爱好，变成生活中的乐趣，那么，西红柿炒鸡蛋也会有了灵魂，整理收纳也可以成为一门艺术。

在龚先生看来，这门课并不只是让孩子动手，更是希望他们能动脑、动心、动情，在一粥一饭、一花一草中，懂得付出、懂得珍惜，让孩子收获实实在在的成长——这可能是比"劳动课多少分"更值得我们关注的东西。

兴趣班的困惑与回答，关键是"成为最好的自己"

◎ 2022年5月6日　　刘颖余

"小时候上那么多兴趣班，到底有没有用？"

这是一个困扰许多小朋友及其家长的问题。对此，"00后"大提琴演奏家、演员、歌手欧阳娜娜的建议是，一开始不要太排斥，多尝试，多和父母沟通，希望大家都可以找到自己喜欢的事情。

她是在日前和网友的互动中，回答一位小学四年级学生的提问时，做此番表达的，引来无数网友围观。

应当说，这是一个对的问题、在一个对的时候、提给了一个对的人。

关于兴趣班，这样的经历蛮有说服力——4岁开始学习跟音乐相关的课程，5岁学钢琴，6岁学大提琴，她还要去上舞蹈课、滑冰课。显然，这不完全是一个孩子自愿的，"一方面是父母替你去安排好的老师、好的课程，让你去寻找自己究竟喜欢什么；一方面也是自己要去发掘，自己对什么样的领域感兴趣"。

兴趣是最好的老师，但显然生活中，兴趣班不全意味着快乐。对此，很多人认同这样的观点，学习的路上肯定不是所有时候都是快乐的，因为要学习就意味着要牺牲一些玩乐的时间。但只有多尝试,才能找到自己喜欢的事情。只要平衡好生活、学习和玩乐之间的关系,就一定能从中得到不同的意义。"人生都是一步步来的,或许有一天你也会骄傲地说:我很感谢曾经的自己,因为曾经的选择让我成为更好的自己",这位"00后"大提琴演奏家说。

这是一个年轻偶像的回答,没有自我炫耀、强加于人,而是理性地现身说法。很多网友对此感到非常受用,跟帖评论中满屏都是"成为最好的自己",有网友甚至自嘲,"像我们这样从来没有参加过兴趣班的人,真的长大后就只剩刷刷手机了"。

我们这些年在大力强调素质教育、快乐教育,这自然是对的,但也不能忽略一个基本的事实:学习的路上,一定有苦,甚至就连体育锻炼,也是苦大于乐。但在经历了许多苦之后,我们有可能找到快乐——发现的快乐、融会贯通的快乐、自我实现的快乐。这种苦中之乐,才是更高级的快乐。

所以,不要一说快乐教育、素质教育,就排斥学习、排斥吃苦。自然,在孩子学习各种技能、才艺的过程中,也不能因为有些辛苦就放弃。单纯地顺应天性,其实是会被懒惰带偏节奏的。在孩子感到苦的时候,家长应给予他们坚定的支撑,这样,孩子才有更大的机会学有所成。

被誉为"钢琴天才"的郎朗在回忆自己的成长之路时,就曾感慨:"有些能力的确是天生的,但天赋并不意味着你可以通过更少的努力去获得更大的成就。""谢谢爸爸,逼我练琴!"正是爸爸的守候和逼迫,最终才让郎朗用琴声征服了全世界。

任何成功背后都有一份不寻常的付出。不是每个人都能成为名人、明星,但我们每个人都可以在尝试和学习中,发现人生更多的可能。即使不成名成家,亦可增加自己的涵养、情趣和才具——"最好的自己",大抵此之谓也。

学习是苦的,快乐是容易的,但生活是公平的。不吃学习的苦,就有可能吃生活的苦。这样的人生道理很枯燥、很无趣,但已被千百年的生活经验所证明。

这位"00后"大提琴演奏家说:"我宁愿吃苦,也不要庸碌。人生好短,想要活得尽兴。"愿你我都能做好吃苦的准备,在不可复制的时代里,成为那个最好的自己。

读书破万"卷"（juǎn），请相信阅读的力量

◎ 2022年4月23日　　苏　墨

2022年4月23日，首届全民阅读大会在北京开幕。这一天，也是一年一度的世界读书日。

前两日，龚先生看到一份当当网联合易观发布的国民阅读洞察报告，发现这届年轻人读书比通常想象中"更狠"。报告显示，从阅读的频次看，近60%有读书习惯的用户每周阅读3天以上；从阅读时长来看，有近30%的用户每日保持了2小时以上的阅读；而在这部分阅读人群中，"90后""00后"分别占比30.3%、23.3%。由此看来，这届年轻人读书的能力远超想象，至少情况比一直有人担心的"现在年轻人不怎么读书"要好很多。

"大部分时间是在刷手机吧？"很多网友并不认可这个数字。

拜托，都2022年了，还在纠结是读纸质书还是电子书，就OUT了。

报告显示，一线城市与新一线城市的被访者更喜欢在通勤时间阅读，其中多数人更喜欢在乘坐地铁、公交车或者飞机等交通工具时看书。即便是仅有两小时的自由休闲时间的工作日，仍然有48%的被访者愿意花费一半以上的休闲时间用于读书。

为什么在忙碌、喧嚣、浮躁的生活中，还有人想要读书呢？

龚先生看来，那些在百无聊赖之时拿起的书，或许会在未来某个时刻对

自身带来帮助。

别把这话简单理解成"读书改变命运"的励志说教。快乐、慰藉、休闲、抵御焦虑，这些非功利的目的，可能才是读书的最大益处——让我们足够强大来抵御生命旅途中种种不期而遇的变故。

2020年，来自湖北的农民工吴桂春在"东莞图书馆读者留言表"上写道："我来东莞十七年，其中来图书馆看书有十二年。书能明理，对人百益无一害的唯书也……"

这件事当时引起不小轰动。无工可打、正要黯然回乡的吴桂春也因此迎来一番新光景。在没有被关注到的年月，在这位普普通通的农民工眼中，读书是为了在人生的艰辛之外，找到心灵的愉悦和平静。读书，能温暖一个人的心，也能温暖一座城市。

而第一个将这张照片发到网络上的网友李老师，与吴桂春的人生轨迹不同。他也出生在贫困地区，但一路读到博士，现在是一名大学教师。生活在同一城市，常去同一所图书馆，但他们并不认识。不过，阅读没有辜负李老师，也没有辜负吴桂春。他们都在读书中找到了生活的乐趣与意义，爱上了一座城市。

读书，无碍学历，也无关职业。

龚先生采访过很多一线劳动者，阅读给这些劳动者生活带来很多改变。通常，阅读与他们的生计并不搭界，但也正因为不搭界，在他们的人生中，阅读才显得更为重要。

战胜北大才子、折桂《中国诗词大会》的快递员雷海为，用点滴时间在书店蹭书看，回到宿舍，默背默写，靠着这种原始的方式，一年背诵800首诗词。那时的他并不知道有《中国诗词大会》，更不知道自己会因为背诗而改变命运。但他依然在读书当中，找到了心灵的归宿、灵魂的安妥。

一位打工诗人曾对龚先生说，阅读对他的生活没有多少改变，但确实使他的内心得到提炼与升华，让他懂得对家庭、对人生的责任，不至于放纵沉沦。

作家梁晓声说过："读书是最对得起付出的一件事，你多读一本好书，就会对你产生影响。"如果不去纠结功利的目的，便会释然于读书是否"有用"

这个话题。

对很多人来说，阅读是精神追求，是锦上添花，是糖，是生活中的一点甜。

对另一些人来说，阅读可能是生命的光亮，是雪中送炭，是盐，是生命的必需品。

是糖是盐，个中滋味只能靠自己去品读。

读书能否破解生命中的焦虑，能否破除生活中的各种"卷"，这事也得靠自己去体会。

世界读书日的宣言里写道："希望散居在世界各地的人，无论你是年老还是年轻，无论你是贫穷还是富裕，无论你是患病还是健康，都能享受阅读的乐趣。"

龚先生相信，阅读从不会辜负每一个爱阅读的人，阅读是有力量的。

面对空难，不打扰也是一种体谅

◎ 2022年3月22日　林　琳

MU5735，从昨天（2022年3月21日）下午到现在，很多人在为它心神不宁，为机上人员默默祈祷。

"愿平安！"

"愿有奇迹发生！"

类似的话在网上刷屏。

2022年3月21日14时38分许，这架由昆明飞往广州的航班，在广西梧州市上空失联并坠毁。机上载有乘客123人、机组人员9人。

晴天霹雳一般！

多方救援力量迅速集结，赶往现场；媒体密切追踪最新情况；不少人在网上不断搜索、刷新相关信息，为机上人员及家属担忧、心痛，并表达着哀伤："明天和意外真的不知道哪一个先来"……

如果可以平安落地，这些乘客和机组成员会继续自己的生活日常，陪伴在他们的父母、孩子、朋友、同事身边，跟他们一起度过未来的日子或者应对工作的挑战，一起快乐、一起悲伤……

可如今，这一切都戛然而止了。

诸多人的心情，在得知这一消息后，都是阴郁的。

让人遗憾的是，与这悲伤、祈祷和紧张、忙碌同时存在的，还有少数引人愤怒的人和事——

有企业把空难当成了营销工具，在相关海报上，表面为失事航班祈祷，实则宣传"阔景美宅"；有公众号推送"带你提前看客机坠毁"相关内容，以此推销手机产品；而宣称自己"因退票逃过一劫"的，有十几个版本……

空难面前，这样的言论和做法让很多人无法接受，甚至忍不住要爆粗口。微博管理员3月21日晚发文称，站方在巡查中发现，有极个别网友发布幸灾乐祸、调侃灾难等不当言论，已对违规的25个账号，视程度采取禁言30天至永久禁言处置，并清理违规内容。

企业也好，个人也罢，博眼球、赚流量、搞营销，是要有底线的。面对这样的事故、这样的空难，可以关切，但关切不意味着窥私。

此次空难发生后，涉事机场和航空公司在机场内设立了家属临时接待区，随后，有关家属状态的相关视频被发到网上，还有媒体采访到机组人员的家属。对此，有网友呼吁，"不要去打扰他们""不要拍他们"。同时，有关灾难报道的新闻伦理问题再次被提及和讨论。

个人也好、媒体报道也罢，关切同胞的生命、为涉事家庭深感惋惜和痛心都是正常的，但如果以此之名，去拍摄那些哭泣的画面，去追问"此刻感受"，则多有不妥。

此时此刻，人们应该有更多的同理心——想一想，如果那飞机上的人是我们的亲人、朋友、同事，我们会怎样？会希望被人打扰吗？会希望自己伤心的画面被网上围观吗？会希望自己和家人的事情成为诸多人的谈资吗？

不同于对事故救援进展及事故原因调查的关心，凡涉及事故当事人及其家人，公众有必要保持必要的克制、保持足够的距离，即给他们充分的时间和空间，去面对、接受和消化——不打扰，也是一种体谅。

尤其要注意的是，不能因为过分的、不恰当的关注而给相关人员和家庭造成二次伤害——他们已经足够不幸和心碎了，不应该再因为一些人为的因素、不必要的事情去叠加他们的痛苦。

空难面前，形形色色的人和事构成一面多棱镜，折射着社会的冷暖和人性的多元。当我们从中看到或感到更多的阳光与温暖时，也要对混杂其中的少数丑陋和无底线坚决予以纠偏和打击。

给失利者掌声，记住"人生最本质的东西不是凯旋而是奋力拼搏"

◎ 2022年2月10日　罗　娟

北京冬季奥运会赛场上激战正酣，胜利和惜败交织，惊喜与憾负同在——

在短道速滑的赛道上，有金牌运动员出现失误止步预赛或半决赛；

在女子自由式滑雪大跳台比赛场，排名世界第一但没拿到金牌的法国选手伤心痛哭；

中国队花样滑冰女单选手两度因失误泪洒冰场……

我们为奥运健儿每一次的精彩表现而喝彩，也为他们的每一次失利而惋惜。但对一些运动员在比赛中的失误失利，赛场外的少数言辞实在违和，一些人对比赛失误失利的运动员施以各种讽刺和谩骂，甚至网暴。

赛场，风云变幻；得失，方寸之间。冬奥会是参赛运动员的"魔法时刻"，充满曲折与意外。哪怕十年磨一剑、"彩排"千万遍，哪怕排名世界第一、实力顶尖，在竞技舞台上都有可能与奖牌失之交臂。这是竞技体育的残酷之处，同样也是它的魅力所在。

在女子自由式滑雪大跳台的比赛中，对手、谷爱凌的妈妈、包括谷爱凌自己都没想到，她能征服 1620 度的难度，战胜本已将金牌收入囊中的法国运动员。人们欣赏谷爱凌的放手一搏、比赛的高度戏剧性，谷爱凌却第一时间冲过去拥抱了落地失误的对手。正如她在后来新闻发布会上说，"失误，是运动的一部分"。

奥运会 4 年一届，而很多项目运动员的职业生涯却非常短暂，想在奥运会这场规格最高、影响最大的体育舞台上摘金夺牌，无疑是所有参赛运动员的梦想；如果失误失利，其背后的心酸难过可想而知，尤其是在团体项目中，泪洒赛场包含着多少内疚自责、愧负队友。

然而，少数人无视运动赛场的基本规律，无视运动员的压力、伤病及低谷期等因素，不承认失利失误在运动中的正当性，使用各种阴谋论网曝指责运动员。

北京冬奥组委运动员委员会主席杨扬说："运动员有失败，有失利，都是成长的一部分。希望这个时候，我们就像家长一样，看到孩子有失利，应该给他更多的鼓励，而不是用其他的方式去打击他。"

显然，运动员出现失误失利后，考验的不仅是当事人面对挫折的勇气和自信，也检验观赛者的理性反应。

为失利者送上安慰和鼓励、鲜花和掌声，并不代表竞技体育可以不在意输赢、比赛无须反思，而是展现我们的观赛同理心，对竞技体育失利失误的偶然性表示理解，不对本就"压力山大"的运动员进行道德施压，不让负面情绪影响他们接下来的发挥、未来的成长。

宽容运动员的失误失利，是理性观赛的度量，更是一种文明的度量。争夺金牌而不唯金牌、追求名次而不唯名次、既看结果又看过程，更能够抵达"更高、更快、更强、更团结"的奥林匹克精神。

令人欣慰的是，如今的观众越来越理性和包容。中国女冰遗憾无缘八强、单板滑雪女子 U 形场地技巧决赛三位中国选手无缘奖牌、两金得主任子威止步 1500 米短道速滑半决赛，观众和网友依旧对他们报以掌声和鼓励。因为他们展现出以不服输、不放弃的奋力拼搏的姿态，去挑战体育运动的界限，值得更多掌声与鼓励。而构建起冰雪运动等体育事业健康发展的环境，我们不仅要有优秀的选手，也不可缺少理性包容的观众。

给失利者掌声，记住"人生最本质的东西不是凯旋而是奋力拼搏"

对运动员来说，在赛场超越自己，其实比赶超对手更重要。谷爱凌的一番话值得体味："我参加冬奥会，从来不是为了打败其他运动员，而是打破界限，滑到我的最好。"

奥林匹克之父顾拜旦曾说，"奥运会最重要的不是赢，而是参与。人生中最本质的东西，也不是凯旋，而是奋力拼搏。"

当我们学会为运动员每一次表现、每一次付出、每一次成长而欣喜，就能从中获得更多观赛乐趣，更能领悟奥林匹克精神的真谛。

这两天，获得2022印度女足世界杯决赛"未来之星"的张琳艳失声痛哭的视频刷爆网络，那是2018年世界杯上女足被淘汰时，张琳艳洒下的泪水，当时她失败了，但她不甘心地说，"只要能再次穿上国家队球衣，一定尽自己全部力量为它战斗"。梦想的力量，迎难而上的勇气，让她在4年后与队友一起收获了亚洲杯的金牌。

今天（2022年2月10日）中午，中国选手金博洋在花样滑冰男子单人滑中创造了自己赛季最佳的成绩，从2021年世锦赛第22名的失利、低谷，到今天的浴火重生，金博洋流下了激动的泪水。赛后，他说，"我滑的是我自己。"

为所有奋力拼搏的运动员送上掌声与鼓励，让我们一起尽情享受冬奥盛会，共同沐浴在奥林匹克的阳光之下。

我想有只冰墩墩

◎ 2022年2月6日　苏　墨

冬奥会开幕以来，吉祥物冰墩墩迅速登顶，成为"顶流"。

这只有着一层冰壳儿的熊猫宝宝，创造了一个新成语"一墩难求"——

从国家元首、参赛运动员、外媒记者，再到每个家里的小"神兽"，都变身冰墩墩"迷妹"。

有人开玩笑：同一个世界、同一个梦想——"我想有个冰墩墩"。

画风是这样的——

网上发售秒光，线下门店排出几百米长队，据说，冰墩墩设计者的儿子都没买到；

冬奥官方店冰墩墩卖光了，运动员被限量款冰墩墩周边萌哭，笑言会为了拿到金边冰墩墩而努力争取前三；

一位日本记者疯狂收集冰墩墩徽章；摩纳哥亲王与工作人员"说小话儿"请求带走两只冰墩墩面人儿，因为家里两个孩子，只带一个没法交差；

冰墩墩被门卡住了、冰墩墩不舍得下场……这个春节，只要和冰墩墩有关的视频、话题都被顶上热搜。

这只圆滚滚的冰壳熊猫在形象上是满分，而火成这样的背后，则是人们渴望与北京冬奥发生连接的强烈愿望——关注冰雪项目、关注日益开放自信的中国。

人们喜爱冰墩墩，更爱冬奥、爱冰上运动。

据国家体育总局最近发布的报告显示，全国居民冰雪运动参与率为24.56%，冰雪运动的参与人数高达3.46亿。"3亿人上冰雪"不再是愿景。

打开朋友圈，很多人被去滑雪、去冰雪大世界、去溜冰的图片和视频"凡尔赛"到。元旦期间，"整个朋友圈都去滑雪了"的话题招来3.3亿人的围观。有网友在"心痛地领悟"：雪场的雪具都被租没了，不预约根本进不去雪场……

曾经有人说，中国冰雪运动不进山海关；如今，中国冰雪运动"南展西扩东进"。在重庆，有6个冰场和10个滑雪场可供人们参与冰雪运动，参与人数由2018年的不足万人次，增长到2021年的百万人次。龚先生的朋友圈里就有个滑雪迷，生活在终年无雪的广州，室内雪场和人工滑雪机让她可以摆脱气候条件的束缚，尽情享受冰雪运动的乐趣。

即使宅在家里，AR、VR、体感技术也让我们可以感受滑雪、滑冰的乐趣。各种网络游戏让我们在家就可以与"高手"切磋，"争金夺银"。

有了这么多人爱冰雪、爱冬奥，冰墩墩自然有资本享受无尽的宠爱。

它表达着创造非凡、探索未来的自信。速度滑冰的冰墩墩、花样滑冰的冰墩墩、打冰壶的冰墩墩、自由式滑雪的冰墩墩……它的无限可能正是全国各地甚至世界各地热爱冰雪运动的人们对自己的期许。在渴求拥有冰墩墩之时，也渴求和它一样在蓝天白雪中驰骋，享受速度与激情的曼妙时刻。

冰墩墩，本身也是一个有爱又有趣的中国故事。冰壳与毛茸茸的身体、黑白皮肤与彩色飘带、憨憨体态与灵活身姿，融合矛盾与不同，这不正是中国智慧的生动体现吗？没人能拒绝可爱的冰墩墩，恰如没人能拒绝充满包容友爱的北京冬奥会。

一个小小吉祥物，传递着中国人的热情与善意，连接着世界人民对奥运、对一起向未来的热盼与认同。

一个自信从容的中国，从冬奥开幕式走来

◎ 2022年2月5日　　刘颖余

　　二十四节气倒计时、破冰而出的五环、黄河之水天上来、燕山雪花大如席，以"不点火"代替"点燃"、以"微火"取代熊熊燃烧的火炬……2022年2月4日晚上的北京冬奥会开幕式让无数人惊喜连连。

　　"细节太戳了！"网友直呼，中国再次向世界展示了中国式的浪漫和厚重的文化底蕴。

　　在经历了一个无与伦比、宏大壮美的2008年夏季奥运会开幕式后，张艺谋团队果断抛弃了"人海战术"，这既是审美的调整，更是基于客观条件的制约（疫情、气候等）。"简约、安全、精彩"是开幕式的总体追求，但这只是张艺谋美学的一面，它的另一面是"浪漫、唯美、现代"。

　　有人说，看北京冬奥会开幕式，就像看一部电影——从二十四节气倒计时，到黄河之水天上来；从破冰而出的冰雪五环，到燕山雪花大如席，直至最后被放置冰雪台上的"微火"。

　　这些创意细节，充满了中国气派、中国神韵、中国智慧、中国审美，每一帧画面都可谓浪漫至深、美丽至极；它们很中国，也很现代；它们"很张艺谋"的同时，也颠覆了过往人们对于老谋子"不善于讲故事"的印象。

　　是的，冬奥会开幕式带给人们的不只有美，更有感动和思考，信心和

希望。

比如破冰而出的五环，对于冬奥会来说，自然是非常应景，唯美浪漫。但破冰的隐喻，是个中国人都懂——只有打破坚冰，才能消除隔阂；只有团结起来，才能一起向未来。想想人类当下置身的大环境，这样的隐喻是多么的有力，多么的让人向往。

再如以二十四节气倒计时，最后定格在立春，不只是彰显了中国人沿袭千年的浪漫和智慧，更是因为在中国的传统里，极寒中常常蕴含着新的生机，所以，我们才会将一个天寒地冻的日子命名为立春，意为"春天的起点"。

中国人这一份对未来的深情和信心，龚先生相信，世界一定会读懂。

还有，"构建一朵雪花"的桥段，不只是创新无限，更给人们带来暖意和期待。开幕前，大概没有多少人会想到，写有各代表团名字的引导牌，会变身为一朵朵雪花，而这朵朵来自世界各地的雪花最终还会汇聚成一朵璀璨的大雪花，且成为本届冬奥会独特的火炬台。它们以火炬为中心，被象征着和平的橄榄枝所缠绕，紧紧联结在一起。这不正是奥运格言"更快、更高、更强、更团结"最好的具象表达吗？

从2008到2022，从一个奥运走向另一个奥运，中国人的文化表达，不再专注于曾经辉煌的历史，而是注目人类一起奔赴的未来；不再止于文化要素的简单展示，而是更注重人类共同情感的传递、中国故事的讲述，这就是"双奥之城"的底蕴和自信。

开幕式上有许多细节，让无数人破防：

国旗入场环节，伴随着一名儿童小号手吹响《我和我的祖国》的旋律，两排100多位普通中国人手手相传，将国旗传递到国旗班手里；

"致敬人民"部分，"轻轻地捧着你的脸，为你把眼泪擦干……"在《让世界充满爱》的歌声中，几十名来自世界各地的年轻人并肩前行，走过之处，一幅影像长河缓缓展开；

演唱奥林匹克会歌的仪式部分，演唱者居然是来自山里的一群孩子，他们穿着虎头鞋，用希腊语放声歌唱。孩子们的演唱也许难言完美，却无比真实，如此动人。

这些故事简单却有力量，没有伟大的表演感，但直抵人心。这些故事是中国的，也是世界的。因为总有些情感可以超越国家和民族、语言和肤色，让全世界人民找到共鸣，一起向未来。

　　大型综合性运动会从来都不只是一场体育的聚会。从北京冬奥会开幕式，龚先生看到一个自信从容的中国，一个有责任有担当的中国——您看到了吗？

国粹传承：路走宽了，才有更多人同行

◎ 2022年1月5日　苏　墨

短短一个月的时间里，由上海戏剧学院5位"00后"女生组成的"416女团"，经历了爆红、争议、翻红，这一切都是她们未曾想到的。

近日，"上戏416女团"在跨年夜再度演绎《探窗》，引发网友刷屏点赞，再次喜提热搜。此前，该团体曾被一些网友贴上"篡改京剧""不务正业，去做网红，还打着京剧的旗号""这是在糟蹋京剧"等负面标签。

而她们坚持着把自己认为正确的事做了下去——"我们并没有对京剧本身做任何改编，只是在用戏曲的发音唱戏腔，加入京剧'四功五法'里的'唱''念'，用上手和眼，仅此而已"。

说得没有唱得好听。随着她们合作录制的《赤伶》《牵丝戏》《知否知否》《万象长安》等多首戏腔古风歌曲在短视频平台上走红，作为专业戏曲演员的她们"开口脆"，让"黑"过她们的网友也直呼"上头"，于是"黑转粉"。

她们以及一群热爱优秀传统文化且大胆拥抱当代新表达方式的传承者，成功地把京剧这门国粹"拉下神坛"，让传统国粹成为"国潮之神"。

传承优秀传统文化，要不要融合创新？一直众说纷纭。

龚先生想从京剧的发展历史，为大家提供几点参考。

乾隆五十五年至嘉庆八年（1790~1803），原在南方演出的三庆、四喜、春台、和春四大徽班陆续进入北京。他们与来自湖北的汉调艺人合作，同时接受了昆曲、秦腔的部分剧目、曲调和表演方法，又吸收了一些地方民间曲调，在道光二十年至咸丰十年间（1840~1860）形成了京剧。

由此可见，京剧本身就是传统戏曲与当时的潮流艺术结合的产物。

如今，用戏腔唱京剧作品、流行歌曲，何尝不是又一次的融合呢？

艺术的传承离不开融合、创新，只要能让更多的人接受、喜欢、传播，就是"改得其所"。如果故步自封，则无异于作茧自缚。要知道，一门艺术如果没有了观众这个基础，就成了没人接盘的遗产，很容易被历史湮没。

得益于新的传播手段，越来越多的非物质文化遗产项目走入网友的视野，一改以往高高在上、被束之高阁的境地，是为艺术之幸；得益于老一辈的坚守和传承，国粹得以保留"精粹"留给今天的年轻一代，是为观众之幸；新一代年轻人以新的方式传承国粹，守正创新，将"老物件"玩出新花样，是为民族之幸。

京剧如此，其他艺术形式亦如是。适应时代需要、观众需要，走通俗化之路，而非庸俗、低俗、媚俗，艺术才可以抵达更多受众，在不断变化的审美需求中，长出新的枝蔓。

事实上，从事传统文化、技艺传承的工作，充满着孤独、失落——学艺苦、收入少、出头难，这是不容忽视的大多数业内人的命运。今天，除了德云社等少数戏曲"厂牌"外，能够被市场接受的传统艺术民间院团少之又少，大多数人只是维持生计。

同样是近期爆红网络的河南郏县齐村一家8口，年近九旬的爷爷齐学文带着"00后"孙女等家人，组成民间剧团，在直播间唱戏，受到网友追捧。而他们线下的艺术轨迹只是在田间地头。他们可能才是"网红传承人"的更真实的生活状态。

艺术传承，火的需要守住初心，不火的更需要守住初心。

唤醒国人基因里的文化记忆、文化认同，远不是新媒体上红了几个人、爆了几款综艺，就能完成的。所谓传承，必须经受岁月考验，肯下水滴石穿的功夫。

要让国潮热、国粹热持续保持足够的热度，需要有人带着老手艺快步走在潮流的前头。只要方向不跑偏，步子大点儿、快点儿，无妨。只有路走宽了，才有更多人同行。

逐梦星辰大海，"神舟"回家是最好的中秋礼

◎ 2021年9月17日　韩韫超

2021年9月17日13时34分，神舟十二号载人飞船返回舱在酒泉卫星发射中心东风着陆场成功着陆，3位航天员平安归来，中国空间站建造阶段首次载人飞行任务圆满成功。

网络上，网友们热情地喊着"欢迎航天员回家过中秋""航天员返程的健康码是什么颜色"的温馨调侃也刷了屏。

电视转播中，首次启用东风着陆场、首次采用多项经过验证的新型测控手段、返回方式由"定时定点"变为"动态适应"、为搜救队赶赴现场提供多种技术支持——一项项着陆"黑科技"在令公众大长知识之余，也再次证明了中国在载人航天领域的进步与实力。

正如有媒体总结的，"这是中国航天的新高度，也是中华民族的新高度"。

回顾神舟十二号载人飞船的飞行历程，从6月17日到9月17日，由3名航天员组成的神舟十二号乘组，在空间站组合体工作生活了3个月，刷新了中国航天员单次飞行任务太空驻留时间的纪录。

其间，3名航天员成功完成两次长达六七个小时的出舱活动，引来14亿

国人的隔屏围观。通过远程实时连线、向地面回传视频等方式，3名航天员向公众展示其在空间站里工作、生活的各类场景与细节，为国人奉上一场场生动的航天科普……

从1992年我国载人飞船正式列入国家计划，到神舟十二号成功发射，我们用近30年的时间跨越了发达国家半个世纪的发展历程，先后把12名航天员送入太空，成功率达到100%。茫茫戈壁、浩瀚宇宙，一代代航天人一步一个脚印实现了中国载人航天梦。

天地间大力协同、舱内外密切配合——每一次航天任务的顺利完成，都见证着航天工作者的拼搏奉献、攻坚克难，离不开方方面面精确到极致的对接和保障。"特别能吃苦、特别能战斗、特别能攻关、特别能奉献"的载人航天精神，正在成为民族精神的宝贵财富，激励一代代航天人不忘初心、不断前行。

今天，对于这样的着陆与凯旋，国人并不感到陌生。

"在轨飞行××天""交会对接""返回舱""黑障区"——从神舟五号首次载人飞船升空，到如今神舟十二号顺利归来，这些以往多少有些晦涩的科技术语，已为很多人所熟悉。此番神舟十二号载人航天的成功实践，实实在在地让国人享受了一场为期90天的科技盛宴——

借助强大的同步转播技术，此次3位航天员得以为国人近距离展示太空漫步、设备更换、实验操作等细节；公众坐在家中就能看到航天员的日常饮食、健身、抽空收纳行李包裹、布置"太空之家"等场景的实时直播。这种近距离接触太空生活的体验，让不少网友直呼"带感"。

不仅如此，十几天前，3位航天员还远程参与到中国空间站科创体验基地首场活动中，"马铃薯在太空微重力环境下的形状与地球是否一致""怎么将自己家乡特有的美食封装成符合航天标准的太空食物"等问题一抛出，让孩子们脑洞大开。无数孩子心中的太空梦，或许就会因为这场"太空盛宴"而变得切近起来。体验播种希望，热情点燃梦想，这也许正是载人航天于普通人的意义和价值所在。

载誉归来——整装出发，这是航天人循环往复的征程，也是大国科技不断突破、持续创新的足迹。

目前，神舟十三号载人飞船发射任务已经箭在弦上。相信在不远的将来，建造空间站，解决有较大规模的、长期有人照料的空间应用问题，全面完成载人航天"三步走"的发展战略，都将由梦想变成现实。

矢志不渝，逐梦星辰大海。在距离地面约400公里的高度，神舟十二号载人飞船为世人开启了瞭望地球的望远镜，同时也为国人打开了一扇望向太空、望向更广阔世界的窗。

"神舟"回家团圆，是最好的中秋礼。

今天，我们欢迎航天英雄回家，同时向千万辛勤耕耘的科技工作者致敬！

仰望星空、探索苍穹，让我们一起拥抱更美好的未来。

学会鼓掌,而不要总是去熄灭别人的灯

◎ 2021年8月25日　　韩韫超

2021年8月20日下午,安徽省淮南市凤台县凤凰湖新区,一名女童不慎头部卡入小区铁门空隙中,进退不得。路过的市民高先生询问情况后,让旁边一名女童拿手机拍摄记录,自己上前帮助女童从铁门中成功脱困。

视频被发到网上之后,高先生却因在救人时的托举动作触及女孩隐私部位,被不少网友怒怼:"手是有意的吧?都放到哪了?"更有甚者开始"人肉"高先生。

高先生感到很委屈,表示问心无愧,说自己也有儿女,救人的时候根本没想那么多。

一桩本来正能量满满的民间紧急救助,却将热心施救者推入了道德的深渊。

仔细看视频就会发现,在试图将女孩拉出的过程中,高先生始终没有很好的着力点,被质疑的动作实属不得已为之。退一步说,如果他心中有鬼,就不会让旁边的女童拍下救人全程,还发布在网上。

最近被淹没在网络暴力口水中的,还有江苏扬州一位"90后"女孩。在扬州面临严重疫情时,女孩拿出全部积蓄向医院捐赠一辆负压救护车,以此为家乡抗疫贡献一分力量。就在网友纷纷点赞的同时,另一种声音却在网络

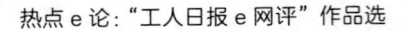

出现:"打肿脸充胖子?""没必要,不提倡!""医院不缺这辆车!""送她五个字,冲动是魔鬼"。

不久前河南遭遇特大暴雨,广州叶先生驰援郑州,为市民免费维修被水泡过的机动车。回到广州后,郑州暴发疫情,叶先生主动联系医院自费隔离,但他穿防护服被救护车带走的画面被人拍下上传网络后,一些网友责怪他"把病毒带了回来"。

挑剔指责、妄加揣测、道德鞭挞,类似的好人善举何以屡屡遭遇"见光死"?"键盘侠"们为何屡屡不惮以最大的恶意评判那些来之不易的凡人善举,让热心肠者背负道德压力和心理负担?

其中,可能有网友并不了解情况,只是简单粗暴地从众、跟风评论,只为单纯寻求表达快感;有些人则是别有用心,为了博眼球、赚流量而故意制造话题、槽点,将挑刺、吐槽、带节奏进行到底,追求的就是煽风点火后"大面积垮掉"的轰动效应;还有些人则是满满的"酸葡萄"心理,整天一副见不得别人好、怼天怼地怼"出头鸟"的变态样子。

走出"好人难做"的怪圈,需要全社会对好心人给予最大的善意和包容、理解与支持,而非拿着放大镜去观察好心人的每一个毛孔,吹毛求疵地去挖苦、攻击和指责。

从《民法典》中"因自愿实施紧急救助行为造成受助人损害的,救助人不承担民事责任"的规定,到不久前提请全国人大常委会审议的医师法(草案),拟明确规定医师在公共场所因自愿实施急救造成受助人损害的,不承担民事责任,再到多地通过增加见义勇为条例中的免责条款来鼓励见义勇为,最大限度地实现紧急情况下救治他人的特殊豁免。可以说,千方百计为好心施救创造便利和条件,扫清阻碍见义勇为的主客观障碍,全社会在不懈努力。进一步说,当网络围观轻易演变为网络暴力,面对"键盘侠"屡屡恶语伤人甚至绑架公众心态,我们也该好好反思:面对好人善举,怎样才是网络围观的正确姿势?

在"人人都有麦克风"的移动互联网时代,对那些好心做好事的普通人来说,身边可以没有鲜花和掌声,但不能没有善意与包容,做事的方法或许不专业、考虑或许不周全,但那份赤诚和真心弥足珍贵。

"做好鼓掌的观众，不必熄灭别人的灯"。在新闻下的留言评论中，有网友如是共勉。"良言一句三冬暖，恶语伤人六月寒"。别让网络暴力成为阻碍凡人善举的痛点。

呵护珍贵、良善的助人之心，请从"嘴下留情"开始，从多一分设身处地、将心比心开始。

"延乔路"鲜花花语：眼里有光　心中有爱

◎ 2021 年 7 月 3 日　　吴　迪

"延乔路"路牌下摆满鲜花，这一新闻冲上热搜。

随着电视剧《觉醒年代》热播，剧中烈士陈延年、陈乔年（陈独秀之子）被大家所熟知。

2013 年，为了纪念这两位英烈，安徽合肥将市区一条道路命名为"延乔路"，呼应不远处的"集贤路""繁华大道"。"延乔路的尽头是繁华大道"这句话，直戳网友泪点。

2021 年 7 月 1 日，中国共产党迎来百年华诞，网上处处是"党旗红"，热搜上满满的是对党的生日的祝愿。从"此生无悔入华夏，生生愿在种花家"（"种花"为"中华"的谐音），到"生逢盛世，当不负盛世"，再到"延乔路路牌下摆满鲜花"，热搜新闻条条让人"好哭""破防"。

"延乔路"路牌下，人们自发送上献花和寄语卡片。比卡片上"硝烟散尽，山河无恙""盛世中华，如您所愿"等文字更触动人心的，是这种自发汇聚的力量。

没人知道第一位献花之人是谁，也不知道第二位、第三位是谁，但一捧捧鲜花，就这样绽放在"延乔路"路牌下，使之成为一座红色地标。在"今天的延乔路"话题下，"流泪"的表情使用频率最高，"心怀感恩，励志前行"

"延乔路"鲜花花语：眼里有光 心中有爱

的跟帖点赞数一路攀升。

热搜本身就是一种民意、一种态度。

在这举国欢腾的日子里，我们看到，很多人在以自己的方式庆贺中国共产党百年华诞。或追忆峥嵘岁月，或缅怀浩气英烈，或深思盛世来之不易，人们在努力寻找"看清楚过去为什么能够成功，弄明白未来怎样才能继续成功"的答案。

生活需要仪式感。某种程度上，给"延乔路"献花，以及网友的围观、点赞，也在营造一种仪式感，既是缅怀革命先辈，也是在与自己对话、与国家的未来对话。

很多人，尤其是年轻人，往往有着自己的情感表达方式。

直接——如献花，不发一言，直接以行动表达；

炽热——说"爱"毫不含糊，《我爱你中国》《唱支山歌给党听》《我和我的祖国》等老歌以快闪等形式猝不及防地出圈。

这种新潮的表达方式还体现在近期火遍全网的中国风舞蹈《洛神水赋》，以及早前出圈的《唐宫夜宴》、某站跨年晚会等。传统文化元素加上全新创作手法，点燃了很多人心中的爱与激情。

眼里有光、心中有爱，亿万个普通人在以自己的方式，回味着、领悟着个体与国家、个人与民族的息息相关。

正如"延乔路"上留言卡片所写："谢谢你们为时代留下浓墨重彩的青年足迹，我辈将一往无前，沿着你们的道路，替你们看尽繁华！"

"马拉松的终点是安全到家"

◎ 2021年5月24日　　刘颖余

2021年5月22日以来，一场遭遇极端天气的马拉松越野赛，持续牵动着无数网友的心。

在甘肃省白银市景泰县举行的这场"黄河石林山地马拉松百公里越野赛"，因为赛事进行中突遇冰雹、冻雨，并伴有大风，气温骤降，许多参赛选手出现失温现象，最终21人遇难，其中包括中国超跑圈的领军人物梁晶、残运会冠军黄关军等。

172名选手参赛，21人遇难，这样的惨剧，远超出人们对于马拉松运动的认知，别说在中国，就是放眼世界，也是极其罕见的。

这毫无疑问是中国马拉松也是世界马拉松运动悲伤的一天。

最新消息显示，甘肃省委省政府已经成立事件调查组，国家体育总局也于5月23日晚紧急召开"全国体育系统加强赛事安全管理工作会议"，进一步压实体育系统的赛事安全管理工作，不断完善体育领域安全风险防控制度和举措。

我们哀悼逝者，也等待着事件调查组的结论，更祈祷这样的惨剧永远不要再发生。

据悉，搜救指挥部对此次事件的初步定性是，一起因局部地区天气突变发生的公共安全事件。事件发生后，越来越多信息、细节曝光。比如，冲锋衣等装备并没有被列入强制装备，而仅作为建议装备写进了赛事手册。比如，主办方在补给方面保障不力，在最要紧、最艰难的赛段没有提供热水热食。

还有，给选手的赛事气象服务是否精细？应急预案和医疗保障是否完备？如果在发现气象异常后，赛事主办方和跑者及时终止或者延期比赛，是否会避免酿成更大的悲剧？在事件发生后，组织方的救援是否及时和得力？这些问号，都需要为公众一一拉直。

据了解，黄河石林山地马拉松百公里越野赛，从赛段的地理位置来看，难度并不算太大，有人甚至称之为"最简单的百公里越野赛"。该赛事已成功举办三届，之前还被中国田径协会授予"自然生态特色赛事""中国马拉松铜牌赛事"。

也许正是这些表象，让主办方和选手放松了警惕。但大自然永远是那么神秘和变幻莫测，办赛更是来不得半点侥幸和大意。当我们失去对生命、自然和办赛的敬畏之心，大自然就会以出人意料的形式无情地报复人类。

让人有些心酸的是，就在5月4日，2021年乌蒙山超级越野赛就发生过惨剧，选手杨立杰在比赛中出现失温，经抢救无效不幸离世。组委会为此还在通告中表示，"杨立杰倒在了他热爱的赛道上，是一名真正的勇士。"

可在我这个长期关注体育的人看来，生命高于一切，没有一种体育精神可以高于生命本身。就像有些跑友说的，"马拉松的终点是安全到家。"无论是谁，"倒在赛道上"都是最为令人痛心的，它无关勇气。

这些年，马拉松热、跑步热席卷全国，无论于全民健身，还是竞技体育，本来都是好事一桩，但有些地方的确也出现了盲目跟风、仓促上马的乱象。有些城市缺乏对专业办赛的基本敬畏，而只是出于城市宣传、旅游开发等考虑，也要跟上风口，且一味贪大求全。

马拉松是极限运动，对于人的体能、意志要求非常高。如果没有科学合理的赛事保障，没有及时到位的科普宣传，马拉松赛事很容易发生安全事故。近年来，国内马拉松赛事中不时发生有人猝死的事件。

方兴未艾的越野跑更是如此，近年的趋势是，比赛距离越来越长，100公里是起步，现在连500公里都有。还有，赛道越来越难，大多集中在西南、西北高海拔地区。越野跑运动这样的狂飙突进，给选手的生命安全埋下了极大的隐患。

21条鲜活的生命遽然离去，给了我们血的警示：超越自我、挑战极限、探索自然，永远激动人心，但如果没有对于生命的珍视、对于自然的敬畏、对于科学的尊重，那一切都是浮云。

发展马拉松运动，利国利民，但同样需科学办赛，小心认证，有序推进，让专业的人办专业的赛事，把每个细节都完善到极致，千万不能仅仅追求数量和规模，而任其野蛮生长。

"马拉松的终点是安全到家"。绷紧安全这根弦，才能让千千万万个跑者快乐而安心地奔跑。

今天，我们为同一个名字哭泣

◎ 2021年5月22日　　贺少成

中国工程院院士、"杂交水稻之父""共和国勋章"获得者袁隆平，于2021年5月22日13点07分在湖南长沙逝世，享年91岁。

斯人已逝，浩气长存。对中国人而言，袁隆平是一个特殊的名字——中国以仅占世界9%的可耕地面积，养活了十几亿人，袁老功不可没。他是我国研究与发展杂交水稻的开创者，也是世界上第一个成功利用水稻杂种优势的科学家，被誉为"杂交水稻之父"。正是他以毕生精力投入到杂交水稻的研发和种植中，我国的水稻产量得以大幅提升，中国人的口粮才得以保证。

袁隆平的杂交水稻，惠及的不仅仅是中国人。目前，杂交水稻已在印度、孟加拉国、印度尼西亚、越南、菲律宾、美国、巴西、马达加斯加等国大面积种植，年种植面积达800万公顷，平均每公顷产量比当地优良品种高出2吨左右。

"我一直有两个梦，一个是禾下乘凉梦，一个是杂交水稻覆盖全球梦。"为了实现这两个梦想，直到2021年初，袁老还坚持在海南三亚南繁基地开展科研工作。

音容宛在，斯人却已驾鹤西去，留给十四万万人同一哭。

请袁老放心，您的梦想，必定会有后来人替您实现。

最帅"转身",人性的善良值得守护

◎ 2021 年 4 月 21 日　　苏　墨

是"一考定终身"的成绩重要,还是帮助他人、坚守善良的人生底线重要?

2021 年 4 月 15 日,河南洛阳初中生张蓬超用一个转身,给出一个"满分答案"。

中招体育考试中,一考生在中长跑项目中摔倒,已冲出三四米远的张蓬超立即转身将同学扶起。事后,张蓬超说,"根本没有想过会不会因此影响自己的最终成绩。看到同学摔倒,就想着得赶紧把他扶起来,毕竟中长跑只有一次测试机会,对我们谁都很重要"。

"之后看前面的人已经跑很远,我们就只能拼命往前跑。"在完成被网友称为"最帅转身"的动作后,张蓬超长跑单项依然取得满分。

对于张蓬超来说,他完成的不仅是一次升学考试,更是一场"人生大考"。

网友们在给张蓬超点赞的同时,也发出了另一个灵魂拷问:假如这个孩子是你正在参加中考的孩子,假如他最后的成绩受到影响,你仍然会毫不犹豫地支持他吗?

说到升学竞争,"一分压千人""千军万马过独木桥""别人进步就等于你在退步"等，大家耳熟能详。似乎有一种无形的压力提示孩子们：周围的同学都是你的竞争对手，你需要做的是努力再努力，杀出一条血路，最终走到金字塔尖上，傲视群雄。

为争一个名额，削尖脑袋打破头；为了提高分数，天价上"内部预测班"；还有各地疯抢学区房……种种乱象，不一而足。

不得不承认，中考的每一分都可能决定一个孩子能否成功"上岸"——考上好高中、进入好大学、找到好工作。

但是，分数绝不是教育的全部。

2021年全国两会上，"好的教育应该是培养终生运动者、责任担当者、问题解决者和优雅生活者，让孩子们有健全而优秀的人格，赢得未来的幸福，造福国家社会。"

"让幼儿园孩子养成整理东西的习惯，远比让他们早识字要好；让孩子多读书，远比让他们做那些阅读理解题重要。"全国政协委员、江苏省锡山高级中学校长唐江澎的话，得到广大家长的认同。

每个人都有权利争取更好的受教育机会，然而，这并不等于每个人都要上清华、北大。当我们不以成绩定义教育的成功与否时，想来，很多人能自信地回答这个灵魂拷问：即使是自己的孩子，即使他因为帮助别人而影响了最终成绩，我们也依然会以他为荣，依旧会鼓励他在日后的生活中，对世界报以满满的善意、对他人怀揣满满的爱意。我们坚信，在未来的日子里，这样的孩子一定会活成一道光，照亮别人，也成就自己。

当我们都相信一个孩子懂得爱人爱己比拿高分更重要时，也许可能改变冷冰冰的分数评价体系，让这些闪耀着人性光辉的孩子得到更多的肯定和机会。

当全社会努力促进教育公平、就业公平，给孩子提供更多元的上升空间、人生选择时，我们才可能不以名校论英雄，真正相信"三百六十行，行行出状元"。

考场上的满分可喜，人生的满分难得。

希望学校、家长、社会能共同营造一个环境，让所有的孩子可以在任何时候都把同学当作真正的朋友、珍惜彼此的友谊，让人性的良善融入孩子的血脉并最终照亮我们整个社会。

认识理解死亡，才会珍惜欣赏生命

◎ 2021年4月7日　　刘颖余

"南北山头多墓田，清明祭扫各纷然"。

无数游子风雨兼程赶回老家，在家人墓前诉说爱与思念，这是清明节最常见的一景。

据民政部清明节祭扫工作办公室统计，2021年清明假期三天，全国共计接待祭扫人数6773万人次，登录网络祭扫的群众738万人次。

在慎终追远、缅怀先人的同时，清明也是踏青游春的好机会。所谓"逢春不游乐，但恐是痴人"是也。清明就是这样一个可以安放多种心情、寄托多种情绪的节日。

清明是一次寻根之旅，借此我们知道自己从哪儿来、到哪儿去，找到自己肉身和精神的来处。

清明是一次生动的死亡教育，借此，我们可以更深刻地认知、理解死亡，从而更加珍惜、欣赏生命。

清明不只是中国人的传统节日，更是中国传统文化的一部分。

今年（2021年）清明节前不久，中国人烧给死人的纸扎登上巴黎设计周，还被法国博物馆收藏。遭受质疑后，展览主办方硬核回应："这是文化累积出的绝美工艺。"

看着一件件精美的手工艺品，无数老外觉得不可思议："就算人已经去世，还会为他准备这么漂亮的东西，中国人对待死亡的想法真是太浪漫了。"

"浪漫"自然是言重了，但纸扎技艺的确体现了中国人对于逝者的尊重，以及对于死亡的一种庄严态度。

作为仪式的祭扫和悼念或许有"浪漫"的成分，但当真实的死亡发生时，所有关心逝者的人只有心痛。

也是在清明节前几天，已故音乐人赵英俊生前的签约公司公布了他的告别视频。视频录于2018年，其时赵英俊正在和癌症苦苦抗争。视频中的他穿搭朴素，脸色有些苍白，一句"当你们看见这个视频时，我应该不在了"瞬间让人泪目。

而赵英俊自始至终没有哭，他表示自己得知患癌的消息，只难过了一天。他表达了对这个美好世界的不舍，并期盼大家记得他。"真正的死亡不是生命的逝去，而是被遗忘。""你们只要记得我就好，我留在这个世上的故事也不少，你们互相讲讲就好，我就永远活在你们身边。不要把我忘了，永别了这个世界。"视频的最后，他拿起镜头盖，关上了摄像机，就像盖上了自己的棺材盖。

这是一个有趣的灵魂和这个世界勇敢的告别，也不啻为一堂生动的死亡教育课。人们为他的离去而不舍，更为他直面死亡的勇气所感动，同时，也提醒自己珍惜活着的时光。

有人说，中国最缺乏三种教育：性的教育、爱的教育、死亡的教育。

目下，前两种教育已引起各界重视。独有死亡教育，还没激起多大浪花，似乎只有每到清明节，有识之士才会小心翼翼地呼吁几句，然后又重归平静。

死生亦大矣。不能说国人不重视死亡，但中国自古对死亡习惯采取一种回避的态度。孔子说，"未知生，焉知死"，谈到死亡，明显顾左右而言他。我们的不少孩子也缺乏对死亡的基本认知，因为父母对于死亡的话题讳莫如深，他们对死亡的理解多是来自影视作品和书籍。

的确，死亡从来不是一个愉快的话题，但这并不能成为我们轻视它的理由。因为只有对死亡有深刻而清醒的认知和理解，我们才会更加珍惜生命、欣赏生命。

尤其对于个别选择自杀的孩子，想来，一个重要原因是从来没有人告诉过他们，死亡到底是怎么回事。他们没有学会尊重死亡，自然也没有学会珍惜生命。

关于死亡，我们应该告诉孩子：死亡是生命历程中必经的一环，是自然也是必然发生的。因此，我们不必恐惧死亡、焦虑死亡，要坦然面对死亡、接受死亡。但我们也不必过分"美化""浪漫化"死亡，因为其过程大概率会伴随超乎想象的痛苦和无力挣扎。

最重要的，我们要教会孩子懂得生命的美好、拥抱生活的美好，懂得尊重、维护和不伤害他人的生命，从而更加珍惜生命、快乐地度过一生。

据说，这世上每秒钟就会死1.8个人。那么，当您读完这篇文章，或许就已经有数以百计的生命离开了这个世界……

死亡，无法回避。那么，今天，让我们更加清醒地认知和理解死亡，这样，我们才会更加珍惜和欣赏生命。

三星堆霸屏，好奇之外更有深深的文化认同

◎ 2021年3月22日　苏　墨

"沉睡三千年，一觉惊天下"。

2021年3月20日，"考古中国"重大项目通报了四川广汉三星堆遗址重要考古发现与研究成果，此举距三星堆遗址上次对外发布考古成果，已时隔35年，用"万众期待"来描述，不足为过。

消息一经发布，有关"三星堆"的话题快速冲上各大平台热搜榜，开启刷屏模式。网友们对这些"奇奇怪怪、可可爱爱"文物的好奇心爆棚。各大电商平台有关"三星堆文化"的历史书籍，销售量明显提升。

此次"上新"的三星堆文物来自6座祭祀坑，已出土金面具残片、鸟型金饰片、金箔、眼部有彩绘铜头像、巨青铜面具、青铜神树、象牙、精美牙雕残件、玉琮、玉石器等重要文物500余件。

用网友的话来说，"一次开了6个盲盒，出了500件限量款，你说震不震惊？"

借助直播视频，网友们不单"云逛"博物馆，还参与"云考古"，弹幕、评论、制作表情、建模还原……奇思妙想，妙语连珠，天马行空，用"实力""技术"高段位地参与其中。很多网友的观点专业，考古知识储备丰富，这些"半职业选手"直接对话"国家队"，网上网下互动不断。

这些年,考古的话题越来越热。海昏侯墓、张献忠沉银现场、二里头遗址……每一次新成果问世,都会掀起一波围观、热议,三星堆无疑将这股考古热推上了新的高度。

从故宫大热,到河南省博物馆推出的文物盲盒被网友连夜抢购,再到湖北省博物馆推出的文物版甜点卖断货;从盗墓IP持续火热,到樊锦诗等考古学家出圈,再到"湖南省文科第四名"报考考古学专业等新闻。越来越多的人喜欢文物、热爱历史,不满足在博物馆里看、在书本里追寻,而是强烈地要求"参与进来",甚至以此为毕生追求。

一门原本小众的学科,演变成被追捧的热门专业,这背后藏着的,是国家综合实力的提升,是国民文化自信的与日俱增。

在经济实力、人才队伍、科学技术的保驾护航下,文物发掘、保护、传承被日益重视。

我国现有55处世界遗产列入联合国教科文组织世界遗产名录,数量居世界首位;有42个非物质文化遗产项目列入联合国教科文组织非物质文化遗产名录(册),居世界第一。近年来,全国各地考古成果颇丰。

值得关注的是,这些文物、遗产并不是博物馆里的摆件、教科书里的文字,它们正在一步步走进人们的生活,被更多人了解、热爱、思索、追寻。

纪录片《我在故宫修文物》、综艺节目《国家宝藏》、河南春晚的"唐宫小姐姐"……一批优秀的文化产品将厚重与时尚相结合,让沉睡多年的文物"下凡人间"。

于是,我们看到一种良性循环:文化越自信,传播越深入;传播越深入,文化更自信。

人们爱考古、爱文博,源于爱自己国家的历史,爱生于斯、长于斯的这片土地。

我们想知道,在人类文明的历史长河中,我们脚下的土地曾经上演过怎样的精彩;想知道在浩瀚宇宙中这颗小小的蓝色星球,人作为一种独特的生命存在创造了什么、改变了什么;想知道今天之辉煌与昨日之灿烂,究竟有着怎样的关联。

我们开启溯源之旅,追问人类的前世今生,因为,只有了解我们从哪里来，才会明白我们将往何处去。

敦煌研究院名誉院长樊锦诗说过，是考古告诉人们历史，把未知的事情慢慢变成已知。考古让人最为迷醉之处正在于，我们可以不断好奇、不断得到答案，再提出新的问题，继续好奇。

1986 年，三星堆遗址的挖掘，出土了青铜神像、青铜人像、青铜神树、金面罩、金杖、大玉璋、象牙等珍贵文物千余件，其中尤以 80 多件青铜雕像为前所未见的重器。这些"惊世大发现"揭示了一种全新的青铜文化面貌。

35 年过去了，我们依然想知道那件绝美的黄金面具属于谁、它是如何被制造出来的，想知道古蜀先民创建的古蜀国都邑之中宗教思想、宇宙观念是什么。

三星堆遗址考古成果充分体现了古蜀文明、长江文化对中华文明的重要贡献，是中华文明多元一体起源和发展脉络、灿烂成就的实物例证。它向世界展示了中华文明的源远流长、多姿多彩。

而直播考古过程与民众的高度关注，则向世界展示了对优秀传统文化日益认同的中国新生代，有着强烈的文化归属感——他们对自己国家的文化自信而又热爱。

《唐宫夜宴》"出圈"：
历史如何滋养今天的我们？

◎ 2021 年 2 月 15 日　　罗　娟

"风吹仙袂飘摇举，犹似霓裳羽衣舞"……2021 年春节，河南卫视春晚的舞蹈节目《唐宫夜宴》火了，5 分多钟的舞蹈展示了唐朝少女们从准备、整理妆容到夜宴演奏的过程，节目中穿插了 AR 技术虚拟的水墨画，以及妇好鸮尊、莲鹤方壶、贾湖骨笛、簪花仕女图等国宝，像是唐朝少女的博物馆奇妙夜之旅。

在微博上，"河南春晚舞蹈唐宫夜宴"话题阅读量破亿，还连着上了好几天的热搜。为了回应网友的期待，这场春晚于大年初三夜进行了重播。

让人意外的是，促使这个节目火爆"出圈"的并非拥趸传统文化的年长者，而是来自新生代网民自发的转发、安利。网友感叹——

"这是一个能够让人一秒就穿越回大唐的舞蹈。"

"这段舞蹈真是太好看了，让国宝活起来的感觉。"

……

《唐宫夜宴》"出圈"：历史如何滋养今天的我们？

每个国家、每个民族，甚至每个年龄层群体，"想象共同体"的形成都离不开文化的基因。随着经济增长，文化进步，以及新生代成长为社会主流消费群体，文化审美在悄然发生变化。

正当我们以为这一代年轻人在文化上喜欢"二次元""流量明星""戏说恶搞""漫画体"的时候，新生代网民给我们安利了《唐宫夜宴》《典籍里的中国》《我在故宫修文物》……传统文化节目火爆"出圈"让我们看到，文化传承没有"次元壁"。共同的文化基因将我们——无论年长者还是年轻人，联结在一起。因审美的共鸣，在会心一笑中，我们的精神世界共同奔向更加开阔的未来。

历史和传统如何滋养今天的我们？

答案可能有多种，不过，其中的一些误读导致对历史文化的开掘与继承出现某些荒诞现象。比如，一拥而上、既无历史又无文化的新建"古城""古镇"；唯利是图、喊出天价的私塾、读经班；胡编乱造的"历史剧"；还有B站上不少UP主贴出恶搞"伪传统"视频……

凡此种种，非但不能满足年轻人对传统文化审美的井喷需求，反而在今天这个时代，让文化失色，让历史蒙尘。

传统文化植根于历史语境，原样照搬到现代社会、输出给新生代，注定会"水土不服"。对历史的追寻，需要对传统扬弃继承、转化创新，把传统文化的枝丫嫁接到新时代的植株上，让传统文化进入新时代的血脉。

正如历史学家提倡的那样，我们需要的是"发明传统"。《唐宫夜宴》就是一次不错的尝试，植根于盛唐文化、顶级国宝，再加上AR虚拟技术创新、幽默诙谐的创作手法，让人对中华上下五千年传统文化中绚丽多彩的人文与艺术瑰宝，大为赞叹。不少观众还去回看了河南春晚的整场晚会，又发现了太极表演《天地之中》以及《新春国乐畅想曲》和《白衣执甲》等节目，也是好看的"老曲新唱"。

"发明传统"，历史才能走出故纸堆，成为新时代的"活文化"，甚至成为当下年轻人的人文伦常。

在这个就地过年的春节，每个中国人心中依然涌动着戚戚于"故园何处"的浓浓乡愁，这是植根在今天中国人心灵深处的文化"还乡"与"寻根"。回家过年敬老孝亲，虽然在今天要更换新的方式，但这一传统依然需要坚守。正如这个春节讲述"子欲养而亲不待"传统亲情的电影《你好，李焕英》赢得不错口碑，无数人在电影院流下了感动的泪水。

我们当然不可能像《唐宫夜宴》里的少女，穿越回穿着唐装的古风时代，我们也无法一味抱守《典籍里的中国》里的价值序列，但是，通过类似的节目，我们的精神可以抵达过往的岁月，可以与古人对话，从而更明晰地确认：我们从哪儿来，我们将往哪儿去。

"文变染乎世情，兴废系乎时序"。我们相信，在不断赋予传统文化新内涵和新形式的进程中，我们一定会拥有更坚定的文化自信和更辽阔的精神未来。

每个人心中都住着一个少年

◎ 2021年2月9日　刘颖余

"我还是从前那个少年，没有一丝丝改变，时间只不过是考验，种在心中信念丝毫未减……"日前，一群平均年龄74岁的清华学霸的合唱，持续刷屏，燃爆全网。

这其实并不是他们首次"触网"，更早时候，一部记录他们青春和当下生活的纪录片《往事如歌》，也曾热播，相关讨论还登上过热搜。该片在2020年12月26日的中国纪录片学院奖评选中，获得"最佳系列纪录片奖"。

但老人们此次在央视网络春晚的表演，反响之热烈，超乎寻常，更出乎节目组和他们本人意料，一天之内，点赞达1300多万次，短短两天，播放量超过4亿次。

"酷""帅""硬核""热泪盈眶"，这是网友评论提到最多的词。

清华大学官方微博连续4次转发了合唱视频，并留言"皓首少年心，不负当年情""热泪盈眶！""愿我们历尽千帆，归来仍是少年！"

央视新闻官方微博也发表热评：50多年前，一群少年踏入清华校园，朝气蓬勃；学成后，他们奔赴祖国最需要的地方，无怨无悔。如今，当全网为这群平均年龄74岁的"合唱少年"沸腾时，我们便明了："少年"二字，不问白发，只问心境；无关年龄，只关热爱。因为热爱，岁月带给他们的不是惊慌，而是光芒。这群白发苍苍的老人，永是热血少年！

为什么一个业余老年合唱团的表演会如此打动人心？

"74 岁""学霸"，这两个标签显然是重要的。老实讲，从艺术的角度，老人们的表演并非完美，但观众显然并未去苛求他们的完美，观众被打动的是老人们在舞台上自然、快乐、年轻的模样——白衬衫，红领结，配黑色西装马甲西裤，挽着袖子，在台上即兴跳跃。他们还"碰巧"唱了一首年轻人的歌，歌中有句英文歌词，"Say never never give up/Like a fire"（说永不放弃，要燃烧起生命的火焰），让老人们回望了青春，也一定会让今天的年轻人心中格外受用。

"看了爷爷和奶奶们的表演，我们再也不为将来变老而恐惧了！"这是央视一位年轻女导演看完节目彩排后的感言，相信也是无数网友的心声。

不平凡的 2020 年流行一个词，叫作"年龄焦虑"，一大波电视剧《二十不惑》《三十而已》，还有综艺节目《乘风破浪的姐姐》等，便是此种社会心绪的集中体现。

而在这群可爱的老人面前，人们看不到一丝一毫的年龄焦虑，他们依然心中有梦、眼里有光，笑容灿烂，歌声悠扬。他们也毫无印象中"学霸"的拘谨刻板，而是在轻歌曼舞中让人忘记了他们曾是从前的"天之骄子"。

可以设想，如果他们不是去唱一首少年的歌，如果他们不在舞台上以这样一种姿态去呈现少年感，我们就很有可能看不到当下这个现象级的视频，虽然他们依然是那个平均年龄 74 岁的清华学霸合唱团。

——这就是共情的魅力。好的艺术、高品质的艺术是需要共情的。

这也让龚先生想起 2020 年"五四"青年节同样刷屏的 B 站宣言《后浪》，著名演员何冰使尽浑身演技，解说词对年轻人百般讨好，可惜最终激动的大多是"前浪们"，"后浪们"似乎并不领情，那原因在龚先生看来也极简单——年轻人需要真正的共情和理解，而不是空洞的赞美。

"为什么我们老人聚在一起唱歌？我们心里有一种爱，爱我们的祖国，爱我们的人民，因为爱，我们奉献自己宝贵的一生；因为奉献，我们得到了很多快乐！"刘西拉团长的话，换作另外一种场合，或许只能叫说教，但在那个舞台上，人们却感同身受。

世界上，总有些情感能够穿越时空，打破年龄界限，直达人的内心深处。无论在现实生活中，还是在文艺作品中，找到这些情感的表达和显现方式，我们就更容易实现人与人之间的爱与尊重，理解与融合。

我们这个社会总会存在代际差异甚至代际冲突，不同年龄群体之间总会存在某些隔膜、误解甚至相互中伤。所谓"中年油腻"，所谓"老人变坏，坏人变老"之类，均可为证。这让人有些沮丧，但并非无解。尊重彼此的差异，寻找彼此的共情，不同年龄群体完全可以和谐相处，各美其美、美美与共。

每个人心中都住着一个少年。这个少年无关年龄，只关热爱。

愿每个人都能找到那个少年，留住那个少年。

2021，与东京奥运会在一起

◎ 2021年1月13日　　刘颖余

"关于东京奥运会取消或者推迟到2024年甚至2032年的消息都是假新闻。"

东京奥组委首席执行官武藤敏郎2021年1月12日的一番表示，让全球关心东京奥运会的人吃下一颗定心丸。

近日，有关"东京奥运会即将宣布取消，改到2032年举办"的传言流布甚广。始作俑者是日本娱乐八卦刊物《周刊实话》。另有媒体报道，东京奥运会将被放到2024年举行，巴黎和洛杉矶奥运会也各自推迟四年，分别在2028年和2032年举行。

传言可信度其实极低，但还是引起了人们的焦虑。加上这段时间日本疫情不断恶化，东京都和附近三个县都再次进入紧急状态，日本民众对奥运会的信心出现动摇。共同社最新民意调查表明，超过80%的日本民众希望奥运会被推迟或者取消。

对此，东京奥组委首席执行官武藤敏郎坚定地表示："如果我们有一些迟疑，或者有一点退缩，或者哪怕有一点不知所措，一切都会受到影响。我们必须按照计划推进，没有任何其他的替代方案。"

此前一天，国际奥委会的表态同样明确："国际奥委会对日本政府及其采取的措施充满信心,我们将与日本伙伴一起继续全力以赴,并致力于今年夏天安全地举办东京2020年奥运会及残奥会。"

好了,这下大家可以安心了:不出特别大的意外,7月23日,东京奥运会将如期而至。

这无疑将是一届最特殊的奥运会,且必将载入史册。

疫情不明,为什么东京奥运会还是非办不可?

原因一,东京奥运会关乎奥运会的改革和未来。

近年来,奥运会似乎正走到一个十字路口,举办奥运会对于世界各国来说,不再那么有吸引力。为了避免尴尬,国际奥委会甚至"打包兜售"2024和2028年两届夏季奥运会的举办权。为了缓解东道主压力,国际奥委会致力于控制奥运参赛规模,鼓励节俭办赛。不期而至的新冠疫情,正好顺应了国际奥委会的改革路线图——东京奥运会不会有"宏大"场面,将以"简化的原则"筹办,同时将全体参与人员的"健康和安全"放在优先地位。

如果说国际奥委会此前的一系列改革还是按照既定方案推进,那么疫情则给改革按下了快进键。正如国际奥委会主席巴赫在一次公开信中所言:"这种新情况需要我们的团结、创新、决心和灵活……每一次危机都会带来机遇,让我们团结起来以创造性的方式走出这场危机。"

如果举办东京奥运会能让世人看到奥林匹克大家庭的"团结、创新、决心和灵活",那么,它一定会在奥运史上写下浓墨重彩的一章。

原因二,奥运会关乎世界11000名运动员的梦想,也关乎人类大同。

取消奥运会不能解决任何问题,也不会帮助任何人,还将摧毁全世界11000名运动员的奥运梦想。

当今世界,很难找到一个像奥运会这样的舞台,可以让全世界的年轻人忘掉肤色、种族、宗教信仰、政治见解,齐聚一堂、平等竞技。因此巴赫才会自信地说,"奥运会是一个非常特殊的现象。在如今这个矛盾突出、冲突频仍的世界,奥运会仍然为世界各地的年轻人保留了一片绿洲。"

奥运会可以唤醒人类的整体意识,让人们走出政治、宗教、种族、意识形态的藩篱,甚至让战争也消失于无形。

从某种意义上说,守护奥运会这片绿洲,就是守护人类自己。既然17天的奥运会可以让人们和平、平等相处，那么或许有一天，全世界可以实现真正的大同。

原因三，东京奥运会的举办可成为人类团结协作的一个标志。

百年奥运史上，除了战争，奥运会从未被取消过。大流感、政治抵制、暗杀、恐怖活动，都从未让奥运止步向前。

奥运会不仅是一场全球聚会，更是一种精神力量的象征。

而现在，奥运会正处在一个重要的历史节点，当然也到了显示其精神力量的时候。

所以，日本首相菅义伟才会表示，奥运会的举办将是人类战胜病毒的标志；巴赫才会表示，"此次奥运会可以作为疫情之后，人类团结协作的标志。"

这当然也是人类奥林匹克精神的一种体现。

1920年，比利时安特卫普奥运会同样生不逢时，第一次世界大战带来的创痛仍未消退，"西班牙流感"又阴魂不散，但那届特殊的奥运会最终仍得以成功举行，并成为人类从灾难中恢复元气的一种象征。

如果说100年前的安特卫普奥运会能够击退"西班牙流感"，那么，100年后的东京奥运会也绝无理由屈服于新冠肺炎疫情。

2021年，我们与东京奥运会在一起。

绝大多数孩子最终会成为普通人，这是我们不得不面对的真相

◎ 2020 年 12 月 4 日　　韩韫超

"我的女儿正势不可挡地成为一个普通人"——近日，清华大学副教授刘瑜在一场演讲中的这句话火了，这场名为《不确定的时代，教育的价值》的演讲也在各大网络平台刷屏，刘教授针对当前普遍的教育焦虑，反思自己如何与孩子相处，如何引领、教育孩子，其中很多金句纷纷被网友拎出来品咂——

"在知识储备的过程中，会形成一种恶性竞争，这也是我们教育的现状，即'军备竞赛'模式，它包含两个策略——学历越高越好，技能越多越好。而这种恶性竞争的后果是对女性的伤害，对家庭关系的伤害，对教育公平的伤害。"

"人生的目的并不是越高、越快、越多，而是找到适合自己的位置。"

"每个人的价值排序不同，不是所有人都愿意用舒适、用从容、用轻松去交换成功，而追求舒适、从容、轻松也未必是什么罪过。"

刘瑜将自己的教育观归纳为认识自我、接纳自我，把沿着孩子身上的独特性、帮孩子找到喜欢的事作为一个家长的使命。

事实上，每隔一段时间，就会有类似名人大咖的教育理念和实践刷屏，引来一波点赞转发。当然，这一次网上也有些不同声音，比如就有自媒体针对演讲内容回怼——

"清华女教授对不起，我们普通人配不上你的大道理，即使真的是'军备竞赛'，咱们普通人难道有得选？"

"比起失败，我们更怕的是连参加比赛的机会都没有。"

"我们无条件地接受孩子的普通，却也会竭尽全力带着孩子挑战各种不普通的可能性。"

……

网友对演讲内容热烈讨论的背后，折射出的是一部分家长对孩子教育焦虑表象下的内心困惑，在经历被鸡娃大军裹挟、被"资源比拼论洗脑"过后，多数家长还是或多或少心有不甘——"别人报的班我也要报，别人学了我也得学"真就是百分百正确的路径？一边是不忍看孩子小小年纪就被各种打鸡血而睡不够、玩不好，一边却又缺乏拒绝流水线式教育的勇气和定力。当教育的"剧场效应"越来越明显，当越来越多前排观众站起来观影，后排观众只能也全程站着才能获得基本的观影体验，对此，很多家长心知肚明，却无能为力。

欣慰的是，时不时能有人站出来为大家讲道理，厘清理想的教育该有的模样，抑或帮家长们找到心理慰藉，在鸡娃大战间隙做些情绪疏导。但回到现实，家长们在网上握爪点赞、抱团取暖之后，转身又在给孩子报班抢位中开始了新一轮的激战厮杀。

教育理念和环境的改变需要一个过程，当下所谓的"教育军备竞赛"，某种意义上说是教培机构、学校和家长多方共筑的一座围城，学校教育的放手为教培机构提供了广阔的施展拳脚的空间，而家长的焦虑、攀比心理则充当了这场竞赛的催化剂。

绝大多数孩子最终会成为普通人，这是我们不得不面对的真相

关于家长的攀比心理，网友这样一段描述很是贴切——比谁更早翻身、比谁更早出牙、比谁高一点重一点、比谁先学会踩单车、比谁画的圆最圆。等孩子长大点儿就比幼儿园、比小学、比中学、比大学，比完学历就比工作、比对象、比收入，临终了还要在养老院里比孩子一个月来看自己几次。

此番描述或许有些夸张，但如龚先生一样的家长们都能或多或少从中窥见自己，在教育孩子的路上，龚先生也时常摇摆不定，却在某次教培机构"超越同龄人"的话术中如梦初醒——有朝一日孩子真的强大到"甩同龄人几条街"，他（她）会真心快乐吗？比起为父母争取满满的成就感，孩子内心的丰盈富足才更重要，不是吗？

这样的道理，有些人压根没想过，有些人心里明白却难以做到。一句"势不可挡成为一个普通人"的走红，能否撬动时下教育焦虑这块巨石，或许还得打个问号。毕竟，教育观念的升级换代，需要更多人日拱一卒的不懈努力，需要为人父母者自我观念和心态的不断修行，需要全社会对普通人的尊重与认可，对个人的成长成才抱持一颗平常心。

在说出"我的女儿正势不可挡地成为一个普通人"之前，刘教授在女儿满百天时曾写下一段话，龚先生摘录在此作结，与诸位共勉——

>"小布谷，愿你慢慢长大。
>
>愿你有好运气，如果没有，愿你在不幸中学会慈悲。
>
>愿你被很多人爱，如果没有，愿你在寂寞中学会宽容。
>
>愿你一生一世每天都可以睡到自然醒。"

那个创造"上帝之手"的人去了，愿天堂里也有足球

◎ 2020年11月26日　刘颖余

一夜醒来，满屏都是马拉多纳离世的消息。

多希望这是假消息，可惜不是。

整个足球世界沉浸在悲伤中，就像西班牙名宿卡西利亚斯说的：这是足球史上悲伤的一天。

阿根廷国家队更新社交媒体悼念马拉多纳：再见，迭戈，你会在任何一个足球行星永恒；那不勒斯俱乐部的悼词是：永远浅蓝色的心，再见，迭戈。

马拉多纳职业生涯最主要的成就正是在阿根廷国家队和那不勒斯俱乐部取得的，那是老马梦开始的地方，也是传奇诞生的地方。

老马生前的"假想敌"贝利写道："可悲的消息啊，我失去了一个好朋友，这个世界也失去了一个传奇。我还有很多话想说，但是现在只想说一句，愿上帝赐予他家人力量吧。希望未来有一天，我们能在天上一起踢球。"

想当年，围绕谁是史上最佳，两位球王可没少吵架，但现在，这一切都不重要了。在死生面前，"史上最佳"的伪问题不值一提。

最让人泪目的，还是疯狂教头穆里尼奥。他在社交媒体上写道：迭戈，

妈的，老友我想你。

而那些只能在电视上看老马踢球的球迷，也以各种方式宣泄他们的伤感。

"他走了，我们也老了"，有中国球迷如此感慨。

是的，老马踢的不只是足球，他承载的也是一代人最清晰、最难忘的青春记忆。

马拉多纳开创了足球运动的英雄叙事模式，而后来者包括大罗、小罗、梅西、C罗等一众球星，都无法复制他的传奇。

他也改变了人们对于足球运动的认知——足球比赛从来不是靠一己之力可以拿下的，但如果你拥有一个叫作马拉多纳的天才球员，那就可以。

1986年阿根廷队的大力神杯，那不勒斯史上仅有的两尊意甲奖杯，都是这么拿到的。

马拉多纳的伟大不只是有连过5人的世纪入球、兴之所至的"上帝之手"，而且有一长串迄今无法逾越的世界纪录——

1986年世界杯，阿根廷共打进14球，马拉多纳打进5球、助攻5次，一人参与了其中的10球。

同样是在这届世界杯上，马拉多纳共53次成功过人，这个数字至今无人逾越（最接近马拉多纳的梅西在2014年世界杯共过人46次）。

还别忘了，马拉多纳在这届世界杯上共遭犯规53次。这个数字至今高悬榜首。53次是个什么概念？要知道，2010年世界杯，挨踢最多的是西班牙队的伊涅斯塔，一共被犯规26次，不到马拉多纳的一半。

另一个与犯规有关的纪录，是1982年世界杯阿根廷对意大利一战，马拉多纳单场被对手犯规23次。

数字是枯燥而冰凉的，但有数字支撑的影像更有温度，传奇才更有说服力，也更热血，更让人回味。

在球场上，马拉多纳就是"上帝"。但在场下，他不是神，只是一个普通人。

他吸毒，1991年曾被意大利足协禁赛15个月；1994年世界杯期间，他曾因药检不过关而被紧急停赛，让全世界喜欢他的球迷伤心欲绝。

他的私生活也难言检点，暴饮暴食，滥交女友，婚后出轨……他也多次

439

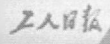

表达悔意，但就是不改。"所有错误都是我一手造成的。我是在学习中长大的坏孩子。"

也许有人说，如果马拉多纳没有这些毛病，岂不更完美？

但世上没有那么多的"如果"。这是他的选择，他就必须承受相应的结果。每个人的生活都是不一样的。也许马拉多纳无意成为一个完美的人，为完美而去追求完美，是让人厌倦的。那么，就接受他的一切吧。记住他的天才和伟业，也接受他的放纵和英年早逝。

再见，老马！谢谢你做的一切，愿天堂里也有足球……

你弄丢了世界,我们依然紧拉着你的手

◎ 2020 年 9 月 22 日　　韩韫超

"不好意思,我忘记了"——这句生活中普普通通的话,如果成为一个人的口头禅,那他/她可能生病了。

昨天(2020 年 9 月 21 日)是第 27 个"世界阿尔茨海默病日",有媒体联合公益机构共同策划了融媒互动产品《第三个世界》,邀请网友参与点击互动产品中的相应按钮,为虚拟的阿尔茨海默病患者重拾记忆、提供帮助。

作为一种神经系统退行性疾病,阿尔茨海默病患者往往会经历失忆、失智、失语,直至完全无法自理的过程,且目前这种病存在"一高三低"——高患病率、低知晓率、低诊断率和低治疗率。据不完全统计,我国约有 1000 多万阿尔茨海默病患者,约占全球的四分之一。每 3 秒钟,世界上就会有一人患上阿尔茨海默病。

很长一段时间里,龚先生不敢看"阿尔茨海默病"几个字,每每看到,心中都会涌起一阵悲伤,想起我身边一位人生最后 20 年都被这种疾病所折磨的亲人。

和许多阿尔茨海默病患者一样,文章开头的那句话,曾是她的口头禅。从最初的频频忘事,到最终完全丧失自理能力,直至生命终结,她生病的每个阶段,我都亲眼看见,并与家人一同努力接受和应对。那段令人心酸甚至绝望的记忆，即便经年之后，我内心依然缺乏勇气去触碰。

对同我一样的普通人来说，如果不是身边人中有这种疾病的患者，对阿尔茨海默病的了解多半是通过媒体、书籍等间接渠道。记忆力丧失、做不好生活中的小事、找不到回家的路、妄想和猜疑、性格改变、出现异常行为等，是多数人对这种病症的典型印象。

问题是，很多人其实并不了解这种病的病程其实很长，有的长达数十年，而且初始症状极易被忽视，早期容易错失宝贵的干预时机。很多人更没意识到：从社会到患者家属，至今仍然对这种疾病存有偏见甚至歧视。

亲人患上这种病，对家属来说是巨大的心理冲击。它意味着，通往患者精神世界的门将被无情地一点点关上，那颗熟悉的"心"渐行渐远，永远追不上、找不回……从情感上来说，它甚至比患上心脏病、肿瘤等恶性疾病，更令人难以接受。

而比这更难接受的，还有家里有位"失智"患者可能面临的舆论压力。为了给自身情感疗伤，也为了少些不便与尴尬，一些家属往往选择把患者"雪藏"起来——很多病患基本不再见人、不再出门，在原有的社交圈子里慢慢"蒸发"了。

偶尔没"藏"住，有不知情者试图与病患聊天，有的家属也会紧张地将病患带离，或者直接告诉对方"他/她记不住的，不用和他/她说。"

我的那位亲人患病后，每每被外人问起，家里人总是搪塞说她身体不太好、出门少之类，具体情况并不愿过多提及。这种态度和做法，往往会加快患者的病情发展速度。

现在想来，家里人究竟担心、害怕什么呢？

害怕对方投来的同情目光，不愿亲人被冠上"老年痴呆"的标签，担心外人由此联想、猜忌自己的家庭关系，诟病赡养方式……这些恐怕是偏见和歧视的源头，也是社会和患者家属难以跨过去的"坎儿"。

不可否认，这些年关于阿尔茨海默病的科普越来越多，但不少停留在打悲情牌的阶段——讲了太多酸楚的故事，呈现了太多可怜的状态，难免令人陷入消极和恐惧。正确认识和看待这种疾病，消除对患者的偏见，显然是在医疗之外更重要也更迫切的事。

在日本东京一个名叫"会上错菜的餐厅"里，服务员都是阿尔茨海默病患者，客人并不会因为点了橙汁却收到咖啡而生气；2020年7月，一档关注认知障碍的公益节目《忘不了餐厅》在国内视频网站上线；在浙江杭州，阿尔茨海默病特色园区和诊疗基地已经建立……

2020年，我国郁金泰教授领衔的国际团队发布了全球首个《阿尔茨海默病循证预防国际指南》；2020年9月11日，国家卫健委发布了《探索老年痴呆防治特色服务工作方案》，明确提出要开展患者评估筛查和预防干预服务，2022年试点地区公众相关防治知识知晓率、社区老年人认知功能筛查率都要达到80%。

可以看到，全社会正在通过努力推动改变的发生。而在老年人群的阿尔茨海默病之外，儿童的自闭症、中年人的抑郁症，其实都需要全社会以更宽容的态度去理解、去接纳。

具体到每个个体，我们能做的也有很多。

比如，留意亲人频繁发生的记忆力下降，关注他们性格脾气的变化；

比如，拒绝使用"老年痴呆"的俗称，而是有意识地称之为"认知障碍"；

比如，反思对家人的态度，对父母的唠叨、抱怨、衰老、失能，做到不嫌弃、不鄙夷、不冷落，努力去了解、缓解父母心中的焦虑与压力；

比如，坦然接受这种疾病对病人的改变，让病人按照自己的意愿去生活，等等。

"即使疾病不可逆转，生命依然可以绽放"——这是医生和家属对阿尔茨海默病患者的美好愿望。它的实现，需要全社会的共同努力。

中国锦鲤翻车，
"天上掉馅饼"的梦还是少做

◎ 2020年9月21日　苏　墨

还记得2018年中了支付宝超级大奖的"中国锦鲤"信小呆吗？最近，她翻车了，还捎带上了近百万梦想"一夜暴富"的网友。

2020年9月8日，信小呆在新浪微博上表示，打算1元转让"中国锦鲤"，说自己体验过了全新生活方式，应该趁年轻迎接更多未知挑战，将以1元的价格将"中国锦鲤"转给下一个幸运者。这份礼单甚至包括一辆车和一套房，看起来不比当年支付宝大礼差。信小呆谙熟套路，@了支付宝这个大噱头，称成为锦鲤让她实现财富自由，还收获了爱情。然而，此次活动的"金主"是一个叫作"超级主播KING"，和支付宝没有半毛钱关系。

有"中国锦鲤"加持，这条可以一眼识破的营销广告还是瞬间吸粉、喜提热搜。

结果，网友的"锦鲤梦"刚开始做，就被"提溜"起来。一天后，"时光流声工作室"发布声明，表示"超级主播KING"盗用了自己公司的资质进行企业认证，已向公安机关备案，信小呆也在微博发布了道歉信。同时，信小呆作为有奖活动的发布者，被微博从重处罚。

据说，梦想一夜暴富，是不少年轻人的一大"业余爱好"。也是，谁年轻时，不以为自己是《百万英镑》里的亨利，距离逆天改命只差一张支票？

于是，接到从天而降大馅饼的信小呆、唱歌跳舞一般般就被热捧的杨某越，便成了"护身符"一般的存在——很多网友抱着试试看的心态，转发她们的图片，期冀也能有一份同样的幸运。

这事的结果是注定的。古今中外，一分耕耘一分收获，可谓定律。

"天上掉馅饼"的梦，做做就好；随手一转锦鲤图片，乐呵一下就得了，认真可就输了。

茨威格笔下的玛丽王后，因为太年轻，不知道"所有命运赠送的礼物，早已暗中标好了价格"。

大家如果了解信小呆和杨某越成为"锦鲤"后的故事，也许就会少了很多膜拜——

获得10米长礼物清单的信小呆，辞去了国企程序员的工作，成为一名博主，并努力往网红上靠。而那份集合了免费旅游、酒店住宿以及各种商品的大奖，给她的并非诗和远方，而是流量、流量变现的双重KPI考核压力。"被迫营业"的她坦言，身体和心理都吃不消，多次入院。

网友对信小呆的关注，是冲着"锦鲤"这个名号来的，想看一看她怎么消受这些奖品。可该兑换的兑换了，该到期的到期了，流量自然如东逝之水，拦都拦不住地流走了。信小呆再舍不得，"锦鲤"的红利也吃不着了。短暂的狂欢过后，是快速的跌落，以及未来无尽的迷茫。

再说杨某越的故事，转发她的表情包、去她微博蹭好运的网友，绝大多数没有关注过她的作品，更不欣赏作为女团成员的她的唱跳水平。一个没有拿得出手的本领和作品的艺人，能走多远？

把小概率、好运气带来的成功变成资源，利用这个资源去追求大概率的成功，靠的是不懈的努力。

信小呆并没有去挥霍，杨某越也并非不努力，但是她们的能力和付出，的确不能和这份幸运相匹配，最后只能是资本狂欢后的受害者——和膜拜他们的网友一样，被薅羊毛。

杨某越曾说，一个你无法承受的运气砸到你的头上，未必是幸福的。

有人说，李佳琦、李子柒是流量时代的幸运儿，但这份幸运来得容易吗？

李佳琦每天往嘴上涂 100 种口红，嘴唇常常疼得不敢碰；

李子柒为了拍几十秒的雪景，在雪山上冻了七八个小时。

欲戴其冠，必承其重。

世上本来就没有什么"锦鲤"躺赢，不过是咸鱼在无数次努力后得以翻身。

龚先生很欣赏一位网友的留言："一元钱就可以搏一个财富自由，那我前半生的努力奋斗有什么意义？万一真中了，我又还年轻，后半生失去了目标的日子该有多无聊。"

如果有人因为"锦鲤"的存在，开始质疑劳动的价值、奋斗的意义，最后丢失的，可能是人生中本该收获的幸福和成就。

说到这儿，想起 2019 年红起来的辩手詹青云的一句话："不要以为一夜暴富的距离很近，它看起来很快很容易，让我们以为梦想触手可及，殊不知这才是世界上最遥远的距离。"

从幸运到幸福，中间是千山万水。

龚先生只相信：越努力，才会越幸运。

登顶珠峰：来自时光深处的信念和勇气

◎ 2020年5月27日　　刘颖余

北京时间 2020 年 5 月 27 日 11 时整，2020 珠峰高程测量登山队 8 名攻顶队员，全部成功登顶珠峰！

为什么要登山？

因为山在那里！

英国著名探险家马洛里的这句回答，常被登山人奉为圣经。诗人仓央嘉措的著名诗篇也仿佛为登山人而写：你见，或者不见我。我就在那里，不悲不喜。

为什么要攀登珠穆朗玛峰？

因为它是世界上最高的山峰，是一座"连飞鸟也无法逾越"的山峰。

巍巍珠峰，不悲不喜，矗立在世界屋脊，对人类就是一种天然的吸引和挑战。

攀登珠峰，是来自历史深处的诱惑，是时光自然生长出的欲望，一直考验着人类的信念和勇气。

而如果将时空定格在 60 年前的中国，攀登珠峰被赋予了更多价值和情感，远远超越了登山运动本身。

在那个特殊年代，"登上中国人的山"，勘测出属于中国人的"世界高度",是一种能够极大凝聚民族情感的中国奇迹。

因此,当1960年5月25日4时20分,中国登山队王富州、贡布、屈银华三人克服重重困难,历经千难万险,首次从北坡登上珠穆朗玛峰顶,让鲜艳的五星红旗飘扬在地球最高处,中国人的爱国热情被极大地激发出来。

一时间,中国登山队的事迹在神州大地广为传颂,"不畏艰险、顽强拼搏、团结协作、勇攀高峰"的登山精神,被全国人民口口相传,竞相学习,成为一个时代的最强音。

这和21年后的"女排精神"席卷全国,何其相似乃尔。那个时代的体育,具有如此不可替代的精神力量。

"无高不可攀,无坚不可摧"。60年来,中国登山队迈向世界最高峰的足迹从未止步,不断谱写新的篇章:

1975年,中国登山队再次从北坡登顶珠峰,成功测量珠峰高度,潘多成为世界上首个从北坡登上珠峰的女性;

1988年,中国、日本、尼泊尔三国登山队实现联合横跨的纪录;

2003年,中国业余登山队首次登上珠峰;

2008年,中国登山队让奥运圣火在世界屋脊燃烧,实现了中国人申办奥运会时的承诺。

到了2020年5月,在喜迎中国人首次登顶珠峰60周年之际,中国登山队选择的纪念方式让世人刮目——再次攀登珠峰,把世界上最先进的国产测量仪器送上世界最高峰,丈量珠峰最精确的高度。

这是一种精神的传递,这是一种使命的承接。

从60年前,刘连满甘当人梯、王富洲体重狂减60斤、屈银华十趾和脚后跟冻伤后被全部切除,到1975年再度登顶时,登山队员利用屈银华当年打下的钢锥,在"第二台阶"最难攀登的岩壁上架起"中国梯",再到2018年5月14日夏伯渝成功登上珠穆朗玛峰,成为中国第一个依靠双腿假肢登上珠峰的人——中国人写就的登山精神,从未离去,而且,历久弥新。

如今,有关珠峰的纪录几乎已被悉数改写。有人感叹,在中国登山队创造了某种类似"全满贯"的伟业后,登山的英雄时代已经过去。

然而,故事仍在继续。

经过 60 年的发展，如今，中国登山在器材、装备、物资上逐步实现国产化。登山的保暖服装、技术装备、生活装备、后勤物资等，都发生了天翻地覆的变化。登山运动逐步打破专业和业余的藩篱，进入多元化快速发展的繁荣时代。

"旧时王谢堂前燕，飞入寻常百姓家"。即使是攀登珠峰，对今天的普通百姓，也不再是遥不可及的梦想。

对于登山运动来说，这或许不是一个英雄辈出的时代，却是一个让普通人感觉更亲近的时代。登山运动走向民间、走向大众，这是大势所趋，也是时代进步、国力强盛的见证。当越来越多的普通人，带着行囊迈向珠峰时，我们应该感谢前辈的付出和铺垫，正是他们始终追求卓越的信念和勇气，激励着越来越多的后来者一圆自己的珠峰之梦。

在一个珠峰不再神秘、不再高不可攀的时代里，我们需坚守内心的信念和勇气，也需时时警惕人性的贪婪。2019 年春天，珠峰登顶路上的"大塞车"，便是一次沉重的警示。所有的登山人都应向夏伯渝老人学习——他在劳伦斯奖颁奖礼上，一句"它终于接纳了我"，尽显登山人的真挚情怀和"因为山在那里"的初心。

登山，不是人类对于自然的征服，而是与自然的和谐相处。相信这样的理念将越来越深入人心。这从每年一度的珠峰清扫活动，也能略知一二。环保，应该是新时期登山精神题中应有之义。

海阔心无界，山高人为峰。

巍巍珠峰，接纳了一代代攀登者，也滋养着我们的精神家园。

愿那些从时光深处生长出的信念和勇气，历久弥新，激励更多的后来者和生活的攀登者。

珠峰，你还会上演多少世纪传奇？

"前浪""后浪",都不必活成别人想象的样子

◎ 2020 年 5 月 5 日　　刘颖余

"你们有幸遇见这样的时代,但时代更有幸遇见这样的你们。"

"不用活成我们想象中的样子,我们这一代人的想象力不足以想象你们的未来。"

——2020 年"五四"青年节,B 站(哔哩哔哩 bilibili)献给新一代青年的宣言片《后浪》刷爆朋友圈。

这显然是一次成功的文宣,拥有 1.3 亿年轻用户的 B 站,从没有像今天这样,让 1.3 亿之外的人群也如此关注。

有人说,转发《后浪》的绝大多数是老阿姨和老叔叔。这似乎缺乏数据的支持,就我目力所及,转发《后浪》的年轻人也不在少数。

但的确,《后浪》与其说是对年轻人的赞美和祝福,倒不如说是中年人的反思和交心,老阿姨和老叔叔代入感更强一些,转发得更多,也是人之常情。

这其实没什么不好意思的。

社会对年轻人惯于投以质疑的目光,这是大多数社会因循已久的传统。中老年人对年轻人"满怀羡慕"或许是真的,但"满怀敬意"甚至承认"不只是我们在教你们如何生活,你们也在启发我们怎样去更好地生活",却并不

常见。

龚先生以为,这才是《后浪》最大的价值,也是它迷人之处、动人之处。

龚先生并不完全认同《后浪》的观点,比如用"专业、自信、大气"来概括年轻人的特质,似乎略显牵强。还有,青春也不只是意味着"善良、勇敢、无私、无所畏惧","忧伤、迷茫"也是青春难以逃避的气质,且正是青春之所以为青春。

但瑕不掩瑜,在特殊的时间节点上,《后浪》借用演员何冰之口,放下惯常的身段,说出长辈对于年轻人的尊重和期许,寄望"美美与共、和而不同"的代际融合,并让其打上"公屏",自有其特别的价值和意义。

有人说,年轻人不需要空洞的赞美,但《后浪》显然也不只有赞美,它蕴含着上一代人更加丰富而深沉的情感——羡慕、内省、对国家和未来的期许……

即使那些赞美,龚先生也不认为它们是廉价、空洞的。

年轻人在成长,有担当,这不是说出来的——在这场新冠战"疫"中,4.2万多名援鄂医护人员中,"80后"占了一半,"90后"超过1.2万人。在充满危险和压力的前线,年轻人以白衣做战袍,用实际行动改写着人们的认知——他们几乎在一夜之间长大了。

84岁的钟南山院士多次称赞,广大青年在抗击新冠肺炎疫情的战斗中起到了主力军作用;72岁挂帅出征武汉82天的张伯礼院士,回忆起目送一对年轻医护夫妇携手进"红区"抢救病患的情景时,哽咽地说道,"这是一种精神,非常可贵的品质,年轻一代是值得信赖、充满希望的一代"。

我觉得,《后浪》就是对这些事实的一种自然回应。它不是讨好年轻人,不是什么"政治正确",也不是空洞无谓的漂亮话。它或许有些用力过猛,但希望社会尤其是年轻人懂得、珍惜这份善意和诚恳。

自然,如今的年轻人有追求,亦有挣扎——学业竞争、房价高企、就业之困、职场之累,都是残酷的现实。把热爱过成生活,从来都不是一件容易的事。给"后浪"创造公平良好的环境,更好地安放他们的内心,他们或许才能更好地"奔涌"。

这需要更多人的努力,不是一个三分多钟的视频能解决的。但如果它能让社会重新审视有关"年轻"的价值观,唤起代与代之间的尊重和理解,就善莫大焉。

一代人终将老去,总有人正年轻。每一代人都有自己的行事方式、生活态度,都不需要活成别人想象的样子。所以,"代沟"这件事,其实没什么可怕的,自古而然,无须刻意弥合。

求同存异,和而不同,美美与共,"前浪""后浪"便可各自安好,共同"奔涌"。

补课B站晚会，代际在次元壁前握手？

◎ 2020年1月9日　　罗　娟

一台跨年晚会，让主打"二次元"文化的视频网站B站（哔哩哔哩bilibili）顺利"出圈"。晚会后两日，B站股价暴涨18%。7天之中，晚会回放量超过7200万人次。"补课"成了观众在前两分钟刷得最多的弹幕。让人颇意外的是，"补课"最多的群体居然是"60后""70后"。

是的，在B站的受众群体里，"70后"已经是父辈。B站是"90后""00后""二次元"文化娱乐社区。"弹幕""鬼畜"等互联网流行文化的标志正是从B站兴起的。

《圈层效应》一书中说，每一代人都形成了自己的圈层，并以此为基础形成了具有鲜明特点和影响力的圈层效应。

综观B站跨年晚会，充斥着年轻圈层特有的审美与趣味——

开篇用《欢迎回到艾泽拉斯》高呼"为了联盟""为了部落"，让魔兽玩家热血沸腾；

冯提莫即兴演唱的《好运来》令直播粉们用弹幕铺满屏幕……

但有趣的是，这场晚会有意无意地添加了很多"长辈趣味"和中年人的"菜"，比如，琵琶大师方锦龙复古燃爆、钢琴王子理查德·克莱德曼演奏《海德威变奏曲》、初代Disco女王张蔷《Let's Disco》掌控全场……而晚会沸腾的顶点当属《亮剑》中扮演楚云飞的张光北领唱《亮剑》主题曲《中国军魂》。

这潜意识里代表了 B 站年轻用户的"出圈"渴望：积极拥抱父辈所代表的主流文化，渴望得到父辈舆论的认可与接纳——许多年轻人在赞美这场晚会时，最爱分享的评价就是自己家长对这场晚会的赞许。

和在互联网蓬勃发展期长大的孩子不同，"60 后""70 后"是在客厅里围炉而坐、看电视晚会长大的。而看电视是一种有老有小、合家团圆的家庭公共活动。不同的生长背景下，二者在文化娱乐上难免会有代际差异的"次元壁"，而这"次元壁"的厚度，则与代际间的文化理解与沟通有关。

今天，随着互联网的发展和技术门槛的降低，父辈与子辈之间的文化传递关系在改变。这也使得双方主动放下姿态去消弭隔阂，让以代际为标志的"圈层"边界逐渐模糊成为可能。

一边是，张光北、方锦龙成为 B 站红人，《三国演义》电视剧的鬼畜视频火爆 B 站；一边是，上 B 站去学习如何与年轻人对话成为中年人的一门功课。据悉，仅央视在 B 站上的官方账号就有 11 个。

交融的结果是流行文化登堂入室，成为主流文化的一部分。很多宏大严肃场合也在不断借鉴年轻人的流行文化用语和习惯。就像庆祝新中国成立 70 周年阅兵仪式上用"东风快递"来称呼导弹；"柠檬精""我太难了"成为 2019 年互联网流行词，被主流媒体频频使用。

中老年人不再是流行文化的"他者"，年轻人也不再是流行文化的"唯一"。

维根斯坦有一句话，龚先生很喜欢："我们语言的边界，就是我们世界的边界。"代际的主动，改变了文化消费的传统，文化的多元以及对多元文化的包容，让破次元可行性更高。

正如 B 站这台"很懂年轻人"的晚会向年长者伸出渴望沟通的橄榄枝，而年长者"很懂的"去抓紧"补课"，各自放下姿态，在"次元壁"前握手、拥抱……

你造吗？梗王袁隆平又上热搜，绝不仅因为帅

◎ 2020年1月6日　　罗筱晓

新年伊始，袁隆平又上热搜了。在近期一次采访中，当被问及"您觉得您帅不帅"时，他开心地回答：

"我啊，handsome（帅）！"

这可把网友萌翻了。评论区里随处可见"花式吹捧"——

"虽然都是'90后'，但不得不承认，您比我帅。"
"袁老爷子准备征服'00后'。"
"不仅handsome，还很cute（可爱）！"
……

因为频频口出金句，这位"杂交水稻之父"成了网友公认的"梗王"。"梗王"一上新，就会在网上制造出大型追星现场。

就连他在办理身份证时炫耀地说一句"我有十个螺（纹）"，都能在网络上掀起一阵"攀比"——

"我也是十个螺！四舍五入跟袁院士一个级别了。"

袁隆平走红，源于他的真实与纯粹。他就像是街头巷弄里常见的老爷爷。他有小苦恼，"（带博士生）要指导他搞试验，要修改他的论文，麻烦得很，死脑细胞的。"

也有小得意，"我年轻的时候，游泳是武汉市第一名。"

就算是给年轻人的新年寄语，也朴实得要命："注意身体，这是基础。"

翻看"梗王"的语录，龚先生不禁想起另一位长寿学者，语言学家周有光。

在世112年，周有光见过太多的人，经历过太多的事，可在他晚年的杂文集《我的人生故事》里，这些人与事统统都变成最平实的叙述——

考大学时因为家里穷，差点没上成当时很好的上海圣约翰大学，这"很有趣味"；

与爱因斯坦两次聊天，内容没什么特点，所以"就不放在心上"。

85岁后，周有光离开办公室，回到家里一间9平方米的房间看书、写文章。有人说太小，他却说够了；有人要他写写"我的书斋"，他就颇幽默地写下一篇《有书无斋记》。

大道至简。在画大饼、讲故事、造概念流行的当下，袁隆平和周有光的"大白话"显得珍贵，是因为那是他们一生所悟，他们自身就是活脱脱的例证。

2019年底，当谈及杂交水稻的收获时，袁隆平来了个"奇迹"四连发。在以95后为主要受众的"B站"上，这条44秒的视频也有近20万的播放量，有网友还用"老爷子您也是个奇迹"的弹幕，表达崇敬之情。

尽管笑称自己"特长是自由，爱好是散漫"，更公开承认在水稻研究中心"从不打卡"，但袁隆平绝不是靠天才与运气创造了杂交水稻的奇迹。

在杂交水稻研究初期，他经历过稻谷减产5%稻草却增产60%的失败。

后来，杂交水稻亩产过了1000斤，远超常规稻，但袁隆平和团队还有"更优质、更高产"的目标，于是，有了2014年的亩产突破1000公斤，以及老爷子现在心心念念的"冲刺亩产1200公斤"。

要知道，即使只是短暂离开到北京领取"共和国勋章"，回到长沙后，袁隆平也第一时间去查看超级水稻。

在少数被看见的地方，他是游泳爱好者、麻将爱好者、小提琴爱好者；在大多数不被看见的时候，他是几十年如一日天天下田的农夫。

正如在《我的人生故事》里，周有光只用很小的篇幅写到了汉语拼音的故事，但若不是付出巨大的努力，这位从经济学领域半路出家的先生怎能成为汉语拼音方案的主要制定者？

在这个谁都可能成"明星"的时代里，袁隆平以及更多像他一样在各领域有杰出贡献的人，理所当然地应该上热搜，让网友背得他们的金句，记得他们的小动作。

比这更应该的，是让他们多年的付出与坚持也上热搜，让更多的人知道，到底是什么让这些人成了真正的明星。

就像几年前明星粉丝常说的那句话：他那么努力，你造（知道）吗？

故宫600岁了,却从未像今天这样年轻

◎ 2020年1月2日　苏　墨

　　2020年第一天,《故宫贺岁》视频上线,成功制造了新一轮热门话题。第一集从新年重华宫茶宴引入,走进乾隆皇帝的"朋友圈"。而同日,故宫角楼咖啡上新紫禁随行杯、"苹安玉桂拿铁""爆竹焦糖拿铁"等新饮。保和殿里的"外交宴席"、乾清宫里的"家宴",还有皇帝新年起床后第一口吃的"贡果",这些掌故都成为新品的注脚。

　　如今,一过节,故宫就开始上新——从故宫日历,到紫檀护肤五件套、溪茗壶;从故宫动漫《故宫回声》,到故宫输入法皮肤"海错图",再到故宫游戏"太和殿的脊兽""皇帝的一天"。仅单品"故宫小确幸笔记本",在天猫上就销售了近10万本。

　　不仅如此,以故宫为切口的综艺、动漫、纪录片,无不火爆:《上新了,故宫》《国家宝藏》《如果国宝会说话》《故宫回声》《我在故宫修文物》……就连故宫里的猫,都是网络上的超级大V,出书、出写真、出手办,发布会一个接着一个,人气直逼一线明星。

　　故宫,炙手可热。

　　2014年8月1日,那个感觉自己萌萌哒的"雍正"上线,从此,故宫变了。

在那之前，时任故宫博物院院长单霁翔提出，"文化产品不仅要有文化，更要有创意的观点"。他说，博物馆不应该冷酷，不该把过去的文物冷冻在这里。

故宫走上"网红"之路。

雍正不仅仅是比剪刀手卖了一回萌，更成为故宫文创的突破口：2014年10月，故宫推出"朕就是这样汉子"折扇等一系列脑洞大开的文创产品，爆红网络。论带货，雍正真的算得上李佳琦的前辈了。仅2017年，故宫文创产品的销售额就达到15亿元人民币。此外，更有李宁、健力宝、名创优品等上百个品牌争相和故宫联名。

有人说，没见过这么有背景，还这么努力的"网红"。

2012年起，故宫几乎每年都有新开放的区域。皇极殿重新向公众开放；文华殿区域文渊阁以原状陈列方式对公众开放；故宫博物院正式新开放西部断虹桥至慈宁宫区域，并将二者的南北通道打开……7年间，故宫的开放比例从30%提高到80%。

故宫的展览越来越吸引人，"清明上河图"特展、"千里江山图"特展、寿康宫原状陈列展，以及改陈后的珍宝馆和钟表馆，都引爆关注度，甚至很多人为了一睹宝物阵容，穿上成人纸尿裤排队四五个钟头……

2018年，故宫以年接待游客超过1750万人次，稳居当今全球所有博物馆和世界文化遗产之首。

故宫600岁了，但它从来没有像今天这样年轻。

据故宫发布的统计数据显示，30岁以下观众占40%，30至40岁的观众占24%，40至50岁的观众占17.5%。年轻观众尤其是"80后"和"90后"，已成为参观故宫博物院的主力，这个比例还在攀升。

去故宫打卡，俨然成为文艺青年的标配。去故宫角楼的咖啡店约会，抢购故宫文创，都是很有范的事。曾几何时，在博物馆里工作是和无聊无趣无盼头挂钩的，而如今，在年轻人中，这成了让人羡慕的职业。

与其说故宫年轻了，不如说故宫选择了和年轻人站在一起。

不再端着、不再藏着，不再当老太爷（它其实完全有资格），而是用年轻人喜闻乐见的方式去呈现它深远的故事：文创只是冰山一角，综艺、动漫、游戏、表情、皮肤……故宫一样都没落下。

"要想向普通观众，尤其是年轻人打开尘封的历史、解读经典的文化，就需要用一种生动的、喜闻乐见的形式来加以表达。"故宫博物院前院长单霁翔掌握了和年轻人对话的诀窍。

活在年轻人中间的故宫，让年轻人爱上故宫、爱上文博、爱上祖国的传统文化，这是比经济效益更重要的事。

如今，在年轻人中间撒娇卖萌的，不止故宫博物院。各大博物馆集体出走深宫大院，线上线下圈粉圈人气。

敦煌研究院利用数字化的手段，建立壁画保护的科学技术体系和数字档案，30个洞窟的高清图像实现了全球分享；中国国家博物馆开发手机互动平台，再现馆藏《明宪宗元宵行乐图》中鳌山灯会、燃放烟花等场景……

仅就文创一项，清华大学文化经济研究院近日发布的《新文创消费趋势报告》显示，围绕历史、文化IP进行的文创开发，呈现井喷态势。博物馆文创产品的销售额在过去两年翻了三倍，不少网红产品的销售额几何级数暴增；过去一年中，在线上逛博物馆的人首次超过了去博物馆参观的人；截至2019年8月，已有24家博物馆入驻天猫，除故宫博物院、中国国家博物馆外，秦始皇兵马俑博物馆、敦煌研究院、陕西历史博物馆、上海博物馆、苏州博物馆等榜上有名。

没想到，博物馆们"斗"起来，比宫斗剧精彩得多。

有一种说法，当人均GDP达到1万美元的时候，本土文化就会强势崛起，更多的年轻人不再追逐洋货，转而欣赏有本民族文化特征的产品和品牌。当下，我们正处于这个阶段。

在历史与文物中，我们为先人的智慧自豪，为先人的勤劳折服，为先人的创造力感怀。我们有如此璀璨的历史，大可不必钦羡卢浮宫、大英博物馆、艾尔米塔什博物馆、大都会博物馆——因为我们仅靠自身藏品已经可以跻身世界一流，因为我们有足够的历史积淀。

我们爱故宫，更爱祖国灿若星河的文化。

李子柒的"中国式田园诗歌"，何以引来国外一众粉丝？

◎ 2019年12月10日　贺少成

李子柒又一次红了。

在国内圈粉无数的她，这一次"走出"国门，受到美国、俄罗斯、菲律宾、巴西等国粉丝的追捧——据称，她在国外某视频平台上的粉丝有735万人，这个粉丝数超过了很多境外大媒体。她的每一个视频播放量几乎都在500万次以上。

说着中国的方言、做着中国的饭菜、展现的是中国乡村生活图景，李子柒为何能在世界范围内赢得众多拥趸？

李子柒是一个美食博主，在她拍摄的视频中，没有短视频惯常的戏剧冲突和张力，有的只是慢悠悠的生活——蓝天白云映衬，李子柒在菜地里、在池塘边、在田地间采摘劳作。而她做菜的背景声里，鸡鸣鹅叫，是一派怡然自得的田园风光。而这，引来国外网友超乎寻常的好奇。

近年来，世界惊叹于中国的高速发展，而世界了解中国的窗口，更多是北京、上海等大都市。而中国还有并不发达的地区，李子柒恰恰来自这样的地方，中国的西部四川。

她的菜地、她的灶台，让国外的网友惊呼：哦，原来还有一个这样的中国！

是的，李子柒用来做食物的器具中，簸箕、石臼、泡菜坛，在一些中国人眼中"挺落后"的东西，居然变成神奇的工具，由此诞生了一道道美食或是充满美感的器物。

这其中，自然少不了中国传统文化的魅力。比如，二十四节气贯穿了中国几千年来的农耕历史，人们日出而作、日落而息。视频中，每一道美食都遵循着时令和节气，将原始的味道呈现在人们面前。一条约10分钟的视频，没有故事情节，人物对话极少，但画面语言就是人类共通的文化，国外的网友不但看懂了她的视频，还将她追捧为大厨、艺术家、园艺家。

有人称李子柒的视频是在展示中国的落后，以迎合一些外国人对中国的猎奇。但在外国网友的评论区里，清一色都是对李子柒的祝福和赞美。他们称李子柒生活在童话世界里。

今天的中国农村当然有着这样那样的诸多问题，但以李子柒为代表的乡镇或农村青年，正以自己的方式，改变或影响着中国农村的现状。

不少视频的结尾，都是李子柒在制作完美食后，与年迈的奶奶坐在一起分享美食。而正是她与奶奶的一言一行、一粥一饭，深深打动了国外的网友。

有网友说：我希望她奶奶能长生不老，一直一直活下去，在那个童话世界里。

还有网友说：看到结尾她和她奶奶一起大笑，我看哭了，眼泪在眼眶里打转。

笑着笑着就哭了——这是共情的力量，或许是国内外网友心灵相通之处。

夸张一点说，李子柒将自己的生活演绎成了一阕中国式的田园诗歌。

而这首诗歌的听众和观众，似乎在借此寻找着自己心中的美好世界。

世界一直在默默奖赏那些读书学习的人

◎ 2019年11月5日　　刘颖余

最近有两件事刷了屏——

一是，在日前教育部举办的新闻通气会上，针对"河北体育学院40名大学生旷课多被直接退学""中国人民大学拟给予16名学生退学处理"等事件，教育部高等教育司司长吴岩表示，各个学校在管理方面严起来是一个共同的做法，如果学校是依据相关规定做出的处理，这是一个好的信号。他还指出，"我们去年也说过，要让一部分学生天天打游戏、天天睡大觉、谈恋爱这样的日子一去不复返。""现在有学生不对自己负责，不对家长负责，不对社会负责，他就应该付出自己应有的代价。"

二是，深圳市龙华区前段时间引发热议的"年薪30万聘中小学老师"，共吸引了海内外3.5万人报考，结果有491名青年才俊入围。其中76人毕业于清华北大，博士23人，近9成是研究生，一举打破了教师薪酬低的刻板印象。

之所以要把这两件事联系在一起，原因并不复杂，它能让我们看清社会的真相：这世界上，有始终努力读书的人，也有在校园挥霍青春的人。始终努力读书的人可能会拿到好文凭，继而拿到优厚的薪水，而在校园肆意挥霍青春的人，不仅就不了业，甚至可能毕不了业。

这有点残酷，但很公平。

有句话说，你觉得读书苦，那一定是没有尝过生活的苦。对极了，和生活相比，读书其实简单而纯净。如果你吃不了读书的苦，大概率也吃不了生活的苦。因为读书需要的就是自律和挑战，一个人能做好这两样，多半就能应付好读书，大概率也能安排好一份理想的生活。

当然，这里强调的是"大概率"。也有许多读书不好，照样事业成功的著名人士，但那是特例中的特例。不是随随便便一个人就能成为比尔·盖茨、韩寒、成龙或丁俊晖。他们都是某个领域的绝对天才，普通人无法复制他们的道路。而且离开校园后，他们一样善于从书本和生活中学习，他们也从来不鼓励其他人效仿自己。

高二就退学的韩寒，就曾在微博中谈道："退学是一件很失败的事情，说明在一项挑战里不能胜任，只能退出，这不值得学习。"

所以，不要轻率地说，不读书也有可能有一份好生活——是有那种可能，但兑现那种可能的概率很小，且没有规律可循。对于绝大多数人来说，读书学习才是人生一条可靠的"捷径"，这条路曾被无数人和无数事实验证。

因此，我们需要告诉我们的孩子：不需要考虑太多，该读书时读书，该学习时学习。作为一个学生，读书是学生的天职，是向这个世界承担负责的一种方式。即使"贵"为大学生，如果不学习，也得为此付出代价。

我们还需要告诉我们的孩子：这条路当然辛苦，所以古人才说"十年寒窗"，但只要目标坚定，找到规律，养成习惯，就能得到苦中之乐。

日前，央视曝光了一位清华学霸的每日计划表，瞬间冲上热搜。这份计划表是清华校史馆举行的"清华大学优良学风档案史料展"中一份展品，来自一位本科生。

在这张计划表里，密密麻麻地写着他每天的学习进程：凌晨1点睡觉，清晨6点起床，6点40分开始学习。除了每天完成固定课程，还包括了每周两次的讲座充电，两门外语的学习，还有固定的锻炼时间。连晚上9点到凌晨1点全都安排得满满当当。

他显然比那些退学的孩子要优秀得多，可是他还是那么努力。他不知道苦吗？他当然知道，但他的苦中一定有大乐趣在。他已经连拿4年一等奖学金，还未毕业就被某央企以特殊人才提前聘用。

读书永远有用，而且这个世界一直在默默奖赏会读书学习的人。

当然，龚先生绝不鼓励"唯分数论""唯学历论"，但认为，对于每个人来说，读书学习是需要被认真对待的事情。即使离开校园后，所有人都需要继续学习。不分年龄，且无处不在。在当下高速运转的信息化时代，学习和工作、校园和职场的边界变得日益模糊。那些有着良好学习习惯的人终会获得应有的回报，而不爱学习的人将归于平庸。

还有，好好读书学习，不完全是出于功利目的，它也是人生修为、素质养成的一部分，所谓"腹有诗书气自华"。往大里说，读书学习，是个人行为，也事关民族和国家的未来，是一件需要在全社会大力倡导的人生必修课。

今天，让我们一起怀念金庸

◎ 2019年10月30日　　贺少成

飞雪连天射白鹿，笑书神侠倚碧鸳。

2019年10月30日，金大侠逝世一周年。其影响了几代人的皇皇巨著，在未来必将对中国文化产生深远的影响。

从来没有一个作家能像金庸一样在华人圈子内产生如此大的当量，上至社会名流，下至贩夫走卒，无一不对金庸小说推崇备至、击节叫好。

20世纪80年代初，金庸的武侠小说在大陆"解禁"，一纸风行。

中国古典四大名著里，《红楼梦》哀婉凄绝，《三国演义》奇谋迭出，《水浒传》豪气干云，《西游记》舍生取义。而金庸的十几部小说，几乎每一部都成为经典，每一部都能在中国文学史上留下浓墨重彩的一笔。他最脍炙人口的几部小说，在长篇小说领域被奉为圭臬。

而金庸的影响力，又何止在文学方面？如同蜘蛛侠、钢铁侠之于美国人一样，金庸的小说就是华人文化圈的超级大IP，带动了影视、歌曲、游戏等多个领域的繁荣兴盛。

金庸的小说创造了影视剧中的初代偶像。20世纪80年代初的《射雕英雄传》，在大陆、香港、台湾等地都带来了万人空巷的轰动效果。尤其是在彼时娱乐业不发达的情况下，黄日华版的郭靖、翁美玲版的黄蓉，更是成了万千少年的偶像。那个时候的学生，有谁没在自己的作业本上贴过那些剧照的贴纸呢？

随着《射雕英雄传》的大获成功，更多经典的金庸剧被创造出来。而古天乐、李若彤等一大批港台演员，至今被奉为剧迷们的心头好。

金庸的小说一再被改编，就是因为其故事讲得好，而主人公的形象更是在长篇巨著中被摹画得栩栩如生，几乎要从书页中飞跃而出。在中国导演普遍被诟病不会讲故事的情况下，直接改编金庸的小说自然成了影视界的"保命秘籍"。

随着影视剧一起诞生的，还有剧中的主题曲。龚先生记得，在大学校园里的一个午后，一个男生在宿舍用收录机放着《射雕英雄传》主题曲，随着高亢激昂的音乐响起，奔腾的马蹄声犹如撞击在心间，罗文的男中音和甄妮的女高音，瞬间点燃了一个宿舍楼的激情——"嚯！""哈！"几乎一整栋楼的男生都在随着音乐嘶吼。那样美好的午后，那样昂扬的青春，都在音乐声中肆意挥洒在了大学校园里——而这一切，都拜金庸的小说所赐。

不管是影视、歌曲，还是游戏，带上"金庸"两个字就能火，这最终都要归结到金庸小说的超级魔力中来。

金庸的小说，不激烈、不过火，主人公身上从来都附着中国传统文化倡导的侠义、坚贞、善良等美好品质。而在武侠之外，金庸小说更是将爱情刻画得荡气回肠、令人神往。郭靖和黄蓉、杨过和小龙女、令狐冲和任盈盈，无不是经历千般险阻，最终得以结成神仙眷侣。

在社会发展越来越快、很多人压力山大的当下，金庸的小说不啻是提供了一个快意恩仇的精神高地——在那里，"江湖事江湖了，江湖儿女江湖老"，哪还管得三五斗米的烦人琐事？

点一炷香，执一本书。今天，让我们一起怀念金庸……

今天，我不关心人类，只想粉中国女排

◎ 2019年9月28日　　刘颖余

中国女排势如破竹，以不可阻挡之势，提前夺得世界杯冠军，不禁想起已故诗人海子的一句诗：今夜，我不关心人类，我只想你。

套用一下：今天，我不关心人类，只想粉中国女排。

相信有这样心情的人，不在少数。

连日来，中国女排就是在大众这样快乐的情绪里，连战连捷，直至夺冠的。这第10个世界冠军拿起来看似轻松，以致大家觉得有些另类，有些非典型。中国女排向来以赢得不可能赢得的比赛而闻名于世，"女排精神"要旨也系于此。但此次世界杯，大家基本没有遭受过山车般的心理刺激，除了对巴西队、荷兰队，其他场次都是妥妥的3比0，乃至有些网友开玩笑，"看中国女排比赛，几乎快忘了排球比赛要打满五局"。还有人傲娇地说，"看完中美之战后，感觉本届世界杯已经像乒乓球比赛了"。

似乎有点自大了，但原谅球迷的宣泄吧——刚刚经历中国男篮带来的伤痛，球迷们需要这样的宣泄。感谢中国女排，正因为有她们的存在，中国三大球才没有集体沦陷。念此，中国女排难道不值得粉吗？她们才是中国体育迷最大的"爱豆"！

或许有人问，赢得那么轻松，这还是那支善于制造惊喜和神奇的中国女排吗？

当然是！她们依然在拼搏，依然永不言败，依然尊重每一个对手。不同之处在于，经历里约奥运会的神奇和2018年世锦赛的挫折之后，中国女排成长了，更稳定了。人们津津乐道的"朱袁张"们，正处于职业生涯最好的年龄。如果说3年前，中国女排战胜巴西队，是爆冷，那么，今天，中国女排击败巴西，就是正常。这是由队伍状况和整体实力决定的。

我们喜欢爆冷，其实更喜欢正常。

我们喜欢中国女排先输后赢的荡气回肠，更欣赏如今赢球如砍瓜切菜般的气定神闲。神奇不常有，精神不能包打天下，只有建立在科学训练基础之上的整体实力的提高，才能确保中国女排从一个胜利走向另一个胜利。

知女排者，莫若郎平也。她一句"只要穿上带有'中国'的球衣，就是代表祖国出征。每一次比赛，我们的目标都是升国旗，奏国歌"！既是自我打气，也是源于十足的底气。它能瞬间登上当日热搜，阅读2.5亿人次，讨论3.1万人次，就是戳中了球迷们被男篮、男足轮番折磨的痛点。中国女排不愧是中国女排，她们总是能在球迷最需要的时候，让大家找到快乐之源，感受到满满的正能量。中国女排的确称得上是中国大球之魂，是中国体育不可替代的旗帜。

当然，女排的夺冠还说不上完美。本届世界杯，"苦主"意大利队没来，世锦赛冠军塞尔维亚队也没有派出主力阵容，但这些依然无碍女排的拼搏和光荣。以中国女排在2018年世锦赛上宁可死磕意大利、美国也绝不选择对手的气势和决心，我相信，她们不惧怕任何强敌，也有信心去战胜世界上任何一支队伍。

郎平不是神，朱婷有时也会感到累。但龚先生更信任郎平的国际视野和专业水平，相信这些年她的苦心经营会得到应有的回报。里约奥运会不是终点，本届世界杯也不是终点，2020年东京奥运会，这支中国女排或许才会迎来最华丽的绽放。

历史总是有着惊人的相似——38年前，正是在日本，也正是郎平和队友们密切合作，以七战七捷的成绩，为祖国拿下了第一个三大球的世界冠军；38年后，同样是在日本，郎平又以主教练的身份，率领弟子们拿回了中国排

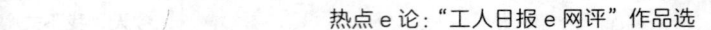

球的第5个世界杯冠军（也是第10个世界冠军）。从郎平的身上，我们清晰地感受到了精神的传承，见识了何谓冠军的血统，这是中国体育多么宝贵的财富！

38年前，中国女排曾经引领时代最强音，在改革开放之初，以一种无可替代的方式激励了一代人甚至几代人。今天，她们又在全国人民共迎新中国70华诞的喜庆时刻，为新中国的生日送上了一份厚礼。在中国三大球整体低迷的时刻，这一份厚礼来得多么及时，多么让人振奋！

今天，我们不关心人类，不想明年的东京或更远的将来，不讨论女排姑娘们还要如何提高，我们只想先高兴一会儿，然后说一声：辛苦了，中国女排，全国人民都爱你们！

"开学第一课",孩子们需要怎样的方向指引?

◎ 2019年9月4日　吴　迪

各地中小学迎来新学年。一档面向全国中小学生的《开学第一课》如期与电视观众见面。在广东、北京等地多所中小学,"开学第一课"的主题设定为国家版图意识、出行安全、传统文化、垃圾分类,等等,引来舆论一片点赞。

每到9月新学年,"开学第一课"总是公众关注的话题。而孩子们究竟需要什么样的"开学第一课"?孩子们在"开学第一课"上又需要怎样的方向指引?

"开学第一课"是学校送给孩子们的一份颇具仪式感、会对学生影响至深的"礼物"。

尤其对于第一次走进校园的小朋友们而言,"开学第一课"的象征意义往往比实际内容更重要。它不仅是引导孩子融入校园、开启十数年校园生活的重要开端,更能帮助他们扣好人生"第一粒扣子",迈好人生的第一个台阶。

比如,北京有的学校将"开学第一课"主题设置为垃圾分类,这是将现代环保理念深植孩子内心的尝试,让懵懂的孩童从小确立起"保护环境、人人有责"的文明意识。

"地图大有趣""地图无小事"——北京一些中小学的"开学第一课"是普及国家版图知识。地图专家从地图的历史沿革及识别"问题地图",阐释了规范使用地图、维护国家版图尊严的重要性，以"地图来找茬"的互动方式，让学生们迅速掌握版图知识，赢得了孩子们的一片叫好。而这应该是最直观的爱国主义教育。

一堂好的"开学第一课"就是一次精神洗礼，它会让受教育者感知精神的力量、价值的引领。孩子如同一张"白纸"。"开学第一课"就好比为这一张张白纸铺就未来的人生底色，或者说，是在白纸上落下的第一道色彩。

什么样的教育理念，就会奠定什么样的人生发展基调。

2018年在国内热映的印度电影《起跑线》，戳中了不少中国父母柔软的内心。电影大致讲述了印度一对中产夫妻为了让女儿进入贵族学校，一会儿假扮富豪被上流社会嘲笑，一会儿又为了获得学校给穷人的"配额"而假扮穷人的波折历程。

在我们身边，很多父母都有着类似的"起跑线"观念，将关注的重心放在教学资源、孩子成绩上。比如，近日浙江杭州一中学的新生训练现场，多名初一新生不会叠衣服、系鞋带。老师称，能同时完成这两项任务的学生仅有一半。很多家长认为这都是"小事"，"要以学习为主"。而"开学第一课"的设立，无形中也会对家长有一定影响。比如，在广东，生命教育、交通安全教育、防性侵教育、防诈骗教育成为不少学校"开学第一课"的重要内容。广州昌岗中路小学让小朋友坐到汽车驾驶位上亲自体验汽车盲点，以提高出行安全意识。

类似的"开学第一课"应该也会让更多家长意识到，有很多东西比孩子学习的分数更重要，从而引导更多家长更加关注孩子的生命教育、情商教育、财商教育、爱的教育等，使家长的教育观更加趋于理性和健全。

我们观察教育的发展可以有很多侧面和窗口，大到素质教育落地情况、家校关系情况，小到家长被孩子作业"绑架"，等等。而关注孩子们的"开学第一课"，显然也是一个不错的切入点。

"到2049年，新中国将迎来100年华诞，你们刚好40余岁，是国家建设的中坚力量。作为国家栋梁的你们，将拿什么来为祖国献礼？""你怎么样，中国便怎么样；你是什么，中国便是什么。"在重庆，巴蜀中学校长王国华给学生们上的"开学第一课"的关键词是"报效"。相信学生们会在校长的讲解中，认真思考"个人与国家关系"的问题。

爱国主义教育、传统文化教育、生命安全教育等，教育内容多元新颖，也与现实紧密结合，这样的"开学第一课"让我们看到了教育成风化人的时代气息，以及其价值内涵的不断拓展。

"青年的价值取向决定了未来整个社会的价值取向，而青年又处在价值观形成和确立的时期，抓好这一时期的价值观养成十分重要。这就像穿衣服扣扣子一样，如果第一粒扣子扣错了，剩余的扣子都会扣错。人生的扣子从一开始就要扣好。"

蒙童养正，润物无声。

教育的本质是什么？"开学第一课"给我们留下诸多思考。

"恰同学少年，风华正茂。"期待这样的"开学第一课"越来越多。

2019年7月21日，中国体育非凡的一天

◎ 2019年7月22日　刘颖余

刚刚过去的周日（2019年7月21日），对中国体育来说，意义非凡——李娜正式入选名人堂，谢震业跑出了"亚洲速度"。

李娜正式入选名人堂，原本期望能有一个入选仪式的直播，可惜没有。

一是可能因为周末直播资源太多，体育迷需求多元化，媒体无暇顾及；二是李娜入围名人堂的消息早已在年初公布，新闻价值已被提前透支，所以正式仪式有些冷，也没什么奇怪的。

但李娜入选国际网球名人堂仍是一件值得大书特书的事情——要知道，建立于65年前的国际网球名人堂，此前吸纳的254名成员中，没有一人来自亚洲。如同球员生涯不断缔造新纪录一样，这一次李娜又改写了历史。

"名人堂无数星星，这颗星星格外深情"。

这是2019年初澳网官方报道李娜入选国际网球名人堂的配文。寥寥数语，深情款款。

这不只是澳网对于李娜的深情，更是国际网坛对于中国网球的深情。

李娜不只是追梦人，还是拓荒者——正因为她的成功，中国网球开启了走向世界的大门，走上了快车道。即使李娜退役，中国网球也没有停止前进的步伐：年初澳网，张帅搭档斯托瑟斩获女双冠军，终结了中国网球长达5

年的大满贯冠军荒；年中法网，段莹莹、郑赛赛夺得女双亚军，中国大陆组合时隔 13 年后重返大满贯决赛舞台；刚刚结束的温网，徐一璠又让中国金花的身影连续第 3 次出现在大满贯女双决赛中……

正如国际网球名人堂在声明中所说，李娜入选并不仅仅是因为她在赛场上所取得的辉煌成绩，更重要的是在于她对网球的热爱与坚持。这份执着会吸引更多青少年参与到这项运动中，也会激励更多年轻人前行。

同一天，在遥远的伦敦，"中国飞人"谢震业以 19 秒 88 的成绩打破了亚洲纪录，夺得了钻石联赛伦敦站男子 200 米冠军，成为第一个 200 米跑进 20 秒大关的黄种人。

19 秒 88 意味着什么？意味着完全可以在世界顶尖大赛里冲击世界前三了！2017 年世锦赛，20 秒 09 就能夺冠；2016 年奥运会，19 秒 88，也就输给博尔特，足以拿到亚军。

在田径直道赛场，在欧美人的"世袭"领地里，中国人能发出如此强音，让人忍不住想先高兴会儿。

有网友甚至说，谢震业让人想起了刘翔。

体育总是要在传承中发展，谢震业可能很难达到刘翔的高度，但他努力奋斗，不断突破，就是一种成功。

同一个晚上，在谢震业创纪录的同一个赛场，刘翔的小师弟谢文骏也在男子 100 米栏上惊险夺冠。这难道不是体育精神传承的最好写照吗？

对体育发展来说，榜样和偶像的力量是无穷的。

中国女足名将王霜，在留洋时曾将李娜自传《独自上场》随身带到了巴黎。书中那个不妥协、不服输、不放弃的主角，陪伴她走过了生涯中最孤独的一段时光。无独有偶，当朱婷因出国打球陷入纠结，《独自上场》给予了她一往无前的勇气。

中国体育发展曾经走过一个清晰的"姚刘李"时代。如今，这个时代已不复存在，但当年他们激励了无数的年轻人。

或许多年以后，我们依然会回忆、感念 2019 年 7 月 21 日这一天，因为它让我们感受到了偶像的力量、体育精神的传承，还有中国体育发展的无限可能。

是时候和熊孩子谈谈钱了

◎ 2019年5月22日　苏　墨

　　最近的一则新闻令人震惊——深圳11岁的小女孩洋洋，为了维持网络上的"友谊"，打赏平台男主播近200万元，最疯狂时一分钟内充值5次，累计达到1.5万元。而这位主播明知对方是小学生，还百般哄骗、怂恿女孩刷礼物，甚至裹挟其他成年粉丝给孩子施压。

　　震惊之余，我赶紧查了下银行卡，还好贫穷拯救了我——至少我没那么多钱让熊孩子打赏。

　　然而，贫穷并不能拯救所有人。

　　类似的新闻一样发生在穷人家——

　　2018年，河南许昌一名患有直肠癌的女士，发现手机里原本要用于丈夫丧葬的5万元竟被孩子用来打赏主播；

　　在两个月内，有熊孩子通过支付平台，将父母缝了10年牛仔裤呕心沥血积攒的16万元，统统打赏了女主播。

　　类似案件数见不鲜，盘点起来，估计手机翻到没电都看不完。

　　熊孩子在网络上挥金如土，究竟是主播套路深，还是熊孩子胆儿太肥？

　　不少孩爸孩妈看后第一感觉是"孩子欠揍"。

　　可是把孩子揍一顿就能解决问题？

或许，是时候反省一下孩子金钱教育的缺乏。用现下流行的词儿说，是时候反思当下对孩子的财商教育了。

在不少孩子眼中，金钱无外乎一个数字，拿起手机扫一扫，输个密码钱就来了，毫不费劲。可有几个孩子知道挣钱需要付出多少劳动呢？

回想自己的童年，有两件事对我触动特别大：一是去学农收黄豆。长长的一垄地上，黄豆的茎叶粗粗刺刺很扎手，收上来还要剥皮取豆，一套打下来，农民只能挣7分钱。

还有就是去味精厂。制作过程虽然并不很费力，但也需要一锹一铲地不间断地翻，不一会儿浑身上下，甚至睫毛上都是白色的粉末。而一袋味精才卖多少钱？

之后很长时间，我每次花钱，都会想到收黄豆的那个中午，还有味精厂飞起的白色晶体和让人作呕的味道——现在想想，这大概算是很朴素的金钱教育吧。

《穷爸爸富爸爸》一书被誉为财商教育的经典，其中有句名言："如果你不教孩子金钱的知识，将来有其他人取代你。其他人是谁？也许是债主，也许是奸商，也许是警察，也许是骗子。"

对——还有可能是网络主播！

不给孩子正确的金钱观，他们就会误入歧途。他们对钱一无所知，钱便会成为他们的枷锁和祸根。

很多家长认为，和孩子谈钱，太早太俗，反倒会教坏孩子，容易让孩子学会攀比、爱慕虚荣。

really?

大学生小黄，美容院"祛痘"，奔着16元的优惠价去的，结果深陷13000元网贷。

武汉女大学生为了还6万网贷，卖了29颗卵子！

还有女大学生网贷翻了25倍，网贷公司要曝光其个人照片。

……

钱怎么来的，应到哪里去，如果孩子从小对此毫无概念，长大了很可能会脑子一片空白，遇事手足无措。花钱一时爽，却不知要付出劳动，于是就

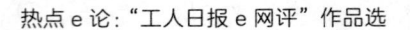

用人格、尊严、健康甚至是生命去换。

这是多么惨痛的教训！

一档热播的成长类综艺节目中，有位男生吐槽妈妈从小给他灌输家里穷的思想，自己想买点东西总是要跟妈妈软磨硬泡，长大后才发现自己家里并不穷！于是他在台上质问妈妈"为什么要骗我"。虽然节目中孩子理解了妈妈的行为，但父母这份"良苦用心"真的合适吗？

在电视剧《人民的名义》中，出身贫寒的祁同伟玩弄权势、女人、金钱，目无法纪、为非作歹。类似例子，远的可以翻翻《史记》，近的可以看看"上学前没穿过鞋""要饭出身"的某些高位落马贪官……"根植于骨子里的对富裕者的艳羡以及对财富不可遏制的向往"，竟然成为他们贪腐的理由，让他们在犯罪的道路上越走越远。

钱，既不高尚，也不卑贱；既非天使，也非恶魔。

引导孩子坦荡面对贫穷或富有，就是最朴素、最简单的金钱教育。

贫穷，要告诫孩子节俭，不能大手大脚；富有，同样要告诉孩子，钱不是一切，钱也买不来幸福。

孩子从小能正确看待贫富处境，成年后就有更大可能成为理性而健全的人——既不会因为富而为富不仁，也不会因为穷而沦为金钱的奴隶。

每个人每天都不可避免地与钱打着交道，但究竟如何看待金钱，并与之和谐共处，保持心态平衡。说实话，不少成年人或许都还没摸到门道。即便如此，也千万、一定、务必别忌讳和孩子谈钱。

把自己的工资条扔给孩子"研究"；去银行办业务时有意带上孩子；让孩子看到父母在股市低迷忍痛"割肉"后的痛苦；和孩子聊聊影视作品背后的贪腐原型……

让孩子在柴米油盐的点滴日常中体悟个中规律、洞悉复杂人性——父母对金钱的态度，就是给孩子最直观的金钱教育。

在日本，有一套几代人都在看的财商教育绘本，名为《乌鸦面包店》。作者加古里子说，自己毕生最大的愿望，是"希望孩子们拥有自己的眼睛去看，用自己的头脑思考，借助自己的力量做判断的智慧和能力。"

图书在版编目(CIP)数据

热点e论："工人日报e网评"作品选/刘家伟，刘文宁主编. -- 北京：社会科学文献出版社，2023.8
 ISBN 978-7-5228-2155-9

Ⅰ.①热… Ⅱ.①刘… ②刘… Ⅲ.①评论性新闻-作品集-中国-当代 Ⅳ.①I253.3

中国国家版本馆CIP数据核字（2023）第134127号

热点e论："工人日报e网评"作品选

主　　编 / 刘家伟　刘文宁

出 版 人 / 冀祥德
组稿编辑 / 谢　炜
责任编辑 / 陈　雪
责任印制 / 王京美

出　　版 / 社会科学文献出版社·皮书出版分社（010）59367127
　　　　　　地址：北京市北三环中路甲29号院华龙大厦　邮编：100029
　　　　　　网址：www.ssap.com.cn

发　　行 / 社会科学文献出版社（010）59367028
印　　装 / 三河市尚艺印装有限公司

规　　格 / 开　本：787mm×1092mm 1/16
　　　　　　印　张：30.5　字　数：478千字
版　　次 / 2023年8月第1版　2023年8月第1次印刷
书　　号 / ISBN 978-7-5228-2155-9
定　　价 / 198.00元

读者服务电话：4008918866

版权所有 翻印必究